M.C. Lachmann

Der Bestseller

[Ausgespielt]

Kriminalroman

Erste Auflage

Erstveröffentlichung 1. Juni 2012

Umschlagfotos:
Susanna Sima, Deutschlandsberg

Autorenportrait
Susanne Sima, Deutschlandberg
gemeinsam mit dem
www.automobilmuseum-stainz.at

Umschlaggestaltung:
Druckerei Alam, Zwaring

Cover Model
Marco Pessl, Deutschlandsberg

Druck und Bindung
Druckerei Alam
8142 Zwaring 31, www.alam.at

Verlag und Herausgeber
Edition Mala
Authors Release by Markus Lachmann

www.derbestseller.at

ISBN
978-3-200-02530-1

Uschi
ich danke dir, dass du in all den schwierigen Zeiten
hinter mir gestanden bist.
Nur durch deine Motivationskünste ist es mir gelungen,
dieses Buch fertig zu stellen.
Ich liebe dich

Marco
- lass dich nicht unterkriegen -
bleib so wie du bist,
der beste Sohn, den man sich wünschen kann.

Nici
- die beste Tochter der Welt -
danke, dass du all die Entbehrungen des letzten Jahres
ertragen hast.

Kinder - ich liebe euch

An all die Menschen,
die in ihrem Leben von Dingen träumen und glauben,
sie nie verwirklichen zu können:
Befreit Euch von Euren Zweifeln –
wacht auf, lebt Euren Traum,
nur dann wird er wahr.

Für Norbert
In ewiger Freundschaft
Lebst für immer - in meinen Gedanken

Ruhe in Frieden

Desgleichen möchte ich meinen Dank an alle Sponsoren
und Mäzene aussprechen.
Nur durch eure Unterstützung konnte diese
Veröffentlichung realisiert werden.

Liebe Leserinnen und Leser!

Werden Sie Teil meines Projektes 5000

5000 Bücher
5000 Leser und Leserinnen
5000 Gesichter
5000 Meinungen

Ihre Meinung ist mir wichtig!

Zeigen Sie sich beim Lesen dieses Buches
Schießen Sie davon ein Foto
Laden Sie es auf meine Homepage

www.derbestseller.at

Die verrücktesten Fotos gewinnen tolle Preise.

Als Autor möchte ich alle meine Leser persönlich kennen lernen.

Posten Sie Ihre unverblümte Meinung zu meinem Roman auf die Homepage.

www.derbestseller.at

Ihre Meinung ist die Triebfeder meines Schaffens.

Ich möchte mich nochmals bei Ihnen bedanken, dass Sie sich für dieses Buch entschieden haben und wünsche Ihnen spannende Unterhaltung beim Lesen.

Gewinnspiel

Beantworten Sie folgende Frage und gewinnen Sie ein Relax-Wochenende für 2 Personen in der südsteirischen Weinstraße, inklusive zwei Nächtigungen, Weinverkostungen und geführter Buschenschank-Tour mit dem Autor.

Wie viele Sponsoren befinden sich im Anhang meines Buches?

Antwort senden Sie bitte per E-Mail an:
ausgespielt@gmx.at

Die Teilnahme am Gewinnspiel ist kostenlos, freiwillig und mit keiner Kaufverpflichtung verbunden. Sie können auch Online am Gewinnspiel teilnehmen:
www.derbestseller.at

Der Rechtsweg ist ausgeschlossen. Die Gewinner werden schriftlich verständigt.
Über das Gewinnspiel kann kein Schriftverkehr geführt werden.

Die Handlung des nachfolgenden Romans ist frei erfunden und der Fantasie des Autors entsprungen. Jede Ähnlichkeit mit Unternehmen, lebenden und toten Personen ist rein zufällig und nicht beabsichtigt.*

*Ausgenommen sind jene Firmen, die handlungsbezogen durch ihre ausdrückliche Zustimmung in diesem Roman genannt werden dürfen.

“Moritz, du kannst schon kommen, das Essen ist bald fertig!”, ruft Marvie mit ihrer zuckersüßen Stimme und schaltet dabei die Herdplatte auf Stufe 1 zurück. Sie nimmt die bereits geöffnete Flasche MACHRIMA, ihren Lieblingsrotwein vom Weingut Söll, in die linke Hand und geht damit von ihrer offenen, strahlend weiß glänzenden, italienischen Designerküche zum gläsernen Esstisch. Der Tisch ist bereits wunderschön romantisch für ein Candle-Light-Dinner zu zweit gedeckt. Marvie zündet die Kerzen am Tisch an und dreht das Licht ab. Im offenen Kamin knistert das brennende Holz.
“Ach - ist das romantisch”, flüstert Marvie vor sich hin, während sie den Wein in zwei Gläser einschenkt. “Moritz, kommst du bitte!”, ruft sie nochmals mit den zwei Rotweingläsern in den Händen in Richtung der offenen Treppe nach oben in den 1. Stock.
Sie geht dabei langsam die freien Stufen hoch und hört von oben leise Musik.
“Ah, Moritz ist sicher noch im Bad und wird mich nicht gehört haben”, überlegt sie.
Oben angekommen wirft sie noch einen Blick nach unten auf den perfekt gedeckten Tisch und macht einen kleinen Knicks.
“Super hast du das gemacht”, lobt sie sich und geht den Flur entlang in Richtung der halb geöffneten Schlafzimmertür.
Die Musik wird merkbar lauter. Sie schleicht sich vorsichtig Schritt für Schritt durchs Schlafzimmer in Richtung Badezimmertür.
An der Tür angekommen, verharrt sie einen Augenblick und drückt ihr Ohr daran. Nun hört sie ihren Lieblingssong durch das Türblatt, nur das gurgelnde Plätschern des Wassers, welches vom Wasserhahn in die Badewanne fließt, übertönt teilweise das Lied. Vorsichtig öffnet sie mit dem Ellbogen des linken Arms die Badezimmertür. Heißer Dunst strömt ihr entgegen,

als sie zaghaft ins Badezimmer späht. Der Dunst steht so dicht im Raum, dass sie die Wanne nicht sehen kann. Marvie beschließt, Moritz noch mehr zu überraschen und kniet sich nieder. Langsam und sehr bedacht robbt sie mit beiden Rotweingläsern in einer Hand von der Tür in Richtung Wanne. In der Mitte angekommen kippt sie ein Glas um.
“Scheiße”, flucht sie leise, da sieht sie etwas Rotes, vergleichbar mit ihrem verschütteten Rotwein, von der Wanne in ihre Richtung fließen. Marvie steht langsam auf und lässt dabei das zweite Glas Rotwein fallen.
Ihr Blick wird starr, ein eiskalter Schauer läuft ihr über den Rücken. Aus der Badewanne hängt ein Arm, Blut fließt aus einer Schnittwunde am inneren Handgelenk. Langsam senkt sich ihr Blick vom Arm in die Wanne und sie sieht - nichts, außer eine Badewanne voller Blut. Marvie schlägt beide Hände vors Gesicht, atmet tief durch - und geht langsam zur Wanne.

“Nein! Nein!”, schreit sie laut, als sie die Umrisse des Gesichtes in der trüben Wanne erkennen kann. “Moritz!”, schreit sie nochmals laut und verliert gleichzeitig selbst das Bewusstsein.

RRRRRT - RRRRRT - RRRRRT - Moritz fährt hoch. “Muss wohl am Schreibtisch eingeschlafen sein”, sagt er zu sich selbst und sucht schlaftrunken sein Handy. Zwischen zerknüllten, halb beschrifteten weißen Blättern Papier findet er es und drückt auf die grüne Taste. “Lustig, wer stört?”, lallt er ins Telefon

“Moritz, dir wird das Lachen bald vergehen - ich bin’s, Paul. Wollte nur wissen, wie weit du mit deinem Drehbuch bist - sag jetzt ja nicht, ich bekomm heute wieder nichts von dir. Moritz, der Hut brennt - der Abgabetermin war schon am 15. und heute haben wir den 22. Hey, die haben dir bereits ein Schweinegeld vorausbezahlt - ich kann sie nicht mehr länger hinhalten”, knattert es aus dem Handy wie aus einem Maschinengewehr.

“Hey Paul, mach dich nicht an! Die bekommen schon ihr Buch - bin bald fertig. He, du weißt, ich hab derzeit einen leichten Hangover.”

“Moritz, die Sache ist verdammt ernst. Wenn du mir bis morgen nicht etwas lieferst, wollen sie die gesamte Kohle zurück - und du wirst nie mehr einen Auftrag bekommen.” Moritz hält das Handy mit ausgestreckter Hand vom Ohr weg und äfft Paul leise nach.

“Hey Paul, sag denen, ich bin an einer verdammt heißen Story dran. Wenn sie noch einen Monat warten und dann produzieren - und die Story geht auf Sendung - gehört die nächste Romy uns. Was sag ich da - die Story ist Pulitzerpreis- und Oskar-verdächtig! Alter, stell dir vor - wir zwei in LA: Best Storybook - Moritz Lustig.“

“Moritz, komm runter, das hab ich denen schon vor einem Monat erzählt. Hey, bis morgen, sonst wollen sie die Kohle. Ich hoffe für dich, du packst das - sonst kann ich dir auch nicht mehr helfen. O.k., reiß dich zusammen, hör auf mit dem Saufen und bring das verdammte Buch zu Ende. O.k., hast du es geschnallt?!”, tönt es aus dem Handy.

Moritz drückt die rote Taste am Handy und schreit laut: "Scheiße, die haben ja keine Ahnung!" und schmeißt das Handy auf den Boden.
"Die wollen immer nur SOKO SOKO SOKO - wie öd, wie langweilig und die totale Vertrottelung. Die checken das voll nicht, es geht immer nur um Quote, Quote, Quote - und wollen immer besser als Tatort sein!", schreit Moritz.
"Dann hab ich einmal eine Story, die um Längen besser ist als alle Tatorts zusammen - dann ist der Inhalt wieder zu hoch für das SOKO-Publikum - was glauben die eigentlich?", überlegt Moritz aufgebracht und schlägt sich dabei die Hände vors Gesicht.
"Ich pack den seichten SOKO-Quatsch einfach nicht mehr!", schreit er und schlägt mit der rechten flachen Hand auf den Schreibtisch. Im selben Augenblick fährt ihm ein höllischer Schmerz durch die Glieder. Er schreit laut auf und starrt auf seine blutüberströmte Hand. Ein Hunderternagel ragt fünf Zentimeter aus seiner rechten Handoberfläche. Erst jetzt bemerkt er, dass er auf den selbstgemachten Notizhalter seines Sohnes draufgeschlagen hat.
"Scheiße, Scheiße, Marvie! - Marvie! komm bitte sofort zu mir!", ruft Moritz mit zittriger Stimme und hält sich mit der linken Hand das rechte Handgelenk. Der Notizhalter, welchen er zu Ostern von seinem Sohn bekommen hat, steckt noch in seiner Handfläche. Das Blut tropft auf die zerknüllten weißen Blätter am Schreibtisch, die sich allmählich vollsaugen.

Marvie öffnet die Tür zum Wintergarten, der zugleich das Schreibatelier ist, und schlägt geschockt die Hände zusammen:
"Moritz, was ist dir da passiert?", fragt sie mit besorgter Stimme.
"Na, nach was sieht das wohl aus? Ich hab auf den Scheißdreck vom Adrian draufgeschlagen", motzt Moritz

mit schmerzverzerrtem Gesicht.
“Muss der Dreck unbedingt dort stehen, wo ich hinschlage?“, schimpft er weiter.
“So, mein Lieber, komm mal runter und reiß dich zusammen! Was kann Adrians Geschenk dafür, wenn du nicht aufpasst, wohin du wieder einmal schlägst”, spricht Marvie mit beruhigender Stimme auf ihn ein.
“So, lass mal anschauen. Na, mit einem einfachen Pflaster werden wir das Problem nicht lösen können”, sagt sie, während sie die Hand von Moritz vorsichtig untersucht.
“Der Notizhalter hat sich durch deine Handfläche gebohrt, ich kann dir den nicht ohne Schmerzen entfernen. Wir müssen in die Klinik fahren, dort werden sie dir das Ding rausziehen. Bleib bitte ruhig sitzen, ich hol dir nur schnell einen Verband, um die Blutung zu stillen, und dann fahren wir sofort zur Notaufnahme ins Spital”, spricht sie beruhigend auf Moritz ein und verlässt den Wintergarten in Richtung Badezimmer. Im Bad angekommen öffnet sie den Medikamentenschrank und holt die Mullbinde, Leukoplast und eine Schere heraus. Mit diesen Utensilien geht sie zu Moritz zurück und sieht ihn zitternd und jämmerlich weinend am Schreibtisch sitzen.
“Komm jetzt, Moritz, beruhig dich bitte. Das sieht nur schlimmer aus, als es eigentlich ist”, sagt sie mit leiser Stimme - vergleichbar mit der Stimme einer Mutter, die versucht, ihr Kind zu beruhigen - und wischt ihm vorsichtig die Tränen aus seinem Gesicht.
“Marvie”, sagt Moritz mit zittriger Stimme,
“ich wein ja nicht vor Schmerzen, ich weine vor Ärger. Paul macht mir voll Druck, ich muss bis morgen das verdammte Drehbuch fertig haben, sonst wollen die die ganze Kohle zurück. Wie soll ich das mit einer verletzten Hand noch schaffen?”
“Wir haben schon so viel geschafft”, beruhigt ihn Marvie,

während sie den Verband um seine Hand wickelt.
“Dann werden wir dieses Problem auch noch lösen - so, jetzt kann es ein bisschen weh tun!”
Sie fixiert mit dem Leukoplast den Verband.
“AH! Marvie! Musst du so grob sein!”, schreit Moritz.
“Ich hab dir ja gesagt, es kann ein bisschen schmerzen”, antwortet sie und streicht zärtlich über sein Haar.
“Komm, steh auf, wir müssen los, kannst dich ruhig bei mir einhängen, ich bring dich schnell ins Auto.”
Sie hilft Moritz aus dem Stuhl. Vorsichtig gehen die beiden Richtung Garage.

“Marvie, ich brauch mein Handy. Ich muss Paul anrufen.“
Moritz klopft mit der linken Hand auf seine linke Hosentasche, um sein Handy zu suchen.
“Ich hab es im Schreibzimmer auf den Boden geschmissen, hoffentlich funktioniert es noch.”
Seine Stimme zittert. Beim Auto angekommen hilft sie ihm auf den Beifahrersitz und geht ins Schreibatelier zurück, um sein Handy zu holen. Tatsächlich findet sie das Handy am Boden vor dem Schreibtisch liegen. Sie hebt es auf und sieht dabei zufällig im Papierkorb einen grünen Umschlag, der ihre Neugier weckt. Sie nimmt den Umschlag und erkennt am Absender, dass dies ein Brief von der Green Screen-Filmproduktion ist. Vorsichtig öffnet sie das Kuvert und nimmt den Inhalt heraus, um ihn zu lesen:

“Sehr geehrter Herr Lustig, lieber Moritz!”,

liest sie laut und blickt dabei vom Fenster in Richtung Garage. Nachdem sie sich vergewissert hat, dass Moritz noch im Auto sitzt, liest sie weiter.

“Anbei sende ich Dir den letzten Vorauszahlungsscheck in der Höhe von

Euro 30.000 ,--.

Einschließlich der beiden vorigen Vorauszahlungen in der Höhe von je Euro 5.000,-- hast Du bereits **2/3** der vereinbarten **Gesamtsumme** für das nächste Buch und Drehbuch erhalten.

Ich hoffe, Dir damit über Deinen finanziellen Engpass geholfen zu haben und wünsche mir - ich zitiere Dich - dass Du endlich wieder frei denken kannst, um das Buch fertigzustellen.

Gutes Gelingen und liebe Grüße an Deine Frau und die Kinder,

Dein Geschäftsfreund Hans

Marvie traut ihren Augen nicht und liest den Brief ein zweites Mal - erst jetzt begreift sie den Inhalt.
“Na warte, Moritz, das musst du mir erklären!”, macht sie ihrem Ärger Luft. “Das gibt es ja gar nicht, wir sparen und knausern seit einem halben Jahr, weil wir ja nur 7.500 Euro Vorschuss für das Buch bekommen haben. Und jetzt erfahre ich, dass er uns über 30.000 Euro verheimlicht hat - ich möchte bloß wissen, wo das Geld ist!” Marvie ist ziemlich erzürnt.

RRRRRT - RRRRRT - RRRRRT vibriert das Handy von Moritz. Marvie liest auf dem Display den Namen PAUL und drückt auf die Annahmetaste.
“Hey Paul, ich bin’s, Marvie”, sagt sie ins Telefon.
“Hey Marvie, was verschafft mir die Ehre, dich zu hören? Eigentlich wollte ich ja Moritz - wie geht’s dir?”, klingt es süßlich aus dem Telefon.
“Scheiße, um ehrlich zu sein. Moritz hat sich an der rechten Hand schwer verletzt - wir wollten gerade ins Spital fahren”, erklärt sie ihm. “Was? Moritz hat sich verletzt? Hat er sich vielleicht - du weißt schon, was ich meine - selbst aufgeschnitten?”, fragt Paul aufgeregt. “Nein, nein, was du schon wieder denkst! Die depressive Phase von Moritz ist schon lange vorbei. Nein, er hat nach eurem Telefonat wütend auf den Schreibtisch geschlagen und sich dabei den Notizhalter, das selbstgemachte Ostergeschenk von Adrian, in die rechte Hand gerammt‘. Wir wollten gerade ins Spital fahren,” berichtet Marvie mit ruhiger Stimme.
“Nein, nicht wirklich! Marvie, du verarschst mich doch nicht?”
“Nein, ich verarsch dich nicht. Sag einmal Paul, du bist ja der Manager von Moritz?” Marvie sieht dabei aus dem Fenster Richtung Garage. Als sie merkt, dass Moritz noch im Auto sitzt, spricht sie weiter:
“Sag Paul, wie viel Geld hat Moritz bereits für sein nächstes Buch erhalten?”
“Wart einmal, Marvie, ich kann dir das genau sagen. Ich hab bereits die letzte Abrechnung der Green Screen vor mir liegen. Moment - 2 mal 5 und 1 mal 30 sind summa summarum inkl. Steuern und abzüglich meines Honorars 35.000 Euro. Ja, genau 35.000,-- Euro. Sag, warum möchtest du das wissen?”
“Naja, weil ich bis dato nur von 7.500,-- Euro weiß - wo ist der Rest?”, fragt Marvie nervös.
“Ich glaub”, sagt Paul und hält einen Moment inne, “ich

glaub, er hat den Rest für Recherchen benötigt. Er ist derzeit an einem sehr mysteriösen Kapitalverbrechen dran, das angeblich bis in die höchste Ebene der katholischen Kirche reicht. Angeblich sind ein Bischof und mehrere Politiker in einen Korruptionsfall verwickelt Es geht um Kinderpornos und angeblich hatte der Trikopiel, weißt eh, der Entführer von der Trompusch einen sehr guten Kontakt zu diesen Personen. Weißt du davon gar nichts, Marvie?"
"Nein, Paul, sonst hätte ich dich gar nicht gefragt!"

"Was machst du da?", kommt es bitterböse aus Richtung Tür. Marvie blickt sich um und sieht Moritz im Türrahmen stehen.
"Ich telefoniere mit Paul - dein Handy hat geläutet, als ich es aufheben wollte. Ich hab gleich abgehoben, hab ja gesehen, dass der Paul dran ist", gesteht Marvie kleinlaut.
"Nein, das mein ich gar nicht", zischt Moritz.
"Was hast du da für ein Kuvert? Spionierst du mir vielleicht nach - oder wie siehst du das?", knurrt Moritz weiter und reißt im gleichen Atemzug das Kuvert an sich.
"Moment", zischt Marvie zurück. "Paul, wir melden uns dann später", sagt sie ins Telefon, steht auf und zeigt energisch auf das Kuvert.
"Moritz, ich glaube, du schuldest mir jetzt aber sofort eine Erklärung. Wir sparen seit einem halben Jahr, weil du angeblich nur 7.500 Euro als Vorschuss bekommen hast. Und ich - ich trau meinen Augen nicht - komm zufällig drauf, dass du über 30.000 Euro..." Moritz fällt Marvie ins Wort:
"... 35.000 Euro, um das richtigzustellen."
"Ist völlig egal! Fakt ist, du hast mich belogen, mich hintergangen - und jetzt verlange ich eine verdammte Erklärung dafür!", schreit Marvie Moritz ins Gesicht. Moritz beißt sich auf die Lippen. Er reißt das Kuvert hoch

über seinen Kopf, holt aus und wirft das Kuvert vor Marvies Füße.
“Wusste gar nicht, dass du mit deiner linken Hand so gut werfen kannst”, kommentiert Marvie zynisch Moritz` Reaktion.
“Und schalt jetzt ja nicht auf stur und lauf weg - denn weglaufen und nicht reden kannst du ja am besten. Schön blöd mit deiner Hand, jetzt musst du mit mir reden, zumindest auf dem Weg ins Spital. Oder, mein Schatz?” Marvies Zynismus dreht ins Bitter-Süße.
“Jahhhh”, seufzt Moritz, “du hast ja recht”, gibt Moritz mit zittriger Stimme klein bei, während er sich mit der linken Hand ans rechte Handgelenk fasst.
“Wir müssen jetzt ins Spital fahren, meine Hand schmerzt höllisch. Ich erklär dir alles auf dem Weg - bitte bring mich ins Spital.” Marvie stützt Moritz vorsichtig am linken Arm und geht mit ihm zum Auto. Als beide drinnen sitzen und Marvie den Zündschlüssel umdreht, sagt Moritz:
“Schatz, wir müssen vorher noch zur Bank - ich muss dir etwas zeigen, dann werde ich dir alles erklären.”

Während der Fahrt zur Bank herrscht Totenstille im Fahrzeug. Moritz blickt ständig nervös auf den Rückspiegel.
“Sag mal, Moritz”, fragt Marvie leise, “bist du paranoid, weil du ständig in den Rückspiegel schaust?” Moritz wirkt etwas verunsichert:
“Ja, vielleicht, ich bin mir nicht sicher. Ich glaub, wir werden schon seit einiger Zeit von dem schwarzen 7er-BMW verfolgt. Bitte bieg bei der nächsten Kreuzung rechts ab.”
Während sie bei der Kreuzung rechts abbiegen, starrt Moritz weiter in den Rückspiegel.
“Gott sei Dank, der fährt gerade weiter”, seufzt er erleichtert.

“Schatz, du machst mir langsam Angst”, sagt Marvie mit zitternder Stimme, als sie bei der Bank ankommen. “Marvie, hier hast du einen Schlüssel, der ist für mein Bankschließfach, 206 ist die Nummer. Im Schließfach wirst du zwei Kuverts finden - ein gelbes großes und ein weißes kleines - bring mir bitte das weiße”, instruiert Moritz sie nun wieder ganz bestimmt.
Marvie nimmt den Schlüssel, steigt aus dem Auto und geht in die Bank. Dabei beobachtet Moritz den Eingang der Bank und stellt fest, dass niemand Marvie folgt. Marvie ist inzwischen beim Schließfach angekommen, öffnet es und sieht beide Kuverts. Sie nimmt das weiße Kuvert und steckt es in die Handtasche. Neugierig, wie sie ja von Natur aus ist, blickt sie vorsichtig in Richtung Eingang des Schließfachraumes. Als sie feststellt, dass niemand hereinkommt, öffnet sie das gelbe Kuvert und nimmt den Inhalt heraus. Sie hält einen USB-Stick in der Hand. “Shit”, sagt sie und legt den Stick wieder ins Kuvert zurück. Sie schließt das Bankfach und geht in Richtung Auto.

Moritz beobachtet Marvie, als sie aus der Bank kommt. Ihm bleibt das Herz fast stehen, als er plötzlich einen jungen Mann im blauen Nadelstreifanzug auf Marvie zugehen sieht. Moritz öffnet hektisch das Fenster und will ihr etwas zurufen - da ist es aber schon zu spät. Der junge Mann klopft Marvie von hinten auf die Schulter und sie zuckt nervös zusammen.
”Entschuldigen Sie”, sagt der Mann.
”Ich wollte Sie nicht erschrecken. Sie haben Ihr Kuvert vorm Schließfachraum verloren.”
“Ach, haben Sie mich jetzt aber erschreckt”, sagt Marvie mit leiser Stimme.
“Dachte schon, Sie wollen mich…” “…berauben?”, fällt der junge Mann Marvie ins Wort.
“Ja”, antwortet Marvie.

“Gestatten, Holzer mein Name. Ich bin vom Sicherheitsdienst der Bank. Ich habe auf meinem Monitor gesehen, dass Ihnen das Kuvert vor dem Eingang zu den Schließfächern aus Ihrer Tasche gefallen ist. Die Sicherheit unserer Kunden ist unser größtes Anliegen. Hier haben Sie Ihr Kuvert zurück”, sagt der junge Mann höflich, während er Marvie das Kuvert überreicht. Moritz traut seinen Augen nicht und fährt sich mit der linken Hand auf die Stirn.
“Danke”, sagt Marvie höflich, “das nächste Mal verliere ich sicher noch meinen Kopf”, und blickt lächelnd in das Gesicht des jungen Mannes. Der hält sie zurück: “Warten Sie, Sie sind sicher mit dem Auto hier.”
“Ja - warum?”, fragt Marvie.
“Dann begleite ich Sie noch dort hin. Wie Sie ja schon wissen - die Sicherheit unserer Kunden ist uns das größte Anliegen.”
Ehe Marvie noch antworten kann, fragt er:
“Der schwarze Peugeot da drüben ist sicher Ihrer? Und der Mann, der besorgt aus dem offenen Fenster blickt, ist sicher Ihr Ehemann - stimmt das?” Marvie wundert sich:
“Ja - woher wissen Sie das?”
“Ich weiß alles! Nein, Scherz beiseite, ich habe Sie, als Sie vor der Bank angekommen sind, bereits auf meinem Monitor gesehen. Und so eine hübsche Frau wie Sie fällt halt sofort auf!” Seine Stimme klingt zunehmend schleimig.
“Danke für das Kompliment”, erwidert Marvie. Als sie beim Auto ankommen, sagt der Anzugträger zu Moritz:
“Gestatten, Holzer mein Name, ich bin vom Sicherheitsdienst der Bank. Ich wollte nur Ihre wunderhübsche Frau sicher zu ihrem Auto begleiten. Die Sicherheit unserer Kunden ist unser größtes Anliegen.”
“Danke, sehr lieb, Herr Holzer, wir wissen das zu schätzen.” Auch Moritz` freundliche Stimme bekommt

einen falschen Klang.
Marvie steigt ins Auto und ehe sie starten kann, sagt Moritz hektisch:
"Komm fahr los, gib Gas! Sag, hab ich richtig gesehen, der Typ hat dir mein Kuvert aus dem Schließfach gegeben? Du hättest mich fast ins Grab gebracht - mein Herz wäre beinahe stehen geblieben, als ich bemerkt habe, dass dich der Anzugträger verfolgt!" Marvie schaut in den Rückspiegel, um die Spur zu wechseln.
"Ja, ich war so im Stress. Ich habe wahrscheinlich das Kuvert nicht richtig in meine Tasche gesteckt. Die Situation, in der ich mich derzeit befinde, ist halt komplett neu für mich - und sei froh, dass der Anzugheini seinen Job so gut macht, sonst ..."
"Was sonst?", unterbricht Moritz ungehalten ihre Erklärung.
"Sonst hätten wir das Kuvert wahrscheinlich nicht mehr. Sag, was ist eigentlich da drinnen?" Marvies Stimme wird etwas ruhiger. Sie zeigt auf das Kuvert, das sie beim Einsteigen ins Auto auf die Beifahrerablage geschmissen hat. Moritz nimmt das Kuvert, öffnet es und seufzt erleichtert:
"Gott sei Dank! Das Geld ist noch drinnen."

Er zieht ein Bündel violetter Scheine aus dem Kuvert und zählt:
"5 - 10 - 15 - 20; gut 10.000 Euro hab ich noch". Während sie fährt, riskiert Marvie immer wieder einen Blick auf die Scheine, die Moritz in der Hand hält. Als sie gerade den Mund für eine Frage öffnen will, sagt Moritz:
"Hier Marvie, ich gebe dir noch 5.000 Euro als Notgroschen - die restlichen 5 brauch ich für meine Recherche."
"Sag mal Moritz, wenn dein Buch für Green Screen fertig ist, bekommen wir nur noch 20.000 Euro. Damit müssen wir bis zu deinem nächsten Buch auskommen. Sag

ehrlich, für welche Recherchen brauchst du unser ganzes Geld?“, fragt Marvie mit ruhiger Stimme, schaltet dabei auf den 2. Gang zurück und reiht sich in die Abbiegespur zum Krankenhaus ein.
“Marvie”, antwortet Moritz, “Marvie, ich kann dir jetzt noch nicht alles erzählen, es wäre zu gefährlich für dich und die Kinder. Ich kann dir nur Eines sagen: Wenn ich mit meinen Recherchen zu Ende bin, dann sind die Enthüllungsstorys vom Wallraff a Lercherlschaß zu dem, was ich bringe. Nur ich bring die Story nicht als Enthüllungsbuch auf den Markt, ich schreib einen Krimi als Enthüllungsroman - Reality Thrill Crime - und das Drehbuch dazu. Wenn der Krimi auf Sendung geht, bekomme ich den nächsten Pulitzerpreis. Glaub mir, wir werden in Zukunft etwas mehr Geld haben. Und noch was, Marvie - sollte mir irgend etwas passieren, dann bring bitte das gelbe Kuvert zu Norbert Brandl in die Polizeizentrale in der Griesgasse!”
“Moritz, du machst mir Angst”, antwortet Marvie leise und parkt das Auto am Spitalsparkplatz ein. Sie stellt den Motor ab, zieht den Schlüssel ab und steigt aus. Während sie die Beifahrertür öffnet, bemerkt sie, dass der Verband um Moritz` verletzter Hand bereits blutgetränkt ist und sein Gesicht sich kreidebleich verfärbt hat.
“Marvie, Marvie”, stammelt Moritz leise. “Marvie, mir ist ganz flau im Magen. Ich glaub, ich kann nicht mehr aufstehen.”
“Warte”, sagt Marvie, “ich hol schnell Hilfe” und rennt Richtung Eingang. Als sie zwei Sanitäter sieht, ruft sie und winkt dabei energisch mit ihren Händen.
”Hallo, bitte helfen Sie mir! Mein Mann sitzt im Auto. Er hat sich an der Hand schwer verletzt und kann nicht mehr aus dem Auto aussteigen.”
Die zwei Sanitäter holen einen Liegewagen und folgen Marvie zum Auto. Als sie beim Auto ankommen, ist

Moritz ohne Bewusstsein. Sie legen ihn vorsichtig auf den Wagen und schieben ihn auf direktem Weg in die Notaufnahme. Marvie schließt hektisch das Auto und läuft dem kleinen Trupp hinterher. Im Behandlungsraum wird Moritz eine Infusion gelegt, dabei kommt er wieder zu sich. Marvie steht an seiner linken Seite und streichelt ihm dabei vorsichtig übers Haar.
“Schön, dass du da bist”, stöhnt Moritz leise und ein zaghaftes Lächeln huscht über sein bleiches Gesicht. Doch im selben Atemzug schließt er langsam die Augen, denn das Narkotikum, das der Notarzt ihm bereits verabreicht hat, beginnt zu wirken.

Marvie wird gebeten, das Behandlungszimmer zu verlassen, denn Moritz wird in den OP gebracht. Eine Stunde später kommt der Unfallchirurg, der Moritz operiert hat, zu Marvie und sagt mit väterlicher Stimme:
“Frau Lustig, Ihr Mann ist bereits im Aufwachraum. Wir haben den Notizhalter entfernt, die Wunde ist genäht. Nur der enorme Blutverlust machte uns etwas zu schaffen. In zwei bis drei Stunden wird er wieder so weit fit sein.”
Marvie fragt besorgt:
“Wann kann mein Mann das Spital wieder verlassen?”
“Normalerweise könnten wir ihn noch heute nach Hause schicken, aber durch den Blutverlust und dem daraus resultierenden Herz-Kreislauf-Versagen möchte ich ihn heute Nacht noch zur Beobachtung bei uns behalten. Morgen können wir ihn dann nach Hause schicken und ambulant weiter behandeln”, erklärt der Arzt.
“Ach, da fällt mir ein Stein vom Herzen. Vielen Dank, Herr Doktor!“, antwortet Marvie mit einer Geste der Erleichterung.
“Ach, noch etwas”, sagt der Arzt, “sollte so etwas wieder vorkommen, dann verständigen Sie bitte sofort den Notarzt und fahren nicht selbst ins Spital, denn bei

starkem Blutverlust kann es zu einem lebensbedrohlichen Herz-Kreislauf-Versagen kommen."
"Hoffen wir mal, dass so etwas nicht wieder passiert", antwortet Marvie.

2 Tage später

Moritz liegt auf der Couch im Wohnzimmer und sieht sich am Sky Krimikanal eine Folge von SOKO Graz an, die er vor zwei Jahren geschrieben hat. Er fährt sich mit der linken Hand ins Gesicht und erklärt sich selbst:
"So ein Schaß. Wie konnte ich nur so einen Blödsinn schreiben", als es plötzlich an der Haustür klingelt.
DING - DONG - DOONG!

"Moritz, ich geh schon!", ruft Marvie aus der Küche und geht zur Eingangstür. Sie öffnet und ein
"Hey Marvie" tönt ihr entgegen.
"Hi Paul, komm rein. Du willst sicherlich zu Moritz. Der liegt im Wohnzimmer auf der Couch und zieht sich gerade einen seiner Krimis rein."
"Wie geht's dir und den Kindern?", fragt Paul, während er das Haus betritt.
"Na ja, den Umständen entsprechend", antwortet Marvie und schließt die Eingangstür.
„Carlotta hat wieder eine Eins auf die letzte Matheschularbeit und ist schon ganz nervös, weil sie morgen die Aufnahmeprüfung für die Ortweinschule hat."
"Bei ihrem Talent - ich hab es dir ja schon immer gesagt, dass ihre Zeichnungen für ihr Alter ein Wahnsinn sind - braucht sie gar nicht nervös zu sein. Das schafft sie sicherlich mit links", meint Paul mitfühlend.
"Wenn es ihr hilft, rede ich noch einmal mit ihr."
„Ja, deine Motivationskünste werden ihr sicher die Nervosität nehmen", bestätigt Marvie, nimmt dabei Pauls

Jacke entgegen und hängt sie auf den Kleiderständer im Vorzimmer.
“Und Adrian?”, fragt Paul besorgt.
“Adrian ist momentan mein Sorgenkind. Er macht sich große Vorwürfe wegen des Unfalls von Moritz. Er hat sich geschworen, dem Papa nichts Selbstgebasteltes mehr zu schenken.”
“Geh”, fällt Paul Marvie ins Wort, “so schlimm geht’s ihm? Da werde ich wohl auch meine Motivationskünste zum Einsatz bringen müssen. Sind die Kinder schon da?” Paul zieht sein Spitzbubenlächeln auf.
“Nein, die kommen erst von der Schule nach Hause. Du Paul, ich bin gerade beim Kochen, bleibst du zum Mittagessen? Es gibt Curryhuhn mit Reis und Gemüse.” Marvie schleckt sich über die Lippen.
“Ja gerne, wer kann bei deinen Kochkünsten schon Nein sagen?”, antwortet Paul und schmatzt genüsslich.
“Gut, dann geh ich wieder in die Küche”, antwortet Marvie, während Paul in Richtung Wohnzimmer verschwindet.

Dort angekommen sieht er Moritz auf der Couch liegen.
“Hi Paul”, sagt Moritz fröhlich.
“Schön, dich zu sehen. Wie du ja siehst, geht’s mir schon etwas besser.” Moritz hält Paul die eingeschiente rechte Hand entgegen.
“Hallo, du Invalide”, begrüßt Paul mit einem breiten Grinsen seinen Freund.
“Freut mich, dass du wieder unter den Lebenden weilst. Ich hab mir große Sorgen gemacht, was machst du denn für Sachen?” Paul setzt sich neben Moritz auf die Couch.
“Na ja, es gibt Schlimmeres”, antwortet Moritz.
“Sag, was ist der Grund deines Besuches? Ich hoffe, nichts Schlechtes.” Moritz schaltet den Ton des Fernsehers auf lautlos.
“O.k., Moritz, ich fall gleich mit der Tür ins Haus”, sagt

Paul, während er seine Aktentasche öffnet. Er nimmt eine Mappe heraus und öffnet sie.
“Ich war gestern bei Hans von der Green Screen und habe ihnen von deinem Unfall berichtet. Dass Hans nicht sehr begeistert ob der neuerlichen Verzögerung war, wirst du wohl verstehen. Eigentlich wollte er dir keinen Aufschub mehr gewähren, aber - jetzt kommt das Aber - ich konnte ihn überzeugen, dir noch etwas Zeit zu geben.”
“Was? Paul, wie hast du das geschafft?” Moritz ist ganz aufgeregt.
“Ja, das werde ich dir jetzt erklären. Warte, bleib ganz locker”, beruhigt ihn Paul.
“Ich weiß schon länger durch die vielen Gespräche mit dir, dass du eigentlich keinen Bock mehr auf die SOKO-Geschichten hast, und dass du lieber Thrill Crime schreiben möchtest. Deshalb habe ich einen jungen, willigen Autor gefunden, der dir in Zukunft die SOKO-Geschichten abnehmen wird!”
“Was”, schreit Moritz laut, “was hast du gemacht? Hinter meinem Rücken suchst du einen neuen Autor? Sag, wie viel Kohle hast du in den letzten Jahren mit mir verdient? Reicht dir das nicht?!” Moritz kann sich nicht beruhigen.
“Genau so habe ich deine Reaktion vorausgesehen!”, entgegnet ihm Paul ruhig und versucht mit einer Handbewegung, Moritz zu beruhigen.
“Lass mich”, schreit Moritz weiter und springt wie ein wild gewordener Pit Bull Terrier von der Couch.
“Moritz, beruhig dich bitte”, sagt Paul.
“Ja Moritz, bitte beruhige dich”, sagt auch Marvie von der Tür aus. Durch das Geschrei von Moritz angelockt, ist sie aus der Küche gekommen, um nach dem Rechten zu sehen.
“Was, ich soll mich beruhigen, wenn der Arsch meinen Job jemand anderem gibt?”, schreit Moritz weiter.

“Was - stimmt das, Paul?” Marvie ist nun doch auch etwas erregt.

“Lasst mich mal ausreden, Leute”, sagt Paul bestimmt und steht auf. Er geht zu Moritz, legt ihm die Hand auf die Schulter und spricht mit beruhigender Stimme weiter: “Moritz, hör mir mal zu. Komm, setz dich nieder, dann können wir in aller Ruhe den Sachverhalt besprechen.”

Moritz beruhigt sich und setzt sich wieder auf die Couch zurück.

“So, was hast du mir zu sagen?”, fragt er und fährt mit der verletzten Hand über sein Gesicht.

“Moritz, ich habe dir gestern deinen Arsch gerettet. Hans ist auf meinen Deal eingestiegen, er bekommt die SOKO-Geschichten in Zukunft günstiger. Und zwar von einem jungen, unverbrauchten Autor, der genau das schreibt, was sie wollen - seichten Quoten-Quatsch à la SOKO. Und du bekommst die Chance und natürlich mehr Zeit, um deine neue Reality Thrill Crime-Serie zu entwickeln. Du brauchst Hans den Vorschuss für SOKO nicht zurückzugeben! Betrachte das als Vorschuss für deine neue Serie. Nachdem zwei Folgen von SOKO heuer noch gedreht werden, hast du bis Jänner Zeit, deine Geschichte zu schreiben. So, und jetzt bist du dran, lieber Moritz.”

Moritz sitzt mit versteinerter Miene auf der Couch, kein Wimpernschlag, kein Zucken der Mundwinkel ist zu sehen - beim Pokern würde man dazu Super Face sagen. Paul blickt nervös zwischen Marvie und Moritz hin und her. Totenstille - Sekunden werden zu Minuten. Paul gestikuliert zu Marvie, indem er immer wieder fragend seine Schultern hebt. Marvie spitzt ihre Lippen und als sie die Stille mit einem Kommentar unterbrechen will, heben sich Moritz` Mundwinkel und ein lautes, befreiendes Lachen erschüttert seinen ganzen Körper.

Paul und Marvie beginnen ebenfalls zu lachen, obwohl ihr Lachen etwas gezwungener wirkt. Aber wenigstens wurde die Totenstille unterbrochen.
“Paul, mein Freund, das hätte ich nicht besser machen können”, sagt Moritz in seine Heiterkeitsanfälle hinein. “Paul, du bist der Beste, das hab ich immer schon gewusst! Und übrigens, was habt ihr da zu lachen? Ha Ha Ha Ha!“ Moritz schlägt mit seiner verletzten Hand auf Pauls Schulter. “Aua!”, schreien beide im selben Moment auf.

Marvie trippelt von der Wohnzimmertür zu Moritz, hängt sich an seine Schulter und gibt ihm einen dicken Kuss. Anschließend kann sie es sich nicht verkneifen, auch Paul zu umarmen und ihm ebenfalls einen dicken Kuss auf die rechte Wange zu geben.
“Aber hallo”, unterbricht Moritz,
“muss ich jetzt etwa eifersüchtig werden? Nicht, dass du jetzt mit meiner Frau durchbrennst, Paul?”, sagt Moritz mit einem großen Grinsen im Gesicht.

2 Monate später

“Tööt - Tööt“ Scheiße, schon wieder kein Freispiel”, murmelt Moritz leise vor sich hin, während er wie versteinert auf das Display des Glücksspielautomaten starrt. Er drückt auf die Starttaste und 2 Euro werden ihm von seinem Guthaben abgezogen. Die elektronischen Walzen beginnen sich zu drehen. Moritz rüttelt den Automaten in der Hoffnung, dass endlich die drei Kugeln, die die 15 Freispiele starten, auf dem Display erscheinen. Tööt - das typische Klangbild der Freispielkugel ertönt aus dem Lautsprecher des Automaten und auf der ersten der fünf Walzen erscheint die langersehnte Kugel. Die zweite Walze bleibt stehen.

Scheiße, denkt Moritz, keine Kugel. Ehe die dritte Walze stehen bleibt, kommt wieder das typische Tööt aus dem Lautsprecher. Die zweite Kugel für das Freispiel hat eingeloggt, jetzt braucht er noch eine Kugel. Die vierte Walze bleibt stehen - wieder keine Kugel. Die fünfte Walze dreht sich immer noch. Moritz rüttelt kräftig am Automaten, wieder in der Hoffnung, dadurch die lang ersehnte dritte Kugel zu stoppen. Er hat bereits 400 Euro verspielt und am Display sieht er auf der Guthabenseite nur noch 5 Euro stehen. Ehe die fünfte Walze stehen bleibt, ertönt aus dem Lautsprecher das langersehnte dritte Tööt. Die dritte Kugel hat endlich eingeloggt. “Super”, schreit Moritz und klatscht sich auf die Oberschenkel. Am Display erscheint: “15 Freispiele gewonnen.”

Bei diesen 15 Freispielen werden ihm nur 1 Cent pro Spiel von der Guthabenseite abgezogen, aber jeder Gewinn wird mit dem Faktor 3 multipliziert. Moritz drückt auf die Starttaste, um das erste Scattergame - dies ist die offizielle Bezeichnung der Freispiele - zu starten. Die fünf Walzen drehen sich. Andere Spieler, die sich auch im Spielsalon der ‘Kapital Sportwetten‘ befinden, schauen neidvoll und gespannt auf das Display von Moritz.
Tööt - Tööt - Tööt kommt es aus dem Lautsprecher und auf den fünf Walzen haben sich drei Kugeln eingeloggt. “Verlängerung“, schreit Moritz laut auf. “15 Freispiele dazu - juhu!”, schreit er weiter und streichelt dabei den Automaten. Als er wieder die Starttaste drückt, um das zweite Freispiel zu aktivieren, sagt er sich:
“30 Freispiele hab ich schon, vielleicht werden es noch 45.” Die fünf Walzen loggen ein:
“Vier Kleeblätter - super, 20 Euro und 4 AG - super, weiter so!”

Zur Erklärung: AG heißt Action Game. Bei diesem Game dreht sich ein Pfeil um einen Kreis und man hat die Möglichkeit, 10 Euro oder 6 weitere AGs zu gewinnen. Natürlich kann man die AGs auch wieder verlieren, wenn der Pfeil in einer der drei ‚Lose'-Flächen des Kreises einloggt. Man verliert aber nicht sein schon gewonnenes Guthaben, sondern man verliert maximal die Möglichkeit, 10 Euro dazuzugewinnen.

Die anderen Spieler im Salon stehen jetzt alle rund um Moritz und fiebern ebenfalls mit, das Spielfieber hat nun alle voll erwischt. Moritz drückt wieder die Starttaste und bevor die fünf Walzen stehenbleiben, hört man über den Lautsprecher des Automaten Tööt - Tööt – Tööt. "Wahnsinn", schreit Moritz, "15 Freispiele dazu, huhu - jetzt hab ich schon 45, vielleicht werden es noch 60!" Einer der Spieler sagt zu Moritz:
"Schon lange nicht mehr so einen Lauf gesehen. Ich hab in meinen Automaten schon 700 Euro reingeschoben und noch nicht einmal die 3 Kugeln gehabt." Die anderen Spieler sind auch der Meinung, dass seit ungefähr einem Monat überhaupt nichts mehr geht auf den Automaten der 'Kapital Sportwetten'.
"Ich hab im letzten Monat 2.500 Euro in diese verdammten Kübel gesteckt und überhaupt nichts gewonnen", sagt eine Spielerin.
"Das ist ja gar nichts - ich bin nur in diesem Monat schon mit 5.000 Euro im Minus." Ein junger Mann am Automaten neben Moritz sagt:
"Leute, ich glaub, die Kapital Sportwetten verarschen uns total. Am Anfang, wenn ein neuer Spielsalon von der Kapital-Gruppe aufsperrt, zahlen die Automaten Supergewinne aus. Ich hab vorige Woche im neuen Salon in der Wienerstraße mit einem Einsatz von 100 Euro auf der 6er-Stufe sagenhafte 3.000 Euro gewonnen." Moritz fragt neugierig:

“Wie viel hast du noch von deinem Gewinn?”
“Na ja, ich dachte, so einen Glückslauf habe ich sicherlich öfter und hab aufgeteilt auf 4 verschiedene Kapital Sportwetten-Filialen. 2.500 Euro wieder verloren.”
Ein junger Bursch, der gegenüber von Moritz sitzt, sagt: “Alter, du hast 2.500 Euro wieder verloren? Wenn mir so was passiert - ich mein, so ein hoher Gewinn - hör ich sicherlich ein paar Monate mit dem Spielen auf.”
“Was heißt, hoher Gewinn? Leute, ich muss euch was erzählen”, sagt ein etwas älterer Herr.
“Ich war vorgestern im Kapital am Bahnhofsgürtel und spielte mit meinen 50 Euro auf der 45 Cent-Stufe dahin. Da kam ein Jugo herein, steckte einen Hunderter in die Maschine neben mir, stellte den Einsatz auf die blaue S - ihr wisst, das ist die höchste Stufe, da kostet ein Druck auf die Starttaste 9,50 Euro - und wartete. Ich denk mir, komisch - da kamen plötzlich zwei Typen in den Salon. Einer mit einem schwarzen Anzug, der andere nur schwarz gekleidet. Der Anzugträger stellte sich zum Automaten neben mir und steckte einen 10er rein. Der andere stellte sich zum Automaten gegenüber von meinem und steckte ebenfalls einen 10er rein. Eigenartig, denke ich mir. Der Jugo drückte auf die Starttaste - ich war natürlich neugierig und schaute auf sein Display. 9,50 Euro pro Druck ist ganz schön saftig, denk ich mir, da hast du in dreißig Sekunden 100 Euro verspielt, wenn kein Gewinn kommt. Na ja…”
Die anderen Spieler und auch Moritz beachten die vielen Freispiele von Moritz` Automaten gar nicht mehr - sie lauschen ganz gespannt der Erzählung des älteren Herren.
“Na ja, wie gesagt, der Jugo drückte die Starttaste und die fünf Walzen des Automaten drehten sich. Kein Gewinn, als alle fünf einloggten! Er drückte die Taste erneut. Die anderen zwei Typen, die nach dem Jugo

gekommen sind, starrten nur auf das Display vom Automaten des Jugo und ließen dabei ihre eigenen 10er auf der 45 Cent-Stufe auf Automatik laufen. Aber sie schauten nicht auf ihre eigenen Displays, nein, wie gesagt, die sahen nur das Display vom Jugo. Die fünf Walzen drehten und dann ging's Tööt - Tööt - Tööt - drei Kugeln, 15 Freispiele - nach dem zweiten Drücker! Der Jugo schrie auf, die zwei anderen Typen schauten sich mit einem Pokerface an."

"Na net, wirklich - nach dem zweiten Drücker hat der schon die drei Kugeln. Wahnsinn! Das kann es ja nicht geben!", schreit der junge Mann gegenüber von Moritz auf.

"Na, wenn ich es euch sage! Ich lüg euch nicht an, aber hört mir jetzt weiter zu. Wo war ich stehen geblieben? Ah ja, bei den drei Kugeln. Also, der Jugo schrie voller Freude auf und die zwei anderen Typen sahen sich mit einem Pokerface an. Gigantisch, kein Zucken der Mundwinkel, kein Lächeln kam den beiden über das Gesicht, die blieben so cool. Ja, der Jugo hatte also 15 Freispiele. Man kann, wenn der Automat gut auszahlt, viel gewinnen oder auch nicht. Der Jugo drückte auf die Taste und das erste Freispiel begann. Die fünf Walzen loggten ein - kein Gewinn. Er betätigte wieder die Starttaste, die fünf Walzen loggten ein - wieder kein Gewinn. So ging das bis zum zwölften Freispiel, bis dahin hatte er nur minimale Gewinne. Das dreizehnte Freispiel startete, die fünf Walzen drehten sich, auf einmal hörte ich nur noch

TÖÖT TÖÖT TÖÖT TÖÖT TÖÖT!"

"Wahnsinn, fünf Kugeln in der blauen S-Stufe! Wahnsinn!", schreit der junge Mann gegenüber von Moritz. Die anderen Zuhörer schauen sich mit halb geöffneten Mündern an - noch niemand hatte von so

einem Glücksfall gehört.
“Ja, das ist aber noch nicht alles”, fährt der Mann fort. “Um das etwas abzukürzen, der Jugo gewann noch einige Freispiele. Ich glaub, er kam auf 160 Games und letztendlich gewann er 42.000 Euro - ja, ihr habt richtig gehört - 42.000 Euro!“

Moritz schüttelt den Kopf und blickt in die Runde:
“So ein Glückskind! So eine Glückssträhne hätte jeder von uns gerne.”
“Moment”, sagt der ältere Herr zu seinen Zuhörern:
“Ich bin mit meiner Geschichte noch nicht zu Ende. Der Jugo freute sich natürlich wie ein kleines Kind, drückte auf die Auszahlungstaste und der Bon kam aus dem Automaten. Gleichzeitig mit dem Jugo verließen aber die zwei seltsamen, schwarz gekleideten Typen ebenfalls den Spielsalon und folgten dem Jugo zur Auszahlungskassa. Ich schaute natürlich, neugierig wie ich halt bin, heimlich aus dem Salon und beobachtete den Auszahlungsvorgang. Der Kassier zählte die 42.000 Euro ab, drückte dem Jugo das Geldbündel in die Hand und sagte: ‘Gratuliere zu Ihrem Gewinn‘. Der Jugo nahm das Geld und zählte natürlich nach. Nachdem er seinen ausbezahlten Betrag kontrolliert hatte, gab er dem Kassier 100 Euro Trinkgeld.”
Moritz runzelt die Stirn.
“Was, nur 100 Euro hat er dem Kassier gegeben?” Dabei blickt er auf sein Automatendisplay und sieht, dass er, während er dem älteren Herrn zugehört hat, selbst gerade 1.600 Euro gewonnen hat.
“Super”, schreit Moritz, “ich hab 1.600 Euro gewonnen!”, und drückt auf die Auszahlungstaste. Der Beleg kommt aus dem Automaten, Moritz nimmt ihn und will gerade aus dem Salon gehen, da sagt der ältere Herr:
“Warte noch einen Moment, ich bin mit meiner Geschichte noch nicht am Ende”. Moritz dreht sich um

und stellt sich neben den Mann, um dessen Geschichte zu Ende zu hören.
“Jetzt wird’s nämlich erst richtig skurril”, fährt dieser fort. “Der Jugo nahm sein Geld und verließ den Spielsalon der Kapital Sportwetten. Die zwei seltsamen Typen folgten ihm auffällig unauffällig nacheinander hinaus aus der Sportwetten-Filiale. Was draußen passierte, kann ich euch nicht sagen.
Doch jetzt hört mir genau zu - und was ich euch jetzt erzähle, ist kein Märchen: Nachdem ich vorgestern selbst noch 300 Euro gewonnen hatte, beschloss ich gestern, wieder mein Glück zu versuchen. Ich fuhr zur Kapital Sportwetten-Filiale in der Kärntnerstraße, das war so gegen 16:00 Uhr. Als ich den Spielsalon betrat, traute ich meinen Augen nicht. Ich sah die zwei Typen vom Vortag, diesmal waren sie nicht einheitlich schwarz gekleidet. Nein, der eine hatte eine Jeans und ein blaues Sakko an, der andere war leger gekleidet. Sie saßen im Wettcafé und unterhielten sich. Na ja, dachte ich, witziger Zufall, und ging in den Automatenbereich. Ich schob einen Hunderter in einen Automaten und spielte wieder auf der kleinsten Stufe dahin. Ich hatte keinen guten Lauf und wollte schon aufhören, da sah ich einen etwas jüngeren blonden Mann den Automatenbereich betreten.
Er ging zum Automaten gegenüber von meinem und schob ebenfalls einen Hunderter hinein. Er schaltete den Einsatz auf die blaue S-Stufe und wartete. Der muss Geld haben, dachte ich mir - ihr wisst, blaue S bedeutet 9,50 Euro pro Druck auf die Starttaste. Plötzlich betraten die zwei Typen den Automatenbereich - eigenartig dachte ich mir, welch ein Zufall.
Ich spielte unauffällig auf meinem Automaten und tat so, als hätte ich die beiden noch nie gesehen. Sie schoben ebenfalls wie vorgestern jeder einen 10er in die Automaten rechts und links vom Blondie. Der drückte auf

die Starttaste und die fünf Walzen drehten sich. Als sie einloggten - kein Gewinn! Der Blonde drückte wieder auf Start - die Walzen drehten sich, loggten ein - wieder kein Gewinn. Er drückte wieder auf die Starttaste - und ehe die Walzen einloggten, hörte ich das
TÖÖT - TÖÖT - TÖÖT.“
“Was - das glaub ich nicht”, fällt Moritz dem älteren Mann ins Wort. “Nach nur drei Drückern hat der Blonde die drei Kugeln für das Freispiel! So ein Glück, anscheinend spielen wir immer auf den falschen Automaten.”
Der ältere Herr fährt mit seiner Erzählung fort:
“Ja, das dachte ich auch: So ein Glücklicher! Aber das war ja noch nicht alles. Wie gesagt, die drei Kugeln loggten ein und der Blondie begann mit seinem Freispiel. Und jetzt kommt der absolute Hammer - nach exakt 13 Freispielen loggten wie beim Jugo am Tag zuvor fünf Kugeln ein!”

“Alter, du willst uns sicher nur ein Märchen auftischen! Das glaubt dir kein Mensch, dass es solche Zufälle gibt!”, schreit der junge Mann gegenüber von Moritz auf und blickt in die Runde.
“Moment”, sagt der Erzähler und versucht, die anwesenden Zuhörer zu beruhigen.
“Auch ich glaube nicht an solche Zufälle. Jedenfalls, um die Geschichte abzukürzen, gewann der Blonde exakt 42.000 Euro - so wie der Jugo am Vortag. Wartet, jetzt kommt es noch dicker - der Blonde drückte die Auszahlungstaste und der Bon mit den 42.000 Euro kam heraus. Er nahm ihn und ging zum Kassier, um seinen Gewinn auszahlen zu lassen. Ehe er das Geld in den Händen hielt, gingen ebenfalls wie am Tag zuvor die beiden Typen aus dem Spielbereich, aber diesmal verließen sie vor dem Blonden die Filiale der Kapital Sportwetten. Der Blonde bestellte sich noch ein Glas Bier, trank es aus und ging ebenfalls aus der Filiale.

Neugierig wie ich halt bin, ging ich unauffällig Richtung Eingang und beobachtete durch die Glastür, wie die zwei Typen in einen schwarzen 5er-BMW einstiegen und warteten. Als der Blonde ebenfalls in seinen Golf einstieg, sah ich, dass sich einer der beiden Typen sein Handy ans Ohr hielt und im selben Moment nahm der Blonde sein Handy und hielt es ebenfalls ans Ohr. Danach verließ der Blonde mit seinem Auto den Parkplatz und fuhr Richtung stadtauswärts. Keine zehn Sekunden später verließen die zwei Typen mit ihrem BMW ebenfalls den Parkplatz und fuhren exakt in die gleiche Richtung. Freunde, wenn da nicht etwas faul ist, heiß ich Sepp." Damit beendet er seine Erzählung.

Für Sekunden herrscht Totenstille im Spielsalon. Jeder der anwesenden Spieler schüttelt nur ungläubig den Kopf. Moritz unterbricht das Schweigen und fragt den älteren Mann:
"Sagen Sie jetzt ehrlich, war das wirklich so, wie Sie uns das erzählt haben?" Der antwortet:
"Ja, das war wirklich so. Das ist kein Märchen, das ist genau so, wie ich es erzählt habe, passiert. Eigentlich wollte ich über dieses Erlebnis mit niemandem reden, aber als der junge Mann vorhin sagte, dass die Kapital Sportwetten uns Spieler total verarschen, hab ich mir gedacht, meine Beobachtung muss ich euch erzählen!"
"Danke für Ihre Informationen", sagt Moritz zum älteren Herrn, nimmt seinen Bon und verlässt den Spielbereich. Er verabschiedet sich mit einem
"Grüß euch, muss jetzt gehen, und noch viel Glück!", während die übrigen Spieler sich bereits mitten in einer Diskussion über das soeben Gehörte befinden.

Moritz lässt sich die gewonnenen 1.600 Euro vom Kassier auszahlen, gibt diesem 50 Euro Trinkgeld und verlässt die Filiale der Kapital Sportwetten.

Er steigt in sein Auto und während der gesamten Fahrt nach Hause geht ihm die Erzählung dieses Mannes nicht mehr aus dem Kopf. "Wenn das wirklich so passiert ist, dann muss ich herausfinden, ob das hier ein einmaliger Zufall war. Und wenn nicht - dann, ja, dann habe ich eine neue Story - eine verdammt heiße Story", denkt Moritz laut nach, als er in seiner Hauseinfahrt ankommt. Er stellt den Motor ab und bleibt noch einen Moment im Auto sitzen. Der Gedanke, dass an der Geschichte etwas dran sein könnte, lässt ihn nicht mehr los. Das Jagdfieber nach einer heißen Story hat ihn voll erwischt. Wirre Fantasien schwirren in seinem Kopf herum. In seine Gedanken vertieft, bemerkt Moritz nicht, dass sein Sohn bereits aus dem Haus gekommen ist, um ihn zu begrüßen. Moritz schreckt hoch, als Adrian die Autotür aufreißt.

"Hallo Papa!", schreit Adrian ins Auto.

"Hallo Adrian - hast du mich aber erschreckt", antwortet Moritz und steigt aus. Adrian kann es kaum erwarten und noch ehe sein Vater heraußen steht, umarmt er ihn schon, als hätte er ihn seit Monaten nicht mehr gesehen.

"Wo warst du so lange?", fragt Adrian. Moritz nimmt seinen Sohn, hebt ihn hoch, gibt ihm einen Kuss auf die Wange und sagt:

"Na, wo war ich wohl?"

"Einkaufen?" Adrian ist ganz aufgeregt.

"Ja, das war ich auch. Du kannst mir gleich helfen, die Sachen reinzutragen", antwortet Moritz und stellt ihn auf den Boden zurück. Er öffnet den Kofferraum und drückt Adrian eine Schachtel mit Lebensmitteln in die Hand. Während er die Autotüren schließt, fragt Moritz:

"Sag Adrian, wie war es in der Schule? Sind die Aufgaben schon gemacht?"

"Schule war o.k., bei der Matheaufgabe musst du mir noch helfen", antwortet Adrian, während beide das Haus betreten.

“Hast du mir was zum Naschen mitgebracht?”, fragt Adrian.
“Natürlich, mein Freund. Das bekommst du aber erst, wenn die Aufgabe fertig ist.” Moritz hängt seine Jacke im Vorzimmer auf.
“Hallo Schatz”, tönt es aus der Küche.
“Ich mach dir gleich dein Essen warm. Wie ich dich kenne, hast du sicher den ganzen Tag noch nichts gegessen.”
Moritz betritt die Küche und gibt Marvie einen Kuss.
“Hallo Schatz, ich hab einen riesigen Hunger”, bestätigt Moritz und wirft einen Blick in die Kochtöpfe.
“Hmmm, Saftschnitzel mit Reis - lecker!” Moritz umarmt herzhaft seine Frau.
“Kannst dich gleich zum Tisch hinsetzen”, sagt Marvie und drückt Moritz eine kleine Flasche Bier in die Hand.
“Wie war dein Tag, bist du mit deinen Recherchen weitergekommen?”, will Marvie wissen, während Moritz sich zum Esstisch setzt.
“Naja”, antwortet er, “nicht so wirklich. Ich glaub, ich befinde mich derzeit in einer Sackgasse.”

Moritz weiß nicht, wie er seiner Frau erklären soll, dass er seit Wochen nicht mehr an der - ach so heißen - Story arbeitet, für die er fast seinen Job bei der Green Screen verloren hätte. Er hatte herausgefunden, dass seine teuer erkauften Informationen, die er von einem Insider aus der Rotlichtszene erhalten hat, sich nun als heiße Luft entpuppten. Stattdessen versucht er seit Wochen, sein verlorenes Geld mit dem Spielen in Automaten-Casinos zurückzugewinnen.

“Moritz, ich will dich jetzt nicht stressen. Aber ich will dich nur erinnern, dass du bereits über 20.000 Euro an Recherchen für dein neues Buch ausgegeben hast, die uns jetzt fehlen. Außerdem sehe ich dich seit Wochen

nicht mehr im Schreibatelier arbeiten. Du weißt ja, du hast nur noch bis Jänner Zeit, dein Buch fertigzustellen, und jetzt haben wir bereits Ende September", sagt Marvie besorgt, während sie ihm das Essen serviert.
"Hmm", knurrt Moritz, "musst du mich jetzt erinnern? Ich weiß selbst, dass ich derzeit eine kleine Schreibblockade habe."

Für einen kurzen Moment überlegt Moritz, ob er seiner Frau von seiner Begegnung mit dem älteren Herrn erzählen soll. Doch dann beschließt er, doch nichts zu sagen, denn die Wahrheit, 20.000 Euro für nichts als heiße Luft ausgegeben zu haben, schmerzt bitterlich und würde das heile Familienleben nachhaltig irritieren.

"Aber, wenn es dich interessiert, ab heute werde ich wieder schreiben - damit ich den Abgabetermin einhalten kann", sagt er und beginnt zu essen.
"Übrigens, wo ist meine Zuckerpuppe?", fragt Moritz, nachdem er bemerkt hat, dass seine Tochter ihn noch gar nicht begrüßt hat.
"Die ist bei ihrer Freundin Nina und übt mit ihr für ihren Hip-Hop-Auftritt am Freitag", antwortet Marvie.
"Oh, hätte ich beinahe vergessen. Müssen wir sie bei Nina abholen oder wird sie gebracht?", fragt Moritz und sieht, dass sein Sohn bereits mit der Matheaufgabe in der Hand neben ihm steht.
"Nein, wir brauchen sie nicht holen, sie übernachtet bei Nina und fährt morgen mit ihr zusammen in die Schule."
Marvie räumt den leeren Teller ab, um Platz für Adrians Mathehausübung zu machen.
"Dein Essen war wie immer ausgezeichnet", lobt Moritz und wirft Marvie einen Kuss zu.
"So, mein kleiner Freund, setz dich neben mich. Wo hakt es denn bei deiner Aufgabe?" Moritz klatscht mit der Hand auf den leeren Sessel neben seinem. Während

Moritz mit seinem Sohn die Matheaufgabe macht, kommt ihm immer wieder die Geschichte des älteren Herrn von der Kapital Sportwetten-Filiale in den Sinn. “Hoffentlich ist diesmal was dran an der Story”, denkt Moritz, “sonst hab ich wirklich ein Problem mit meiner Idee, die ich der Green Screen verkauft habe.“ Adrian reißt Moritz aus seinen Gedanken:
“Papa, stimmt das?” “Was?”, Moritz ist verwirrt.
“Das Ergebnis der letzten Rechnung”, Adrian zeigt mit seiner Füllfeder auf die Zahlen in seinem Aufgabenheft. “Wart` noch eine Sekunde mit dem Unterstreichen.” Moritz rechnet die Aufgabe laut nach.
“Ja, das Ergebnis ist o.k., du kannst es jetzt doppelt unterstreichen. Aber benutze dazu das Lineal”, sagt Moritz mit oberlehrerhafter Stimme zu Adrian.
“So, fertig - jetzt bekomme ich aber was zum Naschen”, fordert Adrian Moritz` Versprechen ein und schließt sein Aufgabenheft. Moritz geht in die Küche und will aus der Schachtel mit dem Einkauf ein Überraschungsei herausnehmen, doch er kann die Schachtel nicht mehr finden.
“Marvie”, ruft er in Richtung Wohnzimmer.
“Ja, mein Schatz”, antwortet sie.
“Sag, wo ist die Schachtel mit dem Einkauf? Ich kann sie nirgends finden.”
“Den Einkauf hab ich bereits verräumt, während du mit Adrian die Hausübung gemacht hast”, ruft sie Moritz aus dem Wohnzimmer entgegen.
“Ich such die Naschereien für die Kinder?”, fragt Moritz.
“Die sind in der dritten Lade!”, antwortet Marvie.
“Danke, hab's schon gefunden.”
Moritz holt das Überraschungsei aus der Lade und drückt es Adrian in die Hand.
“Danke Papa!” Adrian nimmt das Ei und zischt in Richtung Schreibatelier ab.
“Halt mein Freund - wo gehst du hin?”, sagt Moritz mit

tiefer Stimme und geht seinem Sohn nach.
“Ich will auf deinem Computer schnell ins Internet. Will mit meinem Freund Daniel skypen.”
“Nein Adrian, das geht heute nicht. Ich will an meinem Buch arbeiten und muss deshalb selbst im Internet recherchieren. Außerdem hast du deinen eigenen PC in deinem Zimmer!” antwortet Moritz bestimmt.
“Ja, aber ich kann mit meinem PC nicht ins Internet. Ihr habt mir ja meinen Internetstick weggenommen”, knurrt Adrian.
“Ja, das weiß ich. Und du weißt auch, warum du derzeit nicht ins Internet darfst. Wenn deine schulischen Leistungen wieder passen, bekommst du von uns deinen Stick wieder zurück.” Moritz setzt sich auf seinen Schreibtischsessel.
“Immer nur Schule, Schule, Schule”, mault Adrian und geht mürrisch in sein Zimmer.

“Ah, du sitzt am Schreibtisch! Sag, welches Wunder hat deine Schreibblockade gelöst?” Marvie wirft vom Wohnzimmer einen Blick ins Schreibatelier.
“Na, was soll ich dir sagen, mein Schatz? Vielleicht hat mir dein Vorwurf beim Essen geholfen und mir die Augen und meine Gedanken geöffnet.” Moritz` Stimme klingt schokoladig.
“Na, das freut mich aber sehr, dir geholfen zu haben. Du weißt ja - ich bin deine Muse.” Marvies Aussage kommt eher bittersüß über ihre Lippen. Moritz fährt seinen Computer hoch und startet das Internet.
Er googelt ‘Kapital Sportwetten‘, wird gleich fündig und beginnt mit den Recherchen.
Er erfährt, dass die Kapital Sportwetten GmbH ein Franchise System der NewWorld AG ist. Die NewWorld AG ist Österreichs größter Hersteller von Glücksspielautomaten.

Die Kapital Sportwetten GmbH besitzt über 250 Filialen und ist in Österreich unangefochten die Nr. 1 im Sportwetten- und Automatenglücksspiel-Markt. Das Unternehmen besteht schon seit zwanzig Jahren und beschäftigt über 400 Mitarbeiter.
Nachdem die Kapital Sportwetten führend am österreichischen Markt tätig sind, gibt es seit 2004 die ersten Filialen in Rumänien. Seit 2008 gibt es bereits 35 Standorte in diesem Land. Seit 2009 ist Kapital auch in Italien tätig und eröffnete eine Filiale in Triest.
In Österreich findet man Filialen in Wien, Niederösterreich, Steiermark, Kärnten, Oberösterreich, Salzburg und Vorarlberg. Nur in diesen Bundesländern hat es die Kapital GmbH geschafft, durch massives Lobbying die Landesgesetze für das kleine Glücksspiel zu ihren Gunsten zu ändern. In Tirol gibt es noch keine Änderung des Glücksspielgesetzes und daher auch noch keine Filiale.
In Deutschland hat es die Kapital auch noch nicht geschafft, mit ihrem Einfluss auf Politiker die gesetzlichen Rahmenbedingungen zu ihren Gunsten zu verändern, daher ist Deutschland derzeit noch kein Thema für Kapital. Durch regionale Kooperationen in Italien und Spanien mit ansässigen Wettanbietern werden derzeit die gesetzlichen Rahmenbedingungen zugunsten der Kapital geschaffen, damit auch in diesen Ländern ein flächendeckender Markteintritt vorbereitet werden kann.

"Das gibt's ja gar nicht", denkt Moritz laut, als er dies liest. "Das ist die volle Mafia - die kaufen sich anscheinend die Politiker, damit die die Gesetze ändern und damit die Kapital ihr großes Geschäft machen kann. Wahnsinn!"
"Was ist ein Wahnsinn?", fragt Marvie aus dem Wohnzimmer.

“Nichts, hab nur laut gedacht”, antwortet Moritz und recherchiert weiter.

Im Jahr 2011 erwirtschaftete die Kapital in den 250 Filialen einen Umsatz von 250.000.000 Euro nur im Sportwettsegment. Über den Umsatz aus den Glücksspielautomaten kann Moritz leider nichts herausfinden. Darüber wird auf den Pages geschwiegen. Moritz recherchiert weiter und wird fündig. Er entdeckt Daten über den Eigentümer der Kapital Sportwetten, die NewWorld-Gruppe.

Die NewWorld-Gruppe mit Sitz in Grimmholzkirchen in Niederösterreich ist Österreichs größter Hersteller von Glücksspielautomaten. Zum Tätigkeitsprofil gehören unter anderem die Planung, Errichtung und das Management von Wettcafés und Casinos, sowie Betrieb und Management von Spielautomaten in und außerhalb von Casinos und die Produktion von Spielautomaten und deren Software.
Das Unternehmen beschäftigt in Österreich über 2.800 Mitarbeiter. Konzernweit sind mehr als 17.000 Mitarbeiter beschäftigt.
Im Jahr 2011 erwirtschaftete der Konzern einen weltweiten Umsatz von 3.500.000.000 Euro = 3,5 Mrd. Euro.
Die NewWorld-Gruppe betreibt weltweit in über 950 eigenen Casinos und in Partnerbetrieben über 100.000 Glücksspielgeräte.

“Sagenhaft - die betreiben über 100.000 Spielautomaten und machen damit einen Umsatz von 3,5 Mrd. Euro”, murmelt Moritz und fährt sich mit beiden Händen durch die Haare.
“Bei so viel Kohle kann ich mir gut vorstellen, dass der eine oder andere Politiker auf der Gehaltsliste der

NewWorld-Gruppe steht."
"Wer steht auf welcher Gehaltsliste?", fragt Marvie aus dem Wohnzimmer.
"Schatz, ich denke nur laut über mein Buch nach. Kannst du mir bitte einen Gefallen tun und die Tür zum Atelier zumachen? Ich bin grad so mitten drin im Schreiben. Sehr lieb, danke", antwortet Moritz mit leicht gereiztem Unterton.
"Ja, mach ich, mein Schatz. Ich freu mich halt so sehr, dass du endlich wieder mit dem Schreiben begonnen hast." Marvie schließt vorsichtig und ganz leise die Tür zum Schreibatelier.
"So", denkt sich Moritz, "ich bin jetzt wirklich neugierig, wem das Unternehmen gehört, wer im Vorstand und im Aufsichtsrat sitzt." Er beginnt wieder mit der Recherche und kurze Zeit später wird er fündig:

Mehrheitseigentümer und Gründer der NewWorld-Gruppe ist Professor Hans A. Kaiser.

Der Vorstand der NewWorld-Gruppe besteht aus drei Personen:

Generaldirektor Dr. Fritz Herfort.
Stv. Vorstandsvorsitzender DI Reinhard Tätsch
Finanzvorstand Mag. Hubert Wein

Zum Aufsichtsrat gehören folgende Personen:

Aufsichtsratvorsitzender Helmut Lachmaier
Stv. Aufsichtsratvorsitzender Dr. Gerhard Keim
Aufsichtsrat Mag. Ernst Strammer
Aufsichtsrat Mag. A. K. Krassnig
Aufsichtsrat Markus Kaiser
Aufsichtsrat Bernhard Waldmann

“Das gibt’s nicht”, denkt Moritz und schlägt sich mit beiden Händen auf die Oberschenkel. “Unser ehemaliger Innenminister Strammer und unser ehemaliger Finanzminister Krassnig sitzen im Aufsichtsrat der NewWorld-Gruppe! Wenn da was nicht ganz faul ist, dann ... Cool, das wird eine Geschichte”, flüstert er vor sich hin. Er springt auf, um das gleich seiner Frau zu berichten. Doch kurz bevor er die Tür zum Wohnzimmer öffnen will, bleibt er stehen und erinnert sich, dass er ihr ja gar nichts über die neue Story erzählen kann, sonst müsste er ihr ja erklären, dass er die 20.000 Euro umsonst ausgegeben hat.

“Brauchst du was?”, hört Moritz durch die geschlossene Glastür aus dem Wohnzimmer.
“Nein, nein! Doch, ein Bier könnt ich jetzt vertragen”, fällt Moritz ein und öffnet die Tür, um ein Bier aus der Küche zu holen.
“Warte Moritz, ich hol es dir schon - sonst wird unser kleiner Starautor zu sehr abgelenkt.” Marvie steht von der Couch auf, um das Bier für ihren Mann zu holen. Als sie zurückkommt, sieht sie Moritz mit einem breiten Grinsen auf der Couch sitzen.
“Na, dein kreativer Erguss muss wohl ziemlich heiter sein - bei deinem Grinsen”, stellt Marvie fest und drückt Moritz die Flasche in die Hand.
“Kann ich mal lesen, was du da gerade zusammenschreibst?” Marvie will schon ins Atelier gehen.
“Nein”, schreit Moritz ganz hektisch. “Wart noch ein bisschen, bis ich die Zeilen überarbeitet habe. Du weißt, dass der erste kreative Output nicht immer lesbar ist.” Moritz steht auf, geht zu seiner Frau, hält sie liebevoll an der Hand, gibt ihr einen Kuss und verschwindet im Atelier.
Im Schreibatelier angekommen, setzt er sich auf seinen

Sessel und macht sofort weiter mit den Recherchen. “Tja, jetzt muss ich noch ein paar Informationen über die anderen Personen des Vorstands und des Aufsichtsrates sammeln. Bin schon neugierig, wer die Leute sind”, überlegt Moritz und beginnt sofort wieder mit dem Googeln. Er gibt in die Suchmaschine ‘Dr. Fritz Herfort ein und wird sofort fündig:

Dr. Fritz Herfort ist seit 2002 Vorstandsvorsitzender der NewWorld AG. Er ist der Experte im österreichischen und internationalen Glücksspielrecht. Er verfasste zahlreiche Publikationen zum Glücksspielrecht. Er ist Mitglied der Österreichischen Wirtschaftskammer und der Industriellenvereinigung. Dr. Herfort ist außerdem Berater verschiedenster Politiker.

“Jetzt wird mir so einiges klar”, murmelt Moritz. “Jetzt verstehe ich auch, warum unser ehemaligen Minister Strammer und Krassnig im Aufsichtsrat der NewWorld sitzen - die haben in ihrer Zeit als Minister sicherlich der NewWorld AG bei einigen Gesetzesänderungen geholfen. Beweisen wird man ihnen das sicherlich nie können, aber spekulieren werde ich noch dürfen. Bei diesem Einfluss und der Macht, die dieser Konzern besitzt, muss ich sicherlich höllisch aufpassen, damit ich mir die Finger nicht verbrenne. Die Seilschaften und Kontakte dieses Konzerns können sicherlich sehr gefährlich für Personen werden, die denen ans Bein pissen wollen”, überlegt Moritz.
Für einen Moment denkt er nach, ob es überhaupt Sinn macht, einen Crime Thriller über diesen Konzern zu schreiben. Doch dann erinnert er sich an die Erzählungen des Herrn in der Kapital Sportwetten-Filiale und beginnt selbst nicht mehr an einen Zufall zu glauben. In seine Gedanken vertieft, wie er am besten vorgehen kann, um mehr über diesen seltsamen Zufall

zu erfahren, bemerkt er gar nicht, dass es bereits nach Mitternacht ist und seine Frau und sein Sohn bereits schlafen.

Wirre Spekulationen und Vermutungen schwirren in seinem Kopf herum und er versucht mühsam, sie zu ordnen und auf Papier zu bringen. Er reibt sich müde die Augen, aber einschlafen möchte er nicht - zu sehr hält ihn die Idee gefangen, dass er an einer verdammt heißen Story dran sein könnte. Das Jagdfieber hat ihn völlig unter Kontrolle. Ein Zitat seines Großvaters, der Oberförster war, fällt ihm plötzlich ein: "Das Schönste an der Jagd nach dem Wild ist nicht der Schuss - sondern die Pirsch." "Meine Pirsch ist die Recherche", sagt sich Moritz. Er bringt seinen Plan der Jagd nach dieser Story zu Papier. Buchstaben werden zu Worten und Worte zu Sätzen. Satz für Satz füllen sich die leeren Seiten Papier auf seinem Schreibtisch. Anfangs noch Verworrenes versucht er mühsam zu entwirren und plötzlich hat er ihn - den lang ersehnten roten Faden.

"Guten Morgen, mein Schatz!" Moritz fährt erschrocken hoch, blickt sich schlaftrunken um und sieht seine Frau mit einer Tasse Kaffee in der Hand neben sich am Schreibtisch stehen.
"Guten Morgen! Hast du mich aber jetzt erschreckt", sagt Moritz und streckt seine Hände gähnend nach oben. "Muss wohl eingeschlafen sein. Sag, wie spät ist es eigentlich schon?"
"Halb neun", antwortet Marvie, "Adrian ist bereits in der Schule. Ich hab dich am Schreibtisch liegen gesehen und mir gedacht, dass du sicherlich die ganze Nacht geschrieben hast - bei diesen vielen Papierknäueln, die hier überall herumliegen."
"Ja, Schatz, dank deiner besorgten Worte gestern beim Abendessen ist mir so einiges durch den Kopf

gegangen. Ich hatte für einige Zeit das Wesentliche verloren: das Wohl meiner Familie und die Freude am Schreiben. Doch jetzt habe ich die Blockade gelöst und den roten Faden für mein nächstes Buch - dir mein Schatz, sei Dank - wieder gefunden", antwortet Moritz mit süßer Stimme.
"Ach, hast du das wieder einmal schön gesagt. Ich sag es dir immer wieder, auf mich musst du hören und alles wird gut", perlt es ebenfalls süß aus Marvies Mund. "Moritz, ich hätte da so eine Idee: Nachdem wir bis Mittag sturmfreie Bude haben und die Kinder erst um 14 Uhr heimkommen, könntest du jetzt den Kaffee trinken, während ich uns ein heißes Bad einlasse."

Marvies Stimme ist sanft und sie streichelt Moritz ganz zärtlich über sein Haar. Moritz steht langsam auf, umarmt mit der linken Hand gefühlvoll seine Frau, gibt ihr einen Kuss, während er ihr ganz sachte mit der rechten Hand über die Wange streicht. Zärtlich haucht er ihr dabei ins Ohr: "Gute Idee, du hast ja gesagt, ich muss öfter auf dich hören."

3 Tage später

RRRRRT - RRRRRT - RRRRRT vibriert Moritz` Handy in seiner linken Hosentasche, während er gespannt auf das Display seines Automaten starrt.
"Scheiße, gerade wo ich so einen guten Lauf habe", murmelt er. Dann nimmt er das Handy aus der Hosentasche, um auf das Display zu schauen, wer gerade anruft. Als er SCHATZ liest, drückt er auf die Auszahlungstaste seines Automaten, nimmt den Bon und geht aus dem Spielbereich zum Kassier. Gleichzeitig drückt er auf die grüne Annahmetaste seines Telefons. "Moritz, wo bleibst du?", tönt es ihm aus dem Handy

entgegen. “In zwei Stunden fängt Carlottas Hip-Hop-Auftritt im Turnverein an. Sie muss eine Stunde vorher dort sein und wir sitzen schon auf Nadeln, weil du noch nicht da bist!”
“Ja, ich komm’ schon!” Moritz drückt dem Kassier den Auszahlungsbon in die Hand. “Mach dir keine Sorgen, ich bin in zwanzig Minuten bei euch.”
“Ja, ich soll mir keine Sorgen machen, wenn du um 9 Uhr das Haus verlässt und zu mir sagst, dass du nur kurz für deinen Roman etwas zu erledigen hast? Unter kurz verstehe ich maximal eine Stunde. Sag mir lieber gleich, dass es etwas länger dauern könnte, dann brauch ich mir keine Sorgen machen!”, zischt es mit nervösem Unterton aus dem Hörer.
“O.k. Schatz, lass uns zu Hause darüber reden. Wie gesagt, ich bin in zwanzig Minuten bei euch.“ Ehe er sich noch verabschieden kann, ist das Gespräch schon unterbrochen. “Legt einfach auf”, schimpft Moritz zornig und nimmt die 500 Euro, die er soeben gewonnen hat, vom Kassier entgegen. Er zählt das Geld, gibt dem Kassier 20 Euro Trinkgeld und verlässt die Filiale der Kapital Sportwetten. Draußen nimmt er sein Handy und ruft seine Frau an, um ihr nochmals zu sagen, dass er sich bereits am Weg nach Hause befindet, doch sie hebt nicht ab. Er versucht es noch ein zweites Mal.
“Ja, was gibt’s?” Ihre Stimme ist eiskalt.
“Hallo, mein Schatz, es tut mir leid. Ich war gerade an einer wichtigen Sache dran und will dir nur sagen: Bin schon am Weg nach Hause, bitte sei mir nicht böse”, versucht Moritz kleinlaut und reuevoll die Stimmung seiner Frau zu heben.
“Gut”, antwortet Marvie, “du kannst mir ja alles am Weg zu Carlottas Auftritt erzählen.” Moritz bemerkt an ihrer Stimme, dass sich ihr Zorn schon etwas gelegt hat.
“O.k. mein Schatz, bis gleich - ich liebe dich!”, beendet Moritz das Gespräch. Gleichzeitig kommt er bei seinem

Auto an. Um nicht von zufällig vorbeifahrenden Bekannten erkannt zu werden, parkt Moritz prinzipiell sein Auto immer auf den hinteren, versteckten Parkplätzen der Kapital-Filialen.

Er öffnet die Autotür und als er gerade einsteigen will, sieht er, wie ein schwarzer 5er-BMW auf den Parkplatz fährt. Adrenalin schießt in sein Blut, sein Herzschlag erhöht sich merkbar. Ein Gefühl kommt in ihm hoch, vergleichbar mit dem eines Jägers, der in seinem Zielfernrohr einen kapitalen Hirsch erblickt. Der schwarze BMW fährt langsam an Moritz vorbei und er erkennt, dass zwei Männer im Auto sitzen. Er sieht auch, dass der Beifahrer gerade ein Gespräch am Handy führt. Moritz holt unauffällig sein Handy aus der Hosentasche und stellt mit einem gezielten Druck die Fotofunktion ein. Um nicht weiter aufzufallen, hält er sich das Handy ans Ohr und mimt gekonnt ein Telefongespräch.
Plötzlich hält der BMW abrupt mit laut quietschenden Reifen. Der Rückfahrscheinwerfer geht an und im selben Moment fährt der BMW langsam zurück. Moritz stockt der Atem, als der BMW auf seiner Höhe stehen bleibt. Langsam öffnet sich die Seitenscheibe der Fahrertür. "Moritz, bleib jetzt ganz cool", beruhigt er sich selbst, als er den Fahrer, einen solariumgebräunten Mittvierziger mit gepflegten blonden Haaren und einer goldenen Piloten-Sonnenbrille wie in Filmen aus den 70er-Jahren auf der Nase, erkennen kann. Lässig Kaugummi kauend fährt sich der Fahrer mit der linken Hand ans Kinn. Moritz springt sofort das Funkeln einer goldenen Mega-Rolex am Handgelenk ins Auge.
"Tschuldigung, fährst du oder kommst du?" Man könnte meinen, Clint Eastwood himself spricht mit cooler Stimme aus dem Auto, Moritz entgegen. Moritz` Herz rast wie wild - er spürt das Pochen in seiner Halsschlagader, doch vor lauter Aufregung haucht er nur

ein “Bin schon weg” leise, aber freundlich zurück. Er steigt in sein Auto, startet und fährt aus dem Parkplatz, um dem BMW Platz zu machen.

Moritz beißt sich auf die Lippen und schlägt auf das Lenkrad, als er im Rückspiegel erkennen kann, dass beide aus dem Auto steigen und in die Filiale der Sportwetten gehen. Er kann erkennen, dass der Beifahrer, der noch immer sein Handy ans Ohr hält, schwarz gekleidet ist und vom Typ eher aus dem Osten kommt, möglicherweise aus Rumänien oder ähnlichen Ländern. Als beide in der Filiale verschwinden, beschließt Moritz, am vorderen Parkplatz kurz stehen zu bleiben. Er findet sofort eine Parklücke, steigt aus und geht mit schnellen Schritten zu dem schwarzen 5er-BMW. Als er am Wagen ankommt, blickt er kurz zum Eingang der Kapital-Filiale. Als er bemerkt, dass niemand herauskommt, nimmt er sein Handy und macht ein Foto vom Auto und der Nummerntafel. Als er das Handy gerade wieder einstecken will, ertönt sein Klingelton. In seiner Hektik drückt er ohne auf das Display zu sehen auf die grüne Annahmetaste.
“Papa, wo bist du?”, tönt es aus dem Hörer.
“Carlotta, meine Zuckermaus, bin gleich bei euch!” Moritz geht hektisch zu seinem Auto.
“Du kannst dich schon anziehen, bin gleich bei euch”, spricht er weiter und steigt ins Auto.
“Zuckermaus, ich muss jetzt auflegen, ich fahr mit dem Auto. Bis gleich - tschüss.”
Als er das Gespräch beendet hat, schmeißt er mit einem lauten “Shit” das Handy auf den Beifahrersitz und fährt aus dem Parkplatz. Während des gesamten Weges nach Hause geht ihm die Begegnung von vorhin nicht mehr aus dem Sinn. Immer wieder kommt ihm die Geschichte des älteren Mannes in den Kopf. “Was ist, wenn die zwei Typen soeben die Typen aus den Erzählungen sind? Ob

die jetzt gerade wieder dabei sind, 42.000 Euro zu gewinnen? Ich will mir das gar nicht vorstellen - ich nicht dabei - Scheiße! Na ja, wenigstens hab ich ein Foto vom Auto und die Nummer des Kennzeichens. Morgen fahr ich wieder in die Filiale und frag den Kassier, ob eine größere Summe ausbezahlt worden ist", überlegt Moritz, während er bei seinem Haus ankommt.

Er will gerade seinen Gurt lösen um auszusteigen, da kommt ihm schon seine Familie aus dem Haus entgegen.
"Hi Papa", rufen beide Kinder gleichzeitig, während sie die hinteren Türen des Autos öffnen und einsteigen.
"Wo warst du so lange?", fragt Carlotta und tippt dabei vorwurfsvoll mit dem rechten Zeigefinger auf ihre Uhr.
"Ja, das möchte ich auch wissen", schließt sich Marvie der Frage ihrer Tochter an, als sie sich auf den Beifahrersitz setzt und die Autotür schließt.
"Hallo Schatz", antwortet Moritz und als er seine Lippen spitzt, um seiner Frau einen Kuss zu geben, sagt sie: "Nix Bussi! Fahr los, wir haben keine Zeit mehr, Carlotta muss in fünfzehn Minuten im Turnverein sein." Moritz blickt mit einem beruhigenden, freundlichen Lächeln in den Rückspiegel:
"Hallo Kinder! Kein Problem, schaffen wir locker."
"He, auf was sitz ich da?", ruft Marvie aus, während sie ihren Hintern hebt und mit der linken Hand nach dem störenden Gegenstand am Sitz greift. Als sie die Hand hochhebt, hält sie Moritz` Handy.
"Ach, dein Handy! So, jetzt werden wir mal schauen, mit wem du den ganzen Tag so telefonierst", sagt sie und drückt auf die empfangenen Anrufe. Als sie erkennt, dass keine verdächtige Nummer dabei ist, kontrolliert sie auch die SMS. Hier kann sie ebenfalls nichts Außergewöhnliches feststellen.

“Schatz, ich hab kein Problem, wenn du mein Handy kontrollierst. Du wirst nichts finden, keine heimlichen Telefonate und keine heißen SMS mit möglichen Geliebten. Ich liebe nur dich und brauch keine Affäre - den Stress tu ich mir sicher nicht an. Wie du weißt, ist bei Männern ab 40 die heimliche Geliebte die häufigste Ursache für einen Herzinfarkt”, will Moritz seine Frau beruhigen.
“Na ja, was würdest du denken, wenn ich stundenlang außer Haus bin und zu dir sage: Ich komme gleich, geh nur kurz mal einkaufen”, antwortet Marvie leicht gestresst.
“Ich würde mir denken, dass du vielleicht beim Shoppen zufällig eine Bekannte getroffen und dich bei einem Kaffee vertratscht hast”, sagt Moritz, als er an einer Ampel anhält.
“Ja, das mag schon sein, dass du das denkst. Ich ruf dich ja immer an, wenn ich wo länger bleibe. Also mein Schatz, wo warst du so lange?”, entgegnet Marvie und streckt Moritz mit der rechten Hand ihre fünf Finger entgegen, um ihm zu zeigen, dass er fünf Stunden weg war.
“Marvie bitte, sei jetzt nicht kindisch. Ich hab für meine Story recherchiert - ich kann dir halt nicht alles erzählen. Erstens wäre es vielleicht gefährlich für dich und zweitens würde es dir die Spannung nehmen, wenn du schon alles weißt, bevor du das erste Mal mein Manuskript liest”, antwortet Moritz.
“Du musst aber auch mich verstehen”, hält Marvie ihm vor. “Bei deinen SOKO-Geschichten hast du mich immer während deines Schreibprozesses voll eingebunden. Du hast mit mir jede deiner Ideen besprochen und jetzt, seit deinem neuen Projekt werde ich überhaupt nicht mehr gefragt. Ich weiß nichts über dein neues Buch, ich fühl mich halt so ausgeschlossen. Vertraust du mir nicht mehr?”, gesteht Marvie ihre Unsicherheit.

“Nein, mein Schatz, was du wieder denkst - natürlich vertraue ich dir voll und ganz. Aber ich will dich und die Kinder nicht gefährden. Je weniger du jetzt weißt, desto sicherer ist es für euch. Schau, die SOKO-Geschichten waren meist frei erfunden bzw. waren es Abhandlungen von bereits geschlossenen Kriminalakten. Aber diesmal geht's um eine Sache, die jetzt gerade passiert. Wenn die wüssten, dass ich an ihnen dran bin, dann würden die sicher alles versuchen, um mich zum Schweigen zu bringen. Und wenn ich sage: Alles, dann meine ich auch alles - die sind verdammt gefährlich! Und darum darfst du nicht wissen, wie weit ich mit meinen Recherchen bin. Zu gegebener Zeit bist du die Erste, die alles erfährt. Bitte, mein Schatz, vertraue mir.” Moritz ist besorgt und legt zärtlich seine rechte Hand auf Marvies Oberschenkel.
“Gut, mein Schatz.” Marvie blickt in den Rückspiegel, um nach den Kindern zu sehen.
“Du wirst schon wissen, was das Beste für uns ist”, spricht sie weiter und legt ihre Hand auf Moritz` Schulter.
“Papa, fahr ein bisschen schneller! Ich muss in ein paar Minuten bei den anderen im Turnverein sein. Wir haben noch eine Probe vor unserem Auftritt!” Carlotta ist schon sehr nervös.
“Na, wie gefällt dir mein Outfit?”, fragt sie trotzdem ihren Vater und klopft ihm auf die Schulter. Moritz verdreht den Innenspiegel, um seine Tochter anzusehen und antwortet:
”Cool wie immer! Ich freu mich schon auf deinen Auftritt. Du weißt, ich bin dein größter Fan.” Er zwinkert seiner Tochter spitzbübisch zu.

Als sie bei der Halle des Turnvereins ankommen, warten schon einige Mädchen, die gleich gekleidet sind wie Carlotta, vor dem Eingang. Kaum hat Moritz das Auto geparkt, springt seine Tochter mit einem “Tschüss - bis

später" aus dem Fahrzeug und läuft zu ihren Freundinnen.
"Na, die hat es wieder einmal eilig", bemerkt Moritz.
"Ja, wie würdest du dich fühlen, wenn du seit Monaten nur für diesen Auftritt heute trainierst?", fragt Marvie bissig und steigt ebenfalls aus dem Auto. Moritz schließt die Tür, geht zu seiner Frau und nimmt ihre Hand. Gemeinsam betreten sie die Halle des Turnvereins und setzen sich an einen der Tische in der ersten Reihe.
"Sag, wo ist denn Adrian?" Moritz fällt plötzlich auf, dass sein Sohn nicht mit ihnen gemeinsam den Sportsaal betreten hat.
"Der hat sich unsere Videokamera geschnappt. Er will nämlich ein Making-of filmen und ist sicherlich bei den Proben der Girls", erklärt ihm Marvie.

Langsam und allmählich füllt sich der Saal. Die Eltern von Carlottas bester Freundin Nina setzen sich ebenfalls an den Tisch und es wird small getalkt. Grundsätzlich unterhält sich Moritz gerne mit dem befreundeten Ehepaar, doch heute ist die Situation etwas anders. Moritz geht ständig das Erlebte durch den Sinn. Auch während des lang erwarteten Tanzauftrittes der Hip-Hop-Gruppe seiner Tochter kann Moritz nur schwer abschalten. Irgendwie bemerkt auch seine Frau, dass er nicht ganz bei der Sache ist und stellt ihn zur Rede:
"Sag mal, Moritz, irgendwas stimmt nicht mit dir, du bist nicht so locker wie immer. Sag, was betrübt dich?" Moritz setzt ein gezwungenes Lächeln auf:
"Nein, nein, es ist alles o.k. - nur mein Kopf schmerzt etwas." Eine andere gute Ausrede ist ihm in diesem Moment nicht eingefallen. Denn eigentlich quält ihn die ganze Zeit nur eine Frage: Wer waren die Typen mit dem BMW - und waren es vielleicht die beiden von den Erzählungen des älteren Herrn?"

Der nächste Tag

“Schatz, fährst du bitte die Kinder in die Schule - hab gerade so einen Schreibfluss”, ruft Moritz aus dem Schreibatelier in Richtung Küche, in der seine Frau gerade die Jausenbrote für die Kinder richtet.
“Ja, mein Schatz, mach ich. Ich geh aber dann gleich die Lebensmittel einkaufen!”, ruft Marvie zurück, während sie die Jausenbrote in den Schultaschen der Kinder verstaut. Marvie und die Kinder verabschieden sich mit Küssen von Moritz und verlassen das Haus. Als Moritz durch das Fenster erkennen kann, dass Marvie mit dem Auto weggefahren ist, nimmt er sein Handy und überspielt mittels Datenkabel die Fotos vom Vortag auf seinen PC. Er betrachtet die Fotos und schreibt sich die Nummer des Kennzeichens auf ein Blatt Papier. Kurz überlegt er, ob er seinen Freund Norbert, der Gruppeninspektor bei der Kripo ist, anrufen soll, damit der die Daten des Besitzers des Kennzeichens für ihn herausfindet.
Norbert hat Moritz mit bereits abgeschlossenen Kriminalfällen versorgt, die die Grundlage für die meisten Storys der SOKO-Bücher waren, die Moritz geschrieben hat. Doch dann beschließt Moritz, nicht die Hilfe seines Freundes zu beanspruchen, sondern es mit einem Trick bei der Zulassungsstelle zu versuchen, um an die Daten zu gelangen.

Im Telefonbuch sucht er die Nummer einer Zweigstelle der größten steirischen Versicherung heraus und ruft mit seinem nicht registrierten Wertkartenhandy dort an.
“Allgemeine Steirische Versicherung, Sie sprechen mit Manuela Bauer, was kann ich für Sie tun?”, rattert es aus dem Telefonhörer.
“Guten Tag, Frau Bauer, mein Name ist Hubert Maier.”

Ein besserer Name ist Moritz in der Eile nicht eingefallen.
“Ich habe ein Problem und hoffe, Sie können mir weiterhelfen”, beginnt Moritz freundlich.
“Guten Tag, Herr Maier, kommt ganz auf Ihr Problem an, ob ich Ihnen helfen kann”, antwortet die Versicherungsfachkraft.
“Ja, Folgendes ist passiert: Ich bin der Geschäftsführer der Magic Clean Autowaschstraße in Graz Puntigam. Einer unserer Kunden hat soeben in der Waschstraße sein Kennzeichen verloren. Leider ist das nicht das erste Mal, dass so etwas passiert, und normalerweise verständigen wir in so einem Fall die Polizeidienststelle in der Triesterstraße. Doch in der letzten Woche hat unsere Anlage bereits 6 Nummerntafeln gefressen, die Techniker des Waschanlagenherstellers kommen heute am Vormittag, um dieses Problem zu lösen. Ich hätte jetzt eine Bitte: Wenn ich Ihnen die Kfz-Nummer durchgebe, können Sie mir dann ausnahmsweise den Namen und die Anschrift des Zulassungsbesitzers geben, damit wir diesen dann auf dem kleinen Dienstweg sofort verständigen können. Denn Sie können sich vorstellen, dass unser Ruf massiv leidet, wenn wir wieder die Polizei um Hilfe bitten müssten.”
“Na ja, Herr Maier, eigentlich unterliegen diese Daten dem Datenschutz, aber anderseits wollen Sie ja nur Ihren Kunden auf schnellstmöglichem Weg helfen. Das finde ich sehr löblich. Gut, wenn es eine einmalige Ausnahme bleibt, dann kann ich mal ein Auge zudrücken. Sagen Sie mir die Nummer, bitte”, kommt ihm die Dame aus der Zulassungsstelle entgegen.
“Danke, das finde ich sehr nett von Ihnen! Die Nummer lautet ‘GU 777 AG‘“, antwortet Moritz mit einer superschleimigen Stimme.
“Moment, ich hab es gleich - ja, die Nummer gehört zu einem Herrn Max Weihnrauch, wohnhaft in 8041

Kalsdorf, Norbert Huber-Straße Nr. 63a", gibt ihm die Dame freundlich Auskunft.
"Danke, Frau Bauer, Sie haben mir sehr geholfen!" Ehe sie antworten kann, hat Moritz schon aufgelegt.
"Super hast du das wieder einmal hinbekommen", lobt Moritz sich selbst, klopft sich dabei mit der rechten Hand auf seine linke Schulter und lehnt sich für einen kurzen Moment entspannt in seinem Schreibtischsessel zurück. Nach einer kurzen Nachdenkpause kommt er zu dem Entschluss, mehr über diese Person herauszufinden, nachdem er sie jetzt als den Fahrzeughalter des ominösen schwarzen BMW ausfindig gemacht hat. Er versucht sein Glück im Internet und googelt den Namen Max Weihnrauch und findet sofort 344 Einträge zu diesem Namen.
Eintrag für Eintrag öffnet er die dazugehörigen Seiten. Beim 134. Eintrag wird er fündig. Der Eintrag gehört zur Webpage der Firma Pointner Automatenverleih GmbH. Unter der Rubrik 'Unsere Mitarbeiter' findet er den Namen Max Weihnrauch. Er wird als Servicetechniker der Pointner Automatenverleih GmbH angeführt. Neben der Handynummer findet er auch ein Foto von diesem Mitarbeiter. Moritz traut seinen Augen nicht, als er das Foto erblickt. Er erkennt sofort das Konterfei des Fahrers des schwarzen BMW. Moritz markiert den Teil der Webpage mit dem Foto des Servicetechnikers und druckt die Seite aus. Er beschließt, das ausgedruckte Foto immer mit sich zu führen, um es dem älteren Herrn, der sicherlich ein pathologischer Spieler ist, zu zeigen. Dazu muss er ihn aber erst finden, was sicherlich kein sehr großes Problem sein wird. Moritz beschließt, in den nächsten Tagen sämtliche Filialen der Kapital Sportwetten abzufahren, um den Mann zu suchen.
"So, jetzt bin ich aber neugierig, wer noch so bei der Pointner GmbH arbeitet", überlegt Moritz und sieht sich die Webpage dieser Firma genauer an.

Geschäftsführer dieser Firma ist Herr Martin Pointner. Er erfährt bei dieser Recherche, dass Martin Pointner vor zwanzig Jahren mit dem Aufstellen von Glücksspielautomaten in Gasthäusern und Tankstellen sein Geschäft begonnen hat.
In den letzten achtzehn Jahren hat es die Pointner GmbH geschafft, in der Steiermark größter Franchise-Partner der Kapital Sportwetten zu werden.
Die Pointner GmbH betreibt mittlerweile über 45 Filialen der Kapital Sportwetten.
Weiters erfährt Moritz, dass Herr Martin Pointner seit mehr als fünfzehn Jahren mit Frau Monika Kaiser, der Tochter des Gründers der NewWorld AG, verheiratet ist.

Als Moritz dies liest, klatscht er die Hände über seinem Kopf zusammen, lehnt sich in seinem Schreibtischsessel zurück und schüttelt ungläubig den Kopf. "Das gibt's nicht", ruft er laut aus. Er trinkt einen Schluck Kaffee und bringt die soeben erfahrenen Daten und Zusammenhänge zu Papier.

Er erstellt ein Organigramm, um die Verbindungen zwischen der NewWorld AG, der Kapital und der Pointner GmbH anschaulich darzustellen.
"So, jetzt muss ich so schnell wie möglich den Mann finden, der mir die Story mit den hohen Gewinnen erzählt hat. Ich werde ihm dann das Foto von meinem gesichteten BMW-Fahrer zeigen, und wenn der dann derselbe ist wie in seiner Geschichte, dann - dann bin ich wirklich an einer verdammt heißen Story dran."

Moritz ist begeistert. Er fährt seinen Computer herunter, nimmt den Ausdruck mit dem Foto, faltet ihn zweimal und steckt ihn in seine Geldtasche. Als er gerade das Schreibatelier verlassen will, um sich anzuziehen, läutet sein Handy. Er sieht auf dem Display, dass ihn seine

Frau anruft.
“Hi Schatz”, sagt er ins Telefon, nachdem er die Annahmetaste gedrückt hat.
“Hallo Schatz, stör ich dich gerade oder hast du kurz Zeit?”, fragt Marvie.
“Nein, mein Schatz, du störst nie! Was gibt es denn?” antwortet Moritz.
“Du, ich sitze gerade mit der Miriam bei einem Kaffeetratsch im Einkaufscenter zusammen. Wir haben uns zufällig getroffen und nachdem wir uns schon lange nicht mehr gesehen haben, haben wir beschlossen, schnell zusammen einen Kaffee zu trinken. Ich hoffe, du hast kein Problem damit, es könnte noch etwas länger dauern. Du weißt, wir Frauen tratschen halt so gerne”, sprudelt es aus dem Hörer.
“Nein, mein Schatz, ich hab kein Problem, wenn du dich mit deiner Freundin triffst. Richte ihr schöne Grüße von mir aus”, beruhigt Moritz sie.
“Du, warum ich eigentlich anrufe, hat folgenden Grund: Die Miriam hat mir erzählt, dass sie dich gestern zufällig vor einem Wettcafé gesehen hat. Du bist ziemlich hektisch in dein Auto eingestiegen und schnell weggefahren - das war kurz bevor du nach Hause gekommen bist, um mit uns zu Carlottas Auftritt zu fahren. Ich wollt nur wissen, ob du wirklich dort warst oder ob dich Miriam vielleicht mit jemandem verwechselt hat?”
Moritz stockt für einen kurzen Moment der Atem und für den Bruchteil einer Sekunde überlegt er, welche Ausrede er jetzt verwenden soll. Doch dann beschließt er, seiner geliebten Frau kein Märchen aufzutischen und ihr einen Teil der Wahrheit zu erzählen.
“Du Schatz”, sagt er mit beruhigender Stimme ins Telefon, “ja, das stimmt. Ich war gestern kurz bevor ich nach Hause gekommen bin vor dem Kapital Wettcafé in der Grabenstraße. Ich bin jemandem den ganzen Tag

gefolgt - für meine Recherche, du weißt, für mein neues Buch. Bitte erzähl der Miriam aber nichts davon. Sag ihr einfach, dass ich mich mit einem alten Freund getroffen habe, den Rest erzähl ich dir dann später."
"O.k., ich will aber wirklich alles wissen, denn … du, die Miriam kommt zurück, muss jetzt auflegen. Bussi, mein Schatz, bis später." Bevor Moritz noch antworten kann, hat Marvie schon aufgelegt.
"Verdammt", denkt sich Moritz, denn jetzt ist genau das passiert, wovor er schon seit Wochen Angst hat. Er muss jetzt mit der Wahrheit rausrücken und seiner Frau alles erzählen. Sie wird natürlich sofort glauben, dass er die 20.000 Euro nicht für Recherchen ausgegeben, sondern verspielt hat. Wie kann er ihr plausibel erklären, dass er wirklich von einem Insider aus der Rotlichtszene abgezockt wurde. "Scheiße, Scheiße - warum hab ich ihr nicht von Anfang an alles erzählt", flucht Moritz laut und fährt sich mit beiden Händen durchs Haar. Gerade jetzt, wo seine Recherchen wirklich spannend werden, kann er sich ein familiäres Problem nicht leisten.
"Gut, dann werde ich halt mit der Wahrheit rausrücken und ihr alles erzählen. Ich kann nur hoffen, dass sie mir die Wahrheit abnimmt. Scheiße, warum hab ich ihr diesmal nicht vertraut?", murmelt Moritz vor sich hin, während er ins Badezimmer geht, um sich anzuziehen.

Nachdem er sich im Bad frisch gemacht und sich angezogen hat, beschließt er, sich wieder auf das Wesentliche zu konzentrieren und mit seinen Recherchen weiterzumachen. Er muss den älteren Herrn finden, koste es, was es wolle. Moritz schnappt sich den Autoschlüssel und nimmt seine Geldtasche. Er wirft noch einmal einen kurzen Blick hinein, um sich zu vergewissern, dass er den Ausdruck mit dem Foto des BMW-Fahrers wirklich eingesteckt hat. Dann geht er aus dem Haus, verschließt die Eingangstür, geht zu seinem

Auto, schließt es auf und setzt sich rein. Bevor er sein Auto anstartet, bleibt er noch für ein paar Sekunden ruhig sitzen. In Gedanken versucht er, einen Plan für den heutigen Tag zu erstellen. Er beschließt, sämtliche Kapital Sportwetten-Filialen abzufahren, um seinen älteren Herrn zu finden. Doch zuerst muss er noch in die Filiale in der Grabenstraße, um in Erfahrung zu bringen, ob gestern, als er wegfuhr, ein großer Gewinn, vielleicht sogar mit 42.000 Euro ausbezahlt wurde.

Er startet sein Auto und fährt los. Nach fünfundvierzig Minuten Stop-and-go-Verkehr durch die Grazer Innenstadt kommt er endlich bei der Filiale an. Er öffnet die Autotür, kontrolliert, ob seine Geldtasche in der Hosentasche steckt und geht in das Sportwettcafé. Beim Vorbeigehen an der Bar bestellt er einen kleinen Braunen bei der Kellnerin und geht in den Automatenbereich. Im Automatensalon sieht er gähnende Leere, kein Spieler im Salon.
"Bin wohl etwas zu früh hier", denkt sich Moritz, während er seine Geldbörse öffnet und einen 50-Euro-Schein herausnimmt, um ihn in den Automaten mit der Nr. 7 zu schieben. Er spielt meistens auf dem Automaten mit der Nr. 7, denn diese Nummer ist seine Glückszahl. Er stellt den Einsatz auf 45 Cent pro Druck und beginnt mit seinem Spiel. Eigentlich möchte er gar nicht spielen, sondern nur in Erfahrung bringen, ob am Vortag ein größerer Gewinn ausbezahlt wurde.

Plötzlich öffnet sich die Türe des Automatensalons und die Kellnerin kommt mit seinem bestellten Kaffee herein. Sie stellt ihn auf den kleinen Ablagetisch neben den Automaten.

"Heute ist nichts los", sagt Moritz zur Kellnerin.
"Ja, um die Uhrzeit ist bei uns meistens nichts los. Bei

uns kommt erst ab Mittag Schwung in die Bude", antwortet sie.
"Sagen Sie", fragt Moritz freundlich, "war gestern viel los bei euch?"
"Naja, bis am Nachmittag war es ziemlich ruhig, aber am Abend ist es rund gegangen."
"Wie rund gegangen", fällt Moritz der Kellnerin ins Wort.
"Naja, es waren sehr viele Spieler hier, und einer hatte am 10er-Automaten einen verdammt heißen Lauf."
"Wie kann ich das verstehen?", fragt Moritz weiter.
"Naja, eigentlich darf ich das ja nicht erzählen", antwortet sie, "aber Sie werden das eh sicher von den anderen Stammgästen erfahren. Am 10er-Automaten hat gestern ein Gast, den ich noch nie gesehen habe, sage und schreibe 42.000 Euro gewonnen."
"Was, so ein Glück!" Moritz kann sich nicht zurückhalten.
"Ja, so ein Glück, habe ich mir auch gedacht", sagt die Angestellte.
Moritz überlegt kurz, ob er der Kellnerin das Foto zeigen soll, das er eingesteckt hat, um sie zu fragen, ob diese Person auch gestern da war, als der hohe Gewinn ausbezahlt wurde. Doch aufgrund der vielen Überwachungskameras im Salon beschließt er, es lieber sein zu lassen.
"Wahnsinn, 42.000 Euro - ich glaub, dann brauch ich heute gar nicht mehr zu spielen", sagt er zur Servicedame.
"Na, sagen Sie das nicht. Ich hab schon öfter gesehen, dass, wenn ein Automat gut auszahlt, auch auf anderen durchaus noch höhere Gewinne zu erzielen sind", antwortet sie. "Viel Glück noch, und wenn Sie später noch was trinken wollen, brauchen Sie nur zu rufen." Sie verlässt den Salon.

Moritz holt tief Luft, klopft sich auf die Oberschenkel und freut sich, als hätte er soeben selbst den Hauptgewinn geknackt. “Geil”, denkt er sich, “jetzt muss ich noch herausfinden, ob der Typ am Foto derselbe ist, den der Alte gesehen hat. Wenn das wirklich so ist, dann kann das kein Zufall mehr sein, dann werden diese Gewinne durch irgendeine Manipulation erzielt. Wie machen die das - und wie kann ich das in Erfahrung bringen?” Moritz überlegt weiter. “Ich muss den Alten finden”, flüstert er, während er den Kaffee hektisch mit einem Schluck austrinkt. Er stoppt sein Spiel bei einem Guthabenstand von 35 Euro, drückt auf die Auszahlungstaste, nimmt den Bon und verlässt den Salon. Er geht zum Kassenautomaten, schiebt den Auszahlungsbon ein und seine 35 Euro kommen aus dem Geldausgabefach. Hektisch steckt er sein Geld in die Geldbörse und verlässt mit einem “Wiedersehen!” zur Kellnerin die Filiale. Moritz steigt ins Auto und beginnt mit der Suche nach dem alten Mann. Er beschließt, systematisch sämtliche Filialen der Kapital Sportwetten in Graz abzufahren und ist guter Hoffnung, den ominösen alten Herrn zu finden. Er beginnt die Suche in der Filiale am Griesplatz. Dort angekommen, parkt er sein Auto am gegenüber befindlichen Parkplatz einer Lebensmittelhandelskette. Moritz steigt optimistisch und gut gelaunt aus dem Auto und geht in die Sportwetten-Filiale.

Als er an der Bar vorbeigeht, um in den Automatenspielbereich zu gelangen, erblickt er seinen Freund und Manager Paul am Tresen stehend.
“Hi Moritz”, ruft Paul Moritz freudig entgegen, als er ihn erblickt. Moritz spürt, wie ihn von den kleinen Zehen beginnend eine Hitzewelle trifft und sich schnell über den ganzen Körper ausbreitet. Mit allem hat er gerechnet, nur nicht damit, dass er ausgerechnet jetzt seinen Freund trifft. Für den Bruchteil einer Sekunde überlegt er, was er jetzt sagen soll, doch cool wie ein Pokerprofi bei

seinem besten Bluff stellt er sich neben Paul und antwortet gelassen:
“Hi Paul, altes Schlitzohr, schön dich zu sehen”, und streckt ihm dabei die rechte Hand zum Gruß hin. Paul ergreift Moritz` Hand, drückt sie fest und begrüßt ihn mit den Worten:
“Schon lange nicht mehr gesehen, wie geht’s dir, gut schaust aus.”
“Mir geht’s gut - danke der Nachfrage”, antwortet Moritz und denkt sich: “Scheiße, das hat mir jetzt gerade noch gefehlt, den hier zu treffen.”
“Alter, was führt dich hier herein”, fragt Paul, während er seine Kaffeetasse zum Mund führt und einen kleinen Schluck nippt.
“Genau dasselbe wie dich”, antwortet Moritz und bestellt bei der Kellnerin einen kleinen Braunen.
“Wollt mal schnell einen Kaffee trinken, bin gerade beim Einkaufen”, fährt Moritz fort.
“Ach so”, meint Paul, “dachte gerade, du bist unter die Zocker gegangen und verzockst deinen Vorschuss - hahaha.” Pauls zynischer Unterton ist nicht zu überhören, dabei klopft er Moritz auf die Schulter.
“Genau das wollte ich dich auch gerade fragen”, antwortet Moritz spitzbübisch.
“Gut, dann hätten wir das auch geklärt. Nein Moritz, ich warte auf einen neuen Klienten”, erzählt Paul gelassen und blickt dabei auf seine Uhr.
“Hm Paul - neuer Klient - hab ich da was verpasst?”, fragt Moritz nach und nippt dabei an seinem Kaffee.
“Ja - du weißt eh, dein Nachfolger für die SOKO-Drehbücher. Übrigens, wie geht‘s dir mit deiner Story? Gibt es schon eine kleine Leseprobe? Du weißt, du musst bis Jänner damit fertig sein.” Paul klingt besorgt.
“Du, bin voll beim Schreiben, hab jetzt bereits um die 120 Seiten, sehr spannend, muss aber noch einiges recherchieren. Ich schätze, dass ich damit bis Dezember

fertig sein werde und dann bist du der Erste nach meiner Frau, der das gesamte Werk zu lesen bekommt", antwortet Moritz euphorisch.
"Super, das ist endlich einmal eine gute Neuigkeit, ich werd' das heute dem Hans von der Green Screen gleich erzählen. Weißt du, der hat nämlich so seine Zweifel wegen deiner neuen Idee. Außerdem ist er nicht so glücklich mit dem Neuen, der deine Nachfolge für die SOKO-Geschichten übernommen hat."
"Was - ich dachte, du hättest einen jungen, unverbrauchten Wunderschreiber für die SOKO-Serien gefunden?", fällt Moritz Paul aufgeregt ins Wort.
"Ja, Moritz, das dachte ich auch, aber wir haben kleinere Probleme mit unserem Wunderschreiber."
"Probleme?", unterbricht Moritz Paul fragend.
"Ja", fährt Paul fort, "ja, der Neue übrigens wirst du ihn gleich sehen. Ich stell ihn dir dann vor, dann kannst du dir ein Bild von ihm machen und mir ehrlich sagen, was du über ihn denkst. Ja, der macht uns große Sorgen. Seine Idee der SOKO Tirol wurde anfangs von der Green Screen als sehr gut empfunden, doch das Skript dazu ist sehr schlecht. Weißt, eine Krimiserie in der ländlichen Umgebung anzusiedeln, ist zwar etwas Neues, doch die Storys sind nichts Neues. Und der Hans hat, geschäftstüchtig wie er halt ist, bereits Förderungs- und Co-Finanzierungszusagen vom Land Tirol und einigen Gemeinden erhalten, also die Produktionskosten wären bereits gedeckt. Der Neue ist ein Fan von den CSI-Serien aus Amerika - im Endeffekt hat er Folgen von CSI hergenommen und auf die ländliche Region umgeschrieben. Nur, du kannst dir ja vorstellen, dass Serienmorde unter Bauern abstrus sind und nichts mit unserer Realität zu tun haben. Bei deinen Büchern kam niemandem ein Zweifel, jede deiner Folgen war von der Handlung her absolut realitätsnah. Was glaubst, wollen die Zuschauer sehen? Genau die Kriminalstorys, die bei

uns passieren und mit denen sich der Zuseher voll und ganz identifizieren kann. Ohne computeranimierte Spezialeffekte, ohne Veramerikanisierung, wirklich nah an der Realität", klagt Paul Moritz sein Leid.
"Tja mein Freund, da steckst du ganz schön in der Scheiße", antwortet Moritz, während er sich nachdenklich mit seiner linken Hand ans Kinn fährt.
"Scheiße ist nur ein Hilfsausdruck - der Hans macht mir voll den Druck, er hat mir schon durch die Blume erklärt, die zukünftige Zusammenarbeit mit mir zu überdenken, sollte ich nicht bis November ein passendes Skript für SOKO Tirol organisieren. Sag Moritz, was soll ich jetzt machen?" Als Moritz gerade antworten will, sagt Paul hektisch, nachdem er einen Blick zum Eingang geworfen hat:
"Psst Moritz, das was ich dir gesagt habe, bleibt unter uns - der Jürgen Schwarz, der Neue kommt."

Moritz dreht sich um und sieht einen Typen, ca. 30 Jahre, mit braunen Haaren und von sehr sportlicher Statur, die Filiale betreten. Als er Paul erblickt, winkt er mit der Hand zum Gruß und geht auf ihn zu. An der Bar angekommen, grüßt er Paul:
"Hallo Paul, Tschuldigung die Verspätung - aber um die Uhrzeit durch Graz mit dem Auto - volles Chaos."
"Hallo Jürgen", antwortet Paul, "kein Problem. Ich hatte dadurch etwas Zeit, mich mit einem alten Freund zu unterhalten. Darf ich vorstellen", sagt Paul, während er mit seiner Hand zu Moritz zeigt,
"Moritz Lustig - Jürgen Schwarz".
"Hi Jürgen." Moritz schüttelt kräftig Jürgens Hand.
"Hallo", antwortet der Neue.
"Bist du der Moritz? Der Moritz, der bis jetzt sämtliche SOKO-Storys geschrieben hat?"
"Ja, der bin ich", antwortet Moritz mit einem breiten Grinsen im Gesicht.

“Schön, dass ich dich endlich kennen lerne, ich bin ein großer Fan von dir. Hab mir sämtliche deiner Folgen reingezogen. Geil - endlich zu sehen, wer hinter diesen grandiosen Ideen steckt”, sprudelt der Neue aufgeregt hervor.
“Danke, fühl mich sehr geehrt, von einem Kollegen so ein Lob zu hören”, antwortet Moritz freundlich.
“Sag, wie bist du auf die Idee mit der Organmafia in der SOKO Wien-Folge ‘Blutiges Geld‘ gekommen?”, fragt der Neue aufgeregt.
“Tja, das kann ich dir nicht sagen - meine Ideen kommen meist im Schlaf. Wenn ich aufwache, sind sie im Kopf.” Moritz grinst dabei Paul spitzbübisch ins Gesicht.
“Ich würde sagen, ihr könnt euch einmal alleine treffen, um euch über eure Storys zu unterhalten”, unterbricht Paul Moritz.
“Gute Idee”, antwortet der Neue und ehe er noch weitersprechen kann, sagt Paul:
”Du Moritz, hat mich sehr gefreut, mich mit dir unterhalten zu haben. Ich muss aber jetzt mit Jürgen ein paar Sachen besprechen. Ich ruf dich an, ich hoffe, du bist mir nicht böse, aber du weißt: Time is Money.”
“Kein Problem, Paul, wir hören uns - bis dann. Tschüss Paul, tschüss Jürgen! Hat mich gefreut, dich kennen zu lernen.” Moritz schüttelt beiden die Hände.
“Servus Moritz, und wegen unserem Treffen”, sagt Jürgen und ehe er noch weitersprechen kann, unterbricht Paul: ”Gebe ich dir Moritz` Telefonnummer.”
“O.k., servus Moritz, bis dann”, beendet der Neue seinen Satz. “Übrigens Moritz”, sagt Paul, während Moritz seine Geldbörse aus der Hosentasche nimmt, “der Kaffee geht auf mich.“
“Danke, tschüss - wir hören uns”, antwortet Moritz und verlässt die Filiale.

Moritz geht über die Straße zu seinem Auto mit einem

Lächeln auf dem Gesicht und denkt sich, dass er momentan lieber nicht in Pauls Haut stecken möchte. Moritz steigt in sein Auto und startet es an, um zur nächsten Filiale der Kapital Sportwetten in die Fröhlichgasse zu fahren. Als er gerade den Blinker betätigt, um vom Parkplatz auf die Straße hinauszufahren, hört er aus dem Radio:

"Das österreichische Parlament hat heute der Novellierung des Glücksspielgesetzes zugestimmt. In Zukunft darf beim sogenannten Kleinen Glücksspiel der maximale Einsatz von derzeit 50 Cent auf 10 Euro angehoben werden. Sämtliche Automaten werden mit dem Finanzamt vernetzt. Das Finanzministerium rechnet mit Mehreinnahmen von 150 Millionen Euro pro Jahr. Zusätzlich werden zwei neue Casino-Lizenzen vergeben. Die Gesetzesänderung wurde von den beiden Großparteien einstimmig beschlossen. Die Grünen und das BZÖ stimmten dagegen. Die Grünen-Obfrau Maria Klaros sprach von einem sogenannten Lex NewWorld, das nur durch das massive Lobbying der NewWorld AG zustande gekommen sei. Dieses Gesetz sei ein Freibrief zur Gewinnmaximierung des Konzerns auf Kosten der tausenden Spielsüchtigen in Österreich."

"Das darf doch nicht wahr sein!", schreit Moritz laut auf, als er das hört. "Wahnsinn - der Konzern hat einen Einfluss auf unsere Politiker und niemand kann dagegen etwas unternehmen. Ich muss den alten Mann so schnell wie möglich finden", murmelt er, während er vor einer roten Ampel anhält. Er biegt rechts ab und fährt weiter zehn Minuten quer durch die Grazer Innenstadt, bis er endlich an der Kapital-Filiale in der Fröhlichgasse ankommt. Moritz parkt sein Auto am hinteren Parkplatz, steigt aus und geht durch den Hintereingang in die Filiale. Während er die Eingangstür öffnet, schweift sein

Blick den Barbereich entlang, um zu sehen, ob ein ihm bekanntes Gesicht anwesend ist. Als er bemerkt, dass er keine der anwesenden Personen kennt, geht er flotten Schrittes in den Automatenbereich. Auch hier kennt er niemanden, vor allem ist der gesuchte ältere Herr nicht da. Kurz überlegt Moritz, ob er alibihalber ein kleines Spielchen auf einem Automaten machen soll, denn es könnte ja sein, dass der Alte vielleicht noch auftaucht. Doch dann beschließt er, sein hart verdientes Geld nicht mehr der NewWorld in den Rachen zu schmeißen, sondern sich auf das Wesentliche zu konzentrieren, nämlich auf die Suche nach dem älteren Herrn.

Er verlässt die Spielstätte, geht zu seinem Auto und fährt zur nächsten Kapital-Filiale in die Waltendorferstraße. Auch in dieser Filiale findet er den gesuchten Mann nicht. Filiale für Filiale wiederholt sich dieses Prozedere, er kann den Mann nicht finden. Nach sechsstündiger Suche und 15 abgeklapperten Filialen ohne positives Ergebnis verliert Moritz schon langsam seinen Optimismus.
"So", sagt sich Moritz, "jetzt fahr ich noch in die Strassgangerstraße und wenn ich ihn dort nicht finde, gebe ich für heute auf und beginne meine Suche morgen von Neuem. Irgendwann werde ich ihn schon finden."

Gesagt, getan, Moritz fährt in die Filiale in die Stassgangerstraße. Dort angekommen parkt er wie üblich sein Auto am hinteren Parkplatz. Er steigt aus dem Auto, schließt es ab und geht hinein. Als er die Tür öffnet und einen Blick zur Bar wirft, traut er seinen Augen nicht. Am Tresen steht er, ja er - der ältere Herr!
Moritz ist aufgeregt vor Freude, nach sechsstündiger Suche und vielen leeren Kilometern durch Graz endlich seinem Ziel so nahe zu sein. Er geht zielstrebig zu dem Gesuchten, stellt sich neben ihn und bestellt fröhlich bei

der Kellnerin ein Glas Bier.
“Hallo, wie geht’s?”, fragt er den Mann, während er das Glas Bier hebt, um es an seinen Mund zu führen.
“Tja, anscheinend nicht so gut wie dir”, antwortet der, “ich hab heute 400 Euro verloren - das tut ganz schön weh.” Moritz überlegt den Bruchteil einer Sekunde, wie er das Gespräch lenken soll, um zu den gewünschten Informationen zu gelangen. Instinktiv solidarisiert er sich mit seinem Gegenüber und antwortet:
“Tja, mir ist es heute ebenfalls ganz schlecht gegangen. Ich hab 200 gewonnen und 600 wieder verloren. Am Ende des heutigen Tages bleibt bei mir auch ein fettes Minus von 400 Euro übrig. Scheiße - wir sind halt meistens die Pechvögel. Aber wie heißt es so schön - man kann sein Glück nicht erzwingen.”
Der ältere Herr nippt ebenfalls einen Schluck von seinem Bier.
“Wem sagst du das?” “Übrigens, mein Name ist Moritz”, sagt Moritz zum alten Mann und hebt dabei sein Glas um anzustoßen.
“Ich bin der Harry”, antwortet der Mann und hebt dabei auch sein Glas.
“Prost Harry, auf bessere Zeiten und auf unser Glück”, sagt Moritz.
“Prost Moritz - ja, auf unser Glück”, antwortet Harry.

Moritz verliert keine Zeit und beginnt sein Gespräch:
“Du kannst dich noch erinnern an deine Beobachtung, die du letzte Woche gemacht hast? Du weißt, die eigenartigen Gewinne, die 40.000 Euro.” “42.000 Euro”, fällt Harry Moritz ins Wort,
“ja, an diese Beobachtung kann ich mich noch sehr gut erinnern. Weißt Moritz, diese Geschichte, die ich da erlebt habe, geht mir nicht mehr aus dem Kopf. Ich glaub noch immer, dass da was stinkt.” Moritz blickt vorsichtig nach links und rechts und sagt leise zu Harry:

"Du, mir geht's gleich wie dir. Deine Geschichte lässt mich nicht mehr in Ruhe. Ich muss dir was erzählen. Ich hab selbst einen schwarzen BMW mit zwei Typen, die den Typen von deiner Erzählung verdammt ähnlich sein müssen, beim Betreten einer Filiale gesehen - als ich dringend nach Hause musste. Ich weiß nur von der Erzählung der Kellnerin am nächsten Tag, dass an diesem Tag exakt 42.000 Euro gewonnen wurden."
"Was, wirklich?", Harry ist ganz aufgeregt.
"Sag, kannst du mir die Typen exakt beschreiben?" Harry nimmt aufgeregt einen großen Schluck von seinem Bier.
"Besser noch, ich hab ein Foto von dem blonden Typen mit", flüstert Moritz Harry ins Ohr.
"Was, du hast ein Foto!? Zeig's mir, ich kann ihn hundertprozentig wieder erkennen, wenn er es ist. Der Typ schwirrt seit Tagen in meinem Kopf herum! Was sage ich, der ist schuld, dass ich nicht mehr ruhig schlafen kann. Komm, zeig's mir!" Der Alte ist ganz nervös. Moritz will das Bild aus seiner Geldbörse nehmen, doch dann zögert er.
"Du Harry, ich glaub es ist besser, ich zeig's dir draußen. Schau, hier herinnen sind überall Überwachungskameras. Falls wirklich was faul sein sollte, sollen die nichts mitbekommen."
"O.k., gehen wir nach draußen", antwortet Harry, "aber vorher muss ich noch mein Bier zahlen."
"Nix da", sagt Moritz, "dein Bier geht auf mich. Kann ich zahlen, bitte", ruft Moritz zur Kellnerin und zahlt die beiden Biere.
Gleichzeitig trinken Moritz und Harry ihren letzten Schluck aus, stellen ihr Glas auf den Tresen und verlassen gemeinsam die Filiale der Kapital Sportwetten.
Draußen angekommen, sagt Moritz zu dem alten Mann:
"Komm Harry, gehen wir zu meinem Auto, das steht da hinten." Währenddessen gehen sie gemeinsam in Richtung Moritz` Auto. Er öffnet die Autotür und setzt

sich hinein. Harry steigt bei der Beifahrertür ein und setzt sich nervös in den Sitz.
“So, jetzt zeig mir mal dein Foto”, fordert Harry mit unruhigem Unterton. Moritz zieht seine Geldtasche aus der Hose, öffnet sie und nimmt das gefaltete Foto heraus. Er überreicht es Harry. Dieser wiederum wirft nur einen kurzen Blick darauf und sieht Moritz mit weit geöffneten Augen an.
“Moritz, das ist er - ja, das ist der Typ, das ist der Fahrer mit dem schwarzen 5er-BMW! Woher hast du das Foto?”, sprudelt es aus Harry heraus.
“Tja Harry”, antwortet Moritz ruhig, doch in seinem Inneren tanzen seine Synapsen einen Freudentanz. Durch die Bestätigung von Harry weiß Moritz endlich, dass er wirklich an einer verdammt heißen Story dran ist. “Harry, deine Geschichte hat auch mir schlaflose Nächte bereitet. Ich glaub’ halt nicht an solche Glückssträhnen. Ich bin der Meinung, an dieser Glückssträhne ist etwas ganz, ganz faul. Mehr kann ich dir momentan selbst nicht sagen, doch wenn was faul ist, dann bekomme ich das raus.”
“Sag, wer bist du eigentlich? Bist du vielleicht ...”
“Nicht von der Polizei”, fällt Moritz Harry ins Wort.
“Ich bin ein Spieler wie du, aber ich bin für die Gerechtigkeit”, erklärt Moritz mit ruhiger Stimme.
“Harry, durch deine Hilfe könnten wir vielleicht einem Skandal auf der Spur sein. Bitte, sprich mit niemandem mehr darüber, nicht mal mit deiner Frau. Bitte, versprich mir das, sonst könnte es für uns sehr gefährlich werden. Je weniger die wissen, was wir vermuten, desto besser ist es für uns alle. Bitte, versprich mir das!”, sagt Moritz mit besorgter Stimme und nimmt das Foto wieder an sich.
“Moritz, du bist mir einer! Natürlich werde ich mit niemandem über unser Gespräch und meine Beobachtungen sprechen. Es freut mich aber, dass es

noch Menschen mit Gerechtigkeitssinn gibt. Wenn ich dir irgendwie helfen kann, musst du es mir sagen. Warte, ich gebe dir gleich meine Telefonnummer.”

Die beiden tauschen ihre Handynummern und beschließen, in Kontakt zu bleiben. Harry öffnet dann die Autotür, steigt aus und verabschiedet sich mit:
“Moritz, hat mich sehr gefreut, dich kennen zu lernen. Viel Erfolg! Wir bleiben in Kontakt, servus!“ “Servus und vielen Dank für deine Hilfe”, antwortet Moritz, während Harry aus dem Auto steigt.

Moritz bleibt für ein paar Sekunden ruhig im Auto sitzen und als er sieht, wie Harry in sein Auto einsteigt und den Parkplatz verlässt, schreit Moritz laut auf: “Geil - geil - ich hab’s ja gewusst, dass an der Sache was dran ist!”

Er startet sein Auto und fährt aus dem Parkplatz auf die Straße, um nach Hause zu fahren. Er beschließt, so schnell wie möglich das soeben geführte Gespräch mit Harry auf Papier zu bringen. Während der gesamten Autofahrt schwirren ihm wie immer wilde Fantasien und Spekulationen durch den Kopf. Er hat nun die lang ersehnte Bestätigung, dass diese hohen Gewinne nur durch eine Manipulation erzielt werden. Doch wie kann er nun in Erfahrung bringen, wie diese Typen die Glücksspielautomaten manipulieren? Soll er seinen Freund bei der Kripo informieren und um Rat fragen? Doch diesen Gedanken verwirft er sofort, denn nachdem der ehemalige Innenminister Ernst Strammer im Aufsichtsrat der NewWorld AG sitzt, würden durch dessen Kontakte sicherlich sämtliche Ermittlungen gegen diesen Konzern sofort eingestellt werden. Was aber viel schlimmer wäre, ist der Gedanke, dass der Konzern sofort von Moritz` Recherchen wüsste - und das könnte sehr, sehr unangenehm für ihn werden. Also beschließt Moritz, niemandem von seinen Vermutungen zu erzählen, sondern auf eigene Faust mit den Ermittlungen zu beginnen. Er beschließt, ab sofort den Max Weihnrauch, der aber wahrscheinlich ebenfalls nur ein kleines Rädchen in diesem mafiösen Geflecht ist, zu beschatten.

RRRRRT - RRRRRT –RRRRRT - das Vibrieren seines Handys holt Moritz aus seinen Gedanken zurück in die Realität. Moritz sieht auf dem Display PAUL stehen.
“Der hat mir gerade noch gefehlt”, denkt Moritz laut, als er auf die grüne Annahmetaste drückt.
“Hi Paul, was gibt’s?”, fragt Moritz etwas genervt ins Handy.
“Hallo Moritz”, dringt ihm Pauls aufgeregte Stimme aus dem Hörer entgegen.
“Ich fall gleich mit der Tür ins Haus: Du, was hältst du vom neuen SOKO-Mann? Aber bitte ehrlich und direkt”, knattert es aus dem Handy.
“Paul, was soll ich dir sagen”, antwortet Moritz und runzelt dabei die Stirn. Für einen Moment hält er inne und setzt dann sein Gespräch fort:
“Na, der absolute Knaller ist der Typ sicherlich nicht. Ich kann dir eigentlich gar nichts sagen, dazu bräuchte ich eine Leseprobe.”
“Gut, dass du das sagst”, unterbricht ihn Paul und spricht hektisch weiter:
“Du, ich war gerade bei Hans von der Green Screen und hab mit ihm das neueste Exposé von SOKO Tirol - weißt eh, vom Neuen - besprochen. Naja, Hans ist ziemlich sauer auf mich und den Neuen, denn die Leseprobe ist seiner Meinung nach der vollste Schwachsinn. Hans meint auch, dass ich dir die Leseprobe bringen soll, er hätte gerne deine Meinung dazu.”
“Was soll ich?”, schaltet sich Moritz wieder ein.
“Ich bin selbst Schriftsteller und kein Kritiker oder Lektor

- mich interessiert SOKO nicht mehr! Paul, das weißt du!" Moritz ist hörbar genervt.
"Ja, Moritz, das weiß ich sehr wohl. Aber ich dachte, nachdem ich dich aus der Scheiße gezogen habe, dass du mir jetzt einen kleinen Gefallen schuldest - der Freundschaft wegen", spricht Paul hektisch weiter.
Für einige Sekunden herrscht Totenstille, bis Moritz dieses lähmende Schweigen unterbricht:
"O.k. Paul, ich mach's. Aber nur deinetwegen, damit ich dir deinen Arsch retten kann. Aber dann sind wir mit etwaigen Gefälligkeiten wieder quitt. Hast du mich verstanden? Moment, jetzt versteh ich's, ich soll das Exposé, das angeblich ein voller Schwachsinn ist, lesen - und dann?"
"Naja, Moritz", stottert Paul, "dann könntest du vielleicht, das ist so die Idee vom Hans, den Neuen etwas unterstützen."
Darauf schreit Moritz aufgeregt in den Hörer:
"Was soll ich? Dann kann ich die SOKO-Folge gleich selber schreiben!"
"Genau, das hat Hans auch gesagt", bestätigt Paul. "Alter, du kotzt mich voll an! Du weißt, dass ich den SOKO-Quatsch nicht mehr schreiben möchte und jetzt, wo ich mitten in meinem neuen Buch bin, soll ich mir wieder eine SOKO-Story, die noch dazu von Bergbauern handelt, aus dem Ärmel schütteln? Das, Paul, das kannst du gleich vergessen!", zischt Moritz in den Hörer.
Für den Bruchteil einer Sekunde überlegt er, ob er das Gespräch beenden soll. Doch als er gerade auf die rote Taste seines Handys drücken will, hört er

"50.000".

"Was, 50.000?", fragt er nach.
"Ja, du hast richtig gehört - 50.000 Euro ist es dem Hans wert, wenn du sofort mit einer SOKO Tirol-Folge

anfängst. Übrigens bekommst du die 50.000 Euro sofort vor Beginn bar auf die Hand." Moritz hält den Hörer kurz vom Ohr weg und überlegt, ob er weinen oder lachen soll. Doch nach einem kurzen, tiefen Atemzug sagt er:
"50.000 sofort und bis wann soll ich fertig sein?"
"Am besten gestern! Nein, du bekommst vier Wochen, schaffst du das?" Paul ist wieder beruhigt und etwas zuversichtlicher.
"Wenn ich das mache, dann mach ich das zum allerletzten Mal - hast du mich verstanden, Paul? Und übrigens brauch ich dann für mein neues Buch aber bis März Zeit und nicht bis Jänner. Ach noch was, ich rede noch mit Marvie darüber und sag dir heute am Abend oder morgen Bescheid."
"O.k. Moritz, bis heute Abend. Mehr Zeit zum Nachdenken kann ich dir nicht geben, der Hans möchte noch heute deine Entscheidung wissen", macht Paul noch einmal Druck.
"O.k. Paul, du hörst von mir, tschüss", antwortet Moritz und ehe Paul noch etwas sagen kann, unterbricht Moritz mit einem schnellen Druck auf die rote Taste das Gespräch.

Moritz wirft das Handy auf den Beifahrersitz und beginnt laut zu lachen. Dieses Lachen erinnert eher an das eines wahnsinnigen Serienmörders, der gerade dabei ist, sein nächstes Opfer zu Tode zu quälen. Eigentlich kann sich Moritz keine Verzögerung bei der Recherche seiner heißen Story leisten, genau jetzt, wo er so nah wie noch nie an seinem Ziel ist. Doch dann kommt ihm ein unerwarteter Geistesblitz:
"Ich werde nach der Dieter Bohlen-Methode alte SOKO-Folgen recyceln und aus drei alten eine neue machen. Und das Beste ist, das brauch nicht mal ich selbst schreiben, das kann meine Marvie sicherlich auch. Jetzt muss ich sie nur noch von dieser Idee überzeugen. Was

heißt ich - die 50.000 werden sie sicher überzeugen", murmelt Moritz vor sich hin, als er gerade bei seinem Haus ankommt. Er parkt das Auto vor der Garage, stellt den Motor ab, nimmt sein Handy und steigt aus.

Gut gelaunt wegen der neuen Situation betritt er das Haus.
"Hallo, ich bin wieder zuhause", ruft er freudig, während er die Eingangstür hinter sich schließt.
"Hallo, mein Schatz", ruft Marvie ihm aus dem Wohnzimmer entgegen.
"Hallo Schatz", begrüßt auch Moritz seine Frau und zieht sich dabei die Schuhe aus.
"Du, der Paul hat mich gerade angerufen", erzählt Moritz freudig, während er das Wohnzimmer betritt, zu seiner Marvie geht und sie herzhaft küsst.
"Moritz, du telefonierst oft mit Paul, das ist nichts Neues", antwortet Marvie etwas schnippisch.
"Ja, was er mir erzählt hat, ist aber etwas Neues", entgegnet Moritz mit einem breiten Grinsen im Gesicht.
"Komm, setz dich mal zu mir, ich hol dir schnell ein Bier, dann kannst du mir ja in Ruhe alles erzählen."
Gesagt, getan, Marvie geht in die Küche zum Kühlschrank, holt zwei kleine Bier, öffnet sie und setzt sich neben Moritz auf die Couch. Sie drückt ihm eine Flasche in die Hand und ehe sie noch anstoßen kann, nimmt Moritz einen riesigen Schluck aus der Flasche.
"Aber hallo, mein Schatz, so kenn ich dich ja gar nicht", stellt sie fest, während Moritz die Flasche mit einem erleichterten
"Ah, ist das geil" auf den Tisch stellt. "Entschuldigung, dass ich nicht mit dir angestoßen habe", sagt Moritz, "ich hatte aber schon so einen trockenen Hals." Dabei blickt er Marvie tief in die Augen. Er nimmt ihre Hand und hält sie ganz fest.
"Sag Moritz, was willst du mir erzählen?", fragt Marvie

nun alarmiert und stellt dabei ihr Bier ebenfalls auf den Couchtisch.
“Hör mir bitte zu und lass mich zu Ende sprechen, bevor du was sagst.” Moritz legt zärtlich seine Hand auf Marvies Oberschenkel.
“Du weißt, dass der Paul für die SOKO-Geschichten einen neuen Autor gefunden hat. Und du weißt, dass er das meinetwegen getan hat, damit ich mehr Zeit für mein neues Buch habe. Paul hat dem Hans den Neuen, sein Name ist übrigens Jürgen Schwarz, als unverbrauchten Wunderautor verkauft. So - jetzt hat sich aber dieser sogenannte Wunderknabe als nicht so wunderbar entpuppt. Die neue SOKO-Reihe SOKO Tirol ist grundsätzlich eine gute Idee. Der Hans hat bereits die Produktionskosten für diese neue Serie über das Land Tirol und einige Gemeinden, die diese Serie finanzieren, gedeckt. Du weißt, der Hans ist mit seiner Green Screen Produktionsfirma die absolute Nummer 1 in der Filmbranche und der Meister des Geldaufstellens.
Aber jetzt kommt’s: Er hat damit eine Idee verkauft - hat aber derzeit keine Story und kein passendes Drehbuch dazu, denn die Geschichte, die der Neue abgeliefert hat, ist nach Meinung vom Hans der volle Schwachsinn. Nach Pauls Aussage ist der Neue ein Fan von den CSI-Serien aus Amerika. Also hat er Folgen dieser Serie hergenommen und sie einfach nur auf die ländliche Region umgeschrieben.”
“Was hat er gemacht?”, unterbricht ihn Marvie und schlägt sich dabei ungläubig die Hände vors Gesicht.
“Ja, du hast richtig gehört, er hat nur abgekupfert. Dass das bei uns nicht funktionieren kann, ist allen klar. Serienmorde unter Bauern: Hahaha - aufgeklärt durch eine Elitetruppe der österreichischen Spurensicherung mit dem Einsatz eines Spezialeffekt-High-Tech-Labors - hahaha!”
“So, was willst du mir jetzt eigentlich sagen?”, stoppt

Marvie Moritz` Lachen. Er nimmt einen Schluck von seinem Bier, um sich wieder zu beruhigen und verschluckt sich fast dabei. Nur durch einen herzhaften Schlag von Marvies Hand auf seinen Rücken kann Schlimmeres verhindert werden.
“Danke Marvie”, sagt Moritz, nachdem er sich wieder gefangen hat.
“So - um die Geschichte auf den Punkt zu bringen, der Hans hat mir 50.000 Euro bar auf die Hand angeboten, wenn ich in vier Wochen ein passendes Skript und das Drehbuch für die neue SOKO Tirol-Serie abgeben kann.”
Marvie nimmt ruhig ihr Bier, trinkt einen Megaschluck daraus und sieht Moritz mit einem ungläubigen Blick an. Bevor sie noch etwas sagen kann, kommt Moritz schnell mit einem Nachschlag:
“Übrigens, die 50.000 bekomme ich schon bevor ich anfange - was sagst du dazu?”
„Was soll ich dazu sagen”, antwortet Marvie, “das Geld würden wir dringend brauchen. Ich hab einen Stapel Rechnungen zu bezahlen, die wir ja noch nicht erledigen konnten, weil du über 20.000 Euro für dein neues Buch als sogenannte Recherchekosten ausgegeben hast - für die du mir noch eine Erklärung schuldest.” Marvie blickt tief in Moritz` Augen. Noch ehe er etwas sagen kann, spricht sie weiter:
“Das Geld würden wir wirklich brauchen, aber schaffst du das, vier Wochen für eine Pilotfolge?”
“Ja, das hab ich mich auch schon gefragt, ob ich das schaffe. Bei der Autofahrt nach Hause ist mir so eine Idee gekommen.”
Moritz beruhigt Marvie und drückt dabei ihre Hand.
“Du hast mir ja schon bei den letzten SOKO-Geschichten geholfen. Was hältst du von der Idee, wenn wir nach der Dieter Bohlen-Methode drei alte SOKO-Folgen recyceln und eine neue daraus produzieren?” Fragend blickt Moritz dabei in Marvies Gesicht, um aus

ihrer Mimik eine Antwort zu lesen.
Marvie sieht Moritz mit großen Augen an und sagt:
"Das, was du soeben gesagt hast, meinst du jetzt aber nicht wirklich ernst? Sag, dass du mich veralbern möchtest. Du lachst über den Neuen, weil er nur abkupfert und was willst du machen - genau das Gleiche!"
Nachdem Moritz diese Worte vernommen hat, herrscht Stille im Wohnzimmer. Seine Augäpfel rollen von unten nach oben - tief in sein Lid.
"Brauchst gar nicht deine Augen verdrehen, wenn du die Wahrheit nicht verkraftest", unterbricht Marvie diese Stille.
"Du hast recht", antwortet Moritz kleinlaut. "So hab ich das gar nicht gesehen - was machen wir jetzt? In vier Wochen eine neue Story - wie soll das funktionieren?", überlegt Moritz laut und nippt dabei an seinem Bier.
"Sag mal, Moritz, wie viele Seiten schaffst du in einer Stunde?", fährt Marvie in den Überlegungen fort.
"Na ja, wenn ich eine gute Grundidee habe, schaff ich ungefähr zwei Seiten pro Stunde", antwortet Moritz.
"Und wie viele Seiten braucht man für eine einstündige Folge?", spinnt Marvie den Faden weiter.
"Na ja, ca. 160 Seiten fürs Skript und ca. 180 bis 200 Seiten fürs Drehbuch, also 2 Seiten pro Filmminute", antwortet Moritz.
"Warum möchtest du das wissen?", fragt er Marvie.
"Warte, ich rechne gerade: 8 Stunden schreiben mal 2 Seiten sind 16 Seiten pro Tag, mal 10 Tage - dann hättest du die 160 Seiten. Noch mal 10 Tage fürs Drehbuch - dann könntest du das locker schaffen", erklärt ihm Marvie.
"Ja, wenn das nur so einfach wäre. Ich bräuchte aber eine Idee!", ist Moritz` Kommentar zu Marvies Rechenbeispiel.
"Außerdem häng ich gerade mitten drin in meinem

neuen Buch. Meine Recherchen sind bald abgeschlossen und ich könnte mit dem Schreiben bald beginnen. Ich kann mir in der momentanen Situation keine Unterbrechung leisten", erklärt Moritz genervt.
"Du und dein neues Buch - 20.000 Euro hat das bis jetzt gekostet! Und Ergebnis hast du auch noch keines abgeliefert. Ich weiß nicht mal, worüber du schreibst, wahrscheinlich ist das wieder so ein Hirngespinst von dir. Hallo, komm mal runter - du hast eine Familie zu ernähren!", zischt Marvie und steht auf. Sie geht zum Kühlschrank und holt noch zwei Bier. Während sie die Flaschen öffnet, spricht sie weiter:
"Wir brauchen das verdammte Geld! Dein neues Buch kann warten, hast du mich verstanden?" Moritz steht ebenfalls auf, geht zu Marvie und nimmt ihr eine geöffnete Flasche Bier aus der linken Hand, geht zum Fenster und blickt nach draußen. Kurz überlegt er, was er antworten soll - die Worte seiner Frau fahren wie Maschinengewehrsalven in sein Gehirn. Sie hat recht, sie brauchen das Geld. Doch andererseits ist er so nah an seinem eigentlichen Ziel - die heiße Story! Ehe Moritz etwas sagen kann, fährt Marvie schon mit ihren Überlegungen fort:
"Du Moritz, ich helfe dir dabei. Gemeinsam werden wir das meistern. Schau, dein neues Buch - übrigens, bekommst du mehr Zeit für das neue?"
"Ja - bis März", antwortet Moritz mürrisch.
"Gut - welch freudige Nachricht! Dann ist es wohl klar, dass du das Angebot von Hans annehmen wirst", sagt Marvie mit freudigem Unterton.
"Wo soll ich verdammt noch einmal eine Idee für SOKO Tirol hernehmen? So einfach, wie du dir das vorstellst, ist das nicht", zischt Moritz, während er sich umdreht und zur Couch zurückgeht. Er setzt sich nieder, stellt sein Bier auf den Tisch und versteckt sein Gesicht zwischen den Händen. Marvie setzt sich ebenfalls nieder und

streicht Moritz zärtlich übers Haar.
“Du Moritz, ich hätte so eine Idee”, will sie ihn beruhigen. “Stell dir vor: Eine junge Frau als Chefermittlerin und ein älterer Gruppeninspektor - dem die Neue von oben aufgebrummt wurde. Die beiden entwickeln eine Hassliebe zueinander. Diese Hassliebe ist so der rote Faden durch die ganze Serie. Der Alte ist der absolute Familienmensch und die Neue die voll karrieresüchtige Emanze. Sie Single und kennt nur den Job; er verheiratet und Nebenerwerbslandwirt. Konfliktpotenzial ohne Ende. So, das siedeln wir in einer Kleinstadt an, die durch den alpinen Tourismus geprägt ist.
Der erste Fall, den die beiden gemeinsam übernehmen, wird bereits die erste Zerreißprobe für dieses neue Team. Ein Skandal in der Biofleischzucht. Der Tierarzt kommt drauf, dass der beste Freund vom Gruppeninspektor illegale Wachstumshormone in seiner Viehzucht verwendet. Als der Tierarzt das auffliegen lassen will, wird er ermordet. Der Mörder - der beste Freund vom Gruppeninspektor - bricht in der Nacht in die Tierarztpraxis ein, um eventuelle Aufzeichnungen zu suchen, die ihn verdächtig machen könnten, und wird vom Nachbarn des Tierarztes erwischt. Es kommt zu einem Handgemenge, der Nachbar stürzt unglücklich mit dem Kopf auf einen Rechen vorm Haus und stirbt.
Jetzt haben wir den zweiten Toten. Als der Mörder gerade den vermeintlichen Tatort verlassen möchte, wird er vom Sohn des Nachbarbauern, der rein zufällig mit seinem Moped auf der Heimfahrt ist, gesehen. Der Mörder springt in sein Auto, verfolgt den Jungen und rammt ihn mit seinem Wagen. Der Junge stürzt, der Mörder bleibt stehen, sieht nach, ob der Junge noch lebt. Als er bemerkt, dass dieser bewusstlos ist, überfährt er mit seinem Auto zweimal den auf der Straße liegenden Jungen. Der Junge ist natürlich sofort tot. Jetzt haben wir den dritten Mord an einem Tag und damit unseren

Serienmörder. Wie findest du meine Idee?"

Moritz nimmt seine Hände vom Gesicht, schaut seine Frau groß an und sagt:
"Sehr gute Idee - das hätte ich nicht besser machen können."
"Siehst du, musst mir nur vertrauen, dann wird alles wieder gut", antwortet Marvie lächelnd.
"Pass auf, Marvie", unterbricht Moritz, "wir könnten das Ding doch gemeinsam schreiben - was hältst du davon? Du hast ja meine Skripten immer gelesen und etwaige Fehler ausgebessert. Niemand kennt meinen Stil besser als du. Traust du dir das zu, das Skript zu schreiben? Das Drehbuch mach dann ich."
"Ich soll was?" fragt Marvie aufgeregt.
"Ja, du hast richtig gehört - versuch doch mal, deine Idee auf Papier zu bringen. Du kannst sämtliche meiner Skripten verwenden, um die Schreibweise anzupassen. Na, mein Schatz, und wir bringen das Ding gemeinsam zu Ende. Dein Name würde natürlich als Co-Autorin angeführt. Buch und Idee Marvie und Moritz Lustig - wie klingt das für dich?", entwickelt Moritz die Idee weiter.
"Was, Moritz, das würdest du mir zutrauen!" Marvies Lächeln zeigt freudige Überraschung.
"Ja, mein Schatz, - das traue ich dir zu! Was heißt hier zutrauen - ich wäre mächtig stolz auf dich, wenn du das machen würdest!" Moritz umarmt Marvie und gibt ihr einen Kuss auf die Stirn. Er nimmt zärtlich Marvies Hände und hält sie fest. Noch bevor sie etwas sagen kann, schlägt er vor:
"Komm, lass uns keine Zeit verschwenden, fangen wir gleich an. Ich ruf sofort Paul an, damit er mit Hans sprechen kann. Und morgen hole ich dann unsere ersten gemeinsam verdienten 50.000 Euro - wie findest du das?"
"Moritz, du veräppelst mich sicher nicht - oder?" Marvie

freut sich, ist aber trotzdem noch verunsichert.
“Nein! Das ist mein voller Ernst. Geil, Buch und Idee: Marvie und Moritz Lustig - klingt das nicht geil?”, antwortet Moritz mit einem breiten Grinsen im Gesicht.

2 Tage später

“Moritz, bringst du die Kinder in die Schule? Ich bin gerade so mitten drin im Schreiben”, ruft Marvie vom Schreibatelier in die Küche, wo Moritz gerade dabei ist, die Jausenbrote für die Kinder zu richten. Carlotta zickt wieder mal herum, weil sie ihre halben Sachen nicht finden kann, und gibt jedem, der ihr in die Quere kommt, die Schuld für das Verschwinden ihrer Lieblingshose, ihres Handys, ihres Schlüssels und all der anderen Sachen, die pubertierende Mädchen so vermissen.
“O.k. mein Schatz, mach ich gerne!”, ruft Moritz aus der Küche zurück.
“Sag, wann bist du aufgestanden, mein Schatz?”, fährt er fort.
“Ich glaub, es war zwei Uhr, konnte nicht einschlafen, hab so viele Ideen im Kopf, die nur darauf warten, auf Papier gebracht zu werden. Du bist mir eh nicht böse - mein Schatz?”, tönt es Moritz aus dem Schreibatelier entgegen.
“Natürlich bin ich dir böse! Nein, war nur ein Scherz! Sag, wie viele Seiten hast du schon?” Moritz wird neugierig, packt aber noch die Jause in die Schultaschen der Kinder.
“Warte, 40 - ja, bei der vierzigsten Seite bin ich gerade”, schreit Marvie mit verzückter Stimme, springt von ihrem Sessel und trippelt zu Moritz in die Küche. Sie umarmt herzhaft ihren Schatz und gibt ihm einen Kuss auf die Stirn.

“Ich freu mich für dich, dass du mit deiner Idee so gut voran kommst”, sagt Moritz ruhig.

“Papa, komm, jetzt müssen wir los”, zischt Carlotta vom Vorzimmer in Richtung Küche. “O.k., ich komm schon. Adrian, wir fahren”, ruft Moritz.
“Du Marvie, ich komm etwas später nach Hause, hab noch was für mein Buch zu erledigen. Du brauchst mich eh nicht, oder?”, fährt er fort, während er Marvie zärtlich küsst.
“Nein, mein Schatz - ich komm schon zurecht”, antwortet Marvie.
“Wenn ich wieder nach Hause komme, werde ich deine Ergüsse lesen, versprochen!”, zeigt sich Moritz interessiert. Die Kinder verabschieden sich mit einem Bussi von ihrer Mama und folgen Moritz zur Eingangstür. Marvie geht ihnen nach und nachdem die drei sich mit einem letzten “Tschüss, bis später” verabschiedet haben, verschließt sie die Eingangstür. Sie geht in das Schreibatelier, sieht aus dem Fenster und beobachtet, wie ihre drei Helden mit dem Auto die Hauseinfahrt verlassen.
“So, jetzt geht’s weiter im Text”, motiviert sie sich selbst, während sie sich hinsetzt und mit dem Lesen der zwei zuletzt geschriebenen Seiten beginnt.
Währenddessen bringt Moritz seine beiden Kinder in die Schule. Nachdem er sie dort abgesetzt hat und die Kinder sich mit einem “Tschüss Papa, bis am Nachmittag!” von ihm verabschiedet haben, bleibt er noch eine Sekunde still im Auto sitzen. Er überlegt, was er jetzt machen soll. Als er sich vergewissert hat, dass er seine Kamera im Auto mitführt, beschließt er, zur Wohnadresse des ominösen BMW-Fahrers mit dem Namen Max Weihnrauch nach Kalsdorf zu fahren, um ihn zu beobachten. Vielleicht passiert heute etwas, das er für seine Recherchen verwenden kann.

Nach einer endlos scheinenden Fahrt quer durch Graz kommt er endlich bei der Wohnadresse seiner Zielperson an. Er parkt das Auto in einer Seitenstraße, von der aus er das Haus seiner Meinung nach ungestört beobachten kann. Nachdem er sich vergewissert hat, dass die Adresse, die er von der Zulassungsstelle erhalten hat, mit der Hausnummer übereinstimmt, zweifelt er kurz ob der Richtigkeit der erhaltenen Angaben. Denn dieses Haus ist kein gewöhnliches Einfamilienhaus, sondern eine moderne Designervilla. Strahlend weiß mit Flachdach und vielen Glasflächen, wie er es eigentlich nur aus Designzeitschriften kennt. Angespannt sitzt er mit seiner Kamera in der Hand im Auto, vergleichbar mit einem Jäger am Hochstand, der auf sein Großwild wartet.

Zuerst beschließt er, das Haus zu fotografieren. Dabei überlegt er: "Interessant, wie kann sich ein simpler Techniker ein so geiles Haus leisten. Genau so würde ich auch gerne bauen, wenn ich das nötige Kleingeld dazu hätte. Das Ding kostet sicherlich 600.000 Euro." Moritz kennt sich bei den Preisen aus, denn seit einiger Zeit überlegt er, selbst zu bauen, und hat sich mit seiner Familie schon viele Häuser angesehen. Ein guter Freund von ihm ist Architekt und hat ihm bereits sein Traumhaus entworfen. Doch an der Finanzierung seines Traums, der 500.000 Euro kosten würde, ist er bis jetzt gescheitert. Er verdient als Autor und Drehbuchautor zwar viel Geld, doch ob seines ungeregelten Einkommens war das Risiko für die Banken zu hoch. In Zeiten wie diesen bekommt man nicht so einfach eine Finanzierung wie vor etlichen Jahren. Um seinen Traum zu finanzieren, bräuchte er mindestens 250.000 Euro als Eigenmittel. So wohnt er mit seiner Familie schon seit einigen Jahren in einem Haus in Miete.

Nach zwei endlosen Stunden Warterei ohne Ergebnis überlegt er kurz, ob seine Idee überhaupt Sinn macht. Das Doppelgaragentor ist leider nicht offen, daher weiß er nicht, ob seine Zielperson zu Hause ist. Dieses Warten ohne irgendein Ergebnis ist für ihn sehr anstrengend und ermüdend. “Morgen nehme ich mir meinen Laptop mit”, beschließt er, “dann kann ich wenigstens an meinem Buch arbeiten, während ich warte.”
Weitere zwei Stunden vergehen, ohne dass irgend etwas geschieht. Moritz rutscht am Sitz hin und her und seine Beine beginnen zu zittern. Seit einer geschlagenen Stunde spürt er schon einen großen Druck auf der Blase. “Scheiße”, sagt er sich, “das hab ich mir aber auch etwas anders vorgestellt.” Jetzt erkennt er, dass das Beschatten, das zu den häufigsten Arbeiten eines Privatdetektivs zählt, keinen Spaß macht, sondern stinklangweilig und nervenaufreibend ist. Doch da fallen ihm wieder die Worte seines Großvaters ein. “Junge, das Schönste an der Jagd ist die Pirsch.” Moritz beschließt, seinem Zittern ein Ende zu bereiten und seine Blase am nächsten Baum zu entleeren.
Als er gerade aus dem Auto aussteigen möchte, öffnet sich die Doppelgarage. Blitzschnell rast sein Puls auf 180. Er spürt das Pochen seines Herzens bis in die Halsschlagader. Kalter Schweiß steht ihm auf der Stirn. In seinem Bauch macht sich ein Gefühl breit, vergleichbar mit dem während der Fahrt in einer Achterbahn. “Scheiße”, flucht er leise. Er atmet einmal tief durch und sagt sich: ”Moritz, bleib jetzt cool - scheiß dich nicht an!”

Angespannt schaut er zum geöffneten Garagentor. Ein schwarzer Porsche Boxter fährt langsam aus der Garage. Während das Tor sich wieder schließt, kann er erkennen, dass sich kein weiteres Fahrzeug in der

Garage befindet. Im Schritttempo fährt der Porsche zur Hausausfahrt und bleibt abrupt stehen. Moritz duckt sich in seinen Sitz, um nicht erkannt zu werden. Durch das Lenkrad spähend kann er erkennen, dass eine junge Frau mit langem blonden Haar und dem Gesicht eines Supermodels aus dem Auto steigt. Während sie aussteigt, rutscht ihr Minirock hoch und er erblickt endlos lange Beine. Sie geht langsam zum sich öffnenden Einfahrtstor und bleibt stehen.
“Hoffentlich bemerkt sie mich jetzt nicht”, flüstert Moritz, doch die blonde Schönheit ist zu sehr mit dem Durchsehen der Post beschäftigt, die sie soeben aus dem Briefkasten genommen hat. Langsam geht sie wieder zu ihrem Auto, legt die Post auf den Beifahrersitz und fährt aus der Ausfahrt heraus auf die Straße. Sie blinkt links und steigt aufs Gas.

Moritz legt sich blitzschnell mit dem Oberkörper auf den Beifahrersitz. Nachdem der Porsche an seinem Auto vorbeigefahren ist, setzt er sich wieder auf und sieht im Rückspiegel den Wagen verschwinden.
“Alter, das war aber knapp.” Moritz wischt sich mit dem Handrücken den Schweiß von der Stirn. Nach diesem Erlebnis beschließt Moritz, es mit dem Beschatten für heute zu lassen. Zu gefährlich, entdeckt zu werden, scheint ihm sein Vorhaben zu sein. Außerdem hat er nur eine mangelhafte Ausrüstung, wenn man eine simple Digitalkamera überhaupt als Ausrüstung bezeichnen kann.

Vollgepumpt mit Adrenalin fährt er nach Hause, um sein Erlebnis auf Papier zu bringen. Wie immer bei seinen Autofahrten schwirren ihm wildeste Fantasien durch den Kopf. Er beginnt, seine bisherigen Erkenntnisse im Geist zu strukturieren:

Glücksspielmonopolist mit Einfluss auf Politik - dessen größter Franchisepartner ist verheiratet mit Tochter vom Mehrheitseigentümer der NewWorld AG - dessen Techniker bei hohen Gewinnen immer anwesend - dieser Techniker besitzt Designervilla, 5er-BMW, Porsche Boxter, bildhübsche Frau - als simpler Techniker eigentlich nicht machbar.

Wenn er nicht wüsste, dass er dies bis jetzt tatsächlich recherchiert hat, könnte dies eine Krimivorlage aus seiner Fantasie sein.
“Besser hätte ich das auch nicht erfunden”, denkt Moritz.

RRRRRT - RRRRRT - RRRRRT - das Vibrieren seines Handys holt Moritz wieder zurück aus seinen Gedanken in die Realität. Er blickt auf sein Handy und sieht SCHATZ am Display stehen. Er drückt auf die Annahmetaste und sagt:
“Hallo Schatz!” “Hallo Schatz! Stör ich dich gerade?”, fragt Marvie.
“Nein, du störst nie. Bin schon am Heimweg”, antwortet Moritz.
“Super - genau deswegen ruf ich dich an. Wollte nur wissen, ob wir mit dem Essen auf dich warten sollen. Bis wann bist du da?” Moritz blickt kurz auf seine Uhr:
“So cirka in fünfzehn Minuten. Du, brauchst du noch was fürs Essen?”, fragt er hilfsbereit.
“Gut, dass du fragst. Kannst du einen Tray Bier mitbringen? Wir haben nur noch ein paar Flaschen. Übrigens hab ich heute schon zehn Seiten geschafft!”, freut sich Marvie.
“Wahnsinn! Find ich voll super, du wirst mir schön langsam unheimlich! Ich hol schnell das Bier und wenn ich nach Hause komme, möchte ich dann sofort deine geistigen Ergüsse lesen. Bis gleich, mein Schatz. Bussi - ich liebe dich!”

“Bis gleich - ich liebe dich auch!”, antwortet Marvie. Moritz drückt auf die rote Taste seines Handys.

“Wie macht die das bloß? Zehn Seiten heute und vierzig in den letzten zwei Tagen - irre!“, murmelt Moritz, während er beim Getränkehändler einparkt. In Gedanken ob des Schreibflusses seiner Frau vertieft, geht er in den Laden hinein. Er holt zwei Trays seines Lieblingsbieres aus dem Regal und als er das Bier in den Einkaufswagen stellt, reißt ihn ein
“Hallo Moritz, wie geht’s?” aus seinen Gedanken. Er blickt sich um und sieht Emsi, den Chef des Ladens, hinter sich stehen.
“Hallo Emsi! Hab dich gar nicht bemerkt“, sagt Moritz erfreut.
“Moritz, freut mich dich zu sehen. Warst schon lange nicht mehr hier. Ich sehe grad zwei Trays vom Märzen aus der Lipizzanerheimat wie immer. Du, ich hab heute eine Aktion: Wennst drei Trays nimmst, kriegst einen vierten gratis dazu”, bietet der Chef des Ladens Moritz an.
“Danke für die Info. Gut, dann nehm ich noch zwei dazu. Sag, wo ist der Haken - bist ja sonst nicht so spendabel?”, antwortet Moritz mit einem Spitzbubenlächeln.
“Kein Haken, Moritz. Nein, muss mein Lager reduzieren. Ich hab wegen eines Aktionsangebotes eine größere Lieferung vom Brandl – dem Erzeuger des Lipizzaner Bieres, zu einem Sonderpreis erhalten. Du, wie geht’s beim Schreiben? Meine Frau war von der letzten SOKO Graz-Folge voll begeistert, ich übrigens auch. Erklär mir mal, wie man nur auf solche Ideen kommt - gestohlene Leichen als Crashtest-Dummies für die Autoindustrie, und das auf unserer Pathologie in Graz?” Moritz grinst übers ganze Gesicht und antwortet:

“Dein Gerstensaft macht’s möglich - hahahaha. Nur an guaten Krimi schreiben kann er – mit dem Bier aus der Heimat der Lipizzaner - hahaha! Jetzt weißt, warum ich so oft bei dir bin! Aber bitte keinem weitererzählen, sonst bekomme ich noch Konkurrenz von deinen Kunden - hahaha.” “Hahaha”, lachen beide laut.
“Siehst, das gefällt mir so an dir”, unterbricht Emsi das gemeinsame Gelächter, “du bist einer meiner Lieblingskunden, hast für jede Frage eine spaßige Antwort parat. Ich bring dir deinen Einkauf gleich raus zum Wagen.”
“Danke Emsi, jetzt weißt auch, warum ich nur zu dir komme: dein Service - danke!” Moritz geht zur Kassa, zahlt und geht zu seinem Auto. Emsi hilft Moritz noch beim Einladen und nach einer kurzen Verabschiedung verlässt Moritz den Parkplatz des Getränkehändlers und fährt auf schnellstem Weg nach Hause.

Dort angekommen erwartet ihn schon seine gesamte Familie sehnsüchtig.
“Hi Papa”, schreit Carlotta, als Moritz das Haus betritt.
“Hi Zuckerpuppe!”
“Du, mein Bild, das ich für den Zeichenwettbewerb der RAIKA eingereicht habe, hat den 1. Platz gemacht!”
“Super - das freut mich! Aber bei deinem Talent war das eh schon klar, oder?”, antwortet Moritz lachend, während er von seiner Tochter eine Kuss auf die Wange bekommt.
“Die Prämierung findet heute um 18:00 Uhr statt”, ruft Marvie aus der Küche.
“Hallo Schatz! Da sind wir natürlich dabei”, antwortet Moritz beim Betreten der Küche. Er küsst seine Frau und schaut fragend auf die Kochtöpfe:
“Was gibt’s denn Leckeres?” Er fährt sich mit der Zunge über die Lippen.

“Nur Spaghetti - für mehr hatte ich leider keine Zeit”, gesteht Marvie kleinlaut.
“Aber hallo, mein Schatz - was heißt hier leider? Kochen und zehn Seiten schreiben!”
“Was, zehn Seiten schreiben?”, fährt Carlotta auf.
“Wer hat zehn Seiten geschrieben?”, schreit auch Adrian aus dem Wohnzimmer.
“Das klären wir beim Essen”, beruhigt Moritz die Kinder, während er seiner Frau hilft, das Essen anzurichten.

Als alle beim Esstisch sitzen, sagt Moritz:
“Kinder, wir müssen euch etwas erklären. Wie ihr wisst, schreibe ich gerade an einem neuen Buch.”
“Was du nicht sagst”, wirft Adrian vorlaut ein.
“Erspar dir deine Kommentare und hör zu, was dein Vater zu sagen hat”, schaltet sich Marvie leicht genervt ein.
“O.k. Kinder, um die Sache abzukürzen: Ich schreibe einen neuen Krimi, der mit SOKO nichts zu tun hat. Ich muss aber bis in 4 Wochen noch eine SOKO-Folge abgeben - und ratet mal, wer diese Folge schreibt?“ Moritz schaut gespannt in die Gesichter seiner Kinder. Carlotta blickt fragend zu ihrer Mutter.
“Genau - die Mama!”, sagt er.
“Was - du?”, sagt Adrian ungläubig, während er versucht, seine Nudeln auf die Gabel zu rollen.
“Ja, ich”, bestätigt Marvie, “habt ihr ein Problem damit?”
“Kannst du das überhaupt?”, fragt Carlotta ungläubig.
“Natürlich kann sie das, sonst würde sie das ja nicht machen”, fällt Moritz Carlotta ins Wort.
“Und damit ihr seht, wie sie das kann, wird die Mama uns nach dem Essen ihre ersten paar Seiten vorlesen. Dann könnt ihr entscheiden, ob sie das wirklich kann”, schlägt Moritz ruhig vor, während er einen fragenden Blick zu Marvie wirft.
Marvie sieht Moritz mit großen Augen an und legt die

Gabel zurück auf den Teller.
“Gut, kein Problem, ich geh schnell und druck ein paar Seiten aus”, stimmt Marvie zu, steht auf und verschwindet im Schreibatelier.
“Die Mama schreibt einen Krimi - da bin ich aber gespannt! Da geht’s sicher um irgendwelche Weibergeschichten”, meint Adrian grinsend und trinkt einen Schluck von seinem Saft.
“Mach die Mama nicht so runter”, fährt ihm Carlotta über den Mund.
“Sie kennt alle Bücher vom Papa auswendig - was man ja von dir nicht behaupten kann. Du kannst ja nicht einmal ‘Buch‘ richtig schreiben - und vom Lesen hast du ja auch keine Ahnung”, zickt Carlotta.
“Was, ich kenn Papas Bücher genauso wie du - nur ich sehe sie lieber im Fernsehen! Baaa!” Adrian zeigt Carlotta eine lange Nase.
“So, jetzt hört auf mit euren Streitereien und hört lieber der Mama zu. Ich bin auch schon sehr gespannt”, unterbricht Moritz das Gezanke seiner Kinder.

“So, da bin ich wieder”, sagt Marvie und setzt sich mit ein paar Seiten in der Hand zum Esstisch. Sie beginnt zu lesen:

“SOKO Tirol - Folge 1 - Zurück zum Ursprung - Buch und Idee Marvie und Moritz Lustig.”
Gespannt lauschen die drei den literarischen Ergüssen von Marvie. Totenstille herrscht während des gesamten Vortrages. Als sie an der Stelle des dritten Mordes angekommen ist, unterbricht nur ein “Alter, ist das geil” von Adrian diese unerträgliche Stille. Nachdem Marvie die letzte Zeile gelesen hat, sehen sich ihre drei Zuhörer ungläubig an und Moritz beginnt zu klatschen.
“Mama, ist das geil”, schreit Carlotta verzückt, springt von ihrem Sessel und umarmt ihre Mutter.

“Ja, Gruppenknutschen”, schreit Adrian und stürmt ebenfalls zu Marvie.
“Halt, nicht so stürmisch”, unterbricht Marvie das Geknutsche. Mit dieser Reaktion hat sie nämlich nicht gerechnet.
“Halt Kinder, es ist schon viertel sechs! Wir müssen los zu Carlottas Prämierung.” Sie hat einen Blick auf die Uhr geworfen und beruhigt nun alle.

Am nächsten Tag

“Kann ich Ihnen helfen?”, spricht der Verkäufer mit freundlicher Stimme Moritz an, der gerade dabei ist, die Verpackung einer Miniknopfkamera zu lesen. Er hat nach seiner letzten Observierung beschlossen, seine Beschattungsausrüstung um ein paar Utensilien zu erweitern.
“Ja gerne”, antwortet Moritz, “ich suche mehrere Dinge. Ich suche eine Minikamera, die ich am Körper tragen kann, ohne dass sie entdeckt wird und trotzdem brauchbare Bilder abliefert.”
“Fotos oder Film?”, fragt der Verkäufer nach.
“Wenn Sie mich so fragen, dann lieber Film”, antwortet Moritz.
“Moment, ich hol Ihnen gleich unser bestes Modell”, sagt der Angestellte des L-Tronic Austria, ein Geschäft für Elektronikzubehör hilfsbereit.
“Hier, das ist unser Modell Mikromovie. Die Linse sieht aus wie ein gewöhnliches Emblem, das sie auf die Außentasche einer Jacke oder eines Sakkos stecken können. Das Aufnahmegerät hat das Format einer handelsüblichen Zigarettenpackung, so können Sie dieses Gerät verstecken. Sie brauchen keine Kabel, die Übertragung der Videoaufzeichnung erfolgt über Bluetooth. In der Linse wie auch im Aufnahmegerät

befindet sich je ein Microakku mit ca. drei Stunden Laufzeit. Das Aufnahmegerät hat eine Speicherkapazität abhängig von der Videoqualität von bis zu vier Stunden. Die Übertragung der aufgezeichneten Daten erfolgt über USB zu Ihrem PC. Sie erhalten zusätzlich zu diesem Gerät die Bildbearbeitungssoftware für Ihren PC kostenlos. Die aufgezeichneten Daten können dann als normales Videoformat auf CD gebrannt werden. Die Linse ist vergleichbar mit einem Weitwinkelobjektiv. Das heißt, Sie können nicht zoomen und Tonaufnahmen sind mit diesem Gerät leider auch nicht machbar.
Übrigens, diese Mikromovie wird gerne von Personenschützern und Detektiven verwendet. Darf ich fragen, wozu Sie ein solches Gerät brauchen?"
"Ja, Sie dürfen", antwortet Moritz, um endlich den Redefluss des Verkäufers zu unterbrechen.
"Ich bin Unternehmensberater mit dem Schwerpunkt Verkaufstraining. Für mein neues Trainingsmodul 'Watch and Sell', also 'Beobachte und Verkaufe', schule ich meine Klienten, schon anhand der Körpersprache Kaufimpulse zu erkennen. Und für mein Training on the job nehme ich die Schulungsteilnehmer bei ihren Verkaufsgesprächen auf, um danach anhand der aufgezeichneten Daten Schwachstellen zu erkennen und diese zu verbessern."
"Gut, dann ist dieses hier das passende Gerät für Ihren Anwendungszweck", bestätigt der Verkaufsberater.
"Sagen Sie, was kostet eigentlich dieses Gerät?", fragt Moritz.
"380 Euro", sagt der Verkäufer blitzschnell.
"O.k., die nehme ich. Noch etwas: Haben Sie so etwas Ähnliches, das ich auch im Auto montieren kann?"
"Ja - unsere Carcam. Kommen Sie mal mit mir mit, ich zeige sie Ihnen sofort", antwortet der Berater, während er zum nächsten Regal geht.
"Hier - diese Kamera ist zwar etwas größer als die

Mikromovie, doch Sie können damit auch zoomen", erklärt der Berater und drückt Moritz das Ding in die Hand.
"Was, das ist eine Kamera? Das sieht aus wie ein mobiles Navi!" Moritz wird ganz aufgeregt, als er das Gerät in der Hand hält.
"Genau, das ist ja der Sinn dieser Sache: Es sieht aus wie ein Navi und wird ebenfalls wie ein mobiles Navi mittels Saugknopf an der Windschutzscheibe angebracht. Und das Tolle an diesem System ist - Sie haben gleich den Monitor dabei. Gezoomt wird mittels Fernbedienung. Fällt überhaupt nicht auf und wird ebenfalls von Personenschützern und Detektiven eingesetzt. Der Preis liegt bei 480 Euro. Übrigens, Sie können dieses Gerät über Ihren Zigarettenanzünder mit Strom versorgen. Die Aufnahmezeit beträgt ca. sechs Stunden. Ach, noch was, Sie haben einen fünffachen optischen Zoom und einen zweihundertfachen digitalen Zoom. Das heißt, Sie können auf fünfzig Meter Entfernung eine Zeitung lesen."
"Toll, die nehme ich auch", antwortet Moritz.
"Brauchen Sie noch etwas?", fragt der Berater höflich.
"Nein, das reicht. Und danke für Ihre Informationen."
"Gut, dann darf ich Sie zur Kasse bitten", antwortet der Verkäufer und geht in Richtung Kasse. Moritz bezahlt die beiden Kameras bar und verlässt mit einem "Danke für Ihre freundliche Beratung" das Geschäft. Er geht zu seinem Auto, steigt ein und verharrt einen Augenblick.

"Geil - hab gar nicht gewusst, dass es solche Dinge so günstig gibt", freut sich Moritz und startet seinen Wagen. Doch bevor er losfährt, überkommt ihn das Bedürfnis, seine soeben erworbene Carcam zu testen. Nervös und hektisch wie ein Kleinkind, das sein Weihnachtsgeschenk öffnet, reißt Moritz die Verpackung auf. Nach kurzem Studium der Montageanleitung

befestigt er die Kamera an der Windschutzscheibe und steckt das Stromkabel in den Zigarettenanzünder. Er schaltet die Kamera ein und siehe da - am Monitor erscheint der Parkplatz vor ihm. Mit der Fernbedienung zoomt er zur Nummerntafel des gegenüber parkenden Autos. Gestochen scharf kann er die Leichen der Mücken sehen, die sich auf der Tafel eingebrannt haben. "Geil - das Ding ist der volle Wahnsinn!", schreit Moritz laut auf und vergisst dabei, dass er im Auto sitzt und ihn mögliche Passanten hören könnten. Er stellt die Kamera auf das gegenüberliegende Hochhaus ein und betätigt den Zoom. Am Balkon des achten Stockwerkes erblickt er eine Wäscheleine und kann sogar die Wäschekluppen erkennen. Wie ein Kind mit seinem Lieblingsspielzeug spielt Moritz eine Weile mit seiner Kamera herum. "So, jetzt ist es aber genug", ermahnt sich Moritz oberlehrerhaft und schaltet die Kamera aus.
Er fährt los und beschließt, sein neues Beschattungsgerät gleich richtig einzusetzen. Er fährt wieder zu der Adresse seiner Zielperson. Diesmal parkt er aber das Auto zwei Straßen vom Haus seines Beobachtungsobjektes weg. Er schaltet seine Kamera ein und zoomt zum Haus. Am Monitor kann er gestochen scharf die Hausnummer lesen. Vorsichtig schwenkt er nach oben in den ersten Stock, um einen Blick in ein Fenster zu erhaschen. Langsam zoomt er zum Fenster und sieht die prachtvolle weiße Blüte einer Orchidee am Fenster stehen. Er betätigt den Zoom erneut und kann die Umrisse eines Spiegelschrankes erkennen.

"Das muss wohl das Schlafzimmer sein", überlegt Moritz leise und angespannt. Langsam schwenkt er die Kamera wieder nach unten zur Eingangstür - und erschrickt, sein Atem bleibt für den Bruchteil einer Sekunde stehen - eine Überwachungskamera hängt über der Eingangstür. "Scheiße", flucht er. "An das hab ich gar nicht gedacht",

überlegt er weiter. “O.k., bleib jetzt ganz ruhig! Was würden deine fiktiven Beschatter in deinen Büchern jetzt machen? Genau - cool bleiben und das ganze Objekt nach weiteren Kameras absuchen”, denkt er vor sich hin murmelnd weiter nach. Langsam schwenkt er seine Kamera rund um das Haus und das Eingangstor. “Schau, schau, hab ich dich”, sagt er, als er die nächste Kamera am Einfahrtstor erblickt. Er schwenkt zum Garagentor und wird sogleich wieder fündig: links und rechts vom Tor je eine Kamera.
“Alter, der Typ muss ziemlich paranoid sein - vier Kameras!” Er schwenkt nach oben und erblickt sofort am Rand des Daches eine weitere, langsam zoomt er dieses Objekt heran. “Scheiße”, zischt er leise, “die bewegt sich!”
Konzentriert, mit angehaltenem Atem, vergleichbar mit einem Jäger, der durch sein Zielfernrohr ein Wild erfasst, beobachtet Moritz den Bewegungsradius der Überwachungskamera. Eine Minute lang verfolgt er die Bewegung und erkennt einen kontinuierlichen Rhythmus der Kamera von links nach rechts. Aufgrund des Winkels der Kamera kann er erkennen, dass sie nur das Einfahrtstor überwacht. “Puhh, Gott sei Dank”, atmet Moritz erleichtert auf. Er schwenkt seine Kamera zum Eingangstor, von wo er auch das Garagentor gerade noch mit seiner Linse erfasst, und beschließt zu warten. Eine geschlagene Stunde vergeht und nichts passiert.
Moritz packt seinen Laptop aus und fährt ihn hoch. Er öffnet seine Datei ‘Game Over‘ - dies wird der Titel seines neuen Buches sein - und beginnt, die letzten Seiten, die er geschrieben hat, zu lesen. Bei seinem Reality Thrill Crime-Roman ist er gerade bei der ersten Beschattung. Er beschreibt seine Beschattung, die er am Vortag erlebt hat. Natürlich geht ihm das Schreiben in einem Auto während einer Observierung doch nicht so leicht von der Hand. Doch Moritz möchte, solange beim

Beschatten nichts passiert, wenigstens den gestrigen Tag zu Papier bringen.
“Was geschrieben ist, ist geschrieben”, murmelt er. Als er gerade zu der Stelle kommt, als die blonde Schönheit aus ihrem Porsche steigt, fährt ein schwarzer 5er-BMW vor das observierte Gebäude.

“Shit”, flucht Moritz leise, während er den Laptop hektisch auf den Beifahrersitz legt. Er betätigt die Aufnahmetaste seiner Kamera und zoomt langsam das Fahrzeug heran. Er erkennt sofort das Gesicht des Fahrers. “Alter, das ist der Max! Warte, wer sitzt da daneben? Schau, schau, der dunkle Typ”, erkennt er. Das Einfahrtstor öffnet sich, der BMW fährt auf das Grundstück und während das Tor sich automatisch hinter ihm schließt, öffnet sich das Garagentor. Der BMW verschwindet in der Garage und Moritz kann am Monitor erkennen, dass der Porsche nicht in der Garage steht. Nachdem der BMW eingeparkt hat, sieht er, wie Fahrer und Beifahrer aus dem Auto steigen. Der Beifahrer geht zum Kofferraum des Fahrzeuges und öffnet ihn. Moritz kann auf seinem Monitor erkennen, dass er einen Pilotenkoffer aus dem Kofferraum herausnimmt, während sich das Garagentor wieder schließt. “Scheiße”, zischt Moritz laut. Langsam bewegt er seine Kamera in Richtung Eingangstür - wäre ja möglich, dass einer vielleicht herauskommt. Doch es vergehen geschlagene fünf Minuten, in denen nichts passiert. Ruhig, aber angespannt fährt Moritz mit seiner Kamera die gesamte Front des Hauses ab. Bei jedem Fenster bleibt er ein paar Sekunden stehen, um eventuell etwas zu erkennen. Doch er sieht nichts - nichts! “Scheiße - ich bin auf der falschen Seite des Hauses”, erkennt Moritz. Er überlegt kurz, ob er die Straße entlangfahren soll, um zu erkunden, ob es irgendwo eine Möglichkeit gibt, die andere Seite des Hauses zu observieren. Doch ob der vielen Kameras vor dem Haus verwirft er diesen Gedanken sofort wieder. “Gut, dann warte ich noch - vielleicht passiert ja doch noch etwas”, überlegt er.

Er stellt die Kamera so ein, dass er das Garagentor und die Eingangstür gerade noch auf seinem Monitor erkennen kann. Angespannt umklammert Moritz mit beiden Händen das Lenkrad und schaut mit starrem Blick auf den Monitor an seiner Windschutzscheibe. Nach fünf Minuten in dieser Position spürt er, wie sich seine Hände langsam verkrampfen.
“Alter, bleib locker”, redet er sich selbst gut zu. Gerade als er beschließt, sich zu lockern und sich in seinem Sitz zurückzulehnen, öffnet sich die Eingangstür des Hauses. Moritz schreckt hoch und bewegt seine Kamera langsam zur Eingangstür. Er zoomt sie heran und sieht seine Zielperson aus dem Haus gehen. Langsam verfolgt er Max, wie er in Richtung Einfahrtstor geht. Er erkennt auf seinem Monitor, dass Max ein Handy ans Ohr hält und, wie anhand der Gestikulationen und der Mimik zu erkennen ist, sicherlich kein angenehmes Gespräch führt. Moritz` Herz bleibt für den Bruchteil einer Sekunde stehen, als er bemerkt, dass sich das Einfahrtstor öffnet und seine Zielperson auf die Straße tritt. “Scheiße”, flucht er leise, als er sieht, dass die zu observierende Person direkt in seine Richtung schaut.

Moritz zoomt langsam das Gesicht heran und erblickt am Monitor eiskalte blaue Augen, die ihn - ja ihn! - anstarren. “Alter, was mach ich jetzt bloß? Der hat mich entdeckt! Da muss ich wohl eine Überwachungskamera übersehen haben”, überlegt Moritz erschrocken. Aber noch bevor er diesen Satz zu Ende gesprochen hat, braust ein schwarzer Porsche Boxter an seinem Auto vorbei. Mit quietschenden Reifen fährt der Porsche durch die Einfahrt und bleibt abrupt vor der Garage stehen.

Während sich das Einfahrtstor schließt, öffnet sich die Fahrertür des Porsche. Moritz sieht, wie seine Zielperson das Handy in die Innentasche seines Sakkos steckt und er kann dabei ein Schulterhalfter erkennen, in dem eine Pistole steckt.

Flotten Schrittes geht seine Zielperson auf die bereits aus dem Porsche ausgestiegene Schönheit zu und packt sie heftig am Arm. Die blonde Frau wehrt sich und schlägt mit der Einkaufstasche mit dem Logo eines namhaften Designers, welche sie in der linken Hand hält, auf ihren Gegner ein. Dieser lässt sie sofort los und wilde Gestikulationen folgen, die auf einen heftigen Streit schließen lassen.
“Alter - da geht's aber ziemlich heftig zu”, bemerkt Moritz, um sich selbst zu beruhigen. Die Blonde knallt die Autotür zu und geht mit schnellem Schritt zur Eingangstür des Hauses, wo sie bereits von dem schwarzhaarigen Typen freudig empfangen wird. Sie geben sich Küsse auf die Wangen und Moritz kann erkennen, dass der dunkle Typ seine linke Hand auf die Schulter der Blonden legt, während beide das Haus betreten. Als sie im Haus verschwunden sind, sucht Moritz mit der Kamera seine eigentliche Zielperson, die den beiden nicht ins Haus gefolgt ist. Er zoomt zum Porsche und sieht Max vor dem hinteren Kotflügel des Wagens knien. Moritz zoomt das Auto noch weiter heran und kann auf seinem Monitor eine handflächengroße Schramme erkennen. Max wischt vorsichtig an der Schramme und schüttelt dabei heftig den Kopf.
“Paah - anscheinend ist der Typ nur wegen einer lächerlichen Schramme an dem Auto so ausgezuckt.” Moritz beobachtet, wie Max aufsteht und heftig gegen den Hinterreifen tritt. Danach verschwindet auch er im Haus.

Mit einem leisen Seufzer lehnt sich Moritz entspannt in seinen Fahrersitz und resümiert in Gedanken das soeben beobachtete Geschehen. Die Tatsache, dass seine Zielperson eine Waffe besitzt, beunruhigt ihn sehr. Für einen kurzen Augenblick kommt Zweifel in ihm hoch, ob er dieser Aufgabe überhaupt gewachsen ist. Doch dann fallen ihm wieder die Worte von Harry, dem älteren Spieler, ein: "An diesen hohen Gewinnen ist sicherlich etwas faul." Für Moritz passt einfach alles zusammen: Geile Bude, geile Autos, geile Frau, Waffe… "Ja, Waffe!", wiederholt Moritz laut und noch bevor er das Wort Waffe zu Ende gesprochen hat, beginnen seine Füße zu zittern und kalter Schweiß steht auf seiner Stirn. "Wenn der Max Weihnrauch schon eine besitzt, dann hat der zweite Typ sicherlich auch eine. Dieser zweite Typ - ja, was ist das für einer?", denkt Moritz laut nach, während er an seiner Kamera die Rückspultaste betätigt. Als er an der Stelle angelangt ist, an der die Schönheit zum Haus geht und er den zweiten Typen in der Eingangstür erblickt, stoppt Moritz das Rückspulen.

Er stellt auf Standbild, um sich das Gesicht des dunklen Typen anzusehen. Ihm fällt sofort die Narbe auf der rechten Wange auf. Diese erinnert ihn an die typische Schmiss-Verletzung von Burschenschaftlern. "Nein", sagt sich Moritz, "der ist sicherlich kein Burschenschaftler. Ich glaub eher, dass das eine Verletzung ist, die durch ein Messer verursacht wurde. Vom Typ ist das eher ein Rumäne. Halt - was hast du da soeben gesagt? Rumäne - womöglich ist der Typ ein ehemaliges Mitglied der Securitate - eine Kampfmaschine! Scheiße, worauf hab ich mich da bloß eingelassen? Moritz, es ist noch nicht zu spät! Du kannst jetzt abbrechen, nach Hause fahren, SOKO Tirol mit deiner Frau fertig schreiben und glücklich weiterleben", bespricht sich Moritz mit seinem Gewissen. "Nein, aufgeben tut man nur Briefe. Jetzt bin ich schon so weit - ich kann und will nicht aufgeben! Solange die von mir nichts wissen, habe ich nichts zu befürchten”, versucht Moritz sein Gewissen zu beruhigen. “Wie kann ich, ohne dass mir und meiner Familie etwas zustößt, meine Recherchen zu Ende führen und denen die Manipulationen an den Glücksspielautomaten nachweisen. Ich brauch einen Plan - nur welchen?”, hadert Moritz mit sich. “Soll ich meinen besten Freund Norbert, der Kriminalbeamter ist und der mich bis jetzt immer mit Vorlagen für meine Bücher versorgt und mich beim Schreiben beraten hat, bereits jetzt von meinen Recherchen berichten? Kann ich ihm vertrauen? Nein, der müsste ja sofort offizielle Ermittlungen einleiten. Und dann, ja, dann wüssten die sofort Bescheid!”

RRRRRT - RRRRRT - RRRRRT- das nervige Vibrieren seines Handys fetzt Moritz aus seinen Gedanken. “Das hat mir gerade noch gefehlt”, motzt er und blickt auf das Display. Er drückt auf die Annahmetaste und sagt mit leicht genervtem Unterton:
“Hi Paul - was gibt’s?”
“Hallo Moritz - stör ich dich gerade?”, hört er Pauls vorsichtige Frage.
“Wenn du mich so fragst, dann sage ich jetzt ja! Nein, was gibt es denn?”, antwortet Moritz.
“Du, ich wollt nur wissen, wie es dir beim Schreiben geht. Der Hans möchte wissen - weißt eh, wegen der bereits gezahlten Kohle - ob du den Abgabetermin sicher einhalten kannst und ob es vielleicht schon eine kleine Leseprobe gibt. Er ist nämlich gerade dabei, die Produktion zu organisieren. Du kennst ihn ja - für ihn dauert prinzipiell alles zu lange!”, knattert es aus dem Hörer.
“Ach, Paul, ja - wir haben schon fünfzig Seiten, und du kannst noch heute eine Leseprobe haben. Ist das alles?”, zischt Moritz gestresst ins Telefon.

"Ah, jetzt redest du schon im Pluralis Majestatis von dir! Also gut, Eure Majestät, dann komme ich so gegen 17:00 Uhr in Euren Palast zu einer Audienz", antwortet Paul zynisch.
"O.k. Paul, bis später. Tschüss!" Und ehe Paul noch etwas sagen kann, beendet Moritz das Gespräch mit einem lässigen Druck auf die rote Taste.

Moritz beschließt ob der neuen Situation, die Beschattung für heute aufzugeben. Er startet den Motor und fährt aus der Parklücke auf die Straße. Eine Seitenstraße vor dem zu observierten Haus biegt er links in die nächste Seitenstraße, um nicht direkt daran vorbeizufahren. Er fährt zurück auf die Hauptstraße und hält vor einer roten Ampel an. Als er zufällig auf die linke Seite blickt - traut er seinen Augen nicht! Er schaut ein zweites Mal vorsichtig nach links und sieht direkt in die dunklen Augen des Rumänen, der am Beifahrersitz des Porsche sitzt. Moritz stockt der Atem. Um nicht genauer erkannt zu werden, greift er blitzschnell zu seinem Handy und hält es sich ans linke Ohr. Am Fahrersitz kann er seine Zielperson erkennen. Die Ampel schaltet auf Grün und der Porsche zieht mit einem lauten Quietschen der Reifen davon.

Moritz atmet tief durch, beschleunigt ebenfalls seinen Wagen und sieht dabei kurz in den Rückspiegel. Im Spiegel kann er nur ein blau blinkendes Licht erkennen und ehe er es registriert hat, sieht er bereits, wie ihn ein Polizist auf einem Motorrad überholt. Der Polizist deutet Moritz mit der rechten Hand, dass er ihm folgen soll.

Bei der nächsten Bushaltestelle biegt die Motorradstreife ein, und Moritz folgt ihr. Als er sein Auto anhält, steigt der Exekutivbeamte von seinem Fahrzeug und geht auf Moritz zu. Der öffnet die Scheibe und ein

“Guten Tag - Fahrzeug- und Lenkerkontrolle - Ihre Papiere, bitte!”, kommt ihm die forsche Aufforderung des mit einem schwarzen Lederdress bekleideten Beamten entgegen. Moritz erwidert den Gruß mit einem freundlichen
“Guten Tag”. Er überreicht die Papiere und noch während der Beamte sie ansieht, sagt er:
“Grund der Anhaltung ist Ihnen sicherlich bekannt?” Moritz, der noch immer sein Handy in der linken Hand hält, antwortet:
“Telefonieren am Steuer.”
“Gut, Herr Lustig”, sagt der Beamte, “machen wir es kurz und schmerzlos - 50 Euro!” Moritz zückt sofort seine Geldtasche und nimmt einen 50 Euro-Schein heraus, um ihn dem Polizisten zu überreichen. Dieser schreibt das Organmandat, überreicht es Moritz und beim Entgegennehmen des Geldes fragt er freundlich:
“Sagen Sie mal, Herr Lustig, sind Sie der Moritz Lustig, der SOKO-Schreiber?”
“Ja - der bin ich”, antwortet Moritz ruhig.
“Ich hab bis jetzt alle ihre Folgen gesehen und hab mich immer schon gefragt, wie dieser Autor wohl aussieht. Ihre Storys und die Art der Aufklärung sind so realitätsnah, dass ich immer dachte, einer unserer Kollegen schreibt diese Bücher.”
“Danke für das Kompliment”, antwortet Moritz freudig.
“Dank Ihres kleinen Vergehens habe ich heute meinen Kollegen im Revier wenigstens eine tolle Geschichte zu erzählen. Also, dann wünsche ich Ihnen noch eine schöne Fahrt - und bitte verwenden Sie das nächste Mal Ihre Freisprecheinrichtung. Auf Wiedersehen!”
“Danke, Herr Inspektor und einen angenehmen Dienst. Wiedersehen”, antwortet Moritz erleichtert, während er seine Papiere in die Sonnenblende steckt. Er betätigt den Blinker, um von der Bushaltestelle zurück in den fließenden Verkehr zu gelangen. Als er sich wieder auf

der Hauptstraße eingeordnet hat, schaut er kurz in den Rückspiegel und sieht, wie der Inspektor sein Handy in die Hand nimmt und telefoniert. “Puh - das war jetzt schön knapp”, denkt sich Moritz, “aber wenigstens habe ich dem Beamten eine aufregende Story geboten - wahrscheinlich telefoniert er gerade mit seinen Kollegen, um ihnen von seinem Erlebnis zu erzählen.”

Moritz aktiviert seine Freisprecheinrichtung und ruft seine Frau an.
“Hallo Schatz!”, hört Moritz aus dem Lautsprecher seines Autos.
“Hallo Schatz! Du, wollt dir nur sagen, dass ich schon am Heimweg bin”, berichtet Moritz mit Vorfreude in der Stimme.
“Super! Moritz, ich brauch dich eh. Ich häng grad an der siebzigsten Seite fest. Ich bräuchte ein paar Infos bezüglich Observierungsmethoden der Polizei.”
“Kein Problem, helfe ich dir sofort, wenn ich zu Hause bin. Du, der Grund, warum ich eigentlich anrufe, ist: Der Paul kommt heute gegen 17:00 Uhr vorbei und möchte einen Leseprobe für den Hans abholen. Das ist eh kein Problem für dich, oder?”, fragt Moritz.
“Was? Jetzt schon? Du… hast du es ihm schon erzählt?” Marvie ist ziemlich aufgeregt. “Nein, mein Schatz. Dazu hatte ich bis jetzt noch keine Gelegenheit. Das werden wir ihm dann erzählen, wenn er kommt. Aber erst, nachdem du ihm deine Seiten vorgelesen hast. Ist das o.k. für dich? Du brauchst keine Angst zu haben, hast ja gestern die Reaktion der Kinder gesehen - oder?”, versucht Moritz seine Frau zu beruhigen.
Kurz herrscht Funkstille im Fahrzeug.
“Hallo Schatz, bist du noch dran?”, unterbricht Moritz diese Stille.
“Ja, bin noch da… Ich bin mir momentan halt nicht so sicher… ob das, was ich bis jetzt geschrieben habe,

wirklich so toll ist, wie du sagst", antwortet Marvie zögerlich.
"Schatz, du bist voll super! Deine Story ist so toll - besser hätte ich das auch nicht hinbekommen! Bitte beruhige dich. Wenn es dir hilft, dann sagen wir halt dem Paul, dass wir beide gemeinsam das geschrieben haben. Aber eigentlich will ich das nicht - du bist verdammt gut!", versucht Moritz Marvie weiter aufzubauen.
"Ja wirklich? Oder sagst du das nur so?" Marvies Stimme ist zittrig.
"Schatz, ich liebe dich! Bitte glaub endlich an dich, deine Geschichte ist ein Wahnsinn! Kannst du dich noch an mein allerersten SOKO- Buch erinnern?"
"Ja", bestätigt Marvie.
"Wie lange hab ich an diesem Buch geschrieben?", fährt Moritz fort.
"Ja, ich weiß noch genau, es hat verdammt lang gedauert", antwortet Marvie.
"Genau - fast ein Jahr hab ich an diesem Ding geschrieben. O.k., ich konnte nicht jeden Tag acht Stunden schreiben, weil ich ja noch einen Job hatte. Aber wie oft habe ich gezweifelt?", spricht Moritz weiter.
"Ja - haha - ich kann mich noch sehr gut daran erinnern. Es war eine sehr harte Zeit für uns beide!" Marvie ist von dieser Erinnerung sichtlich erheitert.
"Ja, genau. Sehr hart ist aber nur ein Hilfsausdruck. Wir haben mit niemandem darüber gesprochen, dass ich ein Buch schreibe. Wir wollten nämlich vermeiden, dass uns alle auslachen. Der Lustig ein Buch - hahaha", erinnert sich Moritz gar nicht so belustigt.
"Moritz, es hat Tage gegeben, da hab sogar ich nicht mehr daran geglaubt, dass du das schaffen wirst, Zu oft hattest du davor hirnrissige Ideen, aus denen nie etwas geworden ist", formuliert Marvie ihre Ängste von damals.
"Ja, ich weiß - aber trotzdem bist du immer hinter mir gestanden. Mein Gott, wie oft hast du gezickt, weil wir

nicht genug Geld hatten, um unsere Rechnungen zu bezahlen! Und kannst dich noch erinnern, als das Buch endlich fertig war?"

"Ja, das weiß ich noch genau, das war an meinem dreißigsten Geburtstag! Das war mitunter das schönste Geschenk, das du mir machen konntest, das erste ausgedruckte Manuskript mit persönlicher Widmung - nur für mich! Das war so romantisch!", seufzt Marvie ins Telefon.

"Genau, war dieser Moment nicht schön? Und kannst du dich auch an diesen Tag erinnern, als Paul bei uns vorbeikam, um uns mitzuteilen, dass die Green Screen mein Buch haben will?", schwelgt Moritz weiter in den schönen Erinnerungen.

"Ja, ich weiß noch genau, wir haben uns mit einer Kiste Sekt voll niedergeschüttet", lacht Marvie.

"Pahh - hatte ich einen Kater am nächsten Tag", unterbricht Moritz.

"Und ich erst - hahahaha", fällt Marvie Moritz wieder ins Wort.

"Schau, was ich dir damit sagen will, ist: Ich hab ein Jahr gebraucht - und du schaffst in vier Tagen siebzig Seiten! Wenn du nicht toll bist, wer dann?" Moritz wird immer euphorischer.

"O.k. Moritz, mir geht's schon wieder besser. Der Paul wird heute Augen machen - ich freu mich schon darauf!", antwortet Marvie nun hörbar erleichtert.

"O.k. mein Schatz, bis gleich, bin bald zu Hause. Ich liebe dich!"

"Ich liebe dich auch! Bussi, bis später. Ach noch was Moritz, kannst du bitte bei Schäffers, weißt eh unserm Weinhändler am Kaiser Franz Josef Platz vorbeifahren und ein paar Flaschen Wein mitbringen. Vom Thaller den Shiraz und vom Peter Panitsch den Steirischen Weißburgunder?"

„Ok, mein Schatz mach ich, also bis später" Moritz

drückt auf die rote Taste seines Handys, um das Gespräch zu beenden. ”Bin schon wirklich auf die Reaktion von Paul gespannt”, überlegt Moritz, während er sich in die nächste Abbiegespur einreiht.

RRRRRT - RRRRRT – RRRRRT!
“Wer ruft jetzt schon wieder an?”, fragt sich Moritz und blickt dabei auf das Display.
“Hallo Norbert, mein bester Freund - schon lange nichts mehr gehört von dir”, sagt er freudig in das Mikrofon seiner Freisprecheinrichtung.
“Hallo Moritz! Wollte mich wieder einmal bei dir melden. Wie geht's dir so? Mit Marvie und den Kindern alles in Ordnung?”, fragt der Lautsprecher.
“Danke der Nachfrage, den Kindern geht's gut, Marvie auch. Und ich bin gerade an einer neuen SOKO-Folge dran”, antwortet Moritz.
“Du, wie wäre es, wenn wir wieder einmal gemeinsam auf ein Bier gehen? Ich hab dir nämlich einiges zu erzählen”, unterbricht Norbert Moritz.
“Keine schlechte Idee - wann?”, antwortet Moritz fragend.

“Du, heute hätte ich Zeit. In den nächsten drei Tagen habe ich wieder Dienst und dann ginge es erst wieder nächste Woche”, erklärt ihm sein Freund.
”Du Norbert”, sagt Moritz, “heute am Abend kommt der Paul so gegen 17 Uhr, um eine Leseprobe für eine Pilotfolge einer neuen SOKO-Reihe zu holen. Wenn du willst, kannst du ja vorbeikommen. Wäre echt toll von dir, ich hätte gerne deine Meinung zu dieser Geschichte gehört”, schlägt Moritz hektisch vor.
“Wenn es dich nicht stört, ja, komme ich gerne. Bin eh schon neugierig, was dir wieder so eingefallen ist.”
“O.k. Norbert, bis am Abend. Tschüss!”

“Tschüss Moritz”, verabschiedet sich sein Freund noch und Moritz beendet das Telefongespräch.

Er blickt auf die Uhr und erschrickt, als er sieht, dass es bereits halb vier ist. Er tritt aufs Gas, um so schnell wie möglich zu seinem Weinhändler und nach Hause zu gelangen. Nach einer endlos scheinenden, dreißigminütigen Fahrt durch Graz kommt er endlich daheim an. Er parkt das Auto, steigt aus und betritt sein Haus.
“Hallo Schatz, bin wieder zu Hause!”, ruft er freudig, als er den Vorraum betritt.
“Hallo Schatz! Bin im Atelier!”, hört Moritz sie aus der Ferne zurückrufen. Er geht auf direktem Weg in das Schreibatelier und sieht seine Frau beim Drucker stehen.
“Hallo”, sagt Moritz und umarmt sie herzhaft. Sie küssen sich und Moritz streicht ihr zärtlich über den Rücken.
“Du, ich druck gerade die Leseprobe für den Paul aus.”
“Super, wirst schon sehen, das wird heute ein toller Abend”, sagt Moritz. “Übrigens, der Norbert kommt auch noch auf ein Bier vorbei. Das stört dich eh nicht - oder?”, fragt er behutsam.
Marvie blickt Moritz ungläubig an und sagt:
“Der Norbert - echt? Hast du ihm was erzählt?”
“Nein, mein Schatz, du wirst das schon machen! Du liest Paul und Norbert die Geschichte vor, und nach den Reaktionen der beiden lassen wir die Katze aus dem Sack. Vertrau mir, wir haben heute einen tollen Abend!”, antwortet Moritz euphorisch und küsst seine Frau auf die Stirn.
“Du Moritz, ich hatte keine Zeit, um etwas zum Essen zu machen. Wir könnten uns ja vom Chinesen um die Ecke was bringen lassen?”, ist die Hausfrau in Marvie besorgt.
“Gute Idee! Ich ruf gleich an - das Übliche?”, fragt Moritz begeistert. “Ja, für wie viele Personen? Übrigens, wo sind denn die Kinder?”, fährt er besorgt fort.

"Du, als du mir gesagt hast, dass der Paul vorbeikommt, habe ich meine Mutter angerufen. Sie übernachten heute bei ihr. Das ist dir doch recht - oder?", erklärt ihm Marvie.
"War sie schon da?", fragt Moritz.
"Blöde Frage! Natürlich - sonst wären ja die Kinder noch hier!"
"Werd doch noch fragen dürfen", entgegnet Moritz schnippisch.
"Ich bin schon so aufgeregt", gesteht Marvie, als sie die letzte Seite aus dem Drucker nimmt. Gemeinsam gehen die beiden ins Wohnzimmer, setzen sich auf das Sofa und lesen die Seiten noch einmal durch.
"Was, schon zehn vor fünf! Du, ich ruf schnell beim Chinesen an, der soll uns so gegen dreiviertel sechs das Essen bringen. O.k.?", sagt Moritz hektisch, als er auf die Uhr blickt.

DING - DONG - DOONG
"Ich geh schon", sagt Moritz zu seiner Frau, als er die Türglocke hört. Er geht zur Tür und öffnet sie.
"Hi Moritz", schallt es ihm beim Öffnen der Tür freudig entgegen.
"Hallo Paul, komm rein", freut sich auch Moritz und schüttelt kräftig Pauls Hand.
"Du Paul, hast eh einen Hunger mitgebracht? Ich hab uns vom Chinesen was bestellt", spricht Moritz weiter und schließt die Tür hinter sich.
"Ja, kennst mich ja, für ein gutes Essen lass ich doch alles stehen", grinst Paul spitzbübisch.
"Ja, das sieht jeder Blinde, hahaha", lacht Moritz übers ganze Gesicht.
"Was gibt es da schon wieder zu lachen?", unterbricht Marvie ihren Heiterkeitsausbruch.
"Nichts Aufregendes - Moritz macht sich schon wieder einmal lustig über mich, wegen meines großen..."

“...Bauches, hahaha”, unterbricht Moritz Paul.
“Nein, Appetits, wollt ich gerade sagen. Ich bin halt kein Kostverächter”, lässt sich Paul nicht beirren.
“Ja, hahaha, das sieht man”, lacht nun auch Marvie mit, als sie Paul auf die Wange küsst.
“Du Paul, der Norbert kommt auch noch vorbei”, und ehe Paul antworten kann, unterbricht das
DING - DONG - DOONG der Türglocke das Gespräch.

Moritz öffnet die Tür:
“Hi Norbert, komm rein. Der Paul ist auch schon da. Du hast eh länger Zeit? Ich hab uns was vom Chinesen bestellt”, begrüßt Moritz Norbert, als der das Haus betritt.
“Hallo Moritz! Hallo Marvie! Grüß dich, Paul!”, begrüßt Norbert alle. Er küsst zuerst Marvie auf die Wange und schüttelt danach Moritz` und Pauls Hände.
“Wenn du mich so fragst - ich hab eh einen großen Hunger mitgebracht!”, gesteht er.
“Kommt weiter. Setzt euch inzwischen ins Wohnzimmer, ich hol ein paar Flaschen Bier. Norbert, du bist eh nicht mehr im Dienst - oder?”, fragt Marvie, während sie in die Küche geht, um aus dem Kühlschrank den Gerstensaft zu holen.
“Nein, Bier ist o.k. - bin schon außer Dienst”, antwortet Norbert, als die drei Männer auf dem Weg ins Wohnzimmer sind.

In einer entspannten Atmosphäre unterhalten sich dann die vier bei einer Flasche Bier über Gott und die Welt. Als sie beim leidigen Thema Kindererziehung angelangt sind, unterbricht das Läuten der Türglocke das heitere Gespräch.
“Ich geh schon, ist sicher der Chinese mit unserem Chappi”, unkt Moritz und steht auf. Nach drei Minuten kommt er zurück ins Wohnzimmer und sagt:
“Voila - folgt mir in den Diningroom, die Tafel ist

gerichtet!" Die vier gehen gemeinsam in das Esszimmer, in dem bereits das siebengängige Deluxe-Menü am Esstisch angerichtet ist. Während sie gemeinsam genüsslich dieses Menü verspeisen, unterhalten sie sich köstlich. Norbert erzählt ein paar Schwänke aus seinem für ihn eher langweiligen Kriminalbeamten-Leben. Paul erzählt den Anwesenden die Story vom ehemals neuen SOKO-Autor und wie immer müssen wohl die Nachbarn das laute Gelächter aus dem Hause Lustig erdulden.

Während des Desserts erzählt Norbert Moritz:
"Du Moritz, warum ich eigentlich hier bin, hat folgenden Grund. Du weißt, im Dezember findet der alljährliche Ball der Exekutivbeamten im Grazer Kongress statt. Und heuer bin ich für das Programm zuständig. Naja, keiner meiner Kollegen aus meiner Dienststelle wollte das machen, so blieb mir halt nichts anderes übrig, als diese lästige Pflicht zu übernehmen. Weißt, bei uns hat jedes Jahr eine andere Abteilung die Organisation über - heuer hat es halt meine Abteilung erwischt. So, um das Ganze abzukürzen: Ich dachte mir, es wäre für alle meine Kollegen sicherlich sehr interessant, die Hauptdarsteller der SOKO-Serien in Natur zu erleben. Wie du ja weißt, gibt es kaum einen Kollegen, der deine Bücher und die Serie nicht kennt." Norbert blickt in die Runde und sieht in ungläubige Gesichter. Und noch bevor Moritz etwas dazu sagen kann, fährt Norbert fort.
"Seit einiger Zeit grassiert das Gerücht unter unseren Kollegen, dass der Autor dieser Krimiserie ein Polizeibeamter sein muss - da diese Serie so realitätsnah in Bezug auf die Fälle und die Aufklärung geschrieben beziehungsweise gedreht wird. Also, ich will nun dieses Gerücht ein für alle Mal aus der Welt schaffen und dachte mir, dass du, Moritz - natürlich mit Marvie - als besonderer Gast eingeladen wirst. So, bevor du noch etwas sagst, hör mir bitte weiter zu. Glaubst du,

kriegst du es mit deinen Beziehungen auch hin, sämtliche Hauptdarsteller und den Produzenten auf meinen Ball zu schleifen?", beendet Norbert nun fragend seine Ausführungen. Moritz verschluckt sich beinahe an seiner gebackenen Banane und blickt mit weit aufgerissenen Augen Norbert ungläubig an.

"Kein Problem", schießt Paul, vergleichbar mit einer abgefeuerten Pistole, dazwischen.

"Ich check das für dich, Norbert. Nur Eines sag ich dir gleich - gratis wird es nicht gehen!"

"Das ist mir schon klar, Paul", antwortet Norbert.

"Aber wenn du eine Autogrammstunde mit den Stars und dem Autor dieser Serie checken könntest, bin ich mir sicher, dass wir dadurch mehr Eintrittskarten verkaufen könnten", erklärt Norbert weiter.

"Nicht nur das, mein Freund", fällt Paul Norbert ins Wort, "du bekommst automatisch VIPs aus Politik und aus der Bussi-Bussi-Seitenblicke-Gesellschaft auf deinen Ball - und ATV, Puls 4 und ORF Steiermark kommen dann sicherlich auch", überschlägt sich Paul schon vor Aufregung und in seinen Augen kann jeder der Anwesenden das Euro-Zeichen blinken sehen.

"Du, Norbert, das machen wir! Dem Moritz bleibt eh nichts anderes übrig, denn in seinem Vertrag mit der Green Screen steht unter § 8.3 Öffentlichkeitsarbeit: Der Autor verpflichtet sich, an mindestens zwanzig Tagen im Jahr dem Unternehmen für Marketing- und PR-Veranstaltungen zur Verfügung zu stehen!"

Moritz schleudert mit einem heftigen "PHHH" ein Stück seines Desserts auf den Teller zurück, um nicht daran zu ersticken, als er diese Worte aus Pauls Mund erfasst. Als Moritz wie ein kleiner Schuljunge die Hand hebt und leise fragt:

"Darf ich dazu auch noch was sagen?", ignoriert ihn Paul:

“Sicher, Norbert, das machen wir! Wann kannst du bei mir im Büro vorbeikommen, um den Vertrag zu besprechen?”
“Von mir aus gleich morgen - da hab ich zwar Dienst, aber das ist ja auch etwas Dienstliches”, antwortet Norbert und schüttelt Pauls Hand, um die Sache zu besiegeln.
“Abgemacht! Morgen gegen 10 Uhr, ist dir das recht?”, fragt Paul, während er sein Handy zückt, um den Termin einzutragen.
“Gut, dann hätten wir das auch besprochen”, wirft Moritz nun kleinlaut ein und blickt achselzuckend zu seiner Frau. Die wiederum nippt an ihrem Bier und sagt:
“Toll, wollt immer schon mal fesche Polizeibeamte in ihren Galauniformen tanzen sehen!”
“Gut, dann können wir dieses Thema endlich beenden”, bemerkt Moritz mit leidendem Unterton - vergleichbar mit einem Kind, das sein Zimmer aufräumen gehen muss.

Nachdem alle Anwesenden ihr Dessert gegessen haben, sagt Marvie:
“Gut, was haltet ihr davon, wenn wir wieder zurück ins Wohnzimmer gehen, es uns auf dem Sofa bequem machen und ich euch eine Flasche Rotwein hole?”
Moritz blickt in die Runde und nimmt den anderen die Antwort ab:
“Gute Idee - wir haben im Keller was ganz Besonderes aus der Steiermark - einen prachtvollen Roten, einen Shiraz vom Weingut Thaller aus der Oststeiermark. Was haltet ihr davon?”
Er wartet ihr Einverständnis gar nicht ab und spricht weiter:
“Geht ruhig einmal ins Wohnzimmer. Marvie holt die Gläser und ich den Wein.”
Er steht auf und verschwindet in Richtung Keller. Die

beiden Gäste erheben sich ebenfalls und gehen ins Wohnzimmer. Als Moritz aus dem Keller zurückkommt, haben es sich die anderen drei bereits auf dem Sofa bequem gemacht. Er öffnet die Flasche und während er die Gläser füllt, sagt er:
”So meine Freunde, jetzt ist Crimetime - was gibt es Schöneres, als bei einem gemütlichen Achterl Wein einem Krimi zu lauschen? Und nachdem ihr ja alle wisst, dass das Vorlesen nicht so meine Sache ist, wird diesen Part heute meine über alles geliebte Frau übernehmen.” Er blickt mit einem stolzen Lächeln zu seiner Marvie. “Also Prost, meine Freunde! Und Bühne frei für Marvie Lustig!”, kündigt Moritz nach Art eines Zirkusdirektors, der den Besuchern seine Hauptattraktion ansagt, Marvies Auftritt an. Die vier prosten sich zu und setzen sich wieder nieder.

Marvie nimmt ihr Skript und beginnt:
”Also dann, meine Freunde, mein lieber Mann: SOKO Tirol - Folge 1 - Zurück zum Ursprung.”
Wie es am Vortag schon den Kindern beim Zuhören der Zeilen ergangen ist, lauschen die drei Zuhörer gespannt dem literarischen Vortrag aus Marvies zauberhaftem Mund. Auch diesmal herrscht Totenstille während der Lesung. Die Stille wird lediglich durch das Geräusch der Weingläser beim Abstellen am Wohnzimmertisch unterbrochen. Als sie an der Stelle des dritten Mordes angekommen ist, unterbricht nur ein “Bist du narrisch!” von Norbert diese erdrückende Totenstille. Nachdem Marvie die letzte Zeile gelesen hat, sehen sich Norbert und Paul mit weit geöffneten Mündern an. Paul springt wie von einer Tarantel gebissen vom Sofa und beginnt laut zu klatschen.
“Moritz - das ist das Beste, das ich bis jetzt von dir gehört habe! Geil - geil! Der Hans wird Augen machen, wenn er das liest! Moritz, ich hab es ja immer schon

gewusst, du bist der Beste! Sag, wie machst du das bloß - in vier Tagen bereits so eine Geschichte? Einfach wunderbar - unsere Ärsche sind für die nächsten Jahre wieder gerettet!", schreit Paul laut vor Begeisterung und vergisst dabei, dass er nicht allein ist. Norbert steht ebenfalls auf, hebt sein Glas und sagt:
"Toll Moritz - ich freu mich schon drauf, wenn das Ding im Fernsehen läuft. Genauso wie bei uns in der Dienststelle: Karrieresüchtige Weiber - entschuldige Marvie, war nicht so gemeint. Wir haben nämlich auch gerade wieder eine Neue bekommen, und die erinnert mich voll an die Kommissarin aus der soeben gehörten Geschichte. Toll, einfach toll! Mehr kann ich dazu nicht sagen."
"So, meine lieben Freunde - beruhigt euch wieder. Setz dich bitte, Paul, sonst fällst du noch um, wenn ich dir Folgendes sage. Was heißt, ich - Marvie soll es euch sagen", bringt Moritz wieder Ruhe in die Runde, um seine Freunde auf das Wesentliche vorzubereiten. "Komm Marvie, sag es ihnen."
"Was soll sie uns sagen?", fragt Paul Moritz sichtbar nervös.
"Gut", antwortet Marvie, "dann kann ich ja die Katze aus dem Sack lassen." Marvie unterbricht sich kurz und blickt in die Runde.
"Ich - ja, ihr habt richtig gehört - ich habe das geschrieben."
Für Sekunden schauen sich Paul und Norbert mit ungläubigen Blicken an. Paul fährt sich hektisch mit der Hand durchs Haar. Norbert nimmt einen kleinen Schluck aus seinem Glas, stellt es nieder und sagt:
"Moritz, du willst uns jetzt aber sicher nicht verarschen? Sag, dass... dass... das nicht wahr ist." Moritz blickt in die ungläubigen Gesichter seiner Freunde, erhebt das Glas und sagt:
"Kommt's Freunde - lasst uns auf unseren neuen Star

anstoßen! Ein Prost auf unsere neue SOKO-Autorin - Marvie Lustig!” Erst jetzt checken es die beiden, dass es tatsächlich so ist. Alle vier erheben sich und stoßen herzhaft an.

Noch eine geschlagene Stunde unterhalten sie sich über diese neue Situation. Norbert gibt Marvie ein paar Fakts bezüglich der Observierungsmaßnahmen und Moritz beruhigt Paul mit der Tatsache, dass natürlich er das Drehbuch schreiben wird und dass in Zukunft beide Lustigs als Autoren angeführt werden - bleibt ja in der Familie. Und dass Paul jetzt keinen neuen Vertrag mit der Green Screen verhandeln braucht. Gegen 23 Uhr verlassen Paul und Norbert gemeinsam das Haus der Lustigs. Als beide aus dem Haus sind, beginnen Marvie und Moritz herzhaft und befreit zu lachen.
“Schatz, ich hab es dir ja gesagt - du bist die Beste! Und gemeinsam sind wir unschlagbar. Komm, lass uns noch ein Gläschen darauf trinken”, unterbricht Moritz das Gelächter.
“Du Moritz - die Kinder sind nicht da - was hältst du von der Idee, schnell ins Bad zu gehen und danach…”
“Was danach?” fällt Moritz Marvie ins Wort, während er sie zärtlich umarmt und sie leidenschaftlich zu küssen beginnt.

Am nächsten Tag

Moritz sitzt in seinem Auto und befindet sich auf dem Weg zum Haus seiner Zielperson. Während der endlos scheinenden Fahrt quer durch Graz nach Kalsdorf gehen ihm, wie immer bei seinen Autofahrten, wirre Gedanken durch den Kopf. Was wird heute bei der Observierung des Hauses passieren? Wird überhaupt etwas geschehen? Macht es überhaupt Sinn, das Haus zu beobachten? Ist es vielleicht doch zu gefährlich? Falls die beiden Zielpersonen das Haus verlassen - soll er es wagen, sie zu verfolgen? Wie kann er ihnen unauffällig mit seinem Auto folgen?

Fragen über Fragen, für die er keine passenden Antworten findet. Doch kurz bevor er am Ziel seiner Fahrt angelangt ist, überfällt ihn der erlösende Geistesblitz: "Ich fahr noch einmal zum Elektronikfachgeschäft und hol mir eine zweite Micromovie-Ansteckkamera. Dann werde ich mit Harry telefonieren und ihn in meinen Plan einweihen, er hat mir ja seine Hilfe angeboten. Vielleicht kann ich ihn überreden, die Kamera jedes Mal zu tragen, wenn er ein Wettcafé der Kapital Sportwetten besucht. Er wird mein Komplize und ist zuständig für die Überwachung in den Automatenspielcasinos. Vielleicht kann er mit etwas Glück die beiden Zielpersonen auf frischer Tat ertappen und dabei filmen", entwirft er einen Plan. Noch während dieser Überlegungen dreht er bei der nächsten Kreuzung um und fährt in Richtung des Elektronikfachgeschäftes. Während der Fahrt sucht er in seinem Handy die Telefonnummer von Harry und ruft ihn an. Nach fünfmaligem Ertönen des Freizeichens spricht Harry aus dem Lautsprecher im Auto:
"Hallo Moritz!" Moritz schaut ungläubig auf sein Handy und denkt sich: "Interessant, woher weiß er, dass ich anrufe? Ach ja, er hat ja meine Nummer eingespeichert."
"Hallo Harry, wie läuft's?", antwortet Moritz freundlich. "Gut, und bei dir?", kommt es fragend aus Moritz` Boxen. Moritz überlegt kurz, wie er sein Gespräch auf das Wesentliche lenken soll und sagt:
"Harry, ich fall gleich mit der Tür ins Haus: Hast du heute kurz Zeit für mich? Ich möchte mit dir ein paar Dinge bezüglich unserer zwei gemeinsamen Freunde besprechen - du weißt eh, diese beiden." Ehe Moritz zu

Ende sprechen kann, fällt Harry ihm ins Wort:
“Ja, ja, kenn mich schon aus. Du, bin gerade unterwegs, ein paar Dinge mit meiner Frau zu besorgen, aber so gegen 13 Uhr hätte ich dann Zeit.”
“Super, Harry!”, schreit Moritz erfreut auf. “Du, wie wäre es, wenn wir uns im Café Trafo in Puntigam treffen könnten? Weißt eh, beim Merkur gegenüber der Brauerei.”
“Ja - das kenn ich. Ich wohn nicht weit weg davon. Also Moritz, dann bis um 13 Uhr im Trafo”, antwortet Harry und unterbricht das Gespräch, ehe sich Moritz noch verabschieden kann.
“So”, denkt Moritz,“ den ersten Schritt hätten wir ja geschafft.”
In der Zwischenzeit ist Moritz bei L-Tronic Austria, seinem Elektronikfachgeschäft angekommen. Er parkt sein Auto und geht in den Laden. Zielstrebig steuert er das Regal an, in dem sich die gesuchte Ware befindet. Er nimmt die Kamera, vergewissert sich noch einmal, dass es wohl die richtige ist, und ehe er noch in Richtung Kasse gehen kann, hört er von hinten:
“Guten Tag! Schön, Sie wiederzusehen.” Moritz dreht sich um und sieht hinter sich den Verkäufer vom Vortag.
“Guten Tag, hab Sie gar nicht gesehen”, antwortet Moritz freundlich.
“Ich sehe, Sie holen sich noch eine. Habe ich Sie gestern richtig beraten? Tolles Ding, nicht wahr?”, ist der Verkaufsberater entzückt über seinen Erfolg.
“Ja, wirklich ein tolles Ding”, bestätigt Moritz mit euphorischem Unterton.
“Wissen Sie”, spricht Moritz weiter, um eventuelle Fragen des Verkäufers vorwegzunehmen, “um bei meinem Training mehrere Perspektiven zu betrachten, kam mir noch gestern beim Testen des Geräts die Idee, eine zweite Kamera einzusetzen.“
“Gute Idee”, antwortet der Berater sofort.

“Übrigens, wir hätten momentan ganz günstige Nachbauakkus für dieses Gerät im Angebot - dann könnten Sie ohne lästige Wartezeiten sofort weiterarbeiten und dann über Nacht die Akkus laden.”
“O.k., das ist eine gute Idee!”, unterbricht Moritz den Verkäufer, um das für ihn lästige Verkaufsgespräch zu beenden.
“Ja - nehme ich mit.”
“Gut - hole ich Ihnen sofort. Ich bringe sie Ihnen gleich zur Kasse”, antwortet der Angestellte und verschwindet in den nächsten Gang. Moritz geht zur Kasse und stellt sich an. Noch ehe er dran ist, bringt der Fachberater Moritz die Akkus und überreicht sie ihm. Er blickt dabei vorsichtig von links nach rechts, als würde er sich vergewissern, dass ihn niemand beobachtet, und sagt leise zu Moritz:
“Sie, eine Frage: Sagen Sie, ist L-Tronic Austria auch ein Kunde von Ihnen?” Moritz grinst übers ganze Gesicht und antwortet:
“Momentan noch nicht - aber was nicht ist, kann ja noch werden!” Sichtbar erleichtert verabschiedet sich der Verkäufer und geht in Richtung eines Kunden, der gerade vor einem Regal steht. Von der Ferne hört Moritz noch: “Grüß Gott, kann ich Ihnen helfen?” Moritz bezahlt seine soeben erworbene Ware und verlässt das Geschäft.

Er geht zu seinem Auto und noch bevor er einsteigen kann, hört er das RRRRRT - RRRRRT - RRRRRT seines Handys. Er holt es aus der hinteren Hosentasche und ohne auf das Display zu schauen, drückt er auf die grüne Annahmetaste. Dabei öffnet er mit der anderen Hand die Autotüre. Während er einsteigt, tönt es aus dem Hörer:
“Hallo Moritz!”
“Hallo Paul, mein alter Freund”, antwortet Moritz, legt

sein Einkaufssackerl auf den Beifahrersitz und setzt sich ebenfalls ins Auto.

"Du Moritz, zwei Dinge muss ich dir sofort erzählen! Stör ich dich eh nicht gerade?"

"Nein Paul, du störst nie! Hahaha", entgegnet Moritz rasch.

"Was gibt es denn so Wichtiges?", fragt er weiter.

"Du Moritz, ich mach es kurz: Erstens, der Hans hat deine - sorry - Marvies Leseproben bereits gelesen."

"Und?", unterbricht ihn Moritz neugierig.

"Ja, was glaubst?", spannt ihn Paul auf die Folter.

"Paul - mach's nicht so spannend! Was hat er gesagt?", fragt Moritz leicht genervt.

"G E I L ! Na, das hat er nicht gesagt. Seine Worte waren: Perfekt - sensationell - das machen wir - wir fangen sofort mit den Vorbereitungen fürs Drehen an - das Buch macht Quote!", schießt es Moritz aus dem Hörer entgegen, vergleichbar mit dem Ausbruch einen Vulkans.

"Hab ich ja gesagt, dass das Ding dem Hans gefallen wird", antwortet Moritz cool.

"Was heißt gefallen", unterbricht Paul Moritz, "er will den Piloten bereits in acht Wochen drehen und dann sechs Folgen pro Jahr en suite!"

"Was will er - sechs pro Jahr - wie soll das gehen?" Moritz fällt Paul erschrocken ins Wort. "

Naja, das hab ich ihn auch gefragt", sagt Paul, "er meint, da ihr das Ding ja zu zweit schreibt, könnt ihr ja alle 4 Wochen ein neues Buch abgeben. Außerdem möchte er, um Kosten einzusparen, zwei Folgen immer hintereinander drehen. Und nach Adam Riese - so seine Worte - geht sich das locker für euch aus. Übrigens, in Zukunft bekommst du noch mehr Geld!"

"Was - wie das?", unterbricht Moritz euphorisch Pauls Ausführungen.

"Der Hans hatte ja mit dem ORF einen Exklusivvertrag

für die Erstausstrahlungsrechte - aufgrund der tollen Quote wurde dieser Vertrag für zwei weitere Jahre verlängert. Doch bei diesem neuen Vertrag hat sich der Hans nicht nur die Rechte fürs PAY TV, also für SKY, sondern auch die Vertriebsrechte für sämtliche europäische Fernsehanstalten gesichert. Als Gegenleistung beteiligt sich der ORF nicht mehr am Produktionsbudget."

"Ist das nicht schlechter für uns alle, wenn sich der ORF nicht mehr an den Kosten beteiligt?", fragt Moritz besorgt.

"Nein, mein Freund. Der Hans hat mir erzählt, dass er bereits mit der ARD, dem RTL und sogar mit der RAI aus Italien Verhandlungen führt und kurz vorm Abschluss mit diesen Partnern steht. Alter, unsere SOKO gibt's jetzt bald in halb Europa zu sehen! Geil, nicht wahr?"

"Ja - was soll ich sagen?", antwortet Moritz, aber Paul spricht aufgeregt weiter: "Das schnallst du wieder einmal nicht, aber dafür hast du ja mich! Also, je mehr Sender SOKO ausstrahlen, desto mehr Kohle bekommst du für die Rechte der SOKO-Bücher und Drehbücher. So steht es im Vertrag, den du - hmm - also ich für dich mit der Green Screen ausverhandelt habe. An diesem Vertrag gibt es nichts zu rütteln, solange du keinen Vertragsbruch begehst. Das heißt, du musst nur pünktlich liefern."

"Klingt super! Toll Paul, ich weiß ja, dass du der Beste bist!", antwortet Moritz erfreut.

"Sag das noch einmal", bittet Paul Moritz geschmeichelt.

"Was soll ich sagen? Ach so, hahaha. Du bist der Beste, Paul!", bestätigt Moritz lachend.

"Noch was Moritz, wenn unsere SOKO in Deutschland und in Italien ausgestrahlt werden sollte, hat dein Verlag mir zugesichert, deine Bücher auch in diesen Ländern zu vertreiben. Dann werden auch mehr Bücher verkauft -

und was heißt das?” Paul überschlägt sich vor Begeisterung.
“Mehr Arbeit für mich, mein Freund! Mehr...” und ehe Moritz Luft holen kann, unterbricht ihn Paul:
“Mehr Kohle - mehr Moneten - größere Bekanntheit! Alter, das wird geil!”
“Du denkst immer nur an die Kohle, Paul”, sagt Moritz mit beruhigendem Unterton in sein Telefon, aber in Gedanken sieht er bereits, wie sein Traumhaus gebaut wird.
“Ja - ich denke immer nur an die Kohle, das ist meine Triebfeder, mein Freund. So wie du immer nur ans Schreiben denkst. Sei froh, dass du mich hast! Noch was, der Vertrag mit Norbert - du weißt eh, wegen des Exekutivbeamtenballes im Grazer Kongress - ist auch bereits unter Dach und Fach. Der Hans hat auch bereits zugestimmt - und damit werden sämtliche Hauptdarsteller auch kommen. Kannst dir schon einen Anzug kaufen gehen, mein Freund - in Jeans kannst du dort nicht aufkreuzen!”, knattert es aus dem Handy.
“Siehst Paul, jetzt muss ich mich wegen dir verbiegen lassen. Du weißt, dass ich Anzüge hasse. Ich im Anzug - tolle Aussichten!”, antwortet Moritz hörbar genervt.
“Ach, was soll’s - diesen Abend werde ich auch überleben”, spielt er Pauls Ansinnen dann aber herunter.
“Moritz, das war‘s im Wesentlichen, was ich dir erzählen musste. Ach noch was, du, ich weiß ja, dass sich dein Sohn für die Schauspielerei interessiert.”
“Ach, da erzählst du mir ja etwas ganz Neues! Ständig nervt er mich, dass ich ihn wieder einmal auf ein Filmset mitnehmen soll, nachdem ich ihn zu seinem letzten Geburtstag zu den Dreharbeiten für SOKO Graz mitgenommen habe. Aber du weißt, was da passiert ist”, antwortet Moritz zurückhaltend.
“Ich weiß”, bestätigt Paul. “Hahaha”, lachen beide.
“Er hat den Regisseur in den Drehpausen ständig mit

Fragen genervt“, unterbricht Moritz das heitere Gelächter in der Erinnerung daran.
“Genervt ist ja nur ein Hilfsausdruck! Am besten war ja Adrians Ansage, nachdem der Regiefuzzi ihn gefragt hat, ob nicht er gleich die Regie übernehmen wolle - hahaha“, lachen beide. “Kein Problem, mach ich mit links - war seine Antwort”, lacht Paul.
“Kannst dich erinnern, wie der Regisseur dann geschaut hat - hahaha”, unterbricht Moritz das Lachen.
“Wenn ich nicht gesagt hätte, dass wir los müssen, dann hätte es sicherlich noch einen Toten gegeben - hahaha”, erinnert sich Paul mit weiteren Heiterkeitsausbrüchen.
“Was ich sagen will: Ich hab mit dem Hans gesprochen - der Adrian könnte eine kleine Nebenrolle bekommen, wenn du willst und wenn du für ihn eine schreiben könntest. Du, ich hätte schon die Idee dazu - der dritte Tote!”
“Wie bitte, wie soll das gehen?” Moritz ist diese Vorstellung nicht ganz geheuer.
“Ja, du hast mich schon verstanden. Du brauchst den jungen Zeugen des zweiten Mordes - weißt eh, der Sohn des Nachbarbauern - nur jünger machen und ihn statt auf ein Moped auf ein Fahrrad setzen. Dein Sohn hätte keinen Text und das würde die Geschichte noch schauriger machen - zwölfjähriger Bub wird zweimal mit dem Auto überfahren! Wahh - ich sehe schon die geschockten Gesichter der Zuseher”, versucht Paul Moritz zu beruhigen.
“Ich bespreche das noch mit Marvie. O.k., Paul”, antwortet Moritz.
“Du, überleg dir das! Das wäre ein toller Anfang für eine mögliche Schauspielerkarriere, managen würde ich ihn natürlich auch”, fährt Paul fort.
”Also daher weht der Wind! Paul, wenn ich dich nicht schon so lange kennen würde! Du willst aus allem und jedem Kapital machen”, unterbricht Moritz Pauls

Verkaufsgespräch.
“Nein, ich will deinem Sohn nur helfen. Solche Chancen bekommt man nicht jeden Tag. Es gibt viele, die sich um so eine Rolle reißen würden. Also überleg dir das! O.k. Moritz, wir hören uns. Ich hab noch einen Termin - weißt eh: Time is money - tschüss!” “Tschüss Paul”, antwortet Moritz und drückt das Gespräch weg.

Moritz bleibt für ein paar Sekunden nachdenklich im Auto sitzen und schüttelt, nachdem er das soeben geführte Gespräch noch einmal im Geiste Revue passieren lässt, heftig den Kopf. “Der Paul - der ist ein Hammer”, wundert er sich wieder einmal über seinen Freund. Er blickt auf die Uhr: “Was, schon halb eins? Ups - hab schon wieder die Zeit übersehen”, murmelt er. Er startet sein Auto und fährt in Richtung des mit Harry verabredeten Ortes. Während der Fahrt zum Trafo überlegt er ständig, wie er Harry für diese gefährliche Aufgabe gewinnen kann. Doch noch bevor er bei seinem Treffpunkt ankommt, beschließt er, einfach ohne Umschweife Harry über sämtliche bis jetzt in Erfahrung gebrachten Fakten zu informieren. “Nein, das mit der Waffe werde ich ihm verheimlichen”, überlegt er, als er am Parkplatz ankommt.

Er steigt aus dem Auto und schon am Weg zu ihrem Treffpunkt sieht er Harry vor dem Eingang des Cafés mit der Hand winken.
“Hallo Moritz, freut mich, dass du an mich gedacht hast”, begrüßt ihn Harry fröhlich, während er Moritz die Hand schüttelt.
“Hallo Harry! Freut mich ebenfalls, dass du für mich so schnell Zeit gefunden hast.” Moritz öffnet die Tür und noch beim Eintreten in das Lokal sagt Harry:
”Du, ich musste dich am Telefon leider abwürgen. Meine Frau saß im Auto neben mir, weißt, sie hat ja keinen

Ahnung - weißt eh, von dem Automatenspielen halt."
"Kein Problem, Harry. Hat sie durch unser Telefonat irgendwas mitbekommen?", fragt Moritz besorgt. Während sie sich an einen freien Tisch im hinteren Bereich des Lokals setzen, antwortet Harry:
"Nein, nein. Sie hat nur gefragt, wer du bist - und was du mit unseren Freunden gemeint hast."
"Und was hast du darauf geantwortet?", ist Moritz alarmiert.
"Ja, hab mir schnell eine Notlüge einfallen lassen. Ich geh ja alibihalber - ganz offiziell für meine Frau - dreimal die Woche mit einer Männerrunde kegeln. Sie hasst Kegeln und geht daher nie mit. Ich hab ihr halt erzählt, dass du ein Kegelkollege bist und dass wir beim letzten Mal gehörig gegen die zwei verloren haben - jetzt müssen wir eben mehr trainieren, um die Revanche zu gewinnen!"
"Puhh - du bist mir einer!" Moritz ist durch Harrys Ausführungen wieder beruhigt.
"Hätte ich nicht besser machen können", sagt er und beide beginnen zu lachen.
"Entschuldigung - was darf ich Ihnen bringen?", unterbricht die Kellnerin das fröhliche Lachen.
"Für mich einen kleinen Braunen", antwortet Moritz.
"Und ich hätte gern ein kleines Bier", kommt es blitzschnell aus Harrys Mund.
"Halt - gute Idee! Bringen S' mir auch ein kleines Bier", entscheidet sich Moritz anders, um sich mit Harry psychologisch zu verbünden.

"So Moritz, was gibt's jetzt wirklich Neues über die zwei Typen zu berichten?", fragt Harry, während er sich mit einem Ellbogen am Tisch abstützt, um sich auf Moritz` Erzählungen vorzubereiten. Moritz fackelt nicht lang herum und referiert ausführlich über seine bisherigen Beobachtungen und Erkenntnisse daraus. Harry lauscht

angespannt seinen Ausführungen. Er unterbricht hin und wieder die Erzählung mit: "Pahh, echt?, gibt's ja nicht", um seine Empfindungen kundzutun. Nach einer dreiviertel Stunde und zwei vernichteten Gläsern Bier kommt Moritz mit der Frage auf den Punkt:
"So Harry, kannst du dir vorstellen, die Überwachung in den Filialen der Kapital Sportwetten zu übernehmen? Zu zweit haben wir mehr Chancen, die beiden zu überwachen beziehungsweise auf frischer Tat zu ertappen und zu filmen. Nur anhand unseres Filmmaterials könnte ich dann meinen Freund von der Polizei überzeugen, gegen die vorzugehen. Ohne Beweise werden sie sicherlich nichts machen - und uns nur als pathologische Spieler abstempeln, die aus Frust wegen der hohen Verluste irgendwelchen Fantasien hinterherjagen." Moritz hält inne und schaut Harry an, um anhand dessen Mimik eine mögliche Antwort zu erkennen.
Harry hebt den Kopf, sieht Moritz mit großen Augen an, schlägt mit der flachen Hand auf seinen Oberschenkel und sagt:
"Gut, Moritz, ich bin dabei!" Moritz hebt sein leeres Bierglas und zeigt zur Kellnerin an der Bar mit zwei Fingern, dass sie noch zwei Gläser Bier bringen soll. "Harry, darauf trinken wir noch eines. Dir ist aber schon klar, dass das gefährlich für uns werden kann? Wenn die…"
"Was die - die kommen doch nie drauf, dass ich sie heimlich filme! Wie denn auch? Ich bin ja ein Spieler, der jeden Tag Zeit in den Salons der Kapital verbringt", fällt Harry Moritz aufgeregt ins Wort.
"Moritz, denen zeigen wir es! Der Kapital und der NewWorld wird bald das Abzocken vergehen, darauf kannst du Gift nehmen. Es werden Köpfe rollen - aber sicher nicht unsere!", gibt sich Harry kämpferisch.

Die beiden nehmen ihre Gläser Bier, die sie soeben erhalten haben, in die Hand und stoßen auf ihre Schlacht David gegen Goliath an. Eine weitere Stunde vergeht, in der die beiden ihren Schlachtplan austüfteln. Sie beschließen, dass Harry in Zukunft bei jedem Besuch einer Kapital-Filiale die Micromovie an seinem Sakko anstecken wird. Er soll sie aber nur dann einschalten, wenn die beiden Zielpersonen den Spielsalon betreten. Weiters beschließen sie, dass Harry Moritz per Telefon informiert, sollte er die beiden in einer Filiale sehen. Das Codewort wird: "Schatz, ich komme in einer Stunde zum Essen, bin noch in der…", und dann die Straße nennt, in der sich die Filiale befindet. Moritz wird sich dann auch auf den Weg in diese Filiale machen, um ebenfalls die beiden heimlich zu filmen. Sollten sie die beiden auf frischer Tat ertappt und gefilmt haben, wird sich Moritz danach sofort ins Auto setzen und direkt zum Wohnhaus der Observierten begeben, um mit seiner Moviecam beim Haus mögliche Beweisaufnahmen zu machen. Harry wird den Salon ebenfalls verlassen und die zwei Typen aber auf keinen Fall verfolgen, sondern auf direktem Weg nach Hause fahren und auf weitere Informationen warten. Genau so und nicht anders kann ihr Plan funktionieren. Sie beschließen, keine Alleingänge zu unternehmen und absolutes Redeverbot über ihren Plan.

Moritz zahlt die konsumierten Biere und beide verlassen das Lokal. Harry begleitet Moritz noch zu seinem Auto, um dort die Micromovie-Kamera entgegenzunehmen. Moritz instruiert Harry über den Gebrauch der Kamera. Nachdem Harry das Ding sich an seinem Sakko angesteckt und kurz im Auto die Anwendung getestet hat, verlässt er Moritz mit den Worten:
"Dann lass uns keine Zeit verlieren - ich fahr sofort zur nächsten Filiale! Wir bleiben in Kontakt. Tschüss Moritz,

lass uns die Jagd beginnen!"
"Tschüss Harry, sei wachsam und viel Erfolg! Wir bleiben in Kontakt!" Moritz blickt Harry noch hinterher und winkt ihm noch einmal zu, als dieser mit seinem Auto an ihm vorüberfährt. Als Harry den Parkplatz verlassen hat, blickt Moritz auf seine Uhr:
"Was, schon dreiviertel drei? Was mach ich jetzt?", murmelt er und startet seinen Wagen. Er beschließt, nach Hause zu fahren, um den gestrigen und den heutigen Tag zu Papier zu bringen. Während der Fahrt zu seinem Haus hört er plötzlich aus dem Radio:

"Es ist 15:00 Uhr - die Nachrichten: Der österreichische Glücksspielkonzern NewWorld AG hat in der BRD den Zuschlag für die Lizenz zur Errichtung von privaten Casinos erhalten. Der Vorstand der NewWorld AG, Dr. Fritz Herfort, teilte bei einer vor einer Stunde zu Ende gegangenen Pressekonferenz dem Ö3- Radio mit: "Im Namen der NewWorld AG bin ich von dieser Entscheidung höchst erfreut. Durch den Zuschlag für diese Lizenz ist nun nach langen Verhandlungen endgültig unserem Konzern der offizielle Aufbau eines flächendeckendes Casino-Netzes in der BRD möglich. Für unseren Standort in Österreich bedeutet dieser Zuschlag eine Personalaufstockung von mindestens 300 Mitarbeitern alleine im heurigen Jahr. In der BRD werden dadurch mindestens 1000 neue Jobs in den nächsten drei Jahren entstehen. In Zeiten wie diesen sind wir mit unserem Unternehmen ein Garant für krisensichere Arbeitsplätze."

Moritz schüttelt kräftig den Kopf und schreit:
"Das gibt es nicht! Diese Abzocker! Garant für Arbeitsplätze!? Wahnsinn, wie viele Leben von pathologischen Spielsüchtigen hat dieser Konzern schon vernichtet? Das sieht niemand von unseren Politikern!

Die sehen nur die zusätzlichen Steuereinnahmen, die sie auf Kosten der schwächsten Glieder unserer Gesellschaft lukrieren! Jetzt wird es aber höchste Zeit, diesem Schwachsinn ein Ende zu bereiten!" Moritz geht das soeben Gehörte auf der ganzen Fahrt zu seinem Haus nicht mehr aus dem Sinn. Angewidert und genervt ob dieser neuen Situation kommt er endlich zu Hause an. Er stellt den Motor seines Autos ab und bleibt noch für ein paar Sekunden ruhig sitzen. Durch gleichmäßiges, langsames und tiefes Atmen versucht er, wieder einen klaren Kopf zu bekommen, um nicht so aufgebracht sein geliebtes Heim zu betreten.

Noch bevor er aussteigt, öffnet sich die Eingangstür und sein Sohn stürmt auf den Wagen zu.
"Papa", schreit er ausgelassen, während er die Autotür aufreißt und ihn herzhaft umarmt, als hätte er seinen Vater seit mehreren Tagen nicht mehr gesehen.
"Nicht so stürmisch, mein kleiner Freund", sagt Moritz erfreut und küsst seinen Sohn auf die Wange.
"Papa, bitte - sag nicht nein! Bitte!", sprudelt es aus Adrian freudig erregt und fragend zugleich heraus, wie aus einem Topf mit kochendem Wasser.
"Was bitte? Wozu soll ich nicht nein sagen?" Moritz versteht nicht, was sein Sohn ihm sagen möchte, während er versucht, aus dem Auto zu steigen.
"Komm Papa! Komm schnell rein - die Mama möcht dir dringend was sagen. Bitte Papa, komm!", fleht Adrian aufgeregt weiter und zieht an der Hand seine Vaters. "Gut Adrian, warte, nicht so stürmisch! Du weißt ja, ein alter Mann ist kein D-Zug. Bin schon ganz gespannt, was mir deine Mama so Dringendes zu sagen hat." Fröhlich gelaunt ob des stürmischen Empfangs durch seinen Sohn eilt Moritz flotten Schrittes zur Haustür. Als er das Haus betritt, schreit Adrian nochmals verzückt:
"Bitte Papa - bitte - bitte - ich mach alles für dich! Ich

werd auch sicher mehr für die Schule lernen - ich verspreche es dir!” Moritz schließt die Tür hinter sich und ruft inzwischen fast genauso freudig erregt wie sein Sohn:
“Sch a a tz - bin schon da!”
“Das kann man nicht überhören”, kommt Marvies Stimme aus dem Wohnzimmer. Moritz geht hinein und ist sichtlich überrascht, als er seine geliebte Frau zusammen mit seinem Freund Paul auf dem Sofa sitzen sieht.
“Hallo Schatz”, sagt er, geht zu seiner Frau und küsst sie zärtlich auf die Wange.
“Hallo Moritz, bin auch da”, sagt Paul mit einem breiten Grinsen im Gesicht , steht auf und streckt Moritz seine Hand entgegen. Moritz schüttelt kräftig Pauls Hand und fragt:
“Sag, ist mir da etwas entgangen? Seit wann wohnst du bei uns - hahaha.”
“Du Moritz, bin eh schon beim Gehen. Hab euch nur die Änderungen eures Vertrages mit dem Hans vorbeigebracht. Das Wesentliche zu den Änderungen ist dir nach unserem Telefonat heute Morgen schon bekannt. Also bitte: Durchlesen - unterschreiben - und mir gleich wieder mitgeben. Eine Kopie für euch hab ich natürlich auch dabei.”
Moritz sieht seine Frau achselzuckend an und sagt:
“Du Schatz, hast eh noch nicht unterschrieben? Weißt, beim Paul musst du aufpassen wie der Brantner auf die Wurstsemmel beim Rex. Da ist es gut möglich, dass du ihm dein Leben verkaufst.”
“Geh Moritz, ich hab‘s schon durchgelesen. So schlimm ist es auch wieder nicht, wie du sagst. Wir verkaufen ihm nur unser rechtes Bein - hahahah”, antwortet Marvie und lautes Gelächter erschallt durch das Haus Lustig.
“O.k. mein Freund, wo soll ich unterschreiben”, unterbricht Moritz die heitere Stimmung.

“Links unten wie üblich. Daneben muss aber deine Starautorin ebenfalls unterschreiben. Weißt eh - wegen der Rechte und dem AKM.”
“Gut, gib mir deinen Kuli. Warte, zuerst unterschreibt die Autorin”, sagt Moritz und streckt seiner Frau den schweren und goldglänzenden DuPont-Schreiber entgegen. Marvie nimmt den Kugelschreiber und unterzeichnet die Vertragsergänzung. Moritz zückt sein Handy und sagt:
“Stopp - diesen Akt müssen wir auf Foto festhalten!” und drückt ab.
“Super, so jetzt noch meine Unterschrift - und der Rubel kann rollen - hahaha.” Alle Anwesenden lachen, während Moritz unterschreibt. Nachdem beide unterschrieben haben, nimmt Paul das Dokument, steckt es in seine Aktentasche und sagt:
“Freunde, das müssen wir feiern! Ich lad euch am Samstag zu mir nach Hause auf ein achtgängiges Galadinner ein. Meine Frau freut sich schon riesig, euch wiederzusehen und ihre soeben frisch erworbenen Kochkünste zu demonstrieren. Sie belegt seit drei Wochen einen Kochkurs bei einem zukünftigen Haubenkoch - frag mich bitte nicht, wie der heißt! Aber schmecken tut es einfach köstlich – außerdem will sie ihre neue Küche, die ich ihr zu unserem zwanzigsten Hochzeitstag geschenkt habe, feierlich einweihen. Also bis Samstag! Wir hören uns - tschüss”, verabschiedet sich Paul. “Tschüss, Paul, bis Samstag”, antworten Marvie und Moritz zugleich.

Adrian bringt Paul zur Haustür und verabschiedet sich ebenfalls herzlich und stürmisch von ihm. Als Paul das Haus verlassen hat, sagt Moritz zu seiner Frau:
“So, und was gibt es sonst noch für Neuigkeiten, die ich - wie Adrian meint - von dir erfahren werde?”
“Geh Moritz, tu nicht so - du weißt genau, um was es

geht!", antwortet Marvie lächelnd.
"Ach so - jetzt verstehe ich erst! Was sagst du eigentlich dazu?", will sich Moritz noch mit seiner Frau beraten.
"Die Mama hat nichts dagegen!" Adrian schießt wie mit einer Gummischleuder seinem Vater dieses Argument entgegen.
"Papa - b i i i i t t e e e ! Das wär so geil! Weißt, wie meine Schulkollegen neidisch auf mich wären? Ich beim Film - geil - und bei den Mädels stünde ich sicherlich noch viel höher im Kurs!"
"O.k., mein Kleiner möchte mal gerne Star werden. Wenn die Mama das gesagt hat - dann kann ich wohl nichts anderes sagen", grinst Moritz freudig, hebt mit beiden Händen seinen Sohn nach oben und küsst ihn auf die Stirn.
"Super, Papa! Danke - danke - ihr seids die besten Eltern auf der Welt, die ich mir ausgesucht habe! Ist das geil - ich beim Film!", schreit Adrian verzückt, während er auf das Sofa springt, um seine Mama zu umarmen.
"Halt, nicht so stürmisch", hält ihn Marvie zurück.
"Du musst uns aber versprechen, für die Schule mehr zu tun. Und bis die Dreharbeiten abgeschlossen sind, darfst du mit niemandem - hast du mich verstanden - mit niemandem! - nicht einmal mit deinem besten Freund Dani - darüber reden! Hast du mich verstanden?", bläut Marvie oberlehrerhaft ihrem Sohn ein. Adrian verschwindet himmelhoch jauchzend in sein Zimmer und kommt nach ein paar Minuten mit seiner Schultasche bewaffnet zurück ins Wohnzimmer.
"Was machst du da?", kommt es ungläubig über Marvies Lippen, als sie sieht, wie ihr Sohn den Inhalt seiner Schultasche am Wohnzimmertisch ausbreitet.
"Ich... ich hab noch eine Mathehausübung, die ich vergessen habe nachzuschreiben. Und die Verbesserungen der letzten zwei Aufgaben muss ich auch noch machen. Weißt Mama, der Herr Hering hat

mit mir in der letzten Mathestunde ziemlich geschimpft, weil ich so schlampig bin. Um euch zu beweisen, dass ich es mit der Schule jetzt wirklich ernst meine, mache ich das sofort! Noch bevor ihr nachseht, ob ich wohl wirklich alle Aufgaben gemacht habe."
Moritz und Marvie sehen sich fragend an.
"Brauchts gar nicht so schauen - ich hab's euch versprochen! Ich beim Film - eine Rolle - HIHIHI", spinnt Adrian aufgeregt seine Träume weiter.
"Du Adrian, find ich echt toll von dir, aber wäre es nicht besser, wenn du die Aufgabe am Esstisch machen würdest? Erstens hättest du mehr Platz, und zweitens könntest du am Tisch schöner schreiben. Du weißt ja, deine Form ist nicht die beste - das schreibt ja der Hering fast bei jeder deiner Hausübungen in dein Heft", erklärt Moritz mit ruhiger Stimme seinem Sohn, während er aufsteht und die Schultasche ins Esszimmer trägt.
"O.k. Papa, ausnahmsweise, aber wenn ich deine Hilfe brauche, kommst du eh?", gibt sich Adrian kompromissbereit, nimmt seine Hefte in die Hand und verschwindet im Esszimmer.

Moritz hat sich in der Zwischenzeit wieder neben seine Frau am Sofa gesetzt. Er sieht in ihre wunderschönen, türkisblau strahlenden Augen und fragt:
"Schatz, wie weit bist du heute mit deinem Buch gekommen?"
"Heute hab ich leider nur fünf Seiten geschrieben. Weißt, ich bin gerade bei einer Observierung, das ist eher langweilig. Doch ich habe ein paar gute Dialoge zwischen der Neuen und dem Alten einfließen lassen. Aber jetzt geht es dann richtig zur Sache! Du, ich hab mir überlegt, dass die beiden zuerst einer falschen Spur nachjagen: Der Alte hat natürlich einen Verdacht - eh den richtigen, nämlich seinen besten Freund. Er will das aber nicht wirklich wahrhaben und misst darum jeder

anderen noch so abstrusen Spur höheren Stellenwert für die Aufklärung bei. Was sagst du dazu?", erzählt ihm Marvie unsicher.
"Du, das finde ich echt toll! Aber du musst wissen, der Fall muss in einer Sendezeit von fünfzig Minuten - abzüglich einer Minute Vorspann - aufgeklärt werden."
"Puh - daran habe ich gar nicht gedacht", gesteht Marvie und fährt sich mit beiden Händen durch ihr blondes Haar.
"Was ich bis jetzt gelesen habe, werden die drei Morde ca. zehn Minuten in Anspruch nehmen. Der rote Faden - das heißt, der Konflikt zwischen den beiden Ermittlern - wird ebenfalls so zehn Minuten der Sendezeit pro Folge benötigen. Für das Verständnis der Zuseher - das heißt, für die Aufklärung hast du dann nur noch dreißig Minuten Zeit. Kann durchaus sein, dass ich dir beim Schreiben des Drehbuches einiges von deinen Ideen kürzen muss", entwickelt Moritz nachdenklich die weitere Vorgehensweise.
"Das ist mir schon klar, mein Schatz", gibt Marvie zu, "ich weiß - in deinen SOKO-Büchern steht auch immer mehr drinnen als man dann im Fernsehen sieht."
"Gut, dann werde ich dir gleich helfen. Ich werde sofort mit dem Drehbuch anfangen, damit wir dann gemeinsam besprechen können, was hinein kommt und was wir leider streichen müssen. Ich lade mir das bis jetzt Geschriebene auf meinen USB-Stick und werde dann auf meinem Laptop arbeiten. Dann kannst du am PC im Schreibatelier ruhig mit deinem Buch weitermachen - ist das eh o.k. für dich?", schlägt Moritz vor, steht auf und verschwindet in das Atelier.

Samstag Nachmittag

Moritz hat den Rest der Woche mit dem Schreiben des Drehbuches und natürlich auch mit seinem eigentlichen Buch verbracht. Er hat beschlossen, nachdem er ja einen Komplizen für die Observierung der Kapital-Filialen gefunden hat, es mit dem Beschatten des Hauses seiner Zielperson lieber sein zu lassen - um nicht Gefahr zu laufen, entdeckt zu werden, bevor noch irgend etwas Verwertbares geschieht. Marvie hat in der Zwischenzeit das Verfassen der Pilotfolge zur neuen SOKO Tirol-Serie ebenfalls heute Mittag zu Ende gebracht.
“Du Marvie, was hältst du von der Idee, heute am Abend beim Essen dem Paul dein fertiges Skript zu überreichen?”, ruft Moritz aus dem Schreibatelier in Richtung Wohnzimmer.

“Finde ich super - der Paul wird Augen machen! Ich glaub, damit wird er sicherlich nicht rechnen”, antwortet Marvie in gelöster Laune.
“Du Schatz, kannst du mal herkommen? Ich muss leider für das Drehbuch wieder etwas aus deinem Buch streichen”, erklärt Moritz besorgt. Marvie eilt ins Schreibatelier und sieht Moritz nachdenklich vor seinem Laptop sitzen.
“Geh Moritz, nicht schon wieder! Mein Baby - es ist nicht mal richtig auf der Welt und schon wird es verstümmelt”, erhebt Marvie mit der besorgten Stimme einer leidenden Mutter Einspruch, während sie sich hinter Moritz stellt, um auf den Bildschirm des Laptops zu sehen.
“Geh - diese Stelle hier mit der alten Oma - die hab ich so lieb gewonnen”, raunzt Marvie weiter, als sie die Zeilen am Bildschirm liest. Moritz blickt nach oben ins Gesicht seiner Frau und sagt mitleidend:
“Du Schatz, die Spur zur Oma ist für die Handlung eigentlich total nebensächlich und kostet ca. zwei

Minuten der Sendezeit. In deinem Buch bleibt sie ja eh bestehen, aber für den Film und die Zuseher ist sie nicht unbedingt notwendig.”
“Nein Moritz, kannst du nicht was anderes streichen?”, will Marvie nicht so schnell aufgeben.
“Ich weiß genau, wie du dich fühlst - wie viele Ideen musste ich schon der Sendezeit opfern! Aber ich verspreche dir, wenn du das erste Mal deine Geschichte im Fernsehen siehst, denkst du nicht mehr daran”, versucht Moritz seine Frau zu beruhigen.
“Jaaa”, seufzt Marvie, “wenn es nicht anders geht, dann muss sie halt raus. Sag, muss was anderes auch noch raus?”, gibt sie sich geschlagen.
“Was ich so gelesen habe, werde ich nichts mehr streichen müssen. Doch - Entschuldigung, mein Schatz.”
“Naaaa geh”, fällt sie Moritz empört ins Wort.
“Ist nicht so schlimm, wie du denkst - aber den Schluss müssen wir noch etwas verkürzen. Es reicht, wenn der Täter verhaftet wird und in Handschellen ins Polizeiauto gebracht wird. Der Dialog dabei zwischen dem alten Inspektor und seinem verhafteten besten Freund ist o.k., aber wir brauchen keinen Haftrichter mehr. Und die Szene vor dem Gerichtssaal beziehungsweise die Verurteilung können wir uns im Film auch sparen. Die ist nicht mehr notwendig, für die Zuseher ist der Fall mit der Verhaftung aufgeklärt. Nachdem wir ja die Oma ebenfalls gestrichen haben, brauchen wir die Szene mit den faulen Tomaten bei der Verhaftung auch nicht mehr. So - das wäre dann alles. Wirst sehen, im Film wird der Rest total super rüberkommen. Ich glaub, damit haben wir unsere fünfzig heißen Minuten eingehalten.” Damit schließt Moritz mit ruhiger, sachlicher Stimme seine Ausführungen ab.

“O.k. Moritz”, stimmt Marvie nun zu, “wie lang wirst du denn noch für das Drehbuch benötigen?”

“Zwei, maximal drei Tage, dann bin ich auch fertig”, sagt Moritz. Er steht auf und umarmt seine Frau zärtlich. Er streicht ihr sanft übers Haar und gibt ihr einen Kuss auf die Stirn.

“Papa, Mama, kommt’s bitte! Die Oma und der Opa sind gerade gekommen - und die Daisy haben sie auch mit”, schreit Carlotta aus dem Vorzimmer, während sie die Haustür öffnet. Als die beiden vom Atelier in Richtung Eingangstür gehen, hören sie Carlotta mit verzückter Stimme rufen:
“Daisy - Schatzerl, komm her zu mir! Na, wie siehst denn du aus?”
Daisy, die kleine Mischlingshündin, die Marvie ihren Eltern vor einem Jahr gebracht hat, damit sich ihr Vater mehr bewegt, stürmt auf die Tochter des Hause zu und schleckt ihr über das ganze Gesicht. Ausgelassen rennt der Hund zu Marvie und Moritz weiter und Carlotta versucht, sich das Gesicht abzuwischen. Der Schwanz wedelt so heftig, dass Daisy Schwierigkeiten hat, ihr Gleichgewicht zu halten. Sie legt sich sofort auf den Rücken und erwartet, von Marvie gestreichelt zu werden.
“Na, meine Kleine - das ist wieder einmal eine Begrüßung”, sagt Marvie und beugt sich zu der Hündin, um sie zu streicheln.
“Hallo, Kinder”, ruft die Oma, als sie das Haus betritt.
“Wir sind schon da”, meldet sich auch der Opa und schließt die Haustür hinter sich.
“Hallo Oma, hi Opa”, ruft Adrian, der durch das Gekläffe des Hundes aufmerksam gemacht wurde. Er verlässt sein Zimmer und stürmt die Stiege nach unten ins Vorzimmer. Er umarmt sofort herzhaft seine Großmutter, gibt ihr einen Kuss und umarmt danach auch seinen Opa.
“Na, nicht so stürmisch, kleiner Mann!”, wehrt Opa hektisch Adrians Liebesbezeugungen ab.

“Wenn du bei deinen Hausaufgaben auch so leidenschaftlich wärst, dann...”
“Dann hätte ich lauter Einser!”, unterbricht Adrian vorlaut seinen Opa, um das leidige Thema Schule so schnell wie möglich erledigt zu haben.
“Hallo Ingrid”, sagt Moritz und gibt seiner Schwiegermutter einen Kuss auf die Wange.
“Servus Sepp”, wendet er sich seinem Schwiegervater zu und schüttelt ihm die Hand.
“Du Moritz, kannst gleich die Bohrmaschine und die Pits holen, die ich dir vor Wochen geliehen habe und ins Auto tragen, bevor du es wieder einmal vergisst”, moniert der Schwiegervater, noch bevor er den Gruß erwidert.
In der Zwischenzeit hat sich Marvie von der Begrüßung des Hundes befreit und sagt:
“Grüß euch, kommt’s gleich rein. Das Bier ist auch schon eingekühlt.”

Alle sechs und natürlich der Hund begeben sich ins Esszimmer und setzen sich zum Tisch. “Bier?”, schaut Marvie fragend in die Runde und ehe sie noch eine Antwort erhalten hat, geht sie zum Kühlschrank und holt vier Flaschen des goldenen Gerstensaftes aus dem Kühlfach. Sie stellt die Flaschen auf den Tisch und bittet Moritz, sie zu öffnen. Moritz geht in die Küche und kommt mit einem kleinen Löffel bewaffnet zurück ins Esszimmer.
“Du Schatz, ich kann den Öffner nicht finden”, sagt er kleinlaut, öffnet aber gekonnt mit dem Stiel des Löffels die Flaschen.
“Was heißt das wieder einmal?”, schaltet sich zynisch der Schwiegervater ein, “seit ich zu euch komme, hab ich dich noch nie anders die Flaschen öffnen gesehen”, insistiert er.
“Gut Papa”, antwortet Marvie sichtlich genervt, “hättest doch schon längst einen Bieröffner mitbringen können.”

“Damit ihr ihn wieder verliert, hahaha!”, erwidert ihr Vater höhnisch.
“Geh hörts einmal mit eurem Gezicke auf!”, unterbricht Ingrid diesen Gesprächsverlauf.
“Also, erzählt mal, was gibt es denn Neues?”, lenkt Sepp nun ab, um auf ein angenehmeres Thema zu kommen.
“Du Opa”, steigt Carlotta sofort darauf ein, “der Adrian bekommt in der nächsten SOKO-Folge eine Hauptrolle!”
“Was - echt?”, ruft offensichtlich erfreut ihre Oma.
“Ja! Er hat zwar nichts zu reden - weißt eh - er und auswendig lernen, hahaha“, stichelt Carlotta.
“Bähh - bist ja nur neidisch!”, wehrt sich Adrian und schubst dabei seine Schwester mit dem Ellbogen.
“Ja, ich spiel die wichtigste Rolle in dieser Serie - den Zeugen eines Mordes. Leider werde ich dann selbst ziemlich brutal ermordet.”
“Wie denn, mein Kleiner?”, fragt Opa zaghaft nach.
“Zuerst werde ich mit meinem Fahrrad vom Mörder mit seinem Auto angefahren und danach fährt er zweimal über mich drüber”, erklärt Adrian ziemlich kleinlaut.
“Pahh, ist das aber brutal”, stellt die Oma fest, während sie einen Schluck aus der Flasche nimmt.
“Aber ich bin das wichtigste Opfer, denn nur durch die Lackspuren meines Fahrrades, die am Auto des vermeintlichen Mörders sichergestellt werden, wird dieser Fall gelöst. Ha, also hab ich die wichtigste Rolle”, erzählt Adrian altklug zu Ende.
“Na, darauf bin ich schon neugierig”, sagt der Opa und nimmt ebenfalls einen großen Schluck von seinem Bier.
“Wann gibt es die Folge zu sehen?”, fährt er fragend fort und stellt seine Flasche auf den Tisch.
“In vier Wochen wird bereits mit dem Drehen begonnen. Das heißt, vielleicht in drei bis vier Monaten, das kommt auf die Sendeplanung vom ORF drauf an”, antwortet Moritz.
“Aber das Buch dazu gibt es sicherlich schon in ein paar

Wochen - und wenn ihr wollt, dann kann ich euch das Skript ja ausdrucken. Dann könnt ihr es schon vorher lesen - bin heute damit fertig geworden", erzählt Marvie mit stolzer Brust ihren Eltern.
"Ja, würde mich freuen, dein Buch so schnell wie möglich zu lesen. Ich hab es nämlich schon allen meinen und deinen ehemaligen Arbeitskollegen und Kolleginnen erzählt, dass du diesmal das Buch geschrieben hast", freut sich auch ihre Mutter über Marvies Erfolg.
"Was hast du gemacht?", fährt Marvie sichtbar erregt ihre Mutter an.
"Ja, ich bin halt so stolz auf dich! Außerdem wollt ich bei deiner Exchefin - der Blauberger - damit angeben."
"Geh, Mama!", stoppt Marvie ihre Mutter.
"Wie hat sie denn reagiert?", fragt sie nach kurzer Pause nach.
"Solche Augen hat sie gemacht", antwortet Ingrid, hebt dabei energisch ihre Hand und spannt mit Daumen und Zeigefinger ihr rechtes Auge auf.
"Mama, du bist echt der Wahnsinn - wenn man will, dass die ganze Stadt es erfährt, braucht man dir nur ein Geheimnis anvertrauen, das du niemandem weitererzählen darfst", sagt Marvie und beginnt herzhaft zu lachen. Alle Anwesenden, einschließlich der Hündin Daisy mit ihrem Gekläffe, lachen so laut, dass man meint, die Scheiben des Hauses würden jeden Moment zerspringen.

Die vier unterhalten sich noch eine weitere Stunde angeregt, während die Kinder mit dem Hund im Garten spielen. Nach der ausgetrunkenen zweiten Flasche Bier sagt Sepp:
"Du Ingrid, wir müssen jetzt nach Hause - muss noch in den Garten und dann eine Runde mit dem Hund drehen."

“Gut, dann gehen wir halt. Du Marvie, hast du die Sachen für die Kinder schon gepackt?”, denkt die Oma an die praktischen Fragen.
“Ja, die Tasche steht am Eingang. Und wegen morgen…” “Kommt um 12 Uhr zum Mittagessen”, unterbricht Ingrid ihre Tochter.
“Danke, dass die Kinder bei euch schlafen können. Aber zum Paul wollten wir sie halt nicht mitnehmen. Ihr wisst eh - da geht es halt nur ums Geschäftliche, und der Paul hat keine eigenen Kinder, mit denen unsere spielen könnten”, sagt Moritz dankbar und steht auf.
“Du Moritz, den Bohrer und die Pits! Sonst krieg ich die erst im nächsten Jahr wieder - bei deinem Hirn!” Wie aus der Pistole geschossen macht der Schwiegervater wieder auf seine eingangs erhobene Forderung aufmerksam.
“Mah - hätte ich wieder einmal vergessen. Hab halt ein Hirn wie ein Nudelsieb”, antwortet Moritz kleinlaut und geht in den Keller, um die gewünschten Dinge zu holen. Als er zurückkommt, sind die Kinder und die Schwiegereltern bereits beim Auto und verabschieden sich.
“So - hier sind deine Bohrmaschine und die Pits”, sagt Moritz erleichtert und drückt seinem Schwiegervater die geborgten Sachen in die Hand.
“Moment”, insistiert Sepp forsch, als er sein geliebtes Werkzeug in der Hand hält:
“Da fehlt ja ein Pit!” Moritz sieht seinen Schwiegervater mit ungläubigem Blick an und ehe er noch antworten kann, sagt Marvie:
“Ahhh - du mit deiner ewigen Schlamperei! Wirst schon sehen, irgendwann verlierst du noch einmal deinen Kopf, mein Schatz”, und beginnt laut zu lachen. Sepp ist nicht nach Lachen zumute und er sagt, als er in das Auto steigt:
“Sag ich ja, du und deine ewige Schlamperei! Also gut,

dann bis morgen - vergiss aber nicht meinen Pit!"

Das Auto der Großeltern verlässt die Hauseinfahrt und Moritz und Marvie winken ihren Kindern und Eltern noch eine kurze Zeit nach.
"Pahh - wieder mal die Kurve gekratzt", sagt Moritz zu seiner Frau, nimmt ihre Hand und einträchtig betreten sie wieder ihr Haus.
"Was, schon halb sechs!", stellt Marvie sichtbar nervös fest, als sie auf ihre Uhr blickt.
"Ich muss noch ins Bad!" "Ins B a a a d", unterbricht Moritz Marvie mit erotischem Unterton, während er ihr zärtlich über den Rücken streichelt.
"Nein, mein Schatz! Nicht das, was du schon wieder denkst. Ich muss mich frisch machen, mich anziehen und wie eine erfolgreiche Geschäftsfrau herrichten", antwortet Marvie schnippisch. Ich werde heute das neue Dirndlkleid, das du mir bei Weintracht in Ehrenhausen gekauft hast, anziehen"
"Gut, dann eben nicht", kontert Moritz mit beleidigtem Ton, vergleichbar mit der Stimme seines Sohnes, der nicht mit seinem Lieblingsspielzeug spielen darf.
"Du Sch a a a tz,, ziehst du dir deine Lederhose an, du - wann müssen wir beim Paul sein?", hört Moritz aus dem Bad, als er gerade dabei ist, die leeren Bierflaschen vom Esstisch zu räumen.
"Du, um acht fängt das Essen an. Also sollten wir ungefähr eine halbe Stunde davor dort sein. Das heißt, wir müssen uns in einer Stunde auf den Weg machen, ja, Lederhose ist eine tolle Idee – passt perfekt zu unserm Bauernkrimi", antwortet Moritz.
"Danke! Trinken wir noch ein Achterl, bevor wir fahren?"
"Gute Idee - ich hol uns gleich eine Flasche aus dem Keller", stimmt Moritz begeistert zu.
"Du, vergiss nicht, dem Paul auch eine Flasche mitzubringen. Weißt eh, den Shiraz, vom Thaler, den wir

letztens getrunken haben - der hat dem Paul so gut geschmeckt", hört Moritz noch von ferne, als er die Kellerstiege hinuntergeht.

At Pauls

"Du Moritz, hast du die Flasche und das Skript", fragt Marvie, als sie mit dem Auto vor Pauls Hauseinfahrt anhalten.
"Sicher, mein Schatz", antwortet Moritz, während er nach den gefragten Dingen auf dem Rücksitz greift.
"Na - das ist halt bei dir nie so sicher, mein Schatz", sagt Marvie schnippisch und öffnet die Autotür. Sie gehen Hand in Hand zum Eingang und während Moritz die Türglocke betätigt, bekommt er von seiner geliebten Frau einen Kuss. Noch bevor das Ding - Dong - Dong der Glocke ausgeklungen ist, öffnet sich die Eingangstür.
"Hallo Marvie, meine geliebte Bestsellerautorin!", schallt es den beiden sichtbar erfreut entgegen.
"Hallo Moritz! Danke, dass du deine Frau vorbeigebracht hast. Kannst schon wieder fahren, dann bleibt mir mehr vom Essen - hahaha", fährt Paul spitzbübisch fort. Noch während Paul Marvie auf die Wangen küsst, sagt Moritz:
"Gut, wenn ich nicht erwünscht bin, dann fahr ich halt eben wieder, hahaha." Er dreht sich um und macht Anstalten zu gehen.
"Na, wer wird denn da schon wieder so beleidigt sein - natürlich freue ich mich auch, dich wiederzusehen, mein Freund und zweitbester Autor, hahaha", nimmt Paul seinen Worten die Spitze und streckt dabei seinem Freund die Hand entgegen.

Nach dieser herzhaften Begrüßung betreten sie das Haus. Ein himmlischer Duft von Orangen, gemischt mit

Minze schwebt durchs ganze Haus und betört Moritz' Nase.
“Hmm - wie es hier wieder einmal duftet“, stellt Moritz fest, während er seine Schuhe auszieht.
“Gut, dass das meine Frau nicht sieht: Ein Kompliment beim Ausziehen der Schuhe - hast dir schon lange nicht mehr deine Füße gewaschen? - Hahaha”, wagt Paul wieder einen schnippischen Kommentar zu Moritz. “Hahaha”, lachen nun aber alle drei zusammen laut auf. “Was gibt es denn da schon wieder zu lachen”, hören sie aus der Küche.
“Nichts, mein Liebling - Moritz hat nur den Duft aus der Küche bewundert - haha”, ruft Paul mit zuckersüßer Stimme zurück und führt dabei hektisch seinen linken Zeigefinger zum Mund, um den anderen zu bedeuten, still zu sein.
Als Moritz seine Schuhe ausgezogen hat, sieht er ein Paar Schuhe am Schuhregal, die seine Neugier wecken
„Sag mal Paul – diese braunen Lederschuhe sehen verdammt teuer aus, sag hast du im Lotto gewonnen?“ Moritz nimmt die Schuhe in die Hand und betrachtet sie mit neidvollem Gesicht. Moritz' Leidenschaft für schöne Schuhe ist allen sehr bekannt.
Paul antwortet mit erhobener Brust.
„Ja, Moritz, die sind neu. Nein, im Lotto habe ich nicht gewonnen, aber so ähnlich. Nein, die habe ich mir vom Schuhwerk in der Plabutscher Straße machen lassen.“
„Was du als alter Schnorrer, lässt dir Maßschuhe anfertigen!“, unterbricht Moritz ungläubig.
„Ja – das Schuhwerk ist ein Geheimtipp, habe ich von Hans erhalten – die sind die Einzigen in Graz, die noch Maßschuhe anfertigen, und zu einem wirklich leistbaren Preis“, antwortet Paul euphorisch.

Nachdem die drei das Thema Schuhe beendet haben, führt Paul sie in die Küche. Dort sehen sie Waltraud,

Pauls Frau, am geöffneten Backrohr ihrer strahlend weißen Küche stehen. Sie ist gerade dabei, den Bratensaft mithilfe eines Schöpflöffels über den Braten zu gießen.
“Hallo Traude! Mah - riecht es hier wieder einmal lecker”, lobt Marvie und geht zu Pauls Frau, um ebenfalls in das Backrohr zu schauen.
“Hallo Marvie!”, begrüßt Waltraud sie nun auch. Sie dreht sich dabei langsam um, schließt das Backrohr und gibt Marvie mit dem Schöpflöffel in der Hand einen vorsichtigen Kuss auf die Wange. Nach dieser Begrüßung gibt sie auch Moritz, der ebenfalls zum Herd gekommen ist, einen Kuss.
“Was gibt es denn heute Tolles?” Moritz ist schon neugierig, daher versucht er, das Backrohr zu öffnen.
“Halt - nicht öffnen!”, schreit Waltraud.
“Moritz, wie oft soll ich dir sagen - man schaut mit den Augen! Wie ein kleines Kind!”, schimpft Marvie.
Moritz dreht sich achselzuckend zu Paul und sagt beleidigt:
“Gut Paul, wie ich sehe, werden wir hier nicht benötigt.”
Waltraud sieht Marvie grinsend an und sagt:
”Du Paul, wie wäre es mit einem kleinen Aperitif für unsere Gäste? Ich könnt auch einen Schluck vertragen.”
“Gute Idee”, antwortet Paul und erhebt dabei seinen Zeigefinger, als wäre ihm dieser Vorschlag selbst eingefallen.
“Daher, meine Freunde - lassen wir meine geliebte Frau in ihrem heiligen Reich allein. Folgt mir in den Salon! Ach Liebling, was hättest du denn gerne?”, fragt Paul fürsorglich und schaut dabei seiner Frau tief in die Augen.
“Das Übliche, James”, kontert sie mit nasalem Unterton.
“Ach ja, my Darling - Bourbon mit Eis”, antwortet Paul ebenfalls nasal, verbeugt sich vor seiner Frau wie ein Butler und geht in den Salon.

„Nein, nein“, schreit Waltraud hysterisch auf.
„Paul, wie oft soll ich dir noch sagen – Bourbon trinkt man ohne Eis – vor allem den Bourbon vom Weutz. Hast wieder nicht zugehört, bei der letzten Verkostung.“
„Weutz“, fragt Marvie kopfschüttelnd und blickt in Waltrauds Gesicht.
„Ja, der Weutz ist die erste Whisky Destillerie in der Steiermark, die sind in St. Nikolai im Sausal. Wir sind rein zufällig dort vorbeigekommen, als wir letztens zum Pichler Schober, meinen liebsten Buschenschank, gefahren sind. Und dort beim Weutz kannst du die verschiedensten Whisky Sorten probieren. Ich habe wirklich nicht gewusst, dass es so viele verschiedene Sorten gibt. Also Marvie, wenn du deinem Mann eine Freude bereiten willst, dann musst du mit ihm zum Weutz fahren.“
„Danke für den Tipp“, antwortet Marvie und dreht ich zu ihrem Mann.
Moritz und Marvie folgen Paul, doch als Marvie die Küche verlassen will, hört sie:
”Marvie, bleib doch noch ein bisschen bei mir. Lassen wir unsere Männer allein - wir müssen eh noch lange genug deren Geschwätz erdulden.”
Marvie dreht sich um und beginnt herzhaft zu lachen.
“Gute Idee, Traude, ich hab dir eh einiges zu berichten. Du weißt - Frauentratsch.”
„Sag mal Traude, deine neue Küche, hab schon gehört, die hat dir Paul zum Hochzeitstag geschenkt, echt toll dieses Design, sag, wo habt denn ihr die machen lassen?“
„Tja – meine Liebe“ antwortet Traude mit stolzer Brust
„Die haben wir von Chili Küchen aus Stainz machen lassen, ein kleines aber sehr kreatives Küchenstudio, kann ich dir nur empfehlen. Fesch siehst aus Marvie - tolles Dirndl - sag wo hast du den das gekauft“ kommt es sogleich fragend aus Traudes Mund.

„Du, das hab ich von Weintracht aus Ehrenhausen – kann ich dir nur empfehlen. Wir sind zufällig dort vorbeigekommen, als wir letztens zum Nekrep auf den Eckberg unseren Wein kaufen gefahren sind. Dieses Trachtengeschäft hat erst vor kurzem geöffnet und wird von zwei sehr sympathischen jungen Frauen geführt. Der Style des Geschäftes ist einzigartig, echt cool und Trachtenmode bekommt man dort – wirklich ausgefallene Sachen, die man sonst eigentlich sehr schwer findet. Sag Traude, du hast dich aber auch komplett verändert – dein Haarschnitt steht dir gut“, spricht Marvie mit euphorischer Stimme.
„Ja – geh – da schaust“, antwortet Traude schnippisch.
„Ja, wollte meinem Typ verändern, und auf Empfehlung einer Freundin bin ich dann zur Riedl Eva vom Team Steinbauer in Stainz gekommen, die hat meinen Style komplett verändert. Gefällt es Dir, Marvie?“…

In der Zwischenzeit sind die beiden Männer an der Bar im Wohnzimmer angelangt und Paul beginnt, die Aperitifs zu richten. Mit zwei halbgefüllten Whisky-Bechern in der Hand eilt er in die Küche, um sie den Damen zu bringen. Nachdem Paul noch zwei Gläser gefüllt hat, überreicht er ein Glas seinem Freund und sagt:
“So Moritz, jetzt haben wir ein paar Minuten Zeit für uns. Sag, wie weit seid ihr mit eurem Buch?” Moritz nimmt einen kleinen Schluck und antwortet:
“Hmm – Köstlich dein Bourbon.! Buch? Ach ja das, mein Freund, das wird dir heute noch deine Starautorin mitteilen. Übrigens Paul, am Esstisch sehe ich sechs Gedecke - kommt noch jemand?” Dabei zeigt er mit seinem Whisky-Glas in Richtung Esstisch.
“Ja Moritz, das sollte eine kleine Überraschung für euch werden.”
“Na - mach’s nicht so spannend!”, sagt Moritz ungeduldig

und sieht dabei in Pauls grinsendes Gesicht.
“Mir kannst du es ja sagen, ich sag es sicher nicht weiter. Also mein Freund, wen hast du noch zu diesem Dinner eingeladen?”, drängt Moritz.
“Na, wen wohl? Stehst wieder auf der Leitung!”, hält ihn Paul noch hin und nimmt ebenfalls einen kräftigen Schluck aus seinem Glas.
“Warte, ich mach schnell einen Schritt zur Seite. Nein - nicht wirklich... den Hans!”, fällt bei Moritz der Groschen und er kann es kaum glauben.
“Genau, mein Blitzgneißer! Ich hab mir gedacht, ich lad zur Feier des Tages auch den Hans mit seiner reizenden neuen Frau ein”, erklärt Paul mit feierlicher Stimme.
“Was, der Hans hat schon wieder eine Neue? Sag, der hat ja einen Verschleiß”, ruft Moritz erstaunt aus.
“Weißt eh, seit seiner Scheidung vor zwei Jahren hatte er nur noch Liebschaften - meist blutjunge Schönheiten, die glauben, durch Hans Karriere beim Film machen zu können. Naja, was soll ich dir sagen, meins ist das nicht! Obwohl, so eine Zwanzigjährige hat sicherlich so ihren Reiz - hahaha.”
“Was gibt’s da draußen so zu lachen?”, dringt schon die Nachfrage aus der Küche zu ihnen.
“Nichts, mein Liebling”, ruft Paul kleinlaut zurück und blickt dabei in Moritz` Gesicht, der sichtbar Mühe hat, sein Lachen zu verkneifen.
“Brauchst gar nicht ‚nix‘ zu sagen, ich kann es mir schon denken. Ihr redet sicherlich über den Hans und seine Weiber”, ruft Waltraud forsch aus der Küche zurück. “Eines sage ich dir, mein Liebling! Komm ja nicht auf die Idee, mich gegen zwei Zwanzigjährige auszutauschen!”, droht sie ihrem Mann und grinst dabei Marvie höhnisch ins Gesicht. Nur für Marvies Ohren bestimmt, sagt sie leise:
“Bevor die auf dumme Gedanken kommen, muss man sie halt bremsen”, und beginnt zu lachen.

“Du glaubst, der Paul bescheißt dich?”, fragt Marvie leise zurück.
“Der und mich betrügen? Niemals - das traut der sich nicht! Der weiß genau, was er an mir hat - ohne mich wäre der ein Niemand”, antwortet Waltraud, während sie das Beef Tatar würzt.. Sie nimmt die Gabel heraus und führt ihn zu Marvies Mund.
“Kost einmal - schmeckt das nicht himmlisch?”
“Hhmmm - himmlisch ist ja nur ein Hilfsausdruck. Beef Tatar einfach göttlich!”, schleckt sich Marvie über die Lippen, nachdem sie von der Gabel gekostet hat. Sie fragt:
“Du, ich hab schon gehört, du besuchst zur Zeit einen Kochkurs. Sag, wer ist dein Meister?”
“Daniel Edelsbrunner, der Name sagt dir sicher nichts. Aber der Daniel hat bei der Lissl Bacher Wagner in Mautern und beim Gerhard Fuchs vom Kreuzwirt sein Handwerk gelernt. Er ist jetzt für die Küche im Prato, dem neuen Gourmettempel in Graz verantwortlich.“
“Prato“, unterbricht Marvie Traudes Ausführungen.
“Ja, Prato im Palais. in der Sackstraße gegenüber vom Kastner, das ist mein neues Lieblingslokal in Graz. Gibt’s ja nicht Marvie, dass du das noch gar nicht kennst! Wo waren wir stehen geblieben?“, nimmt Traude den Faden wieder auf.
“Ah genau, der Kochkurs! Also Marvie, zur Eröffnung des Pratos vor ein paar Monaten wurde ich von meinem Mann eingeladen. Nach dem Menü - ein kulinarisches Erlebnis der Spitzenklasse, zwei Hauben, hat der Daniel bereits erkocht, wenn du mich verstehst - habe ich den Meister der Küche kennen gelernt. Bei einem Gespräch habe ich ihn gefragt, ob er mir ein paar seiner Rezepte beibringen könne. Und er hat sofort mit ‘Ja selbstverständlich‘ geantwortet. Er hat für mich und ein paar Freundinnen meiner Kochrunde zwei Wochen später diesen Kochkurs veranstaltet und dieses erlernte

Menü werdet ihr heute erleben. Eine acht gängige Reise durch die Steiermark. Nachdem dieser Kurs so ein großer Erfolg war und wir Damen nach dem Kurs gefragt haben, ob er so etwas wieder machen würde, hat der Daniel diese Idee aufgegriffen - und veranstaltet seitdem in regelmäßigen Abständen diese Kurse. Wenn du willst, Marvie, kommst du einfach beim nächsten Kurs mit uns mit“, beendet Traude die Ausführungen zum Thema Kochkurs und blickt fragend in Marvies Augen.

“Ja, sehr gerne, das möchte ich auch machen“, ist Marvie begeistert.

“Übrigens Marvie, der Typ ist noch keine 25 - sieht verdammt gut aus! Der wäre schon eine Sünde wert, aber leider steht er nicht so auf uns alte Weiber. Aber kochen kann der - ahhhhhh!“, schmilzt Pauls Frau bei ihrer Erzählung dahin.

Ding - Dong - Dong, unterbricht das Läuten der Türglocke Waltrauds Ausschweifungen zum Thema Kochkurs.

“Erwartet ihr noch jemanden?”, fragt Marvie überrascht.

“Weißt du das gar nicht, Marvie? Na, das sieht wieder einmal meinem Mann ähnlich. Hat er euch nichts gesagt? Na warte, wenn ich den erwische! Dem werde ich heute noch seine Suppe kräftig versalzen. Er hat den Hans mit Begleitung eingeladen. Frag mich bitte aber nicht, wen der heute mitbringt. Seit seiner Scheidung - naja, wirst schon sehen. Paul, willst du nicht zur Türe gehen - es hat geläutet”, ruft Pauls Frau in Richtung Wohnzimmer.

“Bin schon unterwegs, mein Liebling! Bin ja nicht taub”, klingt es zu den beiden Frauen zurück. Paul eilt flotten Schrittes zur Eingangstür und öffnet sie.

“Sag Paul, sind wir nicht erwünscht? Lässt uns beide so lange in der Kälte stehen”, bekommt Paul den mürrischen Vorwurf von Hans zu hören, während er eine

Flasche Dom Pérignon Champagner in die Hand gedrückt bekommt.
“Hallo Hans! Küss die Hand, Gnädigste! Kommt doch rein in mein bescheidenes Heim”, antwortet Paul unterwürfig.
“Grüß dich, Paul, darf ich gleich vorstellen: Christina Richter - sie wird die neue Kommissarin für SOKO Tirol”, sagt Hans, während er das Haus betritt. Paul verbeugt sich und gibt der blonden Begleitung einen Kuss auf den Handrücken.
“Oh - ein Gentleman der alten Schule. Sehr erfreut, Paul, Sie kennen zu lernen”, antwortet sie verzückt. “Ebenfalls sehr erfreut, Frau Kommissar”, sagt Paul und nimmt ihr dabei den Mantel ab, um ihn sogleich auf die Garderobe zu hängen. Danach schüttelt er Hans kräftig die Hand und hängt dessen Jacke ebenfalls auf den Haken.
“Hmmm - hier duftet es wieder einmal herrlich”, freut sich Hans und geht in Richtung Küche. Während Paul der jungen Schönheit die Hauspatschen überreicht, hört er aus der Küche:
“Hallo Hans, mein Lieber! Schön, dich wieder einmal zu sehen!”, begrüßt Waltraud Hans mit honigsüßer Stimme.
“Grüß dich, Traude. Ja, wen sehe ich denn da noch? Grüß dich, Marvie, meine Liebe! Ach, wie ihr beide wieder einmal entzückend ausseht! Wenn ihr nicht schon vergeben wärt, dann könnte ich mich jetzt sicherlich nicht entscheiden!”
“Ach Hans, lass deine Albernheiten - bist ja sonst nicht so verlegen - haha”, kontert Waltraud die Anmache von Hans.
“So, meine Lieben”, sagt Hans, nachdem er zärtlich die Wangen der beiden Frauen in der Küche geküsst hat. “Darf ich vorstellen:...” Er blickt in Richtung Vorzimmer: “Sag Christina, wo bleibst du denn so lange? Flirtest du vielleicht schon mit Paul?!”

“Bin schon da-ah”, antwortet sie, als sie die Küche betritt.
Endlos lange Beine, die nur von einem Ledermini bedeckt werden, und das ebenfalls endlos scheinende blondgewellte Haar springen den beiden Frauen in der Küche sofort ins Auge.
“So, darf ich euch vorstellen: Christina - die neue Kommissarin. Traude - die beste Köchin der Welt und Pauls Frau. Wie er dich rumkriegen konnte, bleibt mir bis heute noch ein Rätsel! Und das ist Marvie Lustig - die Frau von Moritz und die neue Bestsellerautorin, die dir die Rolle geschrieben hat.”
“Sehr erfreut, euch kennen zu lernen”, sagt die blonde Schönheit und küsst den beiden sichtbar irritierten Frauen die Wangen.
“Waltraud - ich darf doch Waltraud sagen?”
“Für dich, Christina: Traude”, entgegnet Pauls Frau. “Also liebe Traude, hab von Hans schon vieles über deine Kunst des Kochens gehört. Ich fühl mich sehr geehrt, diese Kunst heute selbst genießen zu dürfen. Und du bist Marvie? Ich darf doch du zu dir sagen? Wir sind ja fast gleich jung - haha”, spricht sie weiter.
“Marvie geht schon o.k. - unter Modelkolleginnen ist das 'Duuu‘ schon angemessen - hahaha“, kontert Marvie mit leicht zynischem Unterton und blickt dabei fragend in Waltrauds Gesicht. Die wiederum dreht sich blitzschnell zum Herd, um ihr höhnisches Grinsen vor der blonden Schönheit zu verbergen.
“Duu Marvie, von Hans hab ich ebenfalls schon viel über dich und deinen Mann erfahren. Ich fühl mich wirklich sehr geehrt und freu mich schon ganz riesig darauf, die Rolle der Neuen in deinem Buch zu übernehmen”, spricht die blonde Barbie entzückt weiter.
“So, genug des Tratsches. Sag, Christina, wo sind die Blumen für unsere Gastgeberin?”, fällt Hans sichtbar erregt seiner Begleitung ins Wort.

“Ups - die hab ich im Auto liegen gelassen”, antwortet sie kleinlaut.
“Warte, Hans, ich gehe sie sofort holen. Mah, ist mir das aber jetzt peinlich. Entschuldigung Hans, brauchst gar nicht so bös schauen. Du weißt genau, dass ich diesen Blick nicht leiden kann. Das kann doch jedem mal passieren”, entschuldigt sie sich leise.
“Lass, ich hol sie schon selbst. Sonst glauben alle noch, ich wäre ein Macho”, antwortet Hans brummig.
“Was heißt hier glauben? Das wissen wir schon längst - nicht wahr, Marvie?”, geht Waltraud zynisch auf Hans` Befürchtung ein und blickt dabei in Marvies grinsendes Gesicht.
Hans zischt murmelnd aus der Küche, um die vergessenen Blumen aus seinem Auto zu holen. Als er mit dem Strauß in der Hand wieder in die Küche zurückkommt, sieht er die drei Damen herzhaft lachen.
“Was gibt’s denn da zu lachen?”, versucht er sogleich, ihre Heiterkeit zu unterbrechen.
“Nichts, Hans - hahaha”, antwortet Traude und die drei beginnen noch kräftiger zu lachen.
“Wir richten dich nur gerade aus, mein Lieber”, spricht Pauls Frau lachend weiter.
“Gut, wenn das so ist, dann geh ich halt zu den anderen Männern - und dann…”
“Was dann?”, unterbricht Marvie Hans.
“Dann nehm ich einmal einen kräftigen Schluck aus eurer Whiskyflasche und dann werden wir Männer uns unsere Mäuler über euch zerreißen!”, sagt Hans sichtbar erregt und verlässt die Küche.
“Tu dir keinen Zwang an, mein Lieber!”, ruft Traude Hans grinsend hinterher. Aus der Ferne hören die drei Frauen: “Hallo Moritz! So Paul, wo ist der Whisky? Sagt einmal, wie haltet ihr es schon so lange mit euren Frauen aus?”
Während Pauls Frau in den Kochtöpfen rührt, sagt sie: „Wie wäre es mit einem Aperitif nur für uns Frauen?“

„Ja – super“, antwortet Christina wie ein kleines Kind.
„Ich mach euch meinen Sekt-Royal. Das ist ein Weißburgunder Sekt BRUT von Erzherzog Johann Weine aus Ehrenhausen – mein Lieblingssekt. Dieser steirische Sekt wird nach der Methode de Champagne ausgebaut und besticht durch ausgeprägte nussige Aromen im Bukett und dazu kommt ein Schuss Ribes.
„Ribes“, unterbricht Marvie fragend.
„Ach so – Entschuldigung Marvie, so sagen wir zu unserm Johannisbeersaft, den holen wir nämlich bei Ribes. Das ist ein Natursafthersteller aus St. Stefan ob Stainz. Weißt, ich bringe im Herbst immer meine Äpfel aus meinem Garten dort hin – und ich bekomme dafür rein biologischen Saft, der dort gepresst und produziert wird. Was soll ich sonst mit den vielen Äpfeln anfangen?“

In der Zwischenzeit genießen die drei Männer ihre Whiskeys. Nach dem dritten Glas lädt Hans die beiden anderen zum Genuss einer Monte Christo-Zigarre aus Kuba ein, die er immer bei sich hat. Sie machen es sich auf dem Ledersofa im Wohnzimmer bequem und unterhalten sich natürlich, wie nicht anders zu erwarten war, über das neue SOKO Tirol-Projekt. Hans erzählt den Anwesenden, wie er den ORF mit seinem neuen Vertrag über den Tisch gezogen hat, wie er meint. Wegen der Produktionskosten bräuchten sie sich auch keine Sorgen zu machen, nachdem das Land Tirol und einige Gemeinden aus werbetechnischen Gründen einen großen Teil übernehmen werden. Für den Rest hat er einen neuen Partner als stillen Teilhaber gefunden, der aber aus steuerlichen Gründen nicht genannt werden darf.
Durch den neuen Vertrag mit dem ORF ist es der Green Screen auch erstmals möglich, die gedrehten Sendungen an andere Fernsehanstalten zu verkaufen. Das heißt, dadurch kommt erstmalig wirklich fette Kohle

wieder zurück in das Unternehmen. Diesen Gewinn, der möglicherweise zu lukrieren ist, wird die Green Screen aber natürlich wieder reinvestieren, um endlich Hans` Traum zu ermöglichen: Kinofilme zu produzieren.

“Was, du willst zum Kino?”, unterbricht Moritz ungläubig Hans` Ausführungen.

“Ja - ihr habt richtig gehört, ich möchte Kinofilme produzieren. Da reicht aber ein 2 - 3 Millionenbudget, so wie ich es für die SOKO-Serien benötige, nicht mehr aus. Ein wirklich guter Film benötigt mindestens das Zehnfache.”

“Was, 20 - 30 Millionen Euro für eineinhalb Stunden im Kino? Wahnsinn, wofür braucht man so viel Geld?”, will Paul aufgeregt von Hans wissen.

“HD, mein Lieber! HD ist das Zauberwort der Zukunft, die Zuseher im Kino sind jetzt bereits durch die amerikanischen Filme mit ihren aberwitzigen Budgets so sehr verwöhnt, dass sie natürlich dieselbe Qualität von Produktionen aus Österreich erwarten. Den typischen österreichischen Low Budget-Kunstfilm mit tiefgeistigem Hintergrund will keiner mehr sehen.”

“Das stimmt doch nicht! Was ist mit Hanekes ‘Weißem Band‘ - schwarz-weiß und kunstvolle Bilder?”, schießt Moritz gleich dazwischen.

“Ja, ja, da hast du schon recht. Aber auch dieser Film hat ein Wahnsinnsbudget verbraten - und Oskar hat er trotzdem keinen bekommen. Weder für die Kamera noch für den besten nicht amerikanischen Film. Der Walz hat einen bekommen, und ihr wisst, der hat mit Nebenrollen in diversen deutschen Fernsehkrimis angefangen, wie ich sie auch mit meiner Firma produziere. So glaubt mir, wenn der Walz es als Krimidarsteller zu Weltruhm gebracht hat, dann werde ich mit einem Kinofilm - vielleicht mit dem Walz, wer weiß - auch einen Oskar nach Österreich holen. Da könnt ihr Gift drauf nehmen, meine Freunde!

Also dann Prost auf unser neues Projekt SOKO Tirol, auf dass wir gemeinsam damit die Kohle für den Oskar verdienen.“ Die drei erheben ihre Gläser und stoßen mit einem lauten “PR O O O O ST” an, wie man es eigentlich nur von jugendlichen Halbwüchsigen kennt, die sich kollektiv beim Golf GTI-Treffen am Wörthersee ansaufen,.
“Aber hallo, meine Lieben! Ihr seid nicht auf einem Zeltfest - Contenance!”, ermahnt Traude die drei Männer, als sie mit dem ersten Gang bewaffnet das Esszimmer betritt.
“So, ihr lieben Proleten, könnt ihr mit dem Rauchen aufhören und zu Tisch kommen - das Essen wird gerade angerichtet”, sagt sie energisch. Die drei erheben sich murrend, weil sie ihre tollen Zigarren weglegen müssen. Sie dämpfen sie vorsichtig aus, um sie nach dem Essen fertig zu rauchen, und betreten das Esszimmer.

Moritz lässt beinahe sein Glas fallen, nur mühsam gelingt es ihm, seinen Schrecken zu verbergen. Er kann es richtig spüren, wie eine Hitzewelle von den kleinen Zehen her beginnt, sich rasch auf seinen ganzen Körper zu verteilen, als er sie sieht! Genau sie - die blonde Schönheit, die mit dem Porsche, die Freundin vom Max Weihnrauch, seiner - ja, seiner Zielperson! Seine Hände beginnen zu zittern - nur durch einen gekonnten Griff auf die Lehne seines Sessels gelingt es ihm, diese Irritation vor den anderen zu verbergen.
“Ach übrigens, Moritz, ich hab dir Christina noch gar nicht vorgestellt. Das ist Christina Richter - die neue..., die neue Kommissarin für das SOKO Tirol-Projekt.”
Moritz blickt langsam und bedacht mit ungläubig weit geöffneten Augen Hans ins Gesicht und versucht, das soeben Gehörte zu verdauen.
“Hallo Moritz, schön, Sie kennen zu lernen. Darf ich du zu dir sagen? Deine bezaubernde Frau hat sicher nichts

dagegen, nicht wahr, Marvie?", fragt Christina zuckersüß und piepsend, wie ein Groupie, das zum ersten Mal seinem geliebten Star gegenüber steht. Moritz schaut wie hypnotisiert auf die knallroten, wohlgeformten Lippen der blonden Schönheit. Marvie blickt tief in Moritz` Augen, um seine Reaktion zu verstehen - doch er sendet nichts zurück. Für Sekunden herrscht Totenstille im Raum.

"Hallo Moritz! Erde an Mond - bist du da?", unterbricht Marvie diese erdrückende Stille.

"Sorry, war gerade noch in Gedanken bei den Erzählungen von Hans. Ja, ja, Christina, ich bin der Moritz", stammelt er undeutlich. Die blonde Schönheit trippelt zu Moritz und gibt ihm einen zärtlichen Kuss auf die Wange. Sie berührt dabei ganz vorsichtig mit ihrem Knie seinen Oberschenkel. Dies ist Marvie natürlich nicht entgangen und sie sagt hörbar genervt:

"So, Schluss mit dem Geknutsche - das Essen wartet!"

Marvie setzt sich auf den Sessel neben Moritz und legt dabei sichtbar für alle anderen Anwesenden ihre rechte Hand auf Moritz` Oberschenkel, um ein für alle mal das Revier zu verteidigen. Das Letzte, das sie jetzt brauchen kann, ist eine Wilderin in ihrem, ja, ihrem Jagdrevier.

"So, meine Freunde, der erste Gang von meiner acht gängigen Reise durch die Steiermark ist serviert!

Ihr erfreut euch gleich eines Beef Tatar vom Almochsen mit gebratenem Wachtelei und Vollkornblinis mit Krenmousse. Also, lasst es euch auf der Zunge zergehen - bon appetite!", kündigt Traude euphorisch ihr Werk an und beginnt sogleich mit dem Genuss der Vorspeise.

„Liebe Freunde", sagt Paul mit gedämpfter Stimme, „wie Ihr wisst bin ich ein Liebhaber des steirischen Weines. Es gibt kaum einen Winzer aus der Steiermark, den ich nicht kenne, am liebsten würde ich euch heute zu diesem Menü sämtliche meiner steirischen Weine aus

meinem Keller servieren, doch für dieses Menü musste ich mich schweren Herzens für acht edle Tropfen entscheiden. Nun zu meiner ersten Wahl. Einen Pinot Gris Gola 2010 vom Weingut Wohlmuth am Fuße von Kitzeck“, spricht Paul nasal, während er den Wein öffnet und in die Gläser füllt.
Als alle Anwesenden ihre Gläser in den Händen halten, spricht Paul weiter.
„Dieser Wein besticht durch seine Mineralik und seine zart nussig unterlegten Fruchtaromen. Dieser Wein passt perfekt zu diesem Gericht, also Prost, meine Freunde.“
Alle sechs beginnen nach einem kleinen Schluck mit dem Verspeisen des ersten Ganges. Während dieses Gerichtes unterbricht nur das
“Hm - köstlich - wunderbar – himmlisch – und die Wahl des Weines Paul einfach genial“ von Hans die Stille.
Als alle mit dem Beef Tatar fertig sind, steht die Gastgeberin auf und beginnt mit dem Abservieren. Marvie steht ebenfalls auf, um Traude dabei zu helfen. Gemeinsam bringen sie die Teller zurück in die Küche.

Dort angelangt gibt Marvie Traude einen kleinen Schubs auf die Schulter und sagt leise:
“Sag, hast du das soeben gesehen, die Barbie macht sich voll an meinen Mann ran? Und der reagiert, als hätte er den Geist seiner toten Mutter gesehen!”
“Geh Marvie, das ist mir gar nicht aufgefallen. Die Barbie ist halt so, ich glaub das interpretierst du ganz falsch. Die sucht halt nur überall Anerkennung, ich glaub, in Wirklichkeit ist sie ein ganz unsicheres, kleines, verwöhntes Mädchen”, antwortet Traude, während sie den zweiten Gang auf die Teller richtet.

“Ich bin mir da aber nicht so sicher. Die Reaktion meines Mannes macht mir schon Kopfzerbrechen. Ich kenn ihn genau, ich weiß, wie er denkt und fühlt - doch dieses

Gestammel, als ihm die Blonde vom Hans vorgestellt wurde? Nein, da ist was faul!", spricht Marvie sichtlich beunruhigt weiter.
"Geh Marvie", entgegnet ihr Traude, "wahrscheinlich hat der Hans wieder irgendwelche Geschäftsideen verkündet, und du kennst ja deinen Mann, der ist öfter mit den Gedanken ganz woanders. Komm, genieße deinen Abend und bleib ganz locker. Der Moritz sieht nur dich, er hat noch immer dieses Funkeln in den Augen, wenn er dich ansieht - was ich aber von meinem Mann nicht mehr behaupten kann. Ihr seid für uns alle das Traumpaar schlechthin. Also beruhige dich, da ist nichts. So, und jetzt kannst du mir helfen, den nächsten Gang zu servieren", versucht Traude Marvie zu beruhigen und drückt ihr drei Teller in die Hände.
"Gut, wenn du das sagst, dann wird es schon stimmen..., obwohl..."
"Nichts obwohl", fällt Traude Marvie inzwischen schon gereizt ins Wort.
"Los, der zweite Gang wartet", sagt sie und geht mit den Tellern in das Esszimmer.

"So, meine Lieben! Der zweite Gang: Steirische Flusskrebse im Kataifi Teig mit Selleriecreme und Granny Smith Apfel Sauce mit Makronen."

Traudes Ankündigung klingt verführerisch und die beiden Frauen servieren die Teller. Noch bevor alle mit dem Verspeisen dieser Köstlichkeit beginnen, sagt Paul:
"Zur Weinbegleitung, wie ihr wisst, zu jedem Gericht der passende Wein. Zu diesem Gericht serviere ich euch einen Sauvignon Blanc aus den Rieden 2011 des Weingutes Stefan Potzinger aus Gabersdorf. Dieser Wein besticht ebenfalls durch seine Mineralik und seinen feinen Cassis und Stachelbeeren Aromen." Noch während seiner Rede öffnet er die Flasche und schenkt

den Wein in die Gläser ein. Er hebt sein Glas und spricht weiter:
“Einen Toast auf unsere Köchin!” Die sechs erheben ihre Gläser und stoßen an.
“Ausgezeichnet, diese Wahl!. Genial, Paul, einfach genial”, sagt Hans, nachdem er einen Schluck aus seinem Glas genommen hat.

Auch während des Verzehrs dieses Ganges ist die Stimmung etwas angespannt. Moritz beobachtet, wie die blonde Schönheit neben Hans ihre Flusskrebse verführerisch mit kleinen Bissen verspeist. Marvie gibt Moritz mit ihrem Fuß einen kleinen Schubs, er wiederum sieht Marvie tief in die Augen und sagt:
“Köstlich, nicht wahr, mein Schatz?”, und gibt ihr einen Kuss auf die Wange. Dies bleibt bei Paul nicht unbemerkt und er fragt, um die Stimmung etwas zu lockern:
“Sag mal Hans, seit wann kennst du deine bezaubernde Begleitung?” Hans versenkt sich tief in Christinas Augen und sagt:
”Noch nicht so lange. Sie wurde mir von meinem neuen Geschäftspartner vorgestellt und ist wiederum die Tochter eines Freundes. Also meine Freunde, ihr könnt euch wieder beruhigen, unsere Beziehung ist rein geschäftlich. Naja, was noch nicht ist, kann ja noch werden - nicht wahr, Frau Kommissar?” Er hebt sein Weinglas und stößt mit seiner bezaubernden Begleitung an.
“Ja Hans, wie im Lotto - alles ist möglich! Hahaha”, antwortet sie und blickt lasziv in Hans` Augen.
“Zum Thema Kommissar”, hakt Marvie ein und fragt neugierig:
“Sag mal, Christina, hast du eigentlich eine Schauspielausbildung?”
“Ja, meine Liebe, ich bin Absolventin der

Musicalakademie Graz und bekomme noch zusätzlich privaten Schauspielunterricht", antwortet Christina sachlich.
"Ich hab schon mehrere kleine Rollen im Next Liberty gespielt und zur Zeit arbeite ich an einer Hauptrolle für ein Stück, das im Rahmen des Steirischen Herbstes uraufgeführt wird. Ist das o.k. für dich, Marvie?", erklärt sie weiter.
"Ja, ist schon o.k., ich wollte dir nicht zu nahe treten. Aber wenn man so ein Buch schreibt, hat man halt schon so seine Vorstellung, wie die Rolle auszusehen hat", antwortet Marvie sichtbar erleichtert.
"Ja, und ich pass halt nicht in dein Bild von der Kommissarin. Nicht wahr, das wolltest du soeben sagen?", greift Christina Marvie nun erregt an.
"Ja, wenn du mich so fragst, dann hab ich tatsächlich eine ganz andere Vorstellung von meiner Kommissarin", gibt Marvie ruhig zurück.
"Das war mir schon klar, als Hans mit mir über diese Besetzung gesprochen hat. Darum habe ich von Hans eure bereits geschriebene Leseprobe erhalten, um mich auf diese Rolle vorzubereiten. Zusätzlich habe ich mir in den letzten Tagen etliche der bereits gedrehten SOKO-Serien angesehen, um mir ein Bild von meiner Rolle zu machen."
"Und wie findest du im Allgemeinen diese Serie?", unterbricht Moritz neugierig die Ausführungen der Neuen.
"Echt spannende und tolle Serie - gute Ideen! Aber manchmal vielleicht zu seicht und auf Quote bedacht - aber grundsätzlich kommt die Serie, was ich bis jetzt so gesehen und gehört habe, sehr gut beim Publikum an. Ich war sehr erstaunt, als Hans mir erzählt hat, dass diese Serie aus der Feder eines einzigen Mannes stammt. Ich dachte, dass die meisten erfolgreichen Fernsehkrimis von vielen Autoren geschrieben werden",

antwortet Christina schwärmerisch.
“Ja, seit genau zehn Jahren und vierzig Folgen arbeitet der Hans mit mir alleine zusammen”, erklärt Moritz stolz der Neuen.
“So, während ihr euch weiter unterhaltet, werden Marvie und ich uns um den nächsten Gang kümmern”, schlägt Traude vor, um der für sie eher langweiligen Konversation zu entfliehen. Die beiden stehen auf und nachdem sie die Teller abserviert haben, verschwinden sie in die Küche. Die vier im Esszimmer Sitzenden unterhalten sich angeregt über das Thema SOKO weiter, während die beiden Frauen in der Küche den nächsten Gang vorbereiten. Nach zehn Minuten erscheinen sie mit der nächsten Speise.

“Voila - der dritte Gang: Hendlbrust vom Draxler aus Groß Sankt Florian.“
„Draxler, ist das so wichtig, meine Liebste“, unterbricht Paul seine Frau.
„Ja, Paul, das ist wichtig. Diese Fleischerei verarbeitet ausschließlich glückliche Hühner aus der Steiermark, ich will ja wissen, woher das Fleisch stammt, das ich esse – also liebe Freunde!
Hendlbrust mit Kräuter Speck Mantel mit Hokkaidoschaum und einen Schuss Kernöl von der Ölmühle Hartlieb“, stellt Traude mit erhobenem Haupt vor, als sie diesen Gang serviert.
„So, bevor ihr anfangt, kommt ein Schuss Kernöl auf den Schaum – fürs Aroma“, spricht Traude bestimmt weiter.
Als Hans die Kernölflasche überreicht bekommt, liest er die Etikette und sagt:
„So, so, Hartlieb aus Heimschuh aha“, und gießt einen Tropfen auf sein Gericht.
„Ja – den kenne ich schon lange – und nachdem der Hartlieb auch ein Autorenkollege von mir ist, nein nicht Krimis, Kochbücher schreibt er, beziehen wir auch unser

Öl von ihm“, spricht Moritz mit belehrender Stimme zu Hans, während er die Kernölflache überreicht bekommt.
„So meine Freunde – es fehlt noch der Wein zu diesem Gericht“, kommt es aus Pauls Mund.
„Hier habe ich für euch einen Weißburgunder vom Weingut Nekrep vom Eckberg bei Gamlitz. Meine Freunde, dieser Wein geht mit der Hendlbrust eine besonders harmonische Liason ein. Der Wein mit seinem nussigen, kräuterwürzigen Bukett glänzt am Gaumen mit exotischen Aromen nach gelben Früchten wie Passionsfrucht und Orangenzeste, einen Hauch nach Brotgewürz und einer feinen Säure. Also Prost meine Freunde – auf dieses Gericht“
„Hmmm – Paul! Dieser Wein zu diesem Gericht einfach himmlisch“, kommt es lobend über Traudes Lippen.

Die sechs verzehren genüsslich die Hauptspeise und unterhalten sich dabei angeregt über Traudes Kochkünste und den neuen Kochkurs, den sie besucht.
Nach Beendigung dieses Ganges, räumen die Damen die Teller ab und begeben sich in die Küche. Dort zeigt Traude den zwei Frauen wie sie den vierten Gang zubereitet.
„Straußenleber meine Damen ist etwas ganz Besonderes.“ spricht Traude wie ein Fernsehkoch zu seinen Kochschülerinnen.
„Straußenleber“, unterbricht Marvie ungläubig.
„Sag dein Motto des Abends ist ja - Eine Reise durch die Steiermark - wusste gar nicht, dass die Steiermark seit neuestem auch eine Provinz in Südafrika ist.“
„Moment meine Liebe, sei nicht so zynisch“, zischt Traude.
„Die Leber von diesem Strauß stammt garantiert von einem Strauß, der in der Steiermark geboren ist. Es gibt nämlich in Mooskirchen die Straußenfarm Vötsch. Gell Marvie, da schaust. Übrigens bekommt man dort auch

Straußeneier. Wenn du mal eine Eierspeise für zwölf Personen machen möchtest, brauchst nur ein Ei. Außerdem bekommst du bei Vötsch auch das Straußenfleisch für ein köstliches Steak. Ich liebe Strauß, wartet nur ab, euer Gaumen wird vor Freude jauchzen“, spricht Traude euphorisch weiter.
„So, und nun könnt ihr mir bei der Zubereitung helfen.“

Fünfzehn Minuten später betreten die Damen mit dem vierten Gang den Diningroom.
„So, meine Freunde, der vierte Gang. Straußenleber in Quitten-Cranberry-Cassis mit Pastinaken und Erdäpfelflan“, kommt es freudig über Traudes Lippen.

„Moment, der Wein zu diesem Gericht“, kommt es wie aus einer Pistole geschossen aus Pauls Mund, während er die Flasche öffnet.

„Für diesen Gang habe ich aus meinem Weinkeller etwas Besonderes geholt. Einen Zieregg Sauvignon Blanc „Große STK Lage“ vom Weingut Tement aus Berghausen. Dieser Wein wird in großen Holzfässern ausgebaut. Er zeichnet sich durch seinen finessenreichen Aromabogen nach Birne und Stachelbeeren und ein wenig Minze aus. Damit die typischen Zieregg Aromen zum Ausdruck kommen, habe ich diese Flasche bereits 3 Jahre in meinem Keller gelagert. Also trinkt diesen Wein langsam und genüsslich und hört vor allen auf euren Gaumen, also Prost, meine Freunde!“
Beim genüsslichen Verkosten dieses Weines und dem anschließenden Verzehren dieses Ganges kommen nur lobende Worte aus den Mündern der Gäste. Nach dem Finish dieses Ganges verschwinden die Damen wieder in der Küche um zehn Minuten später mit dem fünften Gang das Esszimmer zu betreten.

„Der fünfte Gang“, spricht Traude mit stolzer Brust.
„Heu Milchkalb mit Blumenkresse und Frühlingszwiebel.“ Die Damen stellen die Teller mit diesem Gericht auf den Tisch.
„Hmm Traude himmlisch“, stöhnt Paul leise, während er seine Gabel zum Fleisch führt.
„Paul“, zischt Traude unüberhörbar erregt.
„Ach ja – der Wein“, kommt es kleinlaut über Pauls Lippen. Er steht auf und holt eine Flasche. Er setzt den Öffner am Korken an und sagt:
„Zu diesem Gericht habe ich einmal einen roten Wein für euch. Einen Zweigelt Barrique 2010 vom Weingut Skoff Original vom Eckberg in Gamlitz. Dieser Wein besticht durch sein intensives Bukett nach reifen Kirschen und Brombeeren. Der Abgang ist lang und wird von Bittermandeln geprägt.“

„Ah Paul – endlich ein Roter – ja – du hast Recht! Der Abgang ist einfach genial, Paul“, kommt es genüsslich aus Moritz' Mund, nachdem er einen Schluck aus seinem Glas genommen hat. Auch beim Verzehr dieses Ganges kommen, wie war es anders zu erwarten, nur lobende Worte aus den Mündern der Gäste.

Als alle genießerisch auch diesen Gang beendet haben, sagt Hans:
“Was haltet ihr davon, wenn wir vor dem nächsten Gang einen kleine Pause einlegen? Ich möchte meinem Gaumen etwas Zeit geben. Was meint ihr zu einer Zigarre im Wohnzimmer? Außerdem könnte uns dann Christina eine Probe ihrer Schauspielkunst darbieten, sie hat extra ein paar Dialoge mit mir einstudiert. Na, was meint ihr dazu?”
“Gute Idee”, antwortet Paul und steht auf.
“Außerdem könnte ich jetzt einen kleinen Schnaps vertragen - für die Verdauung”, stellt er fest, während er

in Richtung der geöffneten Bar geht.
“Gut, dann, mein Liebling, richte uns mal was Scharfes. Ich hätte gerne den Schilcher-Tresterbrand vom Zweiger aus Mooskirchen Moritz“, sagt Marvie und klatscht dabei in die Hände.
„Und ich räum nur schnell ab, dann kommen wir sofort zu euch. Nicht wahr, Marvie?”, sagt Traude und erhebt sich ebenfalls von ihrem Sessel.

Marvie und Traude servieren die Teller ab und als sie ins Wohnzimmer zurückkommen, warten bereits die anderen mit ihren Gläsern in den Händen. Paul überreicht den beiden Damen die restlichen zwei Gläser und sagt:
“So, meine Freunde, stoßen wir an: Auf den bis jetzt gelungenen Abend und auf die Darbietung der neuen Kommissarin.”
Die sechs erheben die Gläser, stoßen an und leeren ihre Gläser mit einem Schluck.
„Pah, der Schilcherbrand kann was“, sagt Hans und klopft sich freudig auf seine Brust.
“Setzt euch nieder - ich bin schon ganz gespannt auf Christinas Vorführungen”, leitet Paul ihre Demonstration ein und setzt sich auf das Ledersofa. Traude setzt sich neben ihren Mann und Moritz und Marvie setzen sich ebenfalls auf die freien Plätze neben den beiden Gastgebern.
“Also, wie ich bis jetzt gelesen habe, ist die neue Kommissarin eine junge, karrieresüchtige Emanze, die dem alten Inspektor vom Chef als neue Vorgesetzte aufgebrummt wurde. Nachdem ihr der Job wichtiger ist als ihr Privatleben, hat sie auch keine Beziehung. Ich dachte mir, dass sie aber sicherlich ihre Reize gezielt einsetzt, um beruflich voranzukommen. Ihr wisst, zum Beispiel beim Gerichtsmediziner, damit sie schneller zu Obduktionsberichten und Ähnlichem kommt. Also, ich

habe zwei Szenen einstudiert: 1. Szene im Kommissariat, die Vorstellung beim alten Inspektor, und die 2. Szene in der Pathologie", beginnt die Neue euphorisch, um die Übrigen auf die gespielten Szenen vorzubereiten.

Sie verlässt das Wohnzimmer und kommt nach ein paar Minuten mit einem Auftritt zurück, der alle in Staunen versetzt. Sie hat sich ihre langen blonden Haare zu einem Knopf aufgesteckt. Die anwesenden Zuseher folgen sichtlich überrascht dem Schauspiel der Neuen. Mit einer solchen Identifizierung mit der Rolle hat niemand gerechnet. Als sie dann ihr aufgestecktes Haar während der Szene in der Pathologie gekonnt öffnet und ihr langes blondes, gewelltes Haar lasziv über ihre Schulter fällt, ist erkennbar, dass sie damit den Pathologen gekonnt zum Schwitzen bringen wird. Sie erhält begeisterten Beifall.
"Einfach toll - wunderbar!", ruft Moritz.
"Ich bin beeindruckt und positiv überrascht", stimmt auch Marvie etwas verhalten zu.
"Was heißt positiv überrascht? Sensationell!", schreit Paul laut auf und springt vom Sofa.
"Einen Toast auf diese Performance!", schlägt er aufgeregt vor.
Alle Anwesenden stoßen mit ihren Gläsern an und die neue Kommissarin sagt sichtlich gerührt und verlegen auf einem Fuß stehend:
"Danke! Ihr seid so lieb zu mir. Damit habe ich nicht gerechnet, dachte schon, es würde euch ganz und gar nicht gefallen. Ich war so nervös. Beim Dreh kann ich das bestimmt noch viel besser, das verspreche ich euch. Danke - danke - danke!" Sie trippelt nacheinander zu jedem der Zuseher und bedankt sich noch einmal höflich mit Küssen auf die Wangen.
"Ach ja, wenn ihr also einverstanden seid, dann ist diese

Rolle hiermit vergeben", sagt Hans mit ernsthaftem Unterton in die Runde, um das Geküsse zu beenden.
"Seit wann haben - wir? - da was mitzureden?", fragt Moritz überrascht nach.
"Seit heute, meine Freunde, seit heute. Aber nur heute, hahaha", antwortet wiederum Hans höhnisch auf Moritz` Frage.
Bei der Besetzung der Rollen durfte Moritz bis dato nicht mitreden, er war allein für das Schreiben verantwortlich - und nur für das Schreiben. Hans besetzt meist die Rollen mithilfe einer Castingagentur, damit fährt er, wie er meint, recht gut. Nur in den letzten beiden Jahren kam es immer wieder mal vor, dass Hans selbst die Besetzung kleinerer Nebenrollen mitbestimmte - meist waren es bildhübsche junge Schauspielschülerinnen.
Die sechs beschließen, die Besetzung dieser Rolle mit einem Wein zu besiegeln.
„So, ich hätte da was ganz Tolles - einen Roten - einen Oliwin vom Weingut Winkler-Hermaden aus Karpfenstein. Dieser Wein ist ebenfalls ein Blauer Zweigelt Barrique. Nur dieser besticht durch seine intensive Weichselfrucht und der schokoladig-vanilligen Räuchernote."
Nachdem Paul die Gläser gefüllt hat, stoßen alle an. Hans bemerkt sofort die schokaldige Note und bringt sein Geschmackserlebnis zum Ausdruck. Nach einer kurzen angeregten Diskussion begeben sie sich wieder zurück zum Esstisch, um noch die abschließenden Gänge zu verzehren.

"Der sechste Gang, meine Lieben, hört her: Champagner Sorbet mit Rosenblüten Granitee ", verspricht Traude mit warmer, zuckersüßer Stimme, als sie die Teller serviert. Während des Genusses dieses Desserts wird natürlich über nichts anderes mehr als über SOKO gesprochen.

Paul macht die Neue bereits zur neuen Romy-Preisträgerin, und nach langem Gerede gelingt es ihm, in Zukunft das Management für sie zu übernehmen. Daraufhin besprechen Hans und Paul bereits die ersten Vertragsbedingungen.
“Hallo, jetzt ist es aber genug! Das könnt ihr auch noch am Montag besprechen”, versucht Traude, diese für sie eher langweilige Geschäftsbesprechung zu beenden.
“O.k. Christina, wir sehen uns am Montag um 10:00 Uhr, dann kannst du den Vertrag unterzeichnen”, macht Paul euphorisch schon konkrete Pläne mit der Neuen.
“So, meine Freunde! Marvie hat euch auch noch etwas zu berichten”, sagt Moritz, als dieses geschäftliche Geschwätz endlich beendet ist. Er blickt zu seiner Frau und nickt ihr dabei zu. Sie steht auf und geht ins Vorzimmer, um etwas zu holen. Nach einigen Sekunden kommt sie mit einem gebundenen Bündel Papier zurück und verkündet in stolzer Haltung:
“SOKO Tirol, Folge 1 - Zurück zum Ursprung - Buch und Idee: Marvie Lustig”, und überreicht es sogleich dem Hans.
“Was, Marvie, du bist schon fertig?”, ist Hans erstaunt, als er das Skript überreicht bekommt.
“Ja, bin heute damit fertig geworden! Übrigens Paul, du bekommst auch noch ein Exemplar, ich mail es dir morgen”, antwortet Marvie und blickt dabei grinsend in Moritz` Gesicht.
“Ach Hans, das Drehbuch wird ebenfalls in zwei bis drei Tagen fertig sein. Das ist dir sicherlich recht - wegen der Produktionsplanung”, sagt Moritz ruhig und sachlich zu Hans.
“Ach, das auch noch. Sagt, was ist denn mit den Lustigs passiert? Hat das ewige Zittern bezüglich der pünktlichen Abgabe der eingeforderten Bücher endlich ein Ende? Moritz - das musst du dir aber jetzt von mir sagen lassen - weißt du eigentlich, wie viele Nerven du

mich schon in meinem Leben gekostet hast, seit ich mit dir zusammenarbeite? Millionen - Millionen von Nerven! Die letzten Haare, die ich noch habe, sind nur wegen dir und deiner Unpünktlichkeit in Bezug auf die Einhaltung von Abgabeterminen grau geworden! Wenn deine Bücher nicht so toll wären und die Quote nicht so gut, dann hätte ich dich schon längst..."
"Gefeuert", fällt Moritz dem Hans zynisch ins Wort.
"Ja, brauchst gar nicht so blöd schauen", spricht Hans weiter und vertieft sich in das Grimassen schneidende Gesicht von Moritz.
"Ach ja, sieht man eh, was herauskommt, wenn sich ein anderer an SOKO versucht - ich sag nur: Jürgen Schwarz - hahahahaha", lacht Moritz schallend.
"Ach wie gut, dass wir heute - nicht! - dieses Thema weiter besprechen müssen", unterbricht Paul die zwei Streithähne, bevor sie noch ihre Krallen wetzen.
"Ich hol schnell einen tollen Dessertwein - eine Hochgrassnitzberg Beerenauslese 2009 vom Weingut Erich und Walter Ploz aus Grassnitzberg bei Spielfeld, Dieser Süsswein wird aus der Rebsorte Sauvignon Blanc gemacht und besticht durch seine dunkle goldgelbe Farbe. Seine Feigenanschläge lassen den Gaumen vibrieren. Gut, dann können wir gleich auf diese positiven Überraschungen anstoßen." Und schon verlässt Paul das Esszimmer und verschwindet im Keller. Eine halbe Minute später steht er bereits mit der Flasche neben dem Tisch:
"Liebling, wo sind die Gläser für dieses edle Tröpfchen?", fragt er und sieht dabei hilfesuchend in die Augen seiner Frau. Sie schaut ihn mit großen Augen an und antwortet:
"Liebling, ich bin für die Speisen zuständig, für die passenden Teller und für das Service aus der Küche. Für die Getränke und die passenden Gläser bist doch du zuständig, hatten wir das nicht so besprochen - oder ist mir da etwas entgangen?"

“Ach ja, mein Liebling, das habe ich in der Aufregung total vergessen. Entschuldigung, die Gläser kommen sofort”, sagt Paul mit unterwürfigem Ton zu seinen Gästen. Er verschwindet kurz in die Küche und kommt sogleich mit sechs Dessertweinkelchen in den Händen zurück ins Esszimmer. Als er die Gläser auf den Tisch stellen will, erschreckt ihn das lästige Vibrieren eines Handys dermaßen, dass er beim Hinstellen beinahe ein Glas umwirft.

RRRRRT - RRRRRT - RRRRRT

“Sag mal, unverschämt so was! Wer hat da sein Handy nicht ausgeschaltet?”, fragt er forsch und blickt böse in die Runde der Gäste, die wiederum sehen einander fragend an.

“Moritz, das kommt aus deiner Jacke in der Garderobe”, sagt Marvie leise zu Moritz und gibt ihm einen Schubs. “Sag, wer ruft dich da an - am Samstag Abend - um diese Zeit?”, fragt sie leise weiter und sieht ihn forschend an.

“Genau das würde ich auch gerne wissen, mein Freund. Denn der Einzige, dem diese Frechheit einfallen würde - bin ich”, unterbricht Paul Marvies Frage.

Moritz steht achselzuckend auf und sagt kleinlaut:

“Keine Ahnung, vielleicht streiten wieder mal die Kinder“, und geht ins Vorzimmer. Er greift in die Jackentasche und holt das noch immer vibrierende Handy heraus. Ohne auf das Display zu schauen, drückt er sofort auf die grüne Annahmetaste, um dem lästigen Vibrieren ein Ende zu bereiten. Noch bevor er etwas sagen kann, klingt ihm aus dem Hörer Harrys Stimme entgegen:

“Schatz, ich komme in einer Stunde zum Essen nach Hause - bin noch bei meinen Freunden in der Schönaugasse”.

“O.k.“, stammelt Moritz in sein Telefon. Mit allem hat er

gerechnet, nur nicht damit, dass ausgerechnet zum unpassendsten Zeitpunkt seine Jagd beginnt.
“Was soll ich jetzt machen? Wie sage ich es den anderen, dass ich jetzt dringend das Dinner verlassen muss? Und wie wird Marvie reagieren?”
Diese Gedanken kommen Moritz im Bruchteil einer Sekunde in den Sinn. Hektisch fährt er sich ins Haar und bevor er noch weitersprechen kann, tönt es aus dem Hörer:
“Sie haben soeben den Salon verlassen, ich hab alles drauf. Diesmal waren es sogar 52.000 Euro! Ich konnte vorher nicht anrufen, wäre aufgefallen. Was machen wir jetzt, Moritz?” Als Moritz dies hört, fällt ihm ein großer Stein vom Herzen. Er atmet tief durch und antwortet: “Gut Harry, heute können wir eh nichts mehr machen. Ich komme morgen zu dir und überspiele mir deine Aufzeichnungen auf meinen Laptop. Bitte fahr sofort nach Hause, ich ruf dich morgen an, o.k.? Dann bis morgen, Harry, super gemacht! Ach noch was, glaubst, haben die was mitbekommen?”
“Nein, garantiert nicht. Ich hab auf meinem 8er-Automaten gespielt und der Gewinn wurde am 10er gemacht. Ich habe sicher alles drauf. O.k. Moritz, ich fahr nach Hause und wir hören uns dann morgen.” Ehe Moritz sich noch verabschieden kann, ist das Gespräch bereits unterbrochen.

“Sag, wer war das soeben - Harry? Wer ist Harry - vielleicht eine Harriette? Eins sag ich dir, wenn das eine andere Frau war, dann kannst du mich vergessen - hast du mich verstanden, mein Schatz!?” Marvie ist ihm ins Vorzimmer gefolgt und Moritz ist verstört, als er ihre Verdächtigung hört.
“Das ist nicht so, wie du denkst, mein Schatz. Das war mein Informant für mein neues Buch. Ich erkläre dir alles am Heimweg und wenn du willst, dann kannst du mich ja

morgen zu Harry begleiten”, antwortet Moritz leicht erregt und zeigt dabei mit seinem Finger an den Mund.
“Bitte beruhig dich - mach jetzt keine Szene”, sagt Moritz ruhig und gibt seiner Frau einen Kuss.
“Für die anderen waren das unsere Kinder, die wieder einmal wegen dem Fernsehprogramm gestritten haben. Bitte Schatz, vertrau mir. Warte bis morgen und du wirst sehen, dass das nicht so ist, wie du denkst. Ich eine andere - so ein Blödsinn! Ich liebe dich und nur dich, hast du mich verstanden? Bitte beruhig dich”, redet Moritz auf seine Frau ein.
“Gut, wir sprechen aber noch darüber. So einfach mache ich dir das nicht, und wehe, das stimmt nicht, was du mir da aufzutischen versuchst! Dann - dann kannst du was erleben, mein Schatz!”, antwortet Marvie immer noch ungläubig.
“Hallo, meine Lieben, die Party findet hier statt und nicht im Vorraum!”, ruft Traude nun den beiden zu.

Moritz umarmt seine Frau und geht mit ihr zurück in das Esszimmer.
“Wie ich gesagt habe, unsere Kinder, die können sich wieder einmal nicht über das Fernsehprogramm einigen. Naja, Kinder halt”, erklärt Moritz den anderen, als er das Esszimmer betritt.
“Ja ja, die Kinder - gut, dass meine schon so groß sind”, stimmt Hans zu und blickt dabei tief in die Augen seiner Begleitung.
“Brauchst mich gar nicht so anzusehen, Hans”, erwidern ihre knallroten Lippen umgehend, “du weißt, ich könnte deine Tochter sein!”, fügt sie noch zynisch an.
“Ich will eh kein Kind von dir - meine Liebe - aber das Andere könnte ich mir schon gut vorstellen - mit dir, mein Liebling!”, stellt Hans mit tiefer Stimme fest und legt dabei vorsichtig seine Hand auf ihren Oberschenkel. Christina wiederum legt ihre Hand auf Hans`

Oberschenkel, kneift kräftig zu und sagt:
“Vorstellen, mein Lieber, darfst du dir alles. Doch ob diese Vorstellung Realität wird, entscheide immer noch ich.” Dabei streichelt sie zärtlich über seine Wange.
“So - jetzt ist es aber genug mit eurem Geplänkel. Der nächste Gang wartet”, unterbricht Traude das verbale Vorspiel der beiden. Sie steht auf und geht in die Küche.
”Du Marvie, könntest du mir bitte helfen, die Teller abzuservieren - du weißt, unser Butler befindet sich gerade auf Urlaub - hahaha”, bittet sie Marvie. Paul fühlt sich sofort angesprochen, springt vom Stuhl auf und sagt:
“Mah - was bin ich für ein Gastgeber! Marvie, lass es! Ich mach das schon.”
“Ist schon gut, ich helfe doch gerne. Aber einen Drink könnte ich jetzt gebrauchen”, antwortet Marvie und beginnt sogleich mit dem Abservieren der Teller.
“Was - so schlimm ist der Streit eurer Kinder - hahaha”, kontert Paul mit einem Grinsen im Gesicht.
“Noch viel schlimmer”, fährt Moritz dazwischen.
“Gut, dann könnten wir alle einen vertragen, nicht wahr, meine Freunde?”, schließt Paul die Konversation zum Thema Kinder ab und geht ins Wohnzimmer zur Bar. “Bourbon oder Scotch?”, ruft er aus dem Wohnzimmer. “Egal - Hauptsache stark!”, ruft Marvie zurück und verschwindet in die Küche. Paul richtet die Drinks und kommt mit den sechs Gläsern auf einem Tablett zurück ins Esszimmer. Er stellt es auf den Tisch und beginnt sofort mit dem Austeilen der Whiskeybecher. Als die vier Anwesenden ihre Gläser erhalten haben, öffnet sich die Küchentür und die zwei Frauen kommen mit dem nächsten Gang.
“So, meine Freunde, wartet noch mit dem Anstoßen. Der vorletzte Gang wird serviert! Ausgewählte Käsesorten aus der Steiermark mit getrockneten Tomaten und Ruccolapesto“, verkündet Traude guter Dinge.

Die Damen stellen eine große Platte auf den Tisch, auf der sich verschiedenste Käsesorten befinden.
“Käse, meine Lieben, schließt den Magen, sagt man”, erklärt sie beim Abstellen der Platte.
„Diese verschiedenen Käsesorten kommen aus der Hofkäserei Deutschmann aus Frauental. Eine kleine, aber feine Käserei, die wirklich mit Liebe diesen Käse erzeugt. Dazu gibt es Brot, natürlich nicht irgendein Brot, sondern dieses Brot kommt vom Marhofmüller. Brot, einer ebenso kleinen aber feinen Bäckerei in der Nähe von Stainz. Paul hat den Hubsi Reif, den Chef dieser Bäckerei bei seiner heimlichen Geliebten, dem Fußball, im VIP-Club von Sturm kennen gelernt. Der Hubsi Reif macht nämlich auch die berühmte SK Sturmtorte.
Aber ich hab noch ein Highlight für euch“, spricht sie weiter, während sie eine kleines Fläschchen, das wie eine Parfumflasche mit Zerstäuber aussieht, in die Hand nimmt und mit einem leichten Druck eine Dosis des Inhaltes auf ein Stück Käse sprüht.
„Was – Traude – willst du uns vergiften“, schreit Hans auf.
„Nein, meine Freunde, das ist das Parfum de Vie von der Destillerie Hochstrasser in Mooskirchen.“
„Parfum de was?“, spricht Hans hektisch weiter, während er das Fläschchen überreicht bekommt.
„Parfum de Vie. Das ist ein hochkonzentriertes Fruchtdestillat, hat um die 70% Alkohol. Dieses ist aus der Williamsbirne. Damit besprühst du leicht deinen Käse. Hans lass dich überraschen, das Aroma der Birne vermischt mit dem Käse! Ich sag es dir ein Geschmackserlebnis sondergleichen“, belehrt Traude Hans und führt ein Stück Käse in den Mund. „Hmmmmm“
Hans und die üblichen Gäste versuchen ebenfalls ein Stück Käse, besprüht mit dem Parfum de Vie und noch während des Verzehrens hört man aus den Mündern

„Traude, hmmm – ist das gut dieser frische Birnengeschmack vermischt mit dem Käse einfach wunderbar.“

Als Hans einige Stücke Käse genüsslich verspeist hat, macht er sich an die getrockneten Tomaten ran.

“Hm - sieht das verführerisch aus!”, freut sich Hans auf diesen abschließenden Genuss, während er eine Tomate in die Hand nimmt und sie zärtlich zum Mund seiner Begleiterin führt.

“Typisch Hans”, wirft Traude ein, “der hat nur Eines im Kopf.”

“Tja, meine Liebe, höre ich da vielleicht ein bisschen Neid in deiner Stimme?”, antwortet Hans mit erotischem Unterton, vergleichbar mit dem Knurren eines räudigen Hundes.

“Aber nein, mein Lieber. Da hast du etwas missverstanden. Mit ‘besorgter‘ Stimme trifft eher zu, Ich mach mir halt so meine Gedanken wegen deines Herzens”, kontert Traude und beißt genussvoll in ein Stück Käse.

“Tja, ich bin zwar nicht mehr der Jüngste, aber in meiner Brust schlägt das Herz eines Zwanzigjährigen! Das hat zumindest mein Kardiologe nach der letzten Bypass-Operation gesagt”, muss Hans zugeben, sichtbar genervt ob dieser Erinnerung.

“Aber nachdem ich Gott sei Dank kein Viagra brauche, habe ich nichts zu befürchten. Und außerdem, da werden mir sicherlich alle anwesenden Männer - wenn man das von Waschlappen behaupten kann - beipflichten, der schönste Tod ist der finale Akt in den Armen einer wunderhübschen Zwanzigjährigen, hahaha!” Er hebt dabei sein Glas und bemerkt, dass es bereits geleert ist.

„Du Paul, ich will ja nicht unhöflich sein, aber du hast den Wein vergessen.“

„Ach Hans, danke für die Erinnerung. Ja, Wein, warte

mal kurz, ja genau, der passt jetzt perfekt. Ich habe da etwas ganz ganz Besonderes, einen Blauen Wildbacher."
„Was einen Schilcher zu diesem Gericht" unterbricht Hans empört.
„Wart lass mich mal ausreden! Ich habe hier einen Blauen Wilbacher in Rot aus der Ried Burgegg vom Weingut Domäne Müller aus Groß Sankt Florian. Wie du siehst, kann man den Blauen Wildbacher auch als Rotwein ausbauen. Nicht Rose sondern tiefdunkles Schwarzrot in der Farbe. Die Charakteristik dieses Weines sind die intensiven Kirschen und Weichseltöne und schwarze Ribiseln am Gaumen. Schokolade und Zedernholzaroma runden diesen Wein ab".
Die anderen schauen einander mit ungläubigen Blicken an, und als Hans ebenfalls von seinem Glas nippt, dreht er sich zu seiner Begleiterin, blickt ihr tief in die Augen und setzt noch eins drauf:
„Bei Frauen stehe ich ja eher auf wildes Rose, aber dass man bei Weinen aus einem typischen Rosewein so einen reifen, vollmundigen genialen Wein machen kann, das hab ich nicht gewusst. Paul, du wirst mir schön langsam unheimlich. Kannst mir gleich eine Kiste von diesem Wein besorgen."
„Ja Hans, kann ich dir besorgen, fahr eh bald wieder nach Deutschlandberg zu meinen Verwandten und dann kann ich dir eine Kiste mitbringen.

Die Anwesenden unterhalten sich danach angeregt über den Geschmack der verschiedenen Käsesorten. Beim Schafskäse sind alle derselben Meinung, nämlich, dass dieser am besten an einem lauen Sommerabend in einer Taverne in Griechenland schmeckt, bei einem Glas Retsina. Nachdem das Wort Griechenland gefallen ist, berichtet Hans von seinem letzten Urlaub auf den Malediven - wie nicht anders zu erwarten, in Begleitung

einer bildhübschen Blondine. Als Moritz von seinem Traum erzählt, mit einem eigenen Wohnmobil, das er bereits bei CRC in Lieboch bestellt hat, den ganzen Sommer lang mit seiner Familie quer durch Südeuropa zu reisen - denn die Bücher könnten sie doch überall schreiben - kommen auch alle anderen ins Schwärmen.
“Siehst Paul, das ist halt noch Romantik. Nimm dir ein Beispiel an Moritz”, sagt Traude und blickt in Pauls fragendes Gesicht.
“Tja, du hast nur das Geschäft in deinem Kopf! Wann waren wir das letzte Mal so richtig im Urlaub? Und damit meine ich, ohne dein Telefon und deinen Laptop”, fragt sie ihn traurig.
“Ja mein Liebling, aber irgendwer muss ja die Brötchen verdienen. Und nachdem du das nicht bist, muss ich es halt machen. Aber eigentlich hast du ja recht, wir könnten doch Anfang Dezember nach Kuba fliegen?”, versucht Paul, seine Frau aufzuheitern.
“Dezember!? Unmöglich Paul, da sind wir mitten in den Vorbereitungen der nächsten Produktion! Aber über Weihnachten und Silvester bin ich auch wieder weg, da wäre es möglich”, wehrt sich Hans sichtbar erregt gegen Pauls Vorschlag.
“Siehst du, mein Liebling, über Weihnachten! Ja, das machen wir”, sagt Paul zu seiner Frau und legt zärtlich seine Hand auf ihre Schulter.

“Gut, mein Liebling, dann fahren wir gleich am Montag ins Reisebüro.“
„Aber zum Gegg nach Wettmannstätten“, unterbricht Paul seine Frau.
„Ja was glaubst Du Paul, ich buche nur beim Gegg – nachdem du ja sämtliche deiner Geschäftsreisen dort buchst. Ja gleich am Montag, bevor du es dir noch anders überlegst!”, nimmt Pauls Frau erleichtert die Gunst der Stunde wahr und gibt ihrem Mann einen Kuss.

„So meine Lieben, jetzt muss ich in die Küche, der letzte Gang wartet“, spricht Traude.

Zehn Minuten später öffnet sich die Küchentür und die Gastgeberin erscheint mit dem finalen Gang.

„Creme Brulee mit Tresterbrandeis und Schokoladenkroketten“

„Hmmm“ seufz Marvie als sie dieses Gericht sieht.

„Zum Abschluss unseres Menüs habe ich noch einmal einen ganz besonderen Dessert-Wein für euch ausgewählt. Eine Beerenauslese aus dem Weingut Maitz, aus Ratsch an der Weinstraße. Dieser Wein besticht durch seine seidige Süße und durch seine Melonen- und Cassis-Aromen“, spricht Paul andächtig, während er die Flasche öffnet.

Die sechs unterhalten sich danach noch eine geschlagene Stunde über diverse Themen. Gegen Mitternacht sagt Hans:
“So, meine Freunde, das Fest soll man dann verlassen, wenn es am schönsten ist. Also werden wir jetzt aufbrechen. Du Paul, kannst du mir ein Taxi rufen, ich habe mein Handy im Auto. Ich komm dann morgen irgendwann und hol mein Auto ab. Oder besser noch, du könntest doch mein Auto morgen zu mir bringen - ich hätte da noch ein paar geschäftliche Dinge mit dir zu besprechen.”
“Morgen ist Sonntag, mein lieber Hans! Oder soll ich lieber Sklaventreiber zu dir sagen?”, mischt sich Traude zynisch ein und schaut dabei Paul fragend an.
“Du, das stimmt, Hans, das geht morgen nicht. Wir sind bei meinen Schwiegereltern zum Essen eingeladen”, sagt Paul ruhig die Situation erklärend zu Hans.

“Gut, dann eben nicht. Dann hol ich mir meinen Wagen halt selbst. Aber am Montag bist dann um halb acht bei mir im Büro!? Gut, meine Lieben, dann werden wir jetzt gehen”, stimmt Hans zu, während er aufsteht.
Er hilft seiner blonden Versuchung vom Stuhl und geht mit ihr in Richtung Vorzimmer. Noch bevor er den Vorraum erreicht, streicht Hans seiner Begleitung, für alle anderen sichtbar, mit der linken Hand über ihren Po. Marvie blickt mit großen, ungläubigen Augen in Moritz` grinsendes Gesicht.
“Dir wird dein Lachen auch noch vergehen, mein Schatz”, flüstert sie zu Moritz. Er nimmt daraufhin zärtlich ihre Hand, küsst sie und sagt:
“Typisch Hans, der hat immer nur das Eine im Kopf - genau wie der Lugner.”
“Das hab ich gehört, mein Freund”, reagiert Hans sofort vom Vorraum her auf Pauls Witzelei.
“Nur, ich mach’s noch - der Lugner redet nur davon! Das sei dir gesagt”, weist er nochmals auf seine Männlichkeit hin.
“Entschuldigung, Hans. Sollte ich dir eben zu nahe getreten sein, war das nicht so gemeint”, beruhigt Moritz.
“Ja, ja, mein Lieber, das nützt dir jetzt auch nichts mehr - ich werde dich bei den nächsten Vertragsverlängerungen daran erinnern! Hahaha”, lacht Hans schallend im Gefühl seiner Überlegenheit.
“Hahaha, da hab ich mir wieder was eingebrockt. Aber wie gut, dass ich den Paul habe. Nicht wahr, Paul - du wirst mir die Suppe dann schon wieder auslöffeln?”, wendet sich Moritz lachend an Paul und geht mit seiner Frau in Richtung Vorraum, um sich ebenfalls von Hans und Christina zu verabschieden.
Nachdem alle sich mit dem typischen Bussi-Bussi-Prozedere verabschiedet haben und Hans mit seiner hübschen zwanzigjährigen Frau Kommissar in das Taxi gestiegen ist, sagt Traude zu den Übriggebliebenen:

“So, das hätten wir geschafft. Nun können wir zum gemütlichen Teil des Abends übergehen - Espresso?”
“Gute Idee, den könnte ich jetzt vertragen”,
bestätigt Marvie und blickt in die zustimmenden Gesichter der anderen.
Sie gehen ins Wohnzimmer und lästern danach bei einer Tasse Kaffee noch eine geschlagene Stunde über den Hans und seine Allüren. Gegen ein Uhr Früh beschließen auch Moritz und Marvie, mit einem Taxi nach Hause zu fahren. Als es vorgefahren kommt, verabschieden sich alle herzlich und Marvie lädt Paul und seine Frau zu einem Abendessen - ohne Hans - für den nächsten Freitag ein. Moritz nimmt Marvies Hand und sie steigen in den Fond des Taxis. Während der gesamten Fahrt nach Hause unterhalten sich die beiden noch angeregt über den Abend. Müde und entspannt kommen sie nach einer endlos scheinenden Fahrt durch die Grazer Nacht endlich daheim an. Moritz bezahlt die Taxirechnung, steigt aus dem Auto und öffnet die Autotür, um Marvie das Aussteigen zu erleichtern.

Als seine Frau neben ihm steht, schließt er leise die Autotür und nimmt seine Liebe zärtlich in den Arm. Sie gehen vergnügt die Hauseinfahrt entlang in Richtung Haustür, als Marvie plötzlich aus heiterem Himmel hysterisch aufschreit und mit der Hand entsetzt auf einen Knäuel vor ihrer Garage zeigt. Erst jetzt registriert auch Moritz dieses unbekannte Ding.

Langsam geht er in die Richtung des am Boden liegenden Irgendwas. Als er einen zweiten Blick darauf wirft, kommt ihm ohne Vorwarnung das gesamte achtgängige Menü hoch und verteilt sich am Rasenstreifen neben der Hauseinfahrt.
“Marvie, sieh nicht hin”, schreit er laut auf, während er vergeblich versucht, den Brechreiz zu unterdrücken.

Noch mehrmals kotzt Moritz den gesamten Inhalt seines Magens auf den Grünstreifen.
“Marvie, geh bitte sofort ins Haus”, schreit er. Marvie eilt ohne weiter zu fragen zur Haustür, dabei aktiviert sie den Bewegungsmelder des Eingangs- und Garagenlichtes. Als das Licht angeht, kann auch sie für den Bruchteil einer Sekunde einen Blick auf das Unbekannte erhaschen, im selben Moment verteilt auch sie ihren Mageninhalt vor der Haustür.
“Moritz, komm weg da! Bitte komm her! Ich kann die Eingangstür nicht öffnen!”, schreit sie aufgeregt, als sie versucht, den Schlüssel in den Zylinder des Schlosses zu stecken.
“Moritz - ich krieg den verdammten Schlüssel nicht ins Schloss!”, schreit sie noch einmal.

Moritz hat sich in der Zwischenzeit vom ersten Schock erholt und läuft hektisch die Stiegen hoch in Richtung Eingangstür. Bei seinem Lauf über die Treppen stolpert er und fällt nach vorne, schlägt mit dem Kopf gegen eine Stufe und greift sich sofort instinktiv auf die Stirn. Noch bevor er sich wieder erheben kann, sieht er Blut an seiner Hand. “Scheiße!”, schreit er auf, wischt sich das Blut von der Stirn und eilt zu seiner vor der Eingangstür kauernden und bitterlich weinenden Frau. Als er endlich bei ihr ankommt, kniet er sich zu ihr und sagt:
“Scheiße - scheiße - scheiße! Beruhig dich bitte, mein Schatz. Gib mir bitte den Schlüssel, vielleicht hast du nur in der Aufregung den Schlüssel vertauscht.”
Marvie drückt Moritz den Schlüsselbund in die Hand und noch bevor er ihn richtig angreifen kann, übergibt sich seine geliebte Frau ein zweites Mal. Der Schwall aus Marvies Mund trifft dabei voll Moritz` Oberschenkel.
”So, nur keine Panik, meine Liebe. Gleich haben wir es geschafft”, versucht er weiter, seine Frau zu beruhigen.
Langsam steht er auf und nimmt den richtigen Schlüssel.

Er führt ihn mit zittrigen, blutverschmierten Händen in Richtung Schloss, Blut tropft dabei aus seiner Stirnwunde immer noch auf seine Hand. Doch nun schreit er auf:
“Das gibt’s nicht, der verdammte Schlüssel geht nicht rein!”
“Das sage ich dir doch schon die längste Zeit!”, zischt Marvie hysterisch. Moritz versucht es noch einige Male, doch der Schlüssel geht nicht ins Schloss. Er bückt sich langsam in Richtung Schließzylinder und kann endlich die Ursache seiner Fehlversuche erkennen.
“Scheiße - der Zylinder ist verklebt!”

Er schaut genauer hin und beginnt mit seinem Finger daran zu schaben.
“Scheiße, da hat uns irgendwer mit Superkleber das Schloss verklebt“, stellt er leise fest, um seine Frau nicht noch mehr zu beunruhigen. Sie blickt ihn mit weit geöffneten Augen an und schreit:
“Moritz, mach was bitte! Ich will endlich rein!“
Moritz versucht noch einige Male, den Kleber zu lösen, doch es gelingt ihm nicht.
“Shit - wir müssen durch die Garage“, sagt er sichtbar erzürnt ob seiner vergebenen Mühen.
“Nein, Moritz - bitte nicht! Ich will nicht daran vorbei”, stammelt Marvie weinend.
Sie sitzt noch immer am Boden wie ein verängstigtes Kind, zittert am ganzen Körper, schluchzt noch ein paar Mal, zieht dann an Moritz` Hand und sagt:
“O.k., bitte hilf mir auf, mein Schatz. Wenn wir daran vorbeigehen, dann bitte halte mir - schluchz - mit deinen Händen die Augen zu.”
Moritz blickt sie mitleidend an, zieht sie hoch und sagt leise und beruhigend:
“Gut, mein Schatz. Komm, wir gehen gemeinsam die Treppe runter zur Einfahrt, dann gehst du vor mir. Ich

führe dich vorbei und halte dir die Augen zu. Komm - gehen wir. Ich will in unser verdammtes Haus."

Noch bevor Moritz zu Ende gesprochen hat, zieht er an der Hand seiner noch immer am ganzen Körper zitternden Frau und geht mit ihr gemeinsam die Treppe hinunter. In der Hauseinfahrt angekommen, dreht Moritz vorsichtig seine Frau nach rechts und hält ihr sofort die Augen zu, um ihr diesen schrecklichen Anblick zu ersparen. Moritz atmet tief durch und versucht, seinen unaufhaltsamen Brechreiz zu unterdrücken, als er es wagt, mit seiner Frau daran vorbeizugehen.

Ungefähr auf gleicher Höhe mit diesem grauenhaften Etwas strömt den beiden ein ekelhaft beißender Geruch in die Nase, vergleichbar mit verdorbenem Fleisch, vermischt mit faulen Eiern, das unverpackt tagelang der direkten Sonne ausgesetzt war.
"Komm - komm, wir haben es gleich geschafft", ächzt Moritz, während er sich mit einer Hand die Nase zuhält.
"Marvie, halt bitte die Luft an - wir sind gleich am Garagentor", sagt Moritz zu seiner immer noch zitternden Frau. Um nicht diesen Gestank einzuatmen, presst Marvie ihre Lippen so fest zusammen, dass sich ihre Wangen aufblasen wie bei einem Jazztrompeter bei seinem besten Solo.
"So Marvie, wir haben es geschafft. Warte, mach deine Augen noch nicht auf. Ich öffne schnell die Garage", sagt Moritz ruhig zu seiner Frau und fährt mit dem Garagenschlüssel ins Schloss.
"Puh - Gott sei Dank, er geht rein", seufzt Moritz erleichtert und dreht dabei den Schlüssel um. Mit einem hektischen Ruck öffnet Moritz das Tor und noch bevor es halb offen ist, zieht er seine Marvie in die Garage, um es sofort hinter sich wieder zu schließen. Mit einem lauten Rums fällt das Tor ins Schloss. Moritz schaltet das Licht

ein und nimmt seine Frau an der Hand. Er geht mit ihr vorsichtig zur Kellertür, öffnet sie und in dem Moment, als er mit ihr durch die Tür gehen will, bleibt sie abrupt stehen und sagt mit weinerlicher Stimme:
“Moritz, ich trau mich nicht hinauf. Was ist, wenn irgendwer da ist?” Moritz hat in diesem Augenblick nicht an eine solche Option gedacht. Er schaut sich im Keller um und greift nach dem in der Ecke lehnenden Spaten. “O.k. mein Schatz”, sagt er leise zu ihr. “Bleib bitte hier stehen - ich schau mal nach.”
Mit dem Spaten bewaffnet schleicht er langsam und leise die Kellertreppe hoch. Oben angekommen öffnet er vorsichtig die Tür und lugt zögerlich durch die halbgeöffnete Tür von links nach rechts.

Nachdem er sich versichert hat, dass sich niemand im Flur befindet, schleicht er weiter in Richtung Küche. Er blickt hinein und kann auch dort niemanden erkennen. Mit einem leisen und gekonnten Griff öffnet er die Besteckladе und holt das große Fleischmesser heraus. In der linken Hand den Spaten und in der rechten das Messer haltend, schleicht er wie ein Indianer leise in Richtung Wohnzimmer. An der Tür angekommen hebt er den Spaten hoch, um sich auf einen möglichen Angriff vorzubereiten. Er stößt die Tür auf und springt mit einem lauten Angriffsgeschrei ins Wohnzimmer. Blitzschnell betätigt er dabei den Lichtschalter und sieht - nichts.

“Gott sei Dank”, gibt er seiner Erleichterung Ausdruck. Auch im Schreibatelier kann er nichts Außergewöhnliches feststellen. Er geht zurück in den Flur und betätigt den Lichtschalter. Er sieht sich vorsichtig um und kann auch hier nichts Ungewöhnliches erkennen.
“Moritz - ist alles o.k. mit dir?”, klingt es zaghaft aus dem Keller.

“Marvie, alles o.k. - du kannst kommen!”, ruft er zurück. Er schaltet das Licht zum Stiegenhaus ein und geht seiner Frau mit den Waffen in der Hand entgegen. Sie schaut ihn mit großen, verängstigten Augen an und sagt: “Ich hab solche Angst, Moritz.”
Moritz nimmt seine Frau an der Hand und geht vorsichtig mit ihr ins Wohnzimmer. Er legt seine Waffen auf den Tisch und umarmt sie. Er drückt seine Marvie zärtlich an sich und versucht sie zu beruhigen.
“Schatz, ich hab keine Ahnung, wer uns mit dieser Aktion schocken wollte. Aber wir müssen jetzt einen klaren Kopf bewahren.”
“Wie soll ich mich da beruhigen? Ich weiß gar nicht, was ich denken soll”, antwortet Marvie weinerlich. Moritz löst vorsichtig seine Umarmung und setzt seine Frau auf das Sofa. Er atmet zwei, drei Mal kräftig durch und sagt: “Schatz, ich will dich nicht beunruhigen, vielleicht war das nur ein Lausbubenstreich. Aber trotzdem möchte ich sofort den Norbert anrufen und ihn um Rat fragen. Ist das o.k. für dich?”
“Die Polizei - jetzt?”, antwortet Marvie ungläubig.
“Ja - die Nacht ist eh schon gelaufen. Oder glaubst du wirklich, wir können jetzt noch ruhig schlafen? Ich sicherlich nicht”, redet Moritz mit ruhiger Stimme weiter.
Und ehe er noch eine Antwort von seiner Frau erhält, drückt er bereits Norberts Nummer ins Handy. Marvie sitzt mit angewinkelten Beinen zittrig am Sofa und wartet auf die Reaktion ihres Mannes, der mit dem Handy am Ohr mitten im Wohnzimmer nervös auf und ab geht. Nach sieben endlos scheinenden Freizeichen hört Moritz endlich die Stimme seines Freundes aus dem Hörer.
“Hallo Moritz, was gibt es denn? Weißt du eigentlich, wie spät es ist?”
“Hallo Norbert - ja ich weiß. Bitte hör mir jetzt zu”, sagt Moritz hörbar erregt ins Telefon. Moritz schildert seinem Freund ausführlich das soeben Erlebte.

“O.k. Moritz, bleib ganz ruhig, ich komme sofort zu euch. Bitte rühr nichts an, o.k.! Hast du mich verstanden? Bin sofort bei euch.” Rasch hat Norbert das Gespräch unterbrochen, noch ehe Moritz sich von ihm verabschieden kann.

Er legt sein Handy auf den Tisch und sagt beruhigend zu seiner Frau, dass Norbert bereits auf dem Weg zu ihnen ist. Er geht kurz ins Bad, versorgt seine Wunde auf der Stirn und kommt mit zwei Jogginganzügen zurück. Vorsichtig zieht er seiner geliebten Frau die schmutzigen und nach Erbrochenem riechenden Kleidungsstücke aus und den frischen Jogger an. Er setzt sich zu ihr aufs Sofa und versucht, sie mit vorsichtigem Streicheln ihrer Hände zu beruhigen. Marvie legt ihren Kopf an Moritz` Schulter und beginnt bitterlich zu weinen. Nur durch zärtliches Streicheln ihres Kopfes gelingt es Moritz nach 5 Minuten, seine Frau wieder einigermaßen zu beruhigen. Beide sitzen am Sofa und blicken dabei ins Leere. In Gedanken versucht Moritz, das soeben Erlebte zu ordnen und die möglichen Ursachen dieses Desasters zu ergründen. Wer hat ihnen das angetan - wer? Auf diese Frage weiß er keine passende Antwort. Nur des Einen ist er sich sicher - diese Sache kann nichts mit seinem neuen Buch zu tun haben. Wie denn auch, die wissen ja gar nichts von seinen Recherchen. Und deshalb beschließt er, von dieser Option sicherlich nichts seinem Freund Norbert zu erzählen. Nach endlos scheinenden 20 Minuten vibriert Moritz` Handy. RRRRRT - bereits nach dem ersten Ton drückt Moritz hektisch auf die grüne Taste.
“Moritz, ich steh in deiner Einfahrt, kannst du bitte die Garage öffnen, damit ich zu euch reinkommen kann?”, hört er Norbert und fühlt sich schon befreit. Moritz eilt sofort in die Garage und öffnet das Tor. Er blickt hinaus und sieht Norbert mit einem Fotoapparat vor dem

grauenhaften Ding stehen. Blitzlichter erhellen immer wieder die Nacht, während Norbert aus mehreren Perspektiven das Ding fotografiert.
"Du hast eh nichts verändert?", fragt er Moritz sachlich, der beim Garagentor stehengeblieben ist.
"Nein - wie denn auch? Bei meiner Panik", antwortet Moritz ruhig.
"Das Erbrochene im Rasen - ist das von dir oder war das auch schon hier?", fragt Norbert ruhig und betätigt dabei den Auslöser seiner Kamera.
"Das war ich", antwortet er mit beschämtem Unterton. "O.k., kein Problem. Ich geh nur noch schnell hoch zur Eingangstür und mach noch ein paar Beweisaufnahmen vom Zustand des Schlosses. Ich komme dann gleich über die Garage zu euch - kannst schon zu deiner Frau gehen." Norbert agiert vollkommen ruhig.

Moritz geht hoch zu seiner Frau und setzt sich neben sie auf das Sofa. Er beruhigt sie und erzählt ihr über Norberts Beweisaufnahmen. Drei Minuten später kommt auch Norbert und setzt sich zu ihnen.
"Ich möchte euch heute die Details ersparen. Gut, Moritz, dass du mich verständigt hast. Was ich bis jetzt so gesehen habe, geht es aber sicherlich über einen kleinen Lausbubenstreich hinaus. Sag, hast du eine Vermutung, wer dir so etwas angetan haben könnte? Hast du irgendwelche Feinde?" Moritz schaut mit fragendem Blick in Norberts Augen und sagt:
"Ich hab keine Ahnung. Wie geht es jetzt weiter?"
"Tja, es besteht der dringende Tatverdacht einer schweren Nötigung, Hausfriedensbruch und bestialischer Tierquälerei. Eigentlich müsste ich hier sofort die Spurensicherung informieren. Doch wenn du willst, werde ich die Kollegen erst in der Früh rufen. Bis dahin bleib ich natürlich bei euch - wenn es euch recht ist?", erklärt Norbert beruhigend. Moritz schaut fragend

zu seiner Frau.
“O.k., ich mach uns mal schnell einen Kaffee und dir, mein Schatz, hole ich eine Decke, dann kannst du dich ja auf dem Sofa hinlegen, falls du schlafen möchtest”, bietet Moritz an, steht auf und geht in die Küche. Nach einer Minute kommt er mit einer Decke in der Hand wieder ins Wohnzimmer und deckt damit seine immer noch am ganzen Leib zitternde Frau zu.

Nachdem er die drei Tassen mit Kaffee geholt hat, setzt er sich wieder auf das Sofa.
“So Moritz, kannst du mir jetzt bitte noch einmal euer Erlebnis erzählen? Je genauer du mir alles berichtest, desto besser ist es für die Rekonstruktion. Also, fang bitte ganz von vorne an. Wann seid ihr zu Paul gefahren?” Norbert konzentriert sich auf das Dienstliche. Moritz beginnt sofort mit der Schilderung des ganzen Abends. Norbert macht sich während der ausführlichen Erzählung immer wieder Notizen. Nach der dritten Tasse Kaffee beendet Moritz seine Ausführungen und beide kommen zum Schluss, dass Norbert eine Anzeige gegen Unbekannt einbringen muss. Er wird die Schilderung protokollieren und Moritz soll dieses Protokoll am Montag Morgen in der Dienststelle unterzeichnen. Ermittlungen können nur dann gestartet werden, wenn Moritz einen dringenden Verdacht hätte oder wenn sich neuerlich etwas ereignet.
“Hoffen wir mal, dass dies nur eine einmalige Aktion war. Aber ich empfehle dir, einfache Überwachungskameras am Haus zu installieren”, schlägt Norbert vor, um seine Freunde zu beruhigen. Gegen 7Uhr in der Früh dieser für alle schlaflosen Nacht informiert er die Spurensicherung. 30 Minuten später fährt das Fahrzeug mit den Spezialisten vor. Als Moritz und Norbert durch die Garage ins Freie gehen, um die Kollegen zu begrüßen und ihnen den Sachverhalt zu schildern,

registriert Moritz zum ersten Mal konkret das Bild des Grauens in seiner Hauseinfahrt. Er kann den Kadaver einer toten schwarzen Katze erkennen. Der Kopf ist abgetrennt und liegt einen Meter vom Rest des Körpers entfernt. Rund um den Kopf liegen wie Strahlen eines Sterns die ebenfalls abgetrennten Pfoten. Der Bauch ist aufgeschlitzt und die Innereien liegen aufgereiht rund um den leblosen Körper. Literweise Blut ist über die Katze geschüttet, vergleichbar mit einem Schüttbild vom Nitsch. Als Moritz dies alles erkennt, überkommt ihn wieder ein unendlicher Würgereiz. Mühsam versucht er ihn zu unterdrücken. Norbert sieht das kreidebleiche Gesicht von Moritz und sagt:
"Komm Moritz, geh rein zu deiner Frau - ich mach das schon." Moritz hält sich die Hand vor den Mund und dreht sich blitzschnell zur Garage, um diesem grauenhaften Anblick zu entfliehen. Ohne Norbert zu antworten, geht er ins Haus hinauf zu seiner zwischenzeitlich doch eingeschlafenen Frau. Moritz atmet tief durch, sinkt auf das Sofa und schließt die Augen.

"Moritz", hört er plötzlich und fährt hoch. Schlaftrunken blickt er in Norberts Gesicht.
"Uhh - muss wohl eingenickt sein", gesteht er und versucht aufzustehen.
"Wollt dich nicht erschrecken. Wir sind dann soweit, die Kollegen haben sämtliche Spuren gesichert. Der Kadaver und die abgetrennten Körperteile sind bereits im Fahrzeug der Spurensicherung sicher verstaut, Proben des Blutes sind auch schon entnommen. Ich habe mir deinen Hochdruckreiniger ausgeliehen und die Reste des Blutes in den Kanal gewaschen. Fingerabdrücke auf der Haustür sind ebenfalls schon gesichert. Wir bräuchten nur als Gegenprobe eure Abdrücke, aber das hat Zeit bis morgen. Du kannst den

Schlüsseldienst rufen - aber ich glaube, du brauchst ein neues Schloss. Am besten, du rufst den Guldenbrein in der Herrengasse an, den kann ich dir empfehlen. Mit dem arbeiten wir von der Kripo schon jahrelang zusammen. Warte, ich gebe dir gleich seine Telefonnummer", informiert ihn Norbert sachlich, während er die Nummer in seinem Handy sucht. Als er sie gefunden hat, spricht er weiter:
„Du Moritz, ich hab sie: 0316 83 03 22, ja, das ist die Nummer vom Guldenbrein." Norbert schreibt die Nummer auf einen Zettel und überreicht ihn Moritz.
"Danke, mein Freund", antwortet Moritz und blickt ihn erleichtert an.

In der Zwischenzeit ist Marvie auch wach geworden.
"Wie spät ist es denn eigentlich schon?", fragt sie verschlafen.
"Halb zehn", antwortet Norbert. "Du, ich muss dann gehen. Bitte kommt beide morgen am Vormittag zu mir in die Dienststelle - fürs Protokoll, o.k.? Und bitte versucht, euch heute zu relaxen. Also bis morgen", sagt er, gibt Marvie einen Abschiedskuss und verlässt das Haus der Lustigs.

Als Norbert und seine Kollegen mit ihren Autos die Einfahrt verlassen haben, nimmt Moritz seine Frau in den Arm und drückt sie ganz fest.
"Du Schatz, wir dürfen auf keinen Fall unsere Kinder beunruhigen. Am besten wird sein, wir erzählen es ihnen gar nicht. Du kennst ja Carlotta, die macht sicherlich in der Nacht kein Auge mehr zu. Und der Adrian - ist auch besser, dass er nichts erfährt, sonst weiß morgen die ganze Schule davon", erklärt er ruhig seiner Frau.
"Aber wie erklären wir ihnen die Spuren vor der Garage und das Schloss?", wendet Marvie besorgt ein.
"Die Spuren sind soweit beseitigt - der Norbert war so

lieb und hat das verschüttete Blut weggewaschen. Sollten noch Reste davon übriggeblieben sein, werde ich den Boden jetzt noch einmal säubern. Und das Schloss - da ruf ich sofort den Guldenbrein an. Ist dir das so recht, mein Schatz?", entwickelt Moritz ruhig die weitere Vorgehensweise.

"Deinen Eltern können wir das ja in einer ruhigen Minute erzählen, wenn es dir hilft", fährt er fort, während er aufsteht, um den Zettel mit der Telefonnummer im Schreibatelier zu holen. Er tippt die Nummer des Schlüsseldienstes ein und ruft sogleich an.

"Das Schloss wird noch am Vormittag gewechselt", berichtet er seiner Frau, nachdem er das Telefonat beendet hat.

"Du Moritz, ich will dich jetzt nicht stressen, aber du schuldest mir noch eine Erklärung wegen dieses ominösen Anrufes gestern bei Paul", spricht Marvie mit besorgter Stimme diese offene Frage an und blickt Moritz dabei tief in die Augen.

"Ja, das stimmt. Ich mach uns noch einen Kaffee und dann erzähl ich dir alles von Anfang an - wir haben ja Zeit."

Nachdem Moritz den Kaffee geholt hat, setzt er sich zu seiner Frau aufs Sofa und beginnt mit der heißen Story seiner Recherche zu seinem neuen Buch. Immer wieder sieht Marvie dabei Moritz mit ungläubigen Blicken an. Ohne Moritz ins Wort zu fallen, hört sie sich die ausführlichen Erläuterungen ihres Mannes an. Als er erzählt, dass er die blonde Begleitung von Hans bereits von seinen Recherchen kennt, blickt Marvie tief in Moritz` Augen und sagt:

"Weißt du, was du da soeben erzählt hast?"

"Ja, warte, ich kann es dir sogar beweisen", antwortet Moritz, steht auf und will in sein Auto gehen, um die Moviecam zu holen.

“Scheiße, das Auto steht ja bei Paul zu Hause. Ja, was machen wir jetzt?”, fällt ihm der gestrige Abend ein, als er den Vorraum betritt.
“Komm, wir machen uns jetzt frisch, ziehen uns um und rufen ein Taxi. Ich will eh nicht mehr zu Hause bleiben. Und danach rufst du den Harry an, damit wir uns treffen”, übernimmt nun Marvie in bestimmendem Ton die Regie.
“Ich hoffe für dich, dass die nicht hinter dieser Sache hier stecken, sonst haben wir wirklich ein ernsthaftes Problem”, stellt sie fest und verschwindet im Bad.
DING - DONG - DOONG, erschallt die Türglocke. Moritz steht auf und ruft seiner Frau zu:
“Ich geh schon - wird der Guldenbrein sein!” Moritz geht durch die Garage ins Freie und sieht in der Einfahrt des Hauses das Auto des Schlossers stehen. Er geht hinauf zur Eingangstür, wo der Servicetechniker bereits das verklebte Schloss inspiziert.
“Gut, dass Sie da sind”, sagt Moritz zu ihm und schüttelt seine Hand.
“Grüß Gott, Firma Guldenbrein. Machen Sie sich keine Sorgen - das Problem haben wir sofort gelöst”, antwortet der Techniker freundlich. “Ich werde das Schloss aufbohren müssen und dann gegen ein neues austauschen. Das dauert nicht lange, in zwanzig Minuten können Sie dann wieder ohne Probleme hinein”, spricht er freundlich weiter.
“Sagen Sie”, möchte Moritz von dem Schlosser wissen, “haben Sie so ein Problem schon öfter erlebt?”
“Geh, ich hab schon viel Schlimmeres gesehen! Das war sicherlich nur ein Lausbubenstreich - oder haben Sie vielleicht gestern geheiratet?”, beruhigt ihn der Techniker.
“Nein, verheiratet bin ich schon länger - warum?”, fragt Moritz achselzuckend den Techniker.
“Naja, diese Scherze erlauben sich so manche gute Freunde bei einer Hochzeit - um dem Brautpaar die

Hochzeitsnacht zu vermiesen - hahaha", lacht der Schlosser und holt dabei seinen Bohrer aus der Werkzeugkiste.
Fünf Minuten später ist das Schloss aufgebohrt und die Eingangstür offen. Weitere zehn Minuten dauern der Ausbau des alten und der Einbau des neuen Sicherheitsschlosses. Nach Beendigung der Arbeit rechnet der Techniker kurz zusammen und überreicht Moritz die Rechnung.
"Was, darum kann ich mir ja eine neue Türe kaufen!", sagt Moritz erregt zum Mitarbeiter der Firma Guldenbrein, als er den Rechnungsbetrag liest.
"Ja, das ist unser Tarif - Wochenendzuschlag, Anfahrtspauschale, halbe Stunde Arbeitszeit, Sicherheitsschloss. Ja, ich kann nichts dafür, bin ja selbst nur Angestellter", antwortet dieser leise und blickt Moritz dabei mit dem Gesicht eines Dackels an.
"Hahaha - war ja nur ein Scherz. Hier, der Rest ist für Sie. Danke für Ihre Hilfe! Schönen Sonntag wünsche ich Ihnen noch", sagt Moritz und überreicht dem Schlüsseldienstmitarbeiter 200 Euro.
"Danke - wünsche auch Ihnen noch einen schönen Tag. Auf Wiedersehen!" Moritz geht mit den neuen Schlüsseln in der Hand durch die Eingangstür und schließt sie hinter sich zu.
"Schatz, das neue Schloss ist bereits in der Tür!", ruft er in Richtung Bad.
"Super - bin gleich fertig. Sag, was hat das Ding gekostet?", antwortet Marvie aus dem Bad.
"Du, war nicht so teuer - 190 Euro und einen Zehner hab ich dem Monteur als Trinkgeld gegeben. Der Arme muss am Wochenende arbeiten!", ruft er wieder ins Bad zurück, während er seine drei Schlüssel testet, ob sie wohl alle sperren.
"Du, wir müssen gegen 12 Uhr bei deinen Eltern zum Essen sein!", ruft Moritz, als er einen Blick auf die Uhr

macht und feststellt, dass es bereits kurz nach 11 Uhr ist. Daraufhin eilt er selbst schnell ins Bad. Nach einer kurzen Dusche und einer Express-Rasur läuft er nackt durchs Haus ins Schlafzimmer, um sich frisch anzuziehen. Als er im Schlafzimmer ankommt, sieht er seine geliebte Frau am Bett sitzen und bitterlich weinen. "Geh, mein Schatz, früher als du mich nackt gesehen hast, hast du dich gefreut. Schau ich so schlimm aus, dass du heulen musst - hahaha", versucht Moritz seine Frau aufzuheitern und setzt sich neben sie aufs Bett. Er legt ihr zärtlich seinen Arm um die Schulter und wischt ihr mit der anderen Hand die Tränen aus dem Gesicht. "Schatz - so schlimm?", spricht er mit beruhigendem Ton auf sie ein und blickt ihr tief in die Augen.
"Noch viel schlimmer", schluchzt sie. "Mir ist eben alles wieder hochgekommen. Bis jetzt dachte ich, ich hätte nur schlecht geträumt. Doch als der Schlüsselheini da war, wurde mir wieder klar, dass das alles wirklich passiert ist. Schatz, ich habe solche Angst! Was ist, wenn das nächste Mal etwas Schlimmeres passiert?", gesteht sie weinerlich. Moritz wischt ihr die letzten Tränen aus dem Gesicht und sagt:
"Schatz, bitte beruhige dich. Es wird kein nächstes Mal geben. Das war sicherlich nur ein schlechter Scherz. Warten wir auf morgen, was der Norbert uns dann sagen kann, o.k.? So, und jetzt ziehe ich mich an - rufst du uns das Taxi? Dann holen wir unser Auto, dann fahren wir zu den Eltern essen. Der Harry, den hätte ich beinahe vergessen! Sag Schatz, wie machen wir das - weißt, wegen der Kinder?"

Marvie blickt schluchzend in Moritz` Gesicht und antwortet:
"Wir können auf keinen Fall die Kinder alleine zu Hause lassen, hast du mich verstanden, mein Schatz?" Moritz schaut Marvie mit ungläubigen Augen an und sagt:

“Schatz, das ist doch selbstverständlich! Glaubst wirklich, ich hätte die Idee gehabt, die Kinder allein zu lassen? Aber wir könnten die Eltern fragen, ob sie am Nachmittag kurz mit den Kindern zum Purkarthofer nach Fernitz ein Eis essen gehen. In der Zwischenzeit fahren wir dann zum Harry und ich überspiele mir die Daten seiner Aufnahmen auf meinen Laptop. Und du kannst ihn endlich kennen lernen - damit du siehst, dass der Harry keine Hariett ist. O.k. mein Schatz, so machen wir das.”
Moritz gibt seiner Frau einen Kuss auf die Wange, steht auf und zieht sich an. Nachdem beide das Schlafzimmer verlassen haben, ruft Moritz das Taxi. Zehn Minuten später sitzen sie bereits im Taxi und befinden sich auf dem Weg zu Pauls Haus, um ihren Wagen zu holen. Nachdem das Taxi sie zu Paul gebracht und Moritz den Fahrer bezahlt hat, öffnet Moritz die Beifahrertür seines Autos und lässt seine Frau einsteigen. Danach holt er seine Moviecam aus dem Kofferraum und steigt mit der Kamera in der Hand ebenfalls ins Auto. Er drückt seiner Frau die Kamera in die Hand und sagt:
“Schalt sie ein, drück auf Play und dann betätigst du die Rückspultaste, bis du die Christina Richter erkennen kannst. Dann drückst du auf Pause und siehst sie dir im Standbild genau an. Und dann möchte ich von dir die Bestätigung, dass das unsere neue Frau Kommissar ist!”
Während er Marvie diese Anweisungen gibt, startet er das Auto und begibt sich auf den Weg zu seinen Schwiegereltern.

“Das gibt es ja gar nicht! Moritz, das ist sie - du hast recht!”, schreit Marvie erregt auf.
“Sag ich ja schon die längste Zeit, Schatz”, antwortet Moritz und betätigt die Wiederwahltaste seines Handys. “Schatz, ich ruf schnell den Harry an, um ihm zu sagen, dass wir uns erst am frühen Nachmittag treffen können.”
In einem kurzen Gespräch vereinbaren Harry und Moritz,

sich so gegen 15 Uhr im Café Marula in Hart bei Graz zu treffen, da Harry am Nachmittag bei Freunden in Hart eingeladen ist und daher nur kurz Zeit hat. Nach einer zwanzigminütigen Fahrt durch Graz kommen die beiden endlich bei Marvies Eltern an.
"Scheiße", flucht Moritz, als er sein Auto am Parkplatz des Wohnhauses seiner Schwiegereltern einparkt.
"Ich hab den Pit vergessen! Pahh, ich hör schon die Worte deines Vaters: 'Typisch Moritz'!", sagt er hektisch und blickt in Marvies Gesicht. Sie steigt aus dem Auto und bemerkt, während sie die Autotür zuschlägt:
"Das sind aber unsere kleinsten Sorgen, mein Schatz", und geht zur Eingangstür des Wohnblocks. Moritz folgt ihr und sieht, wie seine Frau mehrmals die Klingel zur Wohnung ihrer Eltern drückt.
"Du Moritz - die machen nicht auf. Ich ruf sie mal an." Sie zückt ihr Handy und drückt die Nummer ihrer Mutter ein.
"Hallo Mama, wir stehen bei euch vorm Haus. Wo seid ihr denn?"
"Hallo Marvie, wir sind im Garten. Der Sepp hat beschlossen, den lauen Herbsttag im Garten zu verbringen und hat den Griller angeworfen. Das Essen ist gleich fertig", berichtet ihre Mutter.
"O.k. Mama, wir sind schon unterwegs", antwortet sie und unterbricht das Gespräch.
"Du Moritz", sagt Marvie, als sie sich umdreht und in Moritz` fragendes Gesicht blickt. "Die Eltern sind im Garten und grillen."
"O.k.", antwortet Moritz, "dann fahren wir halt zum Garten", und geht in Richtung seines Autos.
"Du Moritz, die paar Schritte zum Schrebergarten können wir auch zu Fuß laufen - und ein kleiner Spaziergang in der frischen Luft tut uns sicherlich ganz gut", erwidert Marvie. Gemeinsam gehen die beiden Hand in Hand zum Garten der Eltern. Als sie nach ein paar Minuten ankommen, werden sie schon freudig

durch Daisys Kläffen empfangen.
“Hallo Mama, hallo Papa!”, hören die beiden die Begrüßung ihrer Kinder.
“Hallo Kinder”, ruft Moritz, als er das Gartentor öffnet. Die Kinder eilen zu ihren Eltern und umarmen sie herzhaft. Nach dem typischen Begrüßungsritual sagt Sepp:
“Moritz, kannst schon zwei Flaschen Bier aus der Kühlbox in der Hütte mitnehmen. Aber weißt eh - die oberen, die sind am kühlsten.” Moritz holt die Flaschen und setzt sich an den bereits gedeckten Tisch in der Laube. Aus den Augenwinkeln sieht er, dass seine Frau mit ihrer Mutter in die Hütte verschwindet. Nach kurzer Zeit kommen die beiden heraus und er erkennt den besorgten Blick seiner Schwiegermutter.
“Ist was?”, fragt der Schwiegervater seine Frau, während er ein Kotelett am Grill wendet. Ingrid sieht ihren Mann mit versteinerter Miene an und sagt:
“Du Sepp - das erzähl ich dir dann später.”

RRRRRT-RRRRRRT vibriert Moritz’ Handy.
Moritz blickt auf den Display seines Telefons und sieht Harry darauf stehen. Er hebt ab und erfährt, dass Harry doch nicht nach Hart bei Graz fährt, sondern sich mit seinen Bekannten in Deutschlandsberg trifft. Sie vereinbaren, dass sie sich im Cafe ISI in Deutschlandsberg treffen werden

In der Zwischenzeit hat sich Marvie bereits zu ihrem Mann gesetzt und flüstert ihm ins Ohr, dass sie ihrer Mutter bereits den Vorfall von heute Nacht erzählt hat. Moritz antwortet:
“Schatz, das habe ich schon mitbekommen - bei dem Blick deiner Mutter! Du übrigens wir treffen uns mit Harry in Deutschlandberg, ist dir eh recht?“
Marvie schubst Moritz vorsichtig an und sagt leise,

damit es die Kinder nicht mitbekommen:
“Ja, ja kein Problem. Du, die Mama meint, wir sollen die Kinder die nächsten Tage - sicherheitshalber - bei ihr lassen, wenn es dir recht ist.” Moritz blickt erstaunt in Marvies Gesicht und sagt:
“Das ist eine gute Idee! Wollt eh schon fragen, ob das möglich wäre.”
“Was ist eine gute Idee?”, fragt Adrian, der in der Gartenschaukel sitzt und die Hündin streichelt.
“Das sagen wir dir nach dem Essen, Adrian”, antwortet Marvie besorgt.
“So, das Essen ist fertig! Kann jemand das Fleisch holen - ich leg noch einen paar Rippchen auf!”, ruft Sepp in die Runde.
“Ich komm schon”, antwortet seine Frau und spricht weiter zu ihrer Enkelin, die neben ihrem Opa steht und ihm beim Grillen zusieht:
“Carlotta, kannst schon zum Tisch gehen, ich helfe schon dem Opa.”
“O.k. Oma”, antwortet sie und geht zum Tisch. Moritz und Marvie beobachten von der Ferne, wie Ingrid ihrem Mann die grauenhafte Geschichte erzählt.
“Bist du deppert, wer macht so was? Wenn ich den in die Hände bekomm - na dann...”, schreit Sepp kurz auf und hebt dabei seine Grillzange wie eine Axt in die Höhe.
“Wen soll der Opa in die Hände bekommen?”, fragt Adrian irritiert, während er einen Schluck aus seiner Saftflasche nimmt.
“Nichts, mein Schatz”, antwortet Marvie und streicht ihrem Sohn zärtlich über den Kopf. Ingrid ist in der Zwischenzeit mit dem gegrillten Fleisch beim Tisch angekommen und sagt zu ihrer Tochter:
“Du Marvie, wie ich gesagt habe - dem Sepp ist es recht. Die nächste Woche einmal sicher, und dann sehen wir weiter.”
“Danke, Mama”, seufzt Marvie erleichtert und beginnt mit

dem Verteilen des Fleisches. Als sich Moritz` Schwiegervater mit den gegrillten Rippchen bewaffnet zum Tisch setzt, haben die anderen bereits mit dem Essen begonnen.

Während des Verzehrs dieser Köstlichkeiten herrscht bedrückte Stimmung in der sonst so fröhlichen Schrebergartenatmosphäre. Während Adrian an einer Rippe nagt, bemerkt er:
“Sagt mal, was ist los mit euch? Ihr seid ja sonst nicht so ruhig beim Essen.”
“Nichts, mein Kleiner - aber wir müssen euch was erzählen”, antwortet Moritz und blickt dabei in die weit aufgerissenen Augen seiner Frau.
“Der Papa möchte euch nur sagen…”, beginnt Moritz mit einem beruhigenden Blick zu Marvie, “der Papa muss die nächste Woche konzentriert an dem Drehbuch arbeiten. Ihr wisst, der Hans hasst es, wenn Abgabetermine nicht eingehalten werden. Darum hatten wir die Idee, dass ihr die nächste Woche bei den Großeltern bleiben könnt - wenn ihr wollt.”
“Super!”, schreit Adrian. “Dann kann ich mit meinem Freund Daniel nach der Schule spielen!”
“Moment, nicht so voreilig! Ihr könnt nur bei der Oma und dem Opa bleiben, wenn ihr gleich nach der Schule immer sofort - ohne zu trödeln und gemeinsam - und damit meine ich…”, sagt Marvie mit besorgter Stimme zu den Kindern und schaut ihnen intensiv in die Augen. “…dass ihr beide sofort zu den Großeltern geht - ohne Umwege! Nicht zum Bahnhof, auch nicht zum Eisstand! Adrian, hast du mich verstanden? Nur, wenn ihr auf dem direkten Weg zur Wohnung eurer Großeltern geht!”
Adrian schaut verstört in das Gesicht seiner Mutter und sagt:
“Mei - seid ihr aber spießig! Aber der Daniel darf uns auch begleiten - wenigstens bis zu seiner Wohnung

dürfen wir doch mitgehen?“
“Was habe ich gerade gesagt, Adrian?” Marvie weist ihren Sohn genervt zurecht.
“Nicht zum Bahnhof - bis zur Bahnhofstraße ja - aber dann gehst du...” “Ich weiß - direkt und ohne Umwege zum Opa”, unterbricht Adrian auch schon ungehalten die Belehrung seiner Mutter.
“So, und jetzt haben wir noch eine kleine Überraschung für euch”, übernimmt Moritz wieder den heiteren Part. “Nach dem Essen fahren eure Mama und ich nach Hause und holen eure Schulsachen und das Gewand für die nächste Woche. In der Zwischenzeit gehen die Oma und der Opa mit euch zum Purkarthofer nach Fernitz ein Eis essen - ist das nicht eine tolle Idee?”
Sepp sieht Moritz mit einem ungläubigen Blick an, doch als er einen Schubs von seiner Frau erhält, sagt er:
“Ja, darauf habe ich mich schon den ganzen Tag gefreut. Kinder, was sagt ihr dazu?”
“Super, zum Purkarthofer”, jubeln sie gemeinsam. Während Marvie mit ihrer Mutter den Tisch abräumt, unterhalten sich die Kinder über die möglichen Eisbecher, die sie vernaschen werden. Sie stellen sich schon vor, wie sie das Angebot der gesamten Eiskarte verschlingen werden.
Der Schwiegervater erhebt sich vom Tisch, geht in Richtung Gartenhütte und kommt mit einer Flasche und zwei Stamperln in der Hand zurück.
“So Moritz, ich glaub, den Schnaps haben wir uns jetzt verdient”, sagt er ruhig und schenkt zwei doppelte ein. “Eins sage ich dir”, fährt er fort, “wenn ich den erwische…”
“Wen erwische?”, unterbricht Carlotta ihren Großvater.
“Er meint nur den Hans, meine Zuckerpuppe”, antwortet Moritz ablenkend und streicht dabei über Carlottas Haar. “Weißt, der Hans will so schnell wie möglich mit dem Drehen der SOKO Tirol-Folge anfangen und braucht

daher sofort das Drehbuch dazu. Das hat er mir gestern beim Paul gesagt. Und wenn ich ihm das Buch nicht in der nächsten Woche liefere, dann will er in Zukunft nicht mehr mit mir arbeiten. Und deshalb muss ich - und das ist ganz wichtig für die Mama und mich - muss ich das Drehbuch so schnell wie möglich fertig schreiben. Also, du brauchst dir keine Sorgen machen, ich schaffe das sicherlich - wenn ich konzentriert arbeiten kann!"
"Ich verstehe dich schon, Papa - ich weiß noch, was ihr mir für einen Druck gemacht habt, als ich das Porträt des Enkels von Mamas Freundin zeichnen musste, weil ich ja von ihr die neuen Rötelstifte bekommen habe. Das war meine erste Auftragsarbeit. Brauchst dir also keine Sorgen machen, wir sind ja eh so gern bei den Großeltern. Und wegen Adrians Aufgaben braucht ihr euch auch nicht sorgen, dann helfe ich ihm halt in der Woche - ist ja eh nur eine Woche", beruhigt Carlotta ihren Vater mit der Stimme einer reifen Frau.
"Gut, dann hätten wir das auch besprochen", unterbricht Adrian seine Schwester und stellt fest: "So, dann können wir ja jetzt Eis essen gehen."
Noch während dieser Worte springt er auf und zieht am Ärmel seines Opas, dass er endlich seinen Schnaps austrinken soll, damit sie losfahren können.

Nachdem der Garten wieder auf Vordermann gebracht worden ist, gehen alle zusammen zur Wohnung der Großeltern. Am Parkplatz verabschieden sich Moritz und Marvie kurz von ihren Kindern und besprechen mit den Großeltern, dass sie so gegen 17 Uhr mit den Sachen für die Kinder wieder zurück in die Wohnung kommen werden. Sie verlassen mit dem Auto den Parkplatz und fahren nach Deutschlandberg zum vereinbarten Treffen mit Harry. Während der gesamten Fahrt unterhalten sich die beiden angeregt, ob sie wohl wegen der Kinder das Richtige gemacht haben und kommen letztendlich zu dem Schluss, dass es für alle Beteiligten die einzige und wahre Entscheidung war.

Als sie beim Café ISI ankommen, sehen sie Harry bereits vor seinem Fahrzeug stehen. Nachdem Moritz Harry begrüßt und ihm seine Frau vorgestellt hat, setzen sich die drei in den Gastgarten des Cafés. Sie bestellen beim Kellner drei Bier und nach einem kurzen Small Talk überreicht Harry Moritz die Kamera und dieser beginnt sofort mit der Übertragung der Videodaten auf seinen Laptop.
"Siehst Moritz, da steckt der dritte Unbekannte den Hunderter rein, und da siehst du den Max und seinen dunklen Begleiter an den Automaten daneben. Da, wie ich dir gesagt habe - nach dem vierten Drücker die drei Kugeln. Hier siehst du jetzt die fünf Kugeln - und da den Gewinn! Diesmal waren es sogar 52.000 Euro! Hier siehst du, wie der Gewinner den Salon verlässt und hier, wie der Max mit seinem Begleiter dem Gewinner folgt. Da siehst du, wie der Gewinner und der dunkle Typ telefonieren und schau jetzt genau hin - beide beenden das Gespräch zur selben Zeit! So, und jetzt fährt der Gewinner vom Parkplatz - und schau genau, wohin der Max mit seinem BMW fährt - in die gleiche Richtung! Wenn das jetzt nicht ein Beweis ist, was dann?", kommentiert Harry immer wieder das betrachtete Bildmaterial.
"Ich will euch jetzt nicht beunruhigen", schaltet sich Marvie mit ruhiger Stimme ein.
"Aber das beweist noch gar nichts - das kann ein einmaliger Zufall gewesen sein! Ihr müsstet das öfter filmen - vor allem muss euer so genannter Max mit seiner Begleitung auch bei den zukünftigen Beweisaufnahmen immer sichtbar dabei sein. Und wie ich den Norbert kenne, müsst ihr diese Aktion mindestens noch dreimal filmen. Dann - und erst dann

kann man nicht mehr von einem einmaligen Zufall sprechen!" Sie blickt dabei besorgt in Moritz` Gesicht.

"Moritz, ich habe Angst! Glaubt ihr wirklich, ihr könnt das - ohne dass die was mitbekommen - noch mehrere Male aufzeichnen? Ich glaub nicht, die sind ja auch nicht blöd - die erkennen doch den Harry. Harry, ich will Ihnen ja nicht zu nahe treten, aber glauben Sie nicht, dass das auffällt, wenn Sie rein zufällig immer wieder bei diesen Aktionen anwesend sind?" Harry runzelt die Stirn und antwortet:
"Na ja, ich bin ja spielsüchtig, und dazu stehe ich auch. Das heißt, in den meisten Filialen der Kapital Sportwetten bin ich bekannt. Na ja, und nachdem ich sehr viel Zeit in diesen Spielsalons verbringe, ist das ja nicht außergewöhnlich, dass ich mich halt rein zufällig während der hohen Gewinne in den Salons aufhalte - solange ich mich still verhalte."
"Also Moritz, was sagst du dazu? Wie würdest du in deiner Fantasie das Buch dazu schreiben? Was würdest du deiner Meinung nach diesen Typen jetzt machen lassen?" Marvies Augen richten sich fragend auf Moritz. Der überlegt für eine Sekunde und antwortet:
"Also mein Schatz, wenn ich diese Story frei erfinden würde, dann würde ich die Typen jetzt für einige Zeit keine Gewinne mehr machen lassen. Das heißt, die würden für ein paar Wochen keine Aktionen starten - damit sie nicht weiter auffallen."
"Genau, das denke ich auch. Wenn ich die wäre, dann würde ich jetzt auch eine Zeit lang mit diesen krummen Dingen aufhören. Graz ist ein Kaff und wie gesagt, nach einigen Malen des Abkassierens wäre für die die Gefahr einfach zu groß, zufällig von einem Spieler erkannt zu werden."
"Moment", unterbricht Moritz seine Frau. "Der Pointner ist ja der größte Franchise-Partner der Kapital-Gruppe.

Ich werde jetzt mal recherchieren, in welchen Filialen diese ominösen Gewinne gemacht wurden. Harry, kannst du mir schnell die Filialen nennen?" Harry zählt die Filialen auf und Moritz notiert sich die Namen der Straßen, in der sich diese Salons befinden.

"Wenn ich bei meinen Recherchen dahinterkomme, dass die Gewinne bis jetzt nur in den Filialen von Pointner stattgefunden haben, dann haben wir ein mögliches Schema. Pointner betreibt nämlich auch Filialen außerhalb von Graz. Du Harry, ist es ein Problem für dich, wenn ich dir die Orte mitteile, in denen sich diese Filialen befinden? Dann könntest du auch diese Spielstätten besuchen. Ich vermute nämlich, dass die jetzt sicherlich eine Zeit lang außerhalb von Graz operieren werden", überlegt er hektisch weiter und blickt fragend in Harrys Gesicht.
"Moritz, ich glaub, du spinnst jetzt total! Was glaubst du, passiert, wenn der Harry aus Graz rein zufällig in Leibnitz dabei ist, wenn die wieder zuschlagen? Ha, so ein Zufall! Aber die schöpfen doch sofort Verdacht!"
"Na na - so ist das aber auch wieder nicht", versucht Harry den Einwand von Marvie zu entkräftigen.
"Wir Spieler sind wie Wanderheuschrecken - wir grasen immer die verschiedensten Filialen auch außerhalb der Stadt Graz ab, um unsere Verluste wieder wettzumachen - weißt Marvie. Ich darf dich doch duzen?"
"Ja natürlich, Harry", stimmt Marvie Harry zu.
"Wenn wir in mehreren Filialen der Stadt Graz keine Gewinne mehr machen, heißt das in unserer Sprache, die Maschinen sind tot. Deshalb versuchen wir unser Glück in anderen Städten. Weißt du eigentlich, wie oft ich schon Grazer Spieler in Köflach oder Voitsberg und auch in anderen Filialen der Kapital Sportwetten gesehen habe - ständig, meine Liebe! Ständig - wir versuchen halt unser Glück zu erzwingen. Manchmal gelingt es, doch in

der letzten Zeit sind die Verluste größer als die Gewinne."
"O.k., um zum Schluss zu kommen: Harry, was glaubst du, ist es das Risiko wert oder beenden wir hiermit diese Aktion und tun so, als gäbe es diese Abzocke nicht?", unterbricht Moritz Harrys Erklärungen zum Thema Glücksspielsucht.
"Ich will nicht aufgeben", antwortet Harry, "da häng ich schon zu sehr mitten drin! Das käme mir so vor, als müsste ich kurz vor der Bezwingung eines Berggipfels umkehren. Ich will das zu Ende bringen - volles Risiko oder gar nichts - wie im Spiel!", antwortet Harry kämpferisch und schlägt sich mit der Hand auf den Oberschenkel.
"Gut, dann werde ich mich bei dir melden und dir die Infos bezüglich unseres neuen Operationsgebietes mitteilen. Harry, danke für alles, was du bis jetzt für die Aufklärung dieser Machenschaften geleistet hast. Hoffentlich machen wir das Richtige!"
Moritz ist zwar entschlossen, aber auch besorgt und auch seine Frau blickt ihn mit fragenden Augen an. "Wirst schon sehen, Moritz, wir bezwingen diese Kerle. Die werden noch Augen machen, wenn sie hopsgenommen werden. Diesmal gewinnen die Loser, glaub mir, jetzt sind wir am Gewinnen!" Nach dieser kämpferischen Ansage von Harry wird auch Marvie klar, dass sie ihren geliebten Mann nicht mehr zur Aufgabe dieses Projektes überreden wird können.
"O.k., dann auf in den Kampf!", gibt Moritz die Parole aus und schüttelt kräftig Harrys Hand.
Nachdem sie beim Kellner bezahlt haben und sich verabschieden, verlassen die drei das Café.

Während der gesamten Fahrt nach Hause herrscht Totenstille im Fahrzeug. Marvie registriert schön langsam, in welch gefährliches Spiel sich ihr über alles

geliebter Mann eingelassen hat. “Wenn das nur gut geht”, seufzt sie, als sie bei ihrem Haus ankommen. Moritz steigt aus dem Auto und öffnet seiner Frau die Autotür. Ohne ein Wort zu sagen, betreten sie gemeinsam das Haus. Moritz verschwindet sofort im Schreibatelier und fährt seinen Computer hoch. In der Zwischenzeit kümmert sich Marvie um die Sachen für die Kinder. Moritz öffnet sofort die Webpage der Pointner Automatenvertriebs GesmbH und sucht unter ‘Unsere Franchisebetriebe‘ die Liste der Kapital-Filialen, die zur Pointner-Gruppe gehören. Er wird sofort fündig und findet 25 Filialen. Filiale für Filiale vergleicht er mit den Adressen, die er von Harry erhalten hat.
“Schatz”, schreit er aufgeregt, als er mit seiner Recherche zu Ende ist.
“Es ist genau so, wie wir vermutet haben - die ominösen Gewinne, die der Harry beobachtet hat, wurden tatsächlich in den Filialen gemacht, die dem Pointner gehören”, redet er kopfschüttelnd weiter.
Marvie hat inzwischen die Schulsachen und die Kleidung für die Kinder gepackt und geht ins Schreibatelier.
“Gut, Moritz, was sagt uns das jetzt?”, fragt sie ihn, während sie sich hinter ihn stellt. Moritz blickt sich um und sieht in das besorgte Gesicht seiner Frau.
“Das bedeutet, mein Schatz, dass ich mit meiner Vermutung recht hatte.” Marvie streicht vorsichtig über Moritz` Haar und antwortet:
“Gut, aber wenn es nach mir ginge - ich würde jetzt aufhören, bevor es noch zu spät ist und irgend etwas Schreckliches passiert. Ich hab so ein ungutes Gefühl in meiner Bauchgegend - dass das noch ein schlimmes Ende nehmen wird.” Moritz steht auf, nimmt seine Frau in den Arm und sagt leise:
“Schatz, was soll denn passieren? Ich bin ja bei den Observierungen der Filialen eh nicht dabei, das verspreche ich dir. Ich bin doch nicht wahnsinnig! Wenn

ich dabei wäre, würde das sicherlich auffallen. Lass den Harry nur machen, der ist ein Profispieler und er weiß schon, wie weit er gehen kann."
"Genau - du sagst es", fällt Marvie Moritz ins Wort.
"Er ist ein Spieler - weißt du, was das heißt? Für einen Gewinn riskiert der alles", wird ihr selbst gerade bewusst und sie nimmt Moritz` Hand.
"Schatz, ich will halt nicht, dass dir etwas zustößt! Was würden wir denn nur ohne dich machen?" Dabei blickt sie ihm tief in die Augen. Moritz erwidert den Blick und küsst seine Frau auf die Stirn.
"Wenn ich nicht wüsste, dass du dir wirklich Sorgen machst, wäre das das schönste Kompliment, das ich je von dir gehört habe." Er nimmt seine Frau zärtlich an der Hand und sagt:
"Wirst schon sehen - alles wird gut."
"Ja - hoffentlich", antwortet sie leise und gibt ihrem Mann einen Kuss auf die Wange.
"Du Schatz, ich will ja nicht unromantisch werden, aber wir müssen los - es ist schon bald fünf Uhr", stellt Marvie fest, als sie einen Blick auf ihre Uhr wirft. Moritz fährt den Computer herunter und geht seiner Frau nach in den Vorraum. Er nimmt die Reisetasche der Kinder und trägt sie ins Auto. Marvie blickt sich im Haus noch kurz um, ob sie wirklich alle Schulsachen eingepackt hat. Als sie sicher ist, nimmt sie die Schultaschen und folgt Moritz zum Auto. Gemeinsam verstauen sie die Utensilien ihrer Kinder. Moritz öffnet seiner Frau die Autotür, lässt sie einsteigen und schließt, galant wie ein Gentleman, sachte die Tür. Er läuft die Treppe hoch zu Haustür und vergewissert sich, dass sie versperrt ist. Als er wieder zurück im Auto ist, erklärt er in die fragenden Augen seiner Frau: "Sicher ist sicher, mein Schatz." Er startet das Auto und die Fahrt zu seinen Schwiegereltern beginnt.

Montag

Marvie und Moritz warten in der Polizeidienststelle in der Griesgasse vor dem Büro ihres Freundes Norbert. Marvie wirkt sehr angespannt, denn sie hatte bis dato noch nie etwas in einem Kommissariat zu tun. Ihr einziger Kontakt mit der Exekutive waren gelegentliche Verkehrskontrollen und ihre freundschaftliche Beziehung zu Gruppeninspektor Norbert Brandl. Moritz sitzt neben Marvie auf der Bank vorm Büro und trippelt nervös mit seinem Bein.

“Moritz bitte, kannst du damit aufhören? Du machst mich nervös”, sagt Marvie leicht gereizt zu ihrem Mann.

“Entschuldigung, mein Schatz, aber ich bin so angespannt. Ich habe keine Ahnung, was uns jetzt erwartet”, antwortet er ihr und legt die Hand auf seinen Fuß, um diesen zu beruhigen.

“Geh, tu jetzt nicht so! In deinen Büchern beschreibst du immer anschaulich die Erlebnisse von Verdächtigen und Zeugen bei diversen Einvernahmen.”

“Ja, in den Büchern ist das aber meist reine Fiktion - naja, nicht immer. Du weißt ja, der Norbert hat mir immer wieder mal diese Vorgänge genau geschildert, damit meine Bücher realitätsnahe rüberkommen. Doch jetzt ist das etwas ganz anderes, wir erleben erstmals, was wirklich in so einem Büro abgeht. Außerdem...”

“Hallo Marvie, grüß dich Moritz!”, unterbricht Norbert , der gerade vom gegenüberliegenden Büro herauskommt, Moritz` Erklärungsversuche. Die beiden stehen auf und begrüßen herzlich ihren Freund.

“Kommt rein in mein Büro - Kaffee?”, sagt Norbert freundlich, während er die Tür zu seinem Büro öffnet.

“Gerne - mit Milch und Zucker, und du, Marvie?”, antwortet Moritz und blickt dabei zu seiner Frau.

“Ja, für mich auch. Aber ohne Zucker - du weißt, wegen

der Linie, hahaha", sagt Marvie lachend, um ihre Anspannung herunterzuspielen.
"Setzt euch bitte zum Schreibtisch, ich organisiere schnell eure Kaffees", lädt Norbert sie ein und verlässt das Büro. Marvie und Moritz setzen sich auf die Stühle vor dem Schreibtisch und warten. In der kurzen Zeit des Wartens herrscht Totenstille im Raum. Als sich die Tür öffnet und Norbert mit den gewünschten Getränken in der Hand den Raum betritt, fällt Marvie gleich mit der Tür ins Haus:
"So Norbert, was habt ihr herausgefunden?", und unterbricht damit diese drückende Stimmung.
"Also, da habt ihr mal euren Kaffee und dann können wir in aller Ruhe darüber sprechen. Wie geht's denn euch heute - und was noch viel wichtiger ist, wie geht's euren Kindern?", fragt Norbert ruhig, während er den beiden die Getränke überreicht. Marvie nimmt einen kleinen Schluck und sagt:
"Du, mir geht's nicht so gut. Ich habe die halbe Nacht kein Auge zugemacht - bei jedem noch so kleinen Geräusch bin ich hochgezuckt."
"Tja, das kann ich gut verstehen", unterbricht Norbert sie mit verständnisvollem Blick. Er öffnet eine Mappe, die vor ihm am Tisch liegt und wirft einen kurzen Blick hinein. Noch bevor er etwas sagen kann, fährt Marvie fort:
"Den Kindern haben wir aus Rücksichtnahme natürlich nichts davon erzählt. Sie bleiben diese Woche bei meinen Eltern, ich hoffe, dass das die richtige Entscheidung war." Dabei sieht sie ihren Freund fragend an.
"Marvie, ich hätte das genauso gemacht. Warum sollt ihr eure Kinder mit so etwas konfrontieren?", vermittelt Norbert ihr damit seine Zustimmung.

Norbert blickt tief in Moritz` Augen und sagt:

“Moritz, sag jetzt ehrlich - als Freund: Hast du irgendeine Vermutung, wer euch das angetan haben könnte?” Moritz erwidert Norberts Blick und antwortet:
“Wenn ich das wüsste, dann...”
“Was dann...?”, fällt Norbert Moritz ins Wort und ehe Moritz weitersprechen kann, sagt sein Freund: “...dann würdest du mir das sagen! Denn für die Aufklärung bin in diesem Fall ich verantwortlich! Moritz, das ist bittere Realität und keine Fantasie aus deinen Büchern - hast du mich verstanden? Das ist wirklich geschehen - nicht mal du hast je so etwas Grauenhaftes erfunden!”
“Moment mein Freund - ich darf dich an mein Buch SOKO Wien ‘Blutiges Geld‘ erinnern. Da wurde in der Donau eine Kinderleiche entdeckt, die ebenfalls ausgeweidet war und bei der sämtliche inneren Organe fehlten”, entgegnet Moritz sichtbar gereizt.
“Ja Moritz, das war aber reine Fantasie - und jetzt sind wir in der Realität angelangt!”, antwortet Norbert und nimmt einen Bericht aus seiner Mappe. Marvie kann einen kurzen Blick auf das darunterliegende Foto erhaschen, ihr Gesicht verfärbt sich kreidebleich.
Das bleibt Norbert nicht verborgen und er sagt vorwurfsvoll zu Moritz:
“Weiß deine geliebte Frau eigentlich, was wir vor eurem Haus angefunden haben?” Moritz beißt sich auf die Lippe und sagt:
“Nein, die Einzelheiten wollte ich ihr ersparen.“
“Gut, mein Freund, deine Rücksichtnahme in allen Ehren, aber ich kann euch das nicht ersparen. Moritz, dir ist anscheinend die Tragweite noch nicht bewusst”, fährt Norbert fort, nimmt das Bild aus der Mappe und legt es auf den Tisch. Marvie riskiert einen Blick darauf und schlägt sich sofort die Hände vor ihr bezauberndes Gesicht.
“Genau, das war auch die Reaktion meiner Kollegen der Spurensicherung, als sie das vor eurem Haus fanden.

Und glaub mir, meine Kollegen haben schon vieles in ihrem Leben gesehen, aber so etwas..., so etwas Bestialisches haben die bis jetzt auch noch nie gesehen. Nicht nur das - hört mir jetzt bitte zu, was ich euch zu sagen habe", erklärt Norbert sachlich und blickt in die verwirrten Gesichter seiner Freunde.
"Marvie, ich erspar dir diesen Anblick", spricht er weiter und steckt das Foto in seine Mappe zurück.

Marvie nimmt ihre Hände vom Gesicht und schaut ihrem Freund fragend ins Gesicht. Moritz nimmt die zitternde Hand seiner Frau und hält sie fest.
"So - ich erzähl euch mal von meinem gestrigen Arbeitstag", beginnt Norbert seine Ausführungen.
"Also, nachdem die Kollegen von der Spurensicherung und ich gestern im Präsidium ankamen, haben wir diesen Fund anhand der Fotos noch einmal analysiert. Bei dieser Analyse kam uns etwas merkwürdig vor, und zwar - der Körper der Katze war schwarz, doch der abgetrennte Kopf - um den die abgetrennten Pfoten sternförmig angeordnet waren - war weiß. Keiner meiner Kollegen hatte bis dato eine schwarze Katze mit weißem Kopf gesehen. Und nicht nur das: Der Körper ist von einer Kurzhaarkatze - aber der Kopf ist von einer Perserkatze mit langem Haar. Von so einer Zucht haben wir bis jetzt noch nie gehört! Also habe ich beschlossen, die Körperteile in die Pathologie zu bringen. Dass der Dr. Haberkorn nicht sehr erfreut war, an einem Sonntag wegen einer simplen Katze seine Freizeit zu opfern, wird euch wohl klar sein. Doch als er die Leichenteile und die Organe, die rund um den Körper verteilt waren, obduzierte, traute selbst er seinen Augen nicht.
Laut Bericht handelt es sich bei diesen gefundenen Teilen - und jetzt hört mir genau zu - um vier verschiedene Katzen. Der Kopf ist von einer Perserkatze, die Pfoten sind von einer Siamkatze, der

Körper von einer Hauskatze - und die Innereien sind noch einmal von einer vierten! Das Blut, das auf die Körperteile geschüttet wurde, war Schweineblut. Die Leichenteile wurden tiefgefroren zu eurem Haus gebracht - das heißt, die Katzen wurden woanders hingerichtet.
Freunde, was ich euch jetzt sagen muss, ist leider bittere Realität: Dieser Anschlag auf eure Psyche war kein simpler Lausbubenstreich, nein! Das war bewusst gemacht, der Täter handelte mit Absicht und in einer bestialischen Form, wie wir sie bis jetzt in Österreich noch nie erlebt haben. Es sind zwar nur Katzen und es besteht 'nur' der Tatverdacht der Tierquälerei, aber durch das Verkleben eures Schlosses muss sich der Täter auch des Hausfriedensbruches und der schweren Nötigung verantworten. Aufgrund des Strafmaßes bin ich nun gezwungen, offizielle Ermittlungen einzuleiten. Also mein Freund, wer kann euch das angetan haben?"
Mit dieser Frage beendet Norbert seinen Bericht über das Ermittlungsergebnis und blickt tief in Moritz` Augen. Moritz schüttelt den Kopf, fährt sich nervös mit seiner Hand durchs Haar und sagt mit leiser Stimme:
"Norbert, echt - ich weiß es nicht! Ich habe keine Ahnung!" Dabei schaut er fragend zu seiner Frau. Marvie erwidert sichtbar verstört wegen Norberts Ausführungen Moritz` Blick und sagt:
"Mein Mann und ich haben keine Feinde. Wir sind ehrbare Bürger, wir verstehen uns mit unseren Nachbarn blendend, wir sind überall gerne gesehen! Bis jetzt dachte ich, so etwas kommt nur im Gehirn meines Mannes vor. Doch nicht mal er hatte bis jetzt so eine wahnwitzige, kranke Fantasie - oder hast du so etwas schon einmal in seinen Büchern gelesen, Norbert?"
"Kranke Fantasie", wiederholt Norbert und legt den Bericht des Pathologen in seine Mappe.
"Das ist auch die Meinung von Professor Thomas

Bacher, unserem Kriminalpsychologen - auf neudeutsch Profiler. Dem habe ich die Fotos per E-Mail nach Wien geschickt. Er hat sich die Fotos angesehen und mich gestern am Abend noch zurückgerufen."
"Was sagt er, Norbert?", fällt Moritz seinem Freund aufgeregt ins Wort.
"Warte einmal, lass mich ausreden! Der meint nach Studium dieser Bilder und Vergleichen mit ähnlichen Fällen aus der gesamten EU, dass diese Tat von einem Einzeltäter durchgeführt wurde. Dieser muss sehr intelligent sein - wegen der Planung der Tat und der Anordnung der Leichenteile. Das heißt, es ist keine Affekttat; weiters schließt er aus, dass es sich um eine Frau handelt. Frauen sind nicht in der Lage, so bestialisch vorzugehen.
Also Marvie, wenn es dir ein Trost ist - du gehörst sicherlich nicht zum Kreis der Verdächtigen."
"Was soll das heißen?", fährt Moritz erregt hoch. "Verdächtigst du vielleicht mich?", schreit er weiter und springt von seinem Sessel, der dadurch mit einem lauten Knall umfällt. Er dreht sich um und zeigt mit dem Finger auf seinen Freund.
"Moritz, bitte beruhige dich", sagt Norbert mit ruhiger Stimme. Er steht ebenfalls auf und geht zu Moritz, der sich weggedreht hat und mit versteinertem Blick aus dem Fenster starrt. Er legt seine Hand auf Moritz` Schulter und sagt leise:
"Moritz, natürlich verdächtige ich dich nicht, aber ich bin von Dienst wegen verpflichtet, in jeder Richtung zu ermitteln. Ich kann dich aber beruhigen, laut Tatanalyse passt du ja auch nicht in unser Täterprofil.
Der Täter ist laut Professor Bacher zwischen 20 und 30 Jahre alt, ist Single, hat keine Kinder - und mit Sicherheit ist er ein Einzelgänger. Wahrscheinlich hatte er eine unglückliche Kindheit und ein gestörtes Verhältnis zu seiner Sexualität - denn die Scheidenöffnung der Katze

war ebenfalls bestialisch mit zwanzig Stichen, vermutlich durch ein Skalpell, zerstümmelt worden. Die Anordnung der Leichenteile und der Innereien rund um den Torso der Katze lassen auf einen Ritualmord schließen, wie sie vor tausend Jahren von den Azteken durchgeführt wurden, um die bösen Geister zu besänftigen. Wahrscheinlich wurde dem Täter etwas durch diese sogenannten Geister genommen, das er nie verlieren wollte: seine Liebe, seine Mutter - keine Ahnung. Wahrscheinlich seid ihr seine bösen Geister und ihr habt ihm etwas genommen. Wer weiß, was in so einem kranken Hirn vorgeht."
"Genau, du sagst es - krankes Gehirn", unterbricht Moritz Norberts Erklärungen.
"Komm, Moritz, bitte, setz dich wieder nieder, dann können wir die weitere Vorgehensweise gemeinsam besprechen. Eines kannst du mir glauben: Ich kriege den Kerl, koste es, was es wolle! Niemand wird euch unbeschadet so etwas nochmals antun, dafür sorge ich. Hast du mich verstanden, Moritz?", versucht Norbert seinen Freund zu beruhigen.

Moritz dreht sich um und schaut in das Gesicht seines Freundes. Er hebt kurz seinen Mundwinkel, um etwas zu sagen, doch dann geht er ohne Kommentar zu seinem Sessel, stellt ihn wieder auf und setzt sich nieder. Marvie sieht in das erblasste Gesicht ihres Mannes und sagt: "Moritz, bitte bleib jetzt ruhig. Hör dir noch an, was uns Norbert vorschlagen wird", und gibt ihrem Mann einen Kuss auf die Wange.
"So sehe ich euch gerne - immer küssend und zärtlich", lächelt Norbert zufrieden und setzt sich ebenfalls in seinen Sessel. Er drückt kurz auf das Telefon am Schreibtisch und sagt in den Hörer:
"Ich bin's. Ihr könnt jetzt kommen." Er legt den Hörer wieder ab und blickt freundlich in die Gesichter seiner

Freunde.
Ein paar Sekunden später kommen zwei Kollegen von Norbert in das Büro.
“Darf ich euch vorstellen - das ist der Lukas, unser Fingerabdruck-Experte und das ist der Joe, unser Fachmann für Gebäude und Personenschutz. Das, meine Kollegen, sind Marvie und Moritz Lustig, ich glaub, ihr könnt euch ruhig duzen.” Die vier begrüßen einander freundlich und schütteln sich die Hände.
“So, der Lukas wird jetzt eure Fingerabdrücke abnehmen - für seine Vergleichsanalyse der Abdrücke, die er an eurer Tür gefunden hat. Eure Abdrücke werden selbstverständlich nicht in unsere Täterdatenbank eingepflegt. Sie werden nach der Aufklärung dieses Falles sofort vernichtet”, informiert Norbert sachlich seine Freunde. Während der Abnahme der Fingerabdrücke unterhalten sich die anwesenden Personen, wie nicht anders zu erwarten, über die tolle Krimiserie SOKO.

Nachdem der letzte Abdruck registriert worden ist, fragt Lukas:
“Sag mal, Moritz, darf ich noch einen Fingerabdruck von deinem rechten Zeigefinger auf ein Blatt Papier nehmen - und könntest du ihn dann für mich signieren? Weißt, wer kann schon von sich behaupten, ein Autogramm mit Fingerabdruck eines Krimiautors seine Eigen zu nennen - hahaha. Nein, Spaß beiseite, wir wollen dein Autogramm bei unserem Ball verlosen, so wie viele andere Spenden, die wir bis jetzt erhalten haben. Den Reinerlös dieser Verlosung stellen wir nämlich dem Verein Weißer Kreis, der Opfer von Verbrechen unterstützt, zur Verfügung.” Moritz blickt erstaunt in Lukas` Gesicht und sagt:
“Finde ich eine gute Idee, selbstverständlich mache ich das. Was heißt, es ist mir sogar eine große Ehre,

Verbrechensopfer zu unterstützen."
"Danke Moritz, und entschuldige, dass ich dich nicht bei einer für uns alle erfreulicheren Gelegenheit danach gefragt habe", antwortet Lukas, während er Moritz` Abdruck nimmt. Moritz unterzeichnet seinen Abdruck und überreicht das Blatt Norberts Kollegen.
"Eines kannst mir glauben: Sollte der Täter einen Abdruck hinterlassen haben, dann kriegen wir ihn! Darauf kannst du Gift nehmen.
"Lieber nicht, hahaha", entgegnet Moritz dem Lukas. "Ich steh nicht so auf Gift - haha."
"So Freunde, genug der Albernheiten! Joe wird euch jetzt ein paar Dinge vorschlagen - also Joe, du bist am Ruder", nimmt Norbert wieder die Regie in die Hand und übergibt seinem Kollegen das Wort.
"Also Moritz - Marvie, nachdem wir durch Professor Bachers Täterprofiling davon ausgehen, dass das bis jetzt nur ein Ritual zur Beängstigung war - um euch einen Schock zu versetzen, vielleicht euch vor irgend etwas zu warnen - gehen wir davon aus, dass der Täter sicherlich noch einmal zuschlagen wird. Ihr braucht euch aber jetzt sicherlich nicht zu beunruhigen, wir sprechen von Möglichkeiten! Darum haben wir beschlossen, euer Haus bis auf Weiteres zu überwachen. Diese Überwachung soll natürlich möglichst unauffällig stattfinden, daher können wir euch, auch aus Kostengründen, keine personelle Überwachung mittels verdeckter Ermittler zur Verfügung stellen. Wir werden aber einige unserer neuesten Minikameras mit Onlineverbindung in unsere Zentrale - mittels drahtloser Übertragung, also Funkkameras - auf eurem Grundstück versteckt platzieren. Aus Datenschutzgründen dürfen wir das aber nur mit eurer ausdrücklichen Zustimmung durchführen. Die aufgezeichneten Daten werden natürlich nach Aufklärung dieses Falles wieder gelöscht. Zu diesen Daten hat nur unser Ermittlungsteam Zugriff.

Uns ist es völlig egal, wann und wie oft ihr euer Haus verlasst - aber sicherlich nicht, wer zu euch kommt, wenn ihr nicht zu Hause seid. Verhaltet euch bitte weiter unauffällig und erzählt niemandem - nicht mal euren engsten Verwandten - über diese Observierung. Ich bitte darum", beendet Joe seine Ausführung und überreicht Moritz ein beschriebenes Blatt Papier. Moritz nimmt den A4-Zettel in die Hand und blickt kurz darauf.
"Das ist die Zustimmungserklärung, damit wir die Kameras aufstellen können. Bitte durchlesen und unterschreiben", erklärt Joe weiter, während Moritz das Schriftstück liest. "Ach, noch was: Wir kommen als Gartenpflegeteam zu euch und kümmern uns um euren Rasen und den Baumschnitt - diese Tarnung ist Pflicht. Es könnte ja einer eurer Nachbarn der Täter sein und wir wollen, dass niemand von diesen Ermittlungen etwas erfährt."
Moritz überreicht seiner Frau den Zettel. Sie nimmt ihn entgegen und sagt:
"Moritz, wenn du ihn durchgelesen hast, ist das schon o.k. für mich. Was sagst du, sollen wir das machen?"
Moritz blickt in die fragenden Augen seiner Frau und antwortet:
"Selbstverständlich! Ich will in Zukunft wieder ruhig schlafen können. Noch zwei solche Nächte wie die letzten halt ich nervlich sicherlich nicht mehr aus."
Sie unterschreiben beide den Zettel und Moritz überreicht das Blatt seinem Freund. Dieser bestätigt, als er das Blatt Papier in den Händen hält:
"Gute Entscheidung, Moritz, wir wollen euch nur helfen. Die Einzelheiten über die Aufstellung der Kameras erfahrt ihr noch von Joe." Er blickt auffordernd zu seinem Kollegen.
"O.k., dann hätten wir den lästigen Papierkram erledigt. Mein Team kommt morgen so gegen 14 Uhr zu euch. Das Team besteht aus vier Spezialisten: zwei Frauen,

ein Kollege von mir und ich bin natürlich auch dabei. Wir kommen in einem grünen Ford Transit mit der Aufschrift: Gartengestaltung Edler und Sohn. Wir mähen euren Rasen und werden eure Hecke schneiden. Bei dieser Gelegenheit werden auch die Kameras installiert. Nach Beendigung der Installation komme ich zu euch ins Haus und übergebe euch eine Scheinrechnung. Ihr bekommt dann einen genauen Plan, wo sich die Kameras auf eurem Grundstück befinden. Bitte verhaltet euch weiterhin unauffällig. Sucht bitte nicht die Kameras - das würde auffallen. Geht weiterhin in den Garten und macht das, was ihr auch sonst immer im Garten so erledigt. Keine der Kameras wird direkt in euer Haus gerichtet sein. Also, ihr braucht keine Angst zu haben - wir filmen nicht eure Schlafgewohnheiten."
"Schön umschrieben", unterbricht Marvie Joes Ausführungen ironisch.
"Nein, Spaß beiseite - wir filmen nicht euer Schlafzimmer! Die Eingangstür, die Garage, die Einfahrt und natürlich die Grenzen eures Grundstücks zu den Nachbarn werden erfasst. O.k., dann kümmere ich mich jetzt um die Vorbereitung und komme dann morgen so gegen 14 Uhr zu euch", schließt Joe seine Erklärungen ab und verabschiedet sich mit einem Händedruck bei Marvie und Moritz.

Nachdem Joe und sein Kollege Lukas das Büro verlassen haben, sagt Norbert:
"So, meine Freunde, mehr kann ich im Moment auch nicht für euch machen."
"Danke Norbert", sagt Moritz und blickt Marvie erleichtert an.
"Ja - auch meinen Dank, mein Freund! Ich bin so froh, dich als Freund zu haben - vielen Dank!", fällt Marvie ein erster großer Stein vom Herzen. Nach einer kurzen Verabschiedung verlassen die beiden Hand in Hand das

Büro von Norbert.
“Pahh - Moritz, du kannst sehr froh sein, dass du einen so guten Freund bei der Exekutive hast. Ich glaub nämlich, dass die für andere wegen einer toten Katze nicht so einen Zirkus veranstalten würden”, stellt Marvie erleichtert fest, als sie das Präsidium verlassen.
“Da kennst du den Norbert aber nicht. Wenn der sich nicht so in seinen Job verbeißen würde, dann hätte er nicht so eine gute Aufklärungsquote. Du weißt, sein Team war letztes Jahr das erfolgreichste Team bezüglich der Aufklärung von Straftaten im Land. Er hat sogar eine Auszeichnung vom Innenministerium erhalten - und wie war seine Reaktion? Was kann ich mir von diesem Wisch kaufen - nichts! Haha”, erzählt Moritz nun wieder gut gelaunt seiner Frau.

Als sie wieder in ihrem Auto sitzen und sich auf die Fahrt nach Hause begeben, sagt Marvie:
“Du Schatz, was hältst du davon, wenn wir kurz nach Seiersberg ins Shopping Center vorbeischauen? Ich hab da letztens so ein tolles Kleid gesehen, das muss ich dir unbedingt zeigen. Und das Beste: Im Schuhgeschäft gegenüber hab ich die passenden Schuhe auch schon gefunden. Und Moritz, du würdest jetzt auch wieder einmal ein paar neue Sachen brauchen!” Sie sieht dabei ihren Mann mit einem Schmollmund an, legt ihre Hand auf seinen Oberschenkel und küsst ihn zärtlich auf die Wange. Moritz schaut für einen kurzen Augenblick in Marvies reizendes Gesicht und ihre vollen roten Lippen ziehen förmlich seine ganze Aufmerksamkeit auf sich. “Schatz, schau mich bitte nicht so an, du weißt, bei diesem Blick schmelze ich dahin! Ja, shoppen find ich eine super Idee! Bin schon neugierig, was du mir zeigen wirst. Und weißt, auf was ich mich noch freue? Genau, auf einen Drink vorm Clocktower und die vorbeigehenden Leute beobachten. Gut, das machen

wir, eine kleine Ablenkung tut uns sicher gut, mein Schatz. Die Idee hätte von mir sein können!", stimmt er seiner bezaubernden Frau zu und biegt bei der nächsten Ampel rechts ab, um auf die Triesterstraße zu gelangen.

.

Nach einer zehnminütigen Fahrt durch Graz kommen sie endlich beim Shopping Center an. Nachdem es bereits kurz vor 11:00 Uhr ist, beschließen sie, ihr Auto in der Tiefgarage zu parken. Als das Auto eingeparkt ist und sie sich bereits in Richtung Fahrstuhl zum Center begeben, bleibt Moritz abrupt stehen, zeigt mit dem Finger auf ein Auto und sagt nervös zu seiner Frau:
"Schatz, Shit - der BMW vom Max ist da!" Marvie bleibt ebenfalls stehen und fragt:
"Bist du dir da ganz sicher, mein Schatz? Schwarze 5er-BMW gibt es nämlich wie Sand am Meer." Moritz schaut mit großen Augen seine Frau an und entgegnet:
"Ich kenn die Nummer GU 777 AG - das ist der Max Weihnrauch." Marvie zieht ihren geliebten Mann am Ärmel, damit er endlich weitergeht und antwortet ihm:
"Du, und wenn schon, wir haben ja kein Problem. Der weiß ja nicht, dass wir ihn schon kennen. Also komm jetzt, lass uns reingehen." Moritz schüttelt den Kopf und denkt dabei: Welch ein Zufall, dass ausgerechnet heute, wenn er mit seiner Frau eine gemütliche Shoppingtour machen möchte, auch seine Zielperson hier sein muss!
"Komm, Moritz, geh endlich weiter", drängt Marvie, die bereits die Taste für den Fahrstuhl gedrückt hat. Als sich die Lifttür öffnet, gehen sie hinein und fahren in den 1. Stock des Centers. Oben angekommen geht Marvie flotten Schrittes zielstrebig zu dem Geschäft, in dem sich ihr gewünschtes Kleid befindet. Moritz blickt ständig nervös in alle Richtungen. Dies bleibt natürlich seiner Frau nicht verborgen und als sie endlich den Shop erreichen, fragt sie mit leicht gestresstem Unterton:
"Moritz, was ist los mit dir? Warum schaust du ständig so

nervös hin und her?" Moritz bleibt kurz stehen, blickt vorwurfsvoll in Marvies Gesicht und antwortet:
"Kannst du dir das nicht vorstellen? Ich schau halt, ob ich ihn irgendwo sehe."
"Geh Moritz, lassen wir uns den Tag nicht verderben wegen dem. Wenn wir ihn sehen - was soll schon sein? Also reiß dich zusammen und genieße die gemeinsame Zeit, die wir für uns alleine haben. Wir haben eh schon lange nichts mehr gemeinsam unternommen."

Sie nimmt ihren Mann an der Hand und geht mit ihm in das Geschäft. Marvie ist die Ruhe selbst und findet, wie nicht anders zu erwarten, Hunderte Dinge, die sie gerne anprobieren möchte. Moritz begleitet seine Frau gerne bei ihren Shoppingtouren und ist ihr bester Berater in Sachen Mode, wie sie immer sagt. Moritz liebt es, wenn sich seine Frau modisch kleidet, ja, er ist noch immer verliebt in sie wie am ersten Tag. Doch heute will er nicht so recht in Shoppinglaune geraten. Während er nach passenden Kleidungsstücken für seine Frau sucht und sie bei den Anproben begleitet, geistert ihm immer wieder das Video von Harry durch den Kopf. Als sich seine Frau endlich für die passenden Kleidungsstücke entschieden hat und sie gemeinsam zur Kassa gehen, um sich dort in der Reihe anzustellen, schreckt Moritz plötzlich zusammen. In der Reihe neben ihm sieht er die Christina Richter - die neue Kommissarin und Bekannte vom Hans wie auch die blonde Porschefahrerin, die möglicherweise die Freundin seiner Zielperson ist. Was denn sonst, wenn die im selben Haus wohnen?

Moritz schubst seine Frau an und deutet ihr, dass sie in die andere Richtung blicken soll. Sie dreht sich um, sieht sofort in das Gesicht der Bekannten von Hans und winkt ihr freundlich mit der Hand zu.
"Hallo Christina, schön dich wiederzusehen!", ruft sie ihr

gleich freundlich zu. In der Zwischenzeit hat sich auch Moritz` Zielperson - der Max Weihnrauch - zu der vermeintlichen Bekannten gestellt, mit ein paar Hosen in der Hand. Moritz blickt mit einem erstaunten Blick in Marvies Gesicht und denkt sich: “Scheiße, wie kommen wir jetzt aus dieser Nummer wieder heraus?” Marvie drückt fest Moritz` Hand und lächelt dem Begleiter der blonden Schönheit zu. Diese blickt verwirrt in das Gesicht ihres Begleiters und flüstert ihm etwas ins Ohr. Marvie kann diese Reaktion ihrer Bekannten nicht wirklich verstehen und sagt noch einmal etwas lauter: “Entschuldigung Christina, aber kannst du dich nicht mehr an den Samstagabend bei Paul erinnern - ich bin’s, die Marvie!”

Die Blonde schaut in Marvies Gesicht und beginnt zu lachen.

“Nein, an dich kann ich mich nicht erinnern - und einen Paul kenne ich auch nicht. Aber das macht nichts, das passiert mir öfter, dass mich die Bekannten meiner Zwillingsschwester mit ihr verwechseln”, und lächelt Marvie dabei weiter freundlich an.

“Entschuldigung, ich wollt dich nicht belästigen. Das ist mir aber jetzt peinlich”, antwortet Marvie und fährt sich mit der Hand zum Mund.

“Kein Problem. Wie gesagt, das passiert mir öfter. Aber, dein Name ist Marvie? Heißt du zufällig Lustig mit Nachnamen?”, spricht die Blonde freundlich weiter.

“Ja”, antwortet Marvie.

“Du Marvie, ich bin die Eva”, sagt die vermeintliche Christina und streckt Marvie dabei ihre Hand zum Gruß entgegen. Marvie schüttelt kräftig Evas Hand und sagt: “Sehr erfreut, Eva. Übrigens, das ist mein Mann Moritz”, und deutet dabei auf ihren Mann, der mit einem gezwungenen Lächeln die Vorstellung erwidert.

“Hallo Moritz, Christina hat mir schon einiges über dich erzählt”, sagt Eva zu ihm.

“Sie hat mich nämlich gestern angerufen und mir erzählt, dass sie endlich - so sagt sie - kurz vor dem Durchbruch ihrer Schauspielkarriere sei, denn sie wird bei einer neuen Krimiserie eine Hauptrolle bekommen. Und du bist wirklich der Moritz Lustig, der die Bücher zu dieser Serie schreibt?”, fragt Eva mit verzückter Stimme und schubst dabei ihren Begleiter an.
“Du Max, weißt du, wer die beiden sind?”, fragt sie ihn aufgeregt und lässt die Zunge über ihre rosa Lippen gleiten, während sie in das Gesicht ihres Begleiters blickt. Dieser fixiert kurz mit seinen stechend blauen Augen Moritz` und Marvies Gesicht und zuckt lässig seine Schultern, um seine Unkenntnis kundzutun und sagt mit cooler Stimme:
“Aber Puppi, du wirst es mir sicher gleich sagen.” Dabei wirft er leicht gestresst einen Blick auf seine Rolex.
“Du Max, das ist der Moritz Lustig mit seiner Frau Marvie! Der Lustig, der die Krimiserie schreibt. Warte, wie heißt die schnell?”
“SOKO”, hilft Moritz Eva lächelnd aus.
“Ja genau, SOKO! Weißt eh, das läuft immer am Dienstag im ORF. Das hab ich dir ja gestern erzählt, dass meine Schwester in der neuen Staffel eine Hauptrolle bekommen wird. Geh Max, tu jetzt nicht so”, sprudelt sie euphorisch weiter. Max blickt kurz in das Gesicht seiner Begleitung und sagt:
”Puppi, tut mir leid, aber du weißt ja, dass ich mir so was nie ansehe - hab ja Wichtigeres zu tun. Einer muss ja das Geld verdienen, das du so gerne ausgibst.” Er blickt gestresst auf die Warteschlange vor ihm bis zur Kassa.
Eva schaut ihren Mann mit einem treuherzigen Dackelblick an und sagt:
“Du Maxi, gehen wir noch auf einen Prosecco ins Clocktower?” Max blickt gelassen auf seine Uhr und sagt: “O.k. Puppi, aber nur auf einen - hab noch ein paar geschäftliche Dinge zu erledigen!” Moritz und Marvie

blicken sich im selben Moment mit fragenden Augen an und denken zugleich: “Ja ja, die Geschäfte kennen wir schon!”
“Du Marvie,” hören sie im selben Moment und blicken in Evas Gesicht, “habt ihr Lust, uns auf ein Glas Prosecco zu begleiten? Maxi, ist dir eh recht?”, plappert Eva weiter und sie sehen, wie sie ihren Begleiter am Ärmel zupft. Dieser schaut Moritz und Marvie missmutig an und sagt zu seiner Begleiterin:
“Du mit deiner aufdringlichen Art, du bringst mich noch einmal ins Grab! Du weißt ja gar nicht, ob die beiden überhaupt Lust haben, uns zu begleiten.”
Noch bevor Moritz darauf antworten kann, schließt sich Marvie dem Vorschlag begeistert an:
“Prosecco - gute Idee! Das wollte ich eh meinem Mann schon vorschlagen. Weißt Eva - und jetzt halt mich bitte nicht für verrückt - aber mein Mann und ich sitzen nämlich gerne vorm Clocktower. Bei ein paar Brötchen und einem Glas Sekt beobachten wir stundenlang die Passanten.”
“Was, das macht ihr auch?”, stimmt Eva verzückt zu. “Wir sitzen nämlich mindestens einmal die Woche hier und lästern über die Leute, die an uns vorbeigehen. Was man da für Typen sieht, hahaha”, erzählt Eva weiter und wendet sich dann Max zu:
“Maxi - hast du das gehört? Die zwei spinnen genau so wie wir!”

Bis sie endlich an den Kassen ankommen und zahlen können, unterhalten sich die zwei Frauen angeregt über die neuen Modetrends in diesem Herbst. Marvie fällt dabei das Tattoo auf Evas Handgelenk auf.
„Du sag mal, wer hat dir das geile Tattoo gestochen?“
„Ah, das ist von Toms Tatooworld in Hausmannstätten. Den Tom kann ich dir wärmstens empfehlen, das ist ein echt cooler Typ und sein Studio ist echt super“, kommt

Eva ins Schwärmen.
„Ich hab auch zwei“, sagt Marvie.
„Aber die sind in einem Bereich meines Körpers, wenn du mich verstehst Eva, wo eigentlich nur mein Mann einen Blick drauf werfen kann. Darum habe ich es mir von Frauen stechen lassen.“
„Und wer hat sie dir gestochen?“, kommt es fragend von Eva.
„Das eine hat mir die Jennifer Kribernegg vom Tattoo Arts in Preding gestochen. Ein kleines aber feines Studio. Und das andere habe ich mir bei Tattoo by Monika in Deutschlandsberg machen lassen.“

„Max steht leicht genervt daneben und tippt hektisch an seinem Smartphone herum.
“Geiles Handy”, sagt Moritz, um nicht länger wie ein begossener Pudel daneben zu stehen. Max blickt kurz auf und sagt:
“iPhone 4G - tolles Ding. Schau mal her, Moritz - darf eh Moritz zu dir sagen?”
“Ja selbstverständlich, warte, ich komm zu dir”, zeigt sich Moritz interessiert.
“Schau, ich check gerade die Wettquoten für die nächsten Fußballspiele in dieser Woche auf der Kapital Sportwetten-Page”, erklärt Max und streckt Moritz lässig sein Handy entgegen.
“Zockst du auch?”, fragt Max wie nebenbei. Moritz blickt in die eiskalten Augen seines Gegenübers und sagt: “Nein - das Einzige, was ich spiele, ist Lotto.”
“Ach so - du verpulverst lieber deine Kohle in ein Ding, bei dem die Wahrscheinlichkeit eines Gewinns bei 1:8.000.000 liegt?! Schau, hier sind die Quoten bei 1:5. Das heißt, für einen Euro kriegst du fünf raus, wenn deine Wette passt.“
“Sag mal, Max, kann man beim Wetten nicht viel Geld verlieren?”, fragt Moritz harmlos.

“Wenn du das Risiko deiner Tipps verteilst, kannst du eigentlich gar nicht verlieren. Ich zock schon sehr lange und hab natürlich auch schon verloren. Aber unterm Strich gewinne ich eigentlich immer. Weißt, wo man wirklich sein Geld verliert?”
“Wo?”, fährt Moritz wie elektrisiert auf.
“Beim Gambeln! Weißt - Automaten - das ist ein Computerprogramm. Da hat der Spieler absolut keinen Einfluss auf sein Glück. Automaten spielen nur die Loser”, sagt Max lässig und nimmt sein Handy wieder in die Hand. “Bei einem Spielautomaten musst du im Schnitt 1000 Euro reinschieben, um 300 wieder zurückzubekommen”, führt er cool weiter aus.
“Aber es gibt doch sicherlich auch Spieler, die viel gewonnen haben - oder?” Moritz kommt nun in Fahrt.
“Geh, ich kenne keinen Spieler, der mehr gewonnen als verloren hat. Wennst einmal das Glück hast, einen Jackpot zu knacken - dann überkommt dich die Sucht! Du glaubst, diesen Pot öfter zu gewinnen, aber dann hast du bereits verloren”, antwortet Max und steckt sein Handy in seine Jackentasche.
“Sag Max, warum kennst du dich da so gut aus?”, fragt Moritz und schaut Max ins Gesicht.
“Ja, ich hab einmal für einen Automatenaufsteller als Techniker gearbeitet. War für die Abrechnungen der Automaten und das Service zuständig, also weiß ich genau, wie das Ding abläuft”, gibt Max Auskunft.
“Und warum arbeitest du nicht mehr dort?”
“Das ist eine lange Geschichte. Nein, ich hab mich mit einem Partner zusammengetan und wir verkaufen gebrauchte Spielautomaten nach Rumänien. Dort ist nämlich noch richtig fette Kohle zu verdienen - der österreichische Markt ist nämlich schon total ausgelutscht. Du wart mal, ich glaube unsere Frauen wollen zahlen”, beendet Max seine Erzählungen zum Thema Glücksspiel und zückt seine Geldbörse, um sie

seiner Begleiterin zu geben.
“Wart Puppi - da, meine Hosen kommen auch noch dazu.” Er legt die Hosen zu den am Kassentisch gestapelten Kleidungsstücken seiner Frau.
“Moritz, kannst du mir auch deine Geldbörse geben?”, sagt Marvie, als er sich wieder neben seine Frau stellt. Beide Paare zahlen ihren Einkauf und verlassen zusammen das Geschäft, um sich zum Clocktower auf ein Gläschen Prosecco zu begeben. Als sie sich an den Ecktisch neben dem Fahrstuhl setzen wollen, sagt Max, der wegen des Vibrierens seines Handys in seine Jackentasche greift:
“Setzt euch mal hin und bestellt eine Runde. Ich geh mal schnell telefonieren.” Er geht mit seinem Handy am Ohr in Richtung der Lounge vor den Toiletten.
“Tja, wird wieder was Geschäftliches sein”, stellt Eva fest und setzt sich nieder. Marvie und Moritz setzen sich ebenfalls an den Tisch und als die Kellnerin kommt, bestellen sie vier Gläser Prosecco. Die Getränke werden gebracht und Eva schaut in die Richtung ihres Begleiters, der lässig auf der Couch sitzt und telefoniert. Als er ihre Blicke registriert, deutet er mit einer lässigen Handbewegung, dass sie schon ruhig anstoßen können.
“Tja, so ist halt mein Max”, seufzt Eva und hebt ihr Glas. Die drei stoßen an und trinken einen Schluck. Als sie die Gläser wieder am Tisch abstellen, kommt Max schon mit flottem Schritt zum Tisch - nimmt sein Glas und trinkt es mit einem Schluck aus.
Nachdem er das Glas am Tisch abgestellt hat, sagt er zu seiner Begleiterin:
“Du Puppi, wir müssen los, hab dringend was Geschäftliches zu erledigen. Nichts für ungut, war nett, euch kennen gelernt zu haben. Und am Dienstag schau ich mir halt mal den Krimi an. So Puppi, trink aus, wir müssen los! Ach, die Runde geht natürlich auf mich”, sagt er hektisch und deutet der Kellnerin mit einer coolen

Handbewegung, dass sie kommen soll. Eva trinkt ihr Glas aus und steht auf. Sie verabschiedet sich und als Max die Rechnung beglichen hat, verabschiedet auch er sich bei Marvie und Moritz. Noch beim Gehen in Richtung Fahrstuhl dreht er sich kurz um und ruft: "Dienstag - hab ich nicht vergessen!"

Als die beiden im Fahrstuhl verschwinden, hört Marvie einen erleichterten Seufzer aus Moritz` Mund. Sie ahnt, dass ihm soeben ein großer Felsbrocken von seinem Herzen gefallen ist. Noch bevor sie etwas sagen kann, hakt Moritz ein:
"Du bist ja komplett verrückt, mein Schatz! Du bringst mich noch einmal ins Grab mit deinen Aktionen!" Marvie lächelt Moritz milde an und antwortet:
"Was ist denn? War ja eh cool, oder? Wie ich gesagt habe, die kennen dich nicht. Also, was war jetzt so schlimm daran?"
"Mit dieser Aktion hast du die ganze Operation gefährdet! Wie soll ich den Max jetzt noch unbemerkt beschatten? Ha, wie stellst du dir das jetzt vor?", kontert Moritz sichtlich erregt.
"Moritz, du hast mir versprochen, dass der Harry für die Beschattungen zuständig ist. Oder hast du mich wieder einmal belogen?"
"Nein, mein Schatz, für die Spielsalons ist der Harry zuständig. Aber für das Haus bin ich verantwortlich. Wenn nämlich das nächste Mal der Harry anruft, dass der Max die krummen Sachen wieder aufgenommen hat, fahr ich zu seinem Haus und schau dort, was passiert", erklärt Moritz. Marvie sieht ungläubig in Moritz` Augen und sagt:
"Schatz, das ist aber jetzt nicht dein Ernst? Sag, dass das nicht wahr ist."

Sie kramt in der Handtasche, um ihren Lippenstift zu finden. Als sie ihn endlich gefunden hat, zückt sie einen kleinen Spiegel und fährt mit dem Stift ihre Lippen nach. “Na, wie seh ich aus?”, fragt Marvie kokett. Moritz blickt ihr tief in die Augen und sagt:
“Schatz, bezaubernd wie immer.” Marvie lächelt und gibt ihre Schminkutensilien wieder zurück in die Handtasche.
“So, was machen wir jetzt? Trinken wir noch ein Glas oder gehen wir weiter?“, fragt sie. Moritz hat die zufällige Begegnung noch nicht so cool weggesteckt wie seine Frau und sagt, um seine Nerven zu beruhigen:
“Ein Glas könnt ich jetzt schon noch vertragen.” Er hebt seine Hand, um der Kellnerin zu deuten, dass sie noch etwas bestellen wollen. Als die Servierdame endlich zum Tisch kommt, bestellt Moritz noch zwei Gläser Prosecco.
“Moritz, bleib cool - wir zwei waren echt super! Du hast Informationen erhalten, die dir bei deiner Recherche sicher nützlich sind. Oder, was sagst du dazu?” Moritz neigt den Kopf zu seiner Frau, gibt ihr einen Kuss und sagt:
“Schatz, du bist die Beste! Dass du so dreist bist, hätte ich mir nie gedacht!”, und beginnt laut zu lachen. Mit diesem befreienden Lachen versucht er nur, seine Anspannung zu überspielen. Doch lachen befreit tatsächlich und nach Sekunden fühlt sich Moritz wieder locker und gut drauf. Die Endorphine durchströmen seinen Körper und ihn überkommt ein Glücksgefühl, als hätte er soeben einen Marathonlauf zu Ende gebracht.
“Schatz - ich liebe dich”, sagt er zärtlich zu seiner Frau und legt sanft seine Hand auf ihren Oberschenkel.
Die beiden zerreißen sich danach noch eine geschlagene Stunde den Mund über die vorbeispazierenden Passanten und natürlich auch über den soeben besser kennen gelernten Max und seine reizende Begleitung Eva.
“Schatz, wenn ich jetzt mal nur den heutigen Tag so im

Geiste vorbeiziehen lasse, muss ich echt eingestehen, dass du ein richtiger Lucky Man bist - du bist ein Glückspilz! Du hast einen Freund bei der Polizei, der das Unmöglichste möglich macht, wegen einer simplen Katze. Zufällig parken wir dann unser Auto in der Nähe deiner Zielperson und erfahren auch noch, dass die Christina eine Zwillingsschwester hat, die Eva heißt und mit dem Max - deiner Zielperson - liiert ist. Wir lernen die beiden näher kennen, ohne dass die was checken. Durch deinen Charme hast du von Max Infos für deine Recherche bekommen. Du bist ein Glückskind mit Charme - ein Lucky Man`s Charm! Moritz, ich bin so stolz auf dich - ich liebe dich!", überschlägt sich Marvie vor Begeisterung und gibt ihrem Mann einen Kuss.
"So, jetzt genug der Faserschmeichlerei, mein Schatz", wehrt Moritz ab und lenkt seine Frau wieder in Richtung Einkauf:
"Ich weiß genau, was du heute noch brauchst - wir haben noch keine passenden Schuhe für dein neues Outfit. Was hältst du davon, wenn wir uns jetzt auf die Suche machen?" Während seines Vorschlags winkt er der Kellnerin, um zu zahlen. Nachdem die zwei das Café verlassen haben, gehen sie in die verschiedensten Schuhläden, um die passenden Schuhe für Marvie zu finden. Vergnügt Hand in Hand verlassen sie so gegen 15 Uhr, bepackt mit neuen Kleidungsstücken, Schuhen und Überraschungen für die Kinder, das Einkaufscenter.

Sie sitzen im Auto und befinden sich am Weg zu Marvies Eltern, um den Kindern die kleinen Überraschungen vorbeizubringen. Während der gesamten Fahrt unterhalten sie sich angeregt über den heutigen Tag. Als sie endlich bei den Großeltern der Kinder ankommen, parkt Moritz das Auto am Parkplatz der Wohnhausanlage. Sie steigen aus dem Auto und gehen Richtung Eingangstür. Just in dem Moment, als Marvie die Klingel betätigen will, öffnet sich die Lifttür im Erdgeschoss und Carlotta stürmt in Richtung Eingangstür. Marvie und Moritz können durch die Glastür erkennen, dass Carlotta bitterlich weint. Sie öffnet die Tür, hängt sich sofort an Marvies Hals und schreit mit verweinter Stimme:

"Mama - Mama, der Adrian ist noch nicht da! Sein Handy ist auch ausgeschaltet!" Moritz blickt entsetzt in Carlottas Gesicht und sagt:

"Carlotta, beruhige dich bitte! Der Adrian ist noch nicht zu Hause? Sag, seid ihr nicht zusammen von der Schule nach Hause gegangen, wie eure Mama und ich es euch gesagt haben?"

"Ja, sind wir ja eh! Aber der Adrian wollte unbedingt den Dani nach Hause begleiten", gesteht Carlotta weinerlich und löst sich von ihrer Mutter. Marvie blickt besorgt in Moritz` Augen und sagt:

"Hoffentlich ist nichts passiert, ich ruf mal Danis Mama an und frage, ob sie Adrian gesehen hat." Moritz streicht über die Haare seiner Tochter und versucht sie zu beruhigen. In der Zwischenzeit sind auch Moritz` Schwiegereltern vom 4. Stock zur Eingangstür im Parterre geeilt.

"Hallo Moritz", brummt Sepp grantig. "Hast eh schon gehört - dein Sohn! Wenn der nur einmal folgen könnt - du und deine antiautoritäre Erziehung! Das hast du davon, eine gesunde Watschen hat noch keinem geschadet!", schimpft er weiter.

"Geh Sepp, hör jetzt einmal auf damit! Das kann sich schon keiner mehr anhören!", fällt Ingrid ihrem Mann ins Wort. Moritz schaut besorgt seine aufgeregte Frau an und sieht, wie sie mit dem Handy versucht, Danis Mama zu erreichen.

"Shit", flucht Marvie nach mehreren ergebnislosen Versuchen. "Die hebt nicht ab - hoffentlich ruft sie gleich zurück", erklärt sie und im selben Augenblick fährt ein

VW-Bus in die Einfahrt der Wohnanlage.
Der Bus bleibt vorm Eingang stehen und als sich die Schiebetür öffnet, springt Adrian mit seiner Schultasche in der Hand aus dem Bus und sagt:
“Tschüss Dani - und noch einmal danke fürs Nachhausebringen!“ Danis Mama öffnet das Fenster und ruft zu den Erwachsenen, die vor der Eingangstür stehen:
“Hallo Marvie, ich hab deinen und meinen Sohn vorm Döner-Laden aufgegabelt und sie dann auf schnellstem Weg hierher gebracht - nachdem Adrian mir gesagt hat, dass er eigentlich nach der Schule sofort zu seinen Großeltern gehen muss. Weißt eh, unsere zwei Spezialisten darfst ja keine Minute aus den Augen lassen! Also bis dann - tschüss!” Marvie nickt dankend und erleichtert zu Danis Mama und antwortet:
“Danke, sehr lieb von dir. Wir haben uns schon solche Sorgen gemacht! Du, wann kommst du denn einmal auf einen Kaffee bei mir vorbei?”
“Ich meld mich bei dir, Marvie - aber momentan hab ich so einen Stress. In den nächsten Tagen wird es sicher einmal passen. Also tschüss”, sagt sie und schließt das Fenster. Sie legt den Retourgang ein und schiebt rückwärts aus dem Parkplatz der Wohnanlage. Als der Bus mit Dani und seiner Mutter verschwunden ist, sagt Adrian:
“Leute, is was, weil ihr alle hier herunten steht?” “
„Is was - fragt er noch so deppert! Eine schmieren müsste man dir! Wennst mein Bub wärst, dann tätest jetzt a gehörige Watschen kriegen!”, macht Sepp ausgiebig seinem Ärger Luft.
Moritz nimmt seinen Sohn an der Hand, stellt sich vor ihn hin und sagt mit oberlehrerhafter Stimme:
“Adrian, wir haben uns schon solche Sorgen gemacht! Die Mama hat dir verboten, den Dani nach Hause zu begleiten. Außerdem hast du deine Schwester alleine

gehen lassen - mein Freund, so geht das nicht!"
"Mei, ihr seid so spießig! Ich hab halt schon so einen Hunger gehabt, und der Dani hat mich deswegen auf einen Döner eingeladen", antwortet Adrian etwas vorlaut. Marvie blickt Adrian bitterböse an und sagt:
"So, mein Freund, das wird aber noch Konsequenzen haben. Darüber sprechen wir noch. So, und jetzt gehen wir rauf in die Wohnung."

Alle sechs fahren mit dem Lift hoch in den 4. Stock. Als sie bei der Wohnung der Großeltern ankommen, werden sie schon durch das Gekläffe der Hündin Daisy freudig begrüßt. Nach der allgemeinen Begrüßung stellt der Sepp für Marvie und Moritz je eine Flasche Bier auf den Tisch und sagt:
"Das haben wir uns jetzt aber verdient - nach diesem Schreck." Marvies Eltern stoßen mit den beiden an und beginnen ein Gespräch über den soeben erlebten Vorfall. Nach einer zwanzigminütigen Diskussion kommen sie zu dem Schluss, dass der Sepp sowieso mit dem Hund spazieren gehen muss und deshalb die Kinder jetzt jeden Tag von der Schule abholen wird.

Nachdem Marvie den Kindern diese neue Situation mitgeteilt hat, packt sie die Überraschungen aus, die sie für die Kinder bei ihrer Shoppingtour besorgt hat. Carlotta fängt wieder bitterlich zu heulen an und sagt schluchzend:
"Ihr seid so gemein, die lustigen Sachen macht ihr immer ohne uns. Bahhh - ihr seid so gemein!" Marvie blickt in die verheulten Augen ihrer Tochter, wischt ihr die Tränen aus dem Gesicht und antwortet beruhigend:
"Schau Carlotta, die Shoppingtour war sehr spontan und nicht geplant, sonst hätten wir euch eh mitgenommen. Nächsten Samstag gehen wir alle zusammen wieder in die Shopping City - versprochen. Und dann bekommst

du ein paar neue Sachen zum Anziehen - auch versprochen.” Marvie beendet ihren Beruhigungsversuch mit einem Kuss auf Carlottas Stirn. Diese schluchzt noch ein paarmal und fixiert dann gleich das Versprechen:
“Aber wirklich, Mama, nächsten Samstag!” Moritz sieht das verzweifelte Gesicht seiner Tochter und sagt mit sanfter Stimme zu ihr:
“Versprochen, meine Zuckerpuppe - Samstag gehen wir shoppen”, und gibt ihr danach ebenfalls einen Kuss auf die Stirn. Als sich Carlotta endlich beruhigt hat, überreicht Marvie ihrer Tochter die Überraschungen. “Super - danke Mama!”, schreit sie sichtbar erfreut, als sie die neuen Acryl-Farbtuben in den Händen hält. “Super, jetzt kann ich endlich an meinen angefangenen Bildern weitermalen, danke!” Sie springt auf und gibt ihren Eltern einen Kuss auf die Wange.
“Und was ist mit mir?”, schaltet sich Adrian zaghaft fragend ein.
“Naja, das wirst du dir ja denken können - nach deiner Aktion heute”, antwortet Moritz sachlich.
“Mei, ihr seid so gemein! Was kann ich dafür, dass der Dani mich auf einen Döner eingeladen hat?” Adrian ist genervt und will seinen Ausrutscher nicht einsehen. “Anrufen hättest du können! Oder ist das zuviel verlangt?”, fährt ihn Marvie gereizt an.
“Für was denn - ihr hättet ja sowieso nein gesagt!”, kontert Adrian frech.
“Damit hast du recht. Wir haben es dir verboten und deshalb bekommst du sicherlich heute keine Belohnung von uns! Und damit ist die Diskussion beendet!”, stoppt Marvie Adrians Aufmüpfigkeit. Dieser verzieht sich murrend ins Wohnzimmer um fernzusehen.

Nach der zweiten geleerten Flasche Bier sieht Moritz auf die Uhr und bemerkt:
“Was, schon fünf! Schatz, wir müssen nach Hause. Ich

muss noch am Drehbuch arbeiten. Seid ihr uns eh nicht böse, aber ich muss jetzt wirklich los - sonst werde ich nicht fertig.” Er steht auf, gibt seiner Schwiegermutter einen Abschiedskuss auf die Wange, schüttelt Sepps Hand und verabschiedet sich herzhaft von seinen Kindern. Marvie hat sich in der Zwischenzeit ebenfalls herzlich von ihren Eltern und ihren Kindern verabschiedet und sie verlassen gemeinsam die Wohnung.

Im Auto angekommen schüttelt Moritz noch einmal kräftig den Kopf und sagt zu seiner Frau:
“Der Adrian! Von wem er das wohl hat?”, und schaut mit einem Grinsen im Gesicht in Marvies Augen.
“Von mir, mein Schatz, sicherlich nicht”, antwortet sie und beginnt ebenfalls zu lachen.
“Ist ja noch einmal gut gegangen. Für eine Sekunde dachte ich schon, Adrian könnte etwas zugestoßen sein! Gott sei Dank, dass der Papa uns so hilft und die Kinder jetzt jeden Tag von der Schule abholt”, spricht Marvie ihre Befürchtungen an. Während der gesamten Fahrt nach Hause unterhalten sie sich angeregt über die Erlebnisse des Nachmittags.

Zu Hause angekommen eilt Moritz sofort ins Schreibatelier, um am Drehbuch für SOKO Tirol weiterzuarbeiten. Marvie erledigt die lästige Hausarbeit, die durch den Vorfall am Samstag vernachlässigt wurde. Als sie im Haus fertig ist, geht sie hinaus in den Garten, um auch dort nach dem Rechten zu sehen. Sie geht die Stiegen vorsichtig nach unten in Richtung Garage und als sie einen Blick über die Hauseinfahrt in Richtung Straße wirft, sieht sie einen weißen Van langsam an ihrem Haus vorbeifahren. Sie kann einen kurzen Blick auf den Fahrer erhaschen und erkennt einen jüngeren Mann mit kurzen braunen Haaren.

Als der Fahrer Marvie erblickt, steigt er aufs Gas und fährt davon. Marvie denkt sich in diesem Augenblick nichts dabei und geht wieder zum Rasenstreifen entlang der Hauseinfahrt. Mit ihrer kleinen Haue versucht sie, dem lästigen Unkraut Herr zu werden. Nach einer halben Stunde der mühsamen Unkrautvernichtung hört sie das leise Surren der Bremsen eines Autos am Asphalt. Instinktiv schaut sie wieder zur Hauseinfahrt. Genau in diesem Moment sieht sie wieder diesen weißen Van langsam an ihrem Haus vorbeifahren.
“Komischer Zufall”, murmelt sie und beschließt aufgrund der Dämmerung, es mit der Gartenarbeit für heute lieber sein zu lassen und geht zurück ins Haus.

Dort überlegt sie, ihre Beobachtung sofort ihrem Mann zu erzählen, der im Schreibatelier konzentriert an seinem Drehbuch arbeitet. Sie geht ins Atelier und stellt sich hinter ihn. Zärtlich legt sie ihre Hand auf seine Schulter, daraufhin blickt er sich kurz um. Mit einem Lächeln im Gesicht sagt er:
“Du Schatz, wenn es so gut weiterläuft wie bis jetzt, bin ich morgen oder übermorgen mit dem Drehbuch fertig! Und das Tolle daran ist: Wir brauchen garantiert nichts mehr kürzen!”
“Schön, Moritz, das freut mich sehr. Du, ich muss dir aber etwas erzählen. Bitte glaub jetzt aber nicht, dass ich paranoid bin, aber…” Noch bevor Marvie ihren Satz zu Ende sprechen kann, fällt Moritz ihr ins Wort:
“Was aber? Komm sag schon, was musst du mir erzählen?”
“Ja, ich habe gerade einen weißen Van ganz langsam an unserem Haus vorbeifahren gesehen - und ich konnte einen kurzen Blick auf den Fahrer erhaschen! Er ist ca. Mitte zwanzig und hat braunes kurzes Haar”, erzählt sie beunruhigt ihrem Mann.
“Ja, und was ist daran so merkwürdig?” Fragend blickt

Moritz seiner Frau in die Augen.
“Na ja - ist schon komisch, dass der Van zweimal langsam bei uns vorbeigefahren ist. Und jedesmal, wenn der Fahrer mich gesehen hat, ist er aufs Gas gestiegen. Moritz, was ist, wenn das der Typ war, der uns das alles angetan hat?”, überlegt sie und teilt besorgt ihrem Mann ihre Befürchtungen mit.
“Du Schatz, vielleicht war das nur ein Lieferant, der eine Adresse gesucht hat. Doch wenn es dich beruhigt, werde ich dem Norbert deine Beobachtung mitteilen”, sagt Moritz zu seiner Frau und versucht, sie mit seiner Anteilnahme zu beruhigen.
“Nein, mein Schatz, vielleicht hast du ja recht und ich bilde mir bei jeder noch so kleinen Beobachtung irgendwas ein. Aber ich fühl mich halt nicht so sicher in unserem Haus seit Samstag!”, will Marvie ihre Befürchtung wieder herunterspielen. Auch Moritz versucht nochmals, seine Frau zu beruhigen:
“Du hast doch gehört, was der Norbert zu uns gesagt hat? Wir sollen uns auf keinen Fall auffällig verhalten, und morgen kommen ja eh die Spezialisten von der Kripo und installieren die Kameras. Ich glaub nicht, dass wir uns momentan sorgen müssen. Also, ich würde in meinen Büchern die Täter auch nicht in so kurzen Abständen nochmals zuschlagen lassen! Der gesunde Hausverstand sagt ja jedem erfahrenen Kriminellen: ‚Komm nie in zu kurzen Abständen zu deinem Tatort zurück’ - zu groß ist das Risiko, dabei geschnappt zu werden.”
“Ja Moritz, du sagst es ja selber: gesunder Hausverstand! Aber der Norbert hat ja auch behauptet, dass der wahrscheinlich ein krankes Gehirn hat, also ein Psychopath ist - und so einem ist alles zuzutrauen!”, kontert Marvie wiederum Moritz` Beruhigungsversuch.
“Geh Schatz, bitte mal jetzt nicht den Teufel an die Wand! Wirst schon sehen, es wird nichts mehr

geschehen, zumindest momentan nicht. Also jetzt beruhige dich bitte, genau diese Reaktion will der Irre ja provozieren. Aber wir sind schlauer, also lass dich jetzt nicht beunruhigen, Schatz!"
"Na, wenn du das sagst - dann bin ich ja beruhigt", antwortet Marvie zynisch und verschwindet ins Wohnzimmer.
Sie setzt sich auf das Sofa und schaltet den Fernseher ein. Es ist bereits 19:00 Uhr, deshalb beschließt sie, die Steiermark- Nachrichten auf ORF anzusehen. Als sie mit der Fernbedienung den Sender eingestellt hat, hört sie die Stimme des Nachrichtensprechers:

"Der österreichische Glücksspielgeräteerzeuger NewWorld AG hat mit seiner Franchisekette Kapital Sportwetten den Zuschlag der Lizenz für die Errichtung privater Spielcasinos in Italien und Ungarn erhalten." Moritz hört diese Worte aus dem Fernseher, springt von seinem Schreibtischsessel auf und stürmt ins Wohnzimmer. Er nimmt Marvie die Fernbedienung aus der Hand und stellt den Ton lauter.

"Der Vorstand der NewWorld AG, Dr. Herfort, sagte bei einem Exklusivinterview mit dem ORF: 'Ich darf mit Stolz berichten, diese für unser Unternehmen überaus wichtigen Zuschläge nach langen und schwierigen Verhandlungen erhalten zu haben. Für den Produktionsstandort in Österreich bedeuten diese Zuschläge eine Aufstockung der Produktionsmitarbeiter von bis zu 150 Personen noch in diesem Jahr. Weiters werden durch die flächendeckende Einführung der Kapital Sportwetten in Italien und Ungarn an die 300 Filialen in den nächsten zwei Jahren entstehen. Dies bedeutet für unsere EU-Nachbarländer mindestens 1000 neue Jobs. Wir - die NewWorld AG - sind der Garant für Arbeitsplätze - auch in krisengeschüttelten Zeiten. Wir

zerstören nicht - wir schaffen Arbeit - wir sind die Zukunft!'"
"Marvie, hast du das gehört? Ein Wahnsinn - 300 neue Filialen bedeuten 6000 Spielautomaten! Und viele Spielsüchtige mehr! Noch mehr zerstörte Existenzen - und natürlich mehr Steuereinnahmen für die Staaten! Ich möcht gar nicht wissen, wie viel Geld da wohl wieder an korrupte Politiker geflossen ist! Wir müssen endlich was dagegen machen. Ich hoffe für uns, dass der Harry bald wieder diese krummen Dinger filmen kann!", schreit Moritz laut und springt wie von roten Ameisen angepisst im Wohnzimmer herum. Marvie blickt achselzuckend zu Moritz und sagt:
"Moritz - komm runter! Glaubst du wirklich, du kannst gegen die ankommen? Wie denn auch? Du hast ja selbst gesagt, dass der ehemalige Innenminister Ernst Strammer im Aufsichtsrat der NewWorld sitzt. Der hat sicherlich noch immer sehr großen Einfluss auf die Exekutive. Auch wenn du mit deinen lächerlichen Observierungen etwas beweisen kannst, wird garantiert jede Ermittlung gegen diesen Konzern sofort eingestellt werden. Und die erfahren, dass du hinter diesen Aufdeckungsversuchen steckst, dann..."
"Was dann?", fällt Moritz aufgeregt Marvie ins Wort.
"Dann werden die versuchen, dich mit allen nur denkbaren Mitteln mundtot zu machen. Die werden dich und uns nicht mehr in Ruhe lassen, das kann ich dir sagen! Und darum bitte ich dich, Moritz, hör damit auf, bevor es zu spät ist", spricht sie besorgt auf Moritz ein.
"Marvie, das ist mir ja eh klar. Sobald wir der Polizei unsere Ermittlungsergebnisse zukommen lassen, wissen die von uns. Darum habe ich mir gedacht, ich suche mir einen Verbündeten in der Politik - und ich weiß auch schon, wen! Dem Peter Pilz von den Grünen und der Claudia Klimt-Weithaler von der KPÖ werde ich nach Beendigung der Observierungen die Daten zukommen

lassen. Die werden an der Front für die Gerechtigkeit kämpfen - und ich werde parallel dazu mein neues Buch über diesen Fall veröffentlichen. Und durch die daraus resultierenden Medienberichte über diesen Betrugsfall wird mein Buch garantiert ein Bestseller - das kann ich dir schwören!", erklärt er seiner Frau beruhigend. "Marvie, wir können niemandem vertrauen - nicht mal unserem Freund Norbert! Also bitte, verplappere dich nie bei ihm. Ich bitte dich darum, nur so kann ich mein neues Buch fertigstellen. Mahh - ich sehe mich schon, wie ich durch meine Enthüllungsstory den nächsten Pulitzerpreis in Händen halten werde!", spricht er begeistert weiter, mit einem Lächeln im Gesicht.
"Träum weiter, mein Schatz! Ich vergönne dir ja den Ruhm, aber bis dorthin ist es noch ein steiniger Weg. Und zuerst musst du auch noch deinen Job für die Green Screen erledigen. Also bitte schreib an dem Drehbuch weiter. Du hast es dem Hans versprochen, dass er das Drehbuch bereits in ein paar Tagen bekommt - und wegen des Zwischenfalls am Samstag bist du mit deiner Arbeit im Rückstand! Geh jetzt wieder ins Schreibatelier und schreib bitte weiter - mir und den Kindern zuliebe, bitte, Moritz! Und wenn du heute die ganze Nacht daran arbeiten musst - bring endlich das Buch zu Ende!", antwortet Marvie eindringlich und nimmt ihren Mann an der Hand.

Sie geht mit ihm ins Atelier, setzt ihn auf den Sessel und küsst ihm auf die Stirn.
"Sag, wie weit bist du schon?", fragt sie interessiert, während sie auf den Bildschirm des Laptops schaut. "Schatz, ich bin gerade bei der Observierung. Kannst mir ja dabei helfen, wenn du willst", antwortet Moritz und blickt fragend in Marvies Gesicht.
"Gut, mein Schatz, ich kann ja sowieso nicht alleine einschlafen. Ich hol uns schnell einen Kaffee, dann

können wir beginnen", stimmt Marvie zu und verschwindet in die Küche.

Minuten später kommt sie mit zwei Tassen Kaffee zurück und stellt sie auf den Schreibtisch. Moritz hat in der Zwischenzeit einen Sessel geholt und ihn neben seinen gestellt. Marvie setzt sich nieder, nimmt einen Schluck vom Kaffee und fragt:
"So, wo bist du gerade?" Moritz liest Marvie die letzten zwei Seiten vor und sie beginnen sofort mit dem Schreiben der nächsten Seite. Konzentriert arbeiten die beiden zusammen. Ideen werden besprochen, manche werden verworfen, doch die meisten werden für gut empfunden und füllen allmählich viele Seiten am Bildschirm. Nach hitzigen Diskussionen und der fünften Tasse Kaffee ist es endlich so weit: Moritz tippt die letzten Buchstaben und sagt erleichtert:
"Schatz, wir haben es geschafft - fertig!" Marvie blickt in das müde, aber fröhliche Gesicht ihres Mannes und antwortet:
"Hab ich dir nicht gesagt: Gemeinsam sind wir unschlagbar!" Sie gibt ihrem Mann einen herzhaften Kuss.
"Sag Marvie, hast du schon auf die Uhr geschaut? Es ist bereits 7 Uhr in der Früh - was hältst du von einem Frühstück und dann legen wir uns für ein paar Stunden aufs Ohr? Der Joe kommt eh erst so gegen 14 Uhr mit seiner Mannschaft."
"Ich hätte eine bessere Idee, mein Schatz: Wir gehen ins Bad, dann richten wir uns ein Frühstück und essen es im Bett. Und dann..." "Was dann...?" unterbricht Moritz seine geliebte Frau und beginnt sie leidenschaftlich zu küssen.

Ding - Dong - Doong! Moritz schreckt hoch. Er sieht neben sich im Bett seine Frau friedlich und entspannt

schlafen. Er blickt auf den Radiowecker neben seinem Bett und sieht die Ziffern: 13:00 Uhr. Er springt schlaftrunken aus dem Bett und weckt dabei unabsichtlich seine Frau.
“Schatz, ist was? Warum stehst du auf? Sag, wie spät ist es eigentlich?”, kommt Marvie gähnend langsam zu sich.
“Du, die Glocke hat geläutet. Es ist bereits eins, ich geh mal schnell runter und sehe nach, vielleicht ist es der Briefträger - keine Ahnung”, antwortet er, während er seine Unterhose anzieht.

Ding - Dong - Doong hören die beiden nochmals den Ton der Türglocke. Moritz geht aus dem Schlafzimmer, eilt die Treppe runter zur Eingangstür und ruft dabei in Richtung Tür:
“Einen Moment bitte - komm schon!” Er öffnet, nur in der Unterhose bekleidet, die Tür einen Spalt, um nachzusehen, wer draußen steht.
“Hallo Moritz - ohh - ohhh - hab ich dich vielleicht bei etwas gestört, mein Freund?”, hört Moritz die bekannte Stimme seines Freundes Paul.
“Hallo Paul! Was verschafft mir die Ehre deines nicht angemeldeten Besuches?”, begrüßt Moritz ihn und öffnet die Tür. Paul tritt in das Haus, schüttelt kräftig Moritz` Hand und sagt vorwurfsvoll:
“Du, seit 10 Uhr versuche ich, dich über das Handy zu erreichen! Aber du hebst ja nicht ab!”
“Paul, wir haben bis sieben in der Früh am Drehbuch gearbeitet und sind dann ins Bett gegangen. Ich bin ja keine Maschine wie du, die nur drei Stunden Schlaf am Tag benötigt”, antwortet Moritz etwas genervt wegen des vorwurfsvollen Blickes seines Freundes.
“Na, übertreib mal nicht, ich brauch mittlerweile auch schon fünf Stunden Schlaf. Sag, wie weit seid ihr jetzt mit dem Buch - ich fall gleich mit der Tür ins Haus”, erklärt Paul gleich sein Anliegen und zieht sich seine

Schuhe aus.
“Du Paul, das mit der Tür ins Haus fallen ist ja nichts Neues von dir. Komm, gehen wir in die Küche, ich mach uns mal einen Kaffee”, antwortet Moritz und trippelt schlaftrunken in Richtung Küche.
“Ja, Kaffee ist eine gute Idee!”, stimmt Paul diesem Vorschlag zu, als er Moritz folgt. In der Küche angekommen macht Moritz drei Tassen Kaffee und ruft in Richtung ersten Stock:
“Marvie, der Paul ist gekommen! Hab uns schon Kaffee gemacht - kommst du bitte!” Noch bevor er diese Aufforderung ausgesprochen hat, hört er Marvie aus Richtung Flur rufen:
“Hab schon gehört - Pauls Stimme ist ja nicht zu überhören!” Marvie betritt, nur im Nachthemd bekleidet, die Küche und begrüßt ihren Freund Paul.
“Oh Oh, meine Schöne, wenn ich nicht schon...”
“Geh Paul, lass die Albernheiten - für sowas ist ja der Hans zuständig”, unterbricht Marvie Pauls Kommentar. Sie nimmt die Tasse Kaffee und nippt einen kleinen Schluck daraus.
“Sag Paul, - was verschafft uns die Ehre deines Besuches?”, fragt sie ihn. Paul nimmt ebenfalls einen Schluck und erklärt den beiden besorgt:
“Ich versuch schon seit drei Stunden, euch am Handy zu erreichen. Hab mir halt Sorgen gemacht und wollt nachschauen, ob mit euch alles in Ordnung ist.”
“Geh, tu nicht so falsch! Bist ja sonst auch nicht so fürsorglich. Also raus damit, warum bist du hier?”, macht Marvie Pauls Erklärungsversuch zunichte.
“O.k., wollt nur wissen, wie weit ihr mit dem Drehbuch seid. Der Hans hat mich in der Früh angerufen und danach gefragt. Moritz, du hast ihm ja am Samstag versprochen, dass er diesmal das Buch früher bekommt”, sagt Paul und blickt fragend in Moritz` Gesicht.

“War mir eh klar, dass du nur deswegen bei uns auftauchst. Also, du kannst dem Hans das Drehbuch heute schon vorbeibringen, wir sind um sieben Uhr damit fertig geworden”, antwortet Moritz und geht in Richtung Schreibatelier. Er öffnet die Datei und betätigt den Drucker. “So, das dauert ein bisschen!”, ruft er aus dem Atelier in Richtung Küche zu den anderen.

Paul schaut mit ungläubigen Augen Marvie an und fragt: “Wirklich - ihr seid fertig?”
“Ja, mein Lieber! Gell, damit hast du jetzt aber nicht gerechnet?”, lächelt ihn Marvie stolz ob der gelungenen Überraschung an.
“Nein. Eigentlich dachte ich schon, ich muss dem Hans wieder einmal eine Ausrede auftischen, warum der Moritz noch nicht fertig ist. Ich bin wirklich überrascht - und der Hans wird Augen machen, wenn ich ihm heute das Buch vorbeibringen kann. Ich freu mich schon auf sein Gesicht - hahaha”, ist Paul angenehm überrascht und begeistert, er beginnt laut zu lachen. Während Moritz das Drucken der 180 Seiten beobachtet, unterhalten sich Marvie und Paul noch über den Samstagabend bei Paul. Als er fragt:
“Was habt ihr dann zu Hause noch so gemacht? Ihr habt euch sicherlich noch eure Mäuler über Hans und Christina zerrissen - nicht wahr?”, stockt Marvie für einen Augenblick der Atem und sie sagt:
“Natürlich, mein Freund - was denkst denn du?”, doch im Geiste kommt ihr das fürchterliche Erlebnis wieder hoch. Sie beißt sich auf die Lippen, um ihre Tränen zu unterdrücken und sagt, nachdem sie auf die Uhr gesehen hat:
“So mein Freund, ich lass dich jetzt mal mit dem Moritz allein. Muss noch ins Bad, mich frisch machen.”
Als sie in Richtung Badezimmer geht, wirft Paul Marvie noch einen Blick hinterher und pfeift lässig wie ein

Italiener, der einem Model nachsieht.
“Geh Paul”, winkt Marvie seine Avancen ab, während sie im Bad verschwindet.
“So mein Freund, da hast du das Buch”, sagt Moritz, als er mit einem Packen Papier in der Hand die Küche betritt.
“Moritz, ich sag nur: Wahnsinn! Der Hans wird Augen machen, das hab ich deiner Frau auch schon gesagt. Sag, wie viele Seiten sind es denn geworden?” will Paul wissen, als er die gebundenen Blätter entgegennimmt.
“180”, wirft Moritz lapidar hin.
“Alter, du bist einfach super! Du, wann fangt ihr mit dem nächsten Buch an? Nur für den Hans - du weißt ja, wie ungeduldig der sein kann!” Moritz blickt überrascht in Pauls Gesicht, nimmt einen Schluck von seinem Kaffee und sagt:
”So mein Lieber, du kannst dem Hans ausrichten, dass wir jetzt eine Woche pausieren und dann bereits mit dem nächsten anfangen, o.k.? Keinen Tag früher - hast du mich verstanden?” Er stellt die Tasse auf der Arbeitsplatte der Küche ab.
“O.k. Moritz, damit kann ich leben. Also danke fürs Buch! Ich verzieh mich jetzt und fahr sofort zu Hans ins Büro. Übrigens, richte deiner Frau noch alles Liebe von mir aus - die ist im Bad und will sicher nicht von mir gestört werden. Also wir hören uns!” Moritz begleitet seinen Freund noch bis zur Tür und verabschiedet sich von ihm. Als er die Tür hinter sich schließt, blickt er auf seine Uhr: “Was, schon dreiviertel zwei!”, ruft er leicht gestresst aus und verschwindet ins Schlafzimmer, um sich anzuziehen.

Aufgrund des erwarteten Besuchs von der Spezialeinheit der Kripo um 14:00 Uhr beschließt er, erst am Abend zu duschen. Als er gerade mit dem Anziehen fertig ist, läutet es an der Tür:

Ding - Dong - Doong.

Er eilt hinunter und ruft in Richtung Bad:
“Marvie, ich geh schon - das werden unsere Freunde sein!” Er öffnet die Tür und blickt in das Gesicht von Joe, dem Observierungsspezialisten der Kripo Graz. Wie besprochen steht ein grüner Ford Transit mit der Aufschrift ‘Gartengestaltung Edler und Sohn‘ in der Hauseinfahrt. Joe ist ebenfalls mit einem grünen Overall bekleidet und sagt:
“Grüß Gott, Herr Lustig. Wir sind dann da - was können wir für Sie erledigen?” Moritz schaut überrascht ob der merkwürdigen Ansprache von Joe und noch bevor er etwas antworten kann, zwinkert Joe ihm zu und deutet ihm, auf die Straße zu sehen, wo gerade der Nachbar vorbeigeht.
“Schön, dass Sie so schnell Zeit haben! Der Rasen gehört gemäht und die Hecken geschnitten”, antwortet Moritz gekonnt, um die Tarnung nicht auffliegen zu lassen.
“Gut”, antwortet Joe. “Kollegen, habt ihr gehört - der Rasen gehört gemäht und die Hecken geschnitten!”, ruft Joe unüberhörbar für die nähere Umgebung in Richtung seiner Mannschaft, die bereits vor dem Wagen wartet. Moritz begleitet Joe zu seinen Kollegen und schüttelt ihnen die Hände. Er instruiert sie kurz, welche Hecken geschnitten werden sollen und sagt abschließend: “Wenn ihr was zu trinken wollt, braucht ihr es mir nur zu sagen.”

Die vier Gartengestalter bedanken sich, beginnen sofort mit dem Ausladen der Werkzeuge und stürzen sich in die Arbeit. Während des Schneidens und Mähens kommt Marvie öfter mit Getränken in der Hand in den Garten, um nach dem Rechten zu sehen. Nach vier Stunden Arbeit ist der Garten wieder auf Vordermann gebracht

und die Kameras sind installiert. Die Mannschaft lädt die Werkzeuge ins Auto und Joe kommt kurz ins Haus, um den Lustigs die Rechnung zu überreichen. Joe instruiert Marvie und Moritz noch kurz über die versteckten Plätze der Kameras und verabschiedet sich höflich. Als der grüne Ford Transit die Einfahrt verlassen hat, sagt Moritz erleichtert zu seiner Frau:
“So, jetzt hätten wir das auch geschafft. Also, wir können endlich wieder in der Nacht beruhigt schlafen!” Marvie atmet ebenfalls tief durch und antwortet:
“Hoffentlich war das die richtige Entscheidung.”
Sie gehen ins Wohnzimmer und beschließen, den Tag noch bei ein paar Gläschen Bier ausklingen zu lassen.

Mittwoch

Nachdem die Lustigs endlich wieder eine Nacht ruhig geschlafen haben, freuen sie sich über die installierten Kameras.
Sie beschließen, den Tag ruhig anzugehen. Sie sitzen im Wohnzimmer und überlegen gemeinsam Ideen für die nächste SOKO Tirol-Folge, als plötzlich Moritz` Handy vibriert: RRRRRT - RRRRRT - RRRRRT.

Moritz nimmt sein Handy und sieht auf dem Display NORBERT stehen.
“Hallo Norbert, wie geht’s?”, begrüßt er sofort seinen Freund, nachdem er die Annahmetaste gedrückt hat.
“Hallo Moritz”, kommt der Gruß aus dem Hörer zurück, “wie geht’s denn euch heute?”
“Gut, danke der Nachfrage! Wir konnten heute erstmals wieder beruhigt schlafen - dank deiner Mannschaft! Danke noch einmal”, antwortet Moritz.
“Du, wollt dir nur schnell ein paar Facts mitteilen: Die Kameras funktionieren einwandfrei - es wurde in der

Nacht nichts Außergewöhnliches beobachtet. Aber leider hat der Täter keine Fingerabdrücke auf eurer Haustür hinterlassen. Wir haben die gesamten Abdrücke durch den Computer gejagt - es hat kein Fingerabdruck mit einem bereits erfassten Abdruck eines Straftäters übereingestimmt. Leider - es tut uns leid, dir nichts Neues berichten zu können", informiert Norbert Moritz. "Ach, noch was, die Polizeidienststelle in Bad Radkersburg hat uns informiert, dass seit einigen Wochen etliche Katzen in Halbenrein spurlos verschwunden sind. Möglicherweise gibt es eine Verbindung zwischen dem Anschlag auf euch und dem Verschwinden dieser Katzen."
"Vielen Dank, Norbert! Ohne dich wüssten wir jetzt nicht weiter", ist Moritz immer noch besorgt und verunsichert.
"Du Moritz, sobald ich irgend etwas herausfinde, melde ich mich wieder. Und vergiss nicht, so unauffällig wie möglich! O.k., bis dann - und schöne Grüße an deine reizende Frau", beruhigt ihn Norbert freundlich.
"Danke Norbert, werde ich ausrichten. Bis dann - tschüss", antwortet Moritz und unterbricht das Telefongespräch mit seinem Freund.

Moritz berichtet sofort seiner Frau die Fakten, die er soeben von Norbert erfahren hat. Nach einer kurzen Unterhaltung beschließen die beiden, Lebensmittel zu besorgen und fahren zum nächstgelegenen Diskount-Supermarkt. Es ist gegen 11 Uhr vormittags, als sie beim Geschäft ankommen. Während Moritz den Einkaufswagen holt, vibriert sein Handy in der Hosentasche. Er greift nach dem Telefon und drückt, ohne auf das Display zu schauen, auf die Annahmetaste und sagt:
"Lustig, hallo!"
Marvie steht in der Zwischenzeit schon ungeduldig vorm Eingang und sieht Moritz telefonieren. Sie kann

erkennen, dass er hektische Handbewegungen macht, und nachdem er das Gespräch beendet hat, schiebt er den Einkaufswagen wieder zurück zu den anderen und läuft mit kreidebleichem Gesicht zu seiner Frau:
“Du Marvie, komm sofort, wir müssen los! Die Schule hat mich soeben angerufen - der Adrian ist nach der großen Pause nicht mehr im Unterricht erschienen!”
“Was hast du da eben gesagt - der Adrian ist nicht im Unterricht?” Marvie ist verwirrt und besorgt.
“Ja, der Adrian ist nicht mehr in der Schule! Die Frau Direktor und der Klassenvorstand haben bereits die ganze Schule abgesucht und können ihn nirgends finden - wir sollen sofort in die Schule kommen!”
Moritz nimmt seine Frau an der Hand und sie eilen zum Auto.
“Komm Moritz, gib Gas!”, schreit Marvie, als sie im Auto sitzt. Moritz startet den Wagen und fährt mit quietschenden Reifen vom Parkplatz des Lebensmittelgeschäftes. Nach einer endlos scheinenden Fahrt kommen die beiden fünfzehn Minuten später vor der Schule an. Moritz parkt sein Auto in der Feuerwehrzufahrt und rennt mit Marvie an der Hand zum Direktionszimmer.
Dort werden sie schon von der Direktorin und dem Klassenvorstand erwartet. Nach einer kurzen Begrüßung sagt die Frau Direktor:
“Herr Lustig, Ihr Name in Ehren, aber diese Situation ist nicht sehr erfreulich für uns. Das sieht ihrem Sohn gar nicht ähnlich - er ist zwar ein Spitzbub, aber abgehauen ist er noch nie!” Marvie schaut verschreckt in die Gesichter der Lehrkräfte und fragt aufgeregt:
“Was sollen wir jetzt machen? Moritz, sag was, bitte!” Moritz blickt in das besorgte Gesicht seiner Frau und antwortet:
“Sagen Sie nochmals - nach der großen Pause ist er nicht mehr erschienen? Haben Sie mit seinem besten

Freund Dani schon gesprochen, der muss etwas wissen! Die beiden sind ja unzertrennlich - wo ist der überhaupt?", blickt auch Moritz fragend in die Gesichter der Lehrer.
"Der ist in der Klasse", antwortet Herr Darmann, der Klassenvorstand von Adrian.
"Herr Darmann, bitte holen Sie den Daniel", ordnet die Direktorin rasch an. Der Fachlehrer verschwindet kurz und kommt mit Daniel an der Hand zurück zu den anderen, die ihn bereits nervös erwarten.
"Du Daniel", sagt die Direktorin so ruhig und gelassen wie möglich, "sag jetzt bitte ganz ehrlich - auch wenn dir der Adrian ein Geheimnis anvertraut hat, das du niemandem erzählen darfst: ‚Wo ist der Adrian?' Wir sagen es bestimmt nicht weiter." Daniel blickt nervös zu Boden und sagt:
"Hab ich Ihr Ehrenwort? Sie sagen es ihm bestimmt nicht, dass Sie das von mir erfahren haben? Sonst kündigt der Adrian mir seine Freundschaft, hat er mir gesagt." Die Erwachsenen blicken sich nervös an, die Direktorin beugt sich zu Dani, hebt ihre Hand und sagt: "Indianer-Ehrenwort - wir sagen es ihm nicht - versprochen!" Dani blickt kurz auch in die verstörten Gesichter der anderen Erwachsenen und sagt:
"Ihr müsst mir das aber auch versprechen".
Marvie, Moritz und Herr Darmann heben ebenfalls die Hände und sagen zugleich "Indianer-Ehrenwort". Daniel trippelt kurz auf einem Bein und die Erwachsenen können erkennen, dass er mit seinem Gewissen ringt. Marvie beugt sich ebenfalls zu Daniel, nimmt ihn bei der Hand und sagt:
"Daniel, es ist für uns sehr wichtig zu erfahren, was Adrian für ein Geheimnis hat. Bitte, du kannst es uns wirklich sagen - wir verraten kein Wort!"
Sie bekräftigt ihr Schweigen, indem sie einen Finger an ihren Mund legt.

Daniel schaut in die besorgten Augen von Adrians Mama und sagt:
“Ein Mann war da und hat Adrian mitgenommen. Er hat gesagt, dass ihr eh Bescheid wisst - er ist von einem Filmteam und holt Adrian zu Dreharbeiten ab. Angeblich darf er eine Rolle in einem neuen Krimi spielen - aber das ist ein großes Geheimnis und niemand von der Schule darf das erfahren.”
“Wie hat der Mann ausgesehen”, fällt Marvie Daniel erregt ins Wort.
“Er war groß und hat braunes kurzes Haar - aber merkwürdig war seine große Sonnenbrille, die er aufhatte - obwohl heute gar keine Sonne scheint”, antwortet Daniel kleinlaut.
“Was ist dann passiert?” Moritz ist so erregt, dass er Daniel am liebsten ausschütteln würde, um so rasch wie möglich an die Informationen zu kommen.
“Dann sind die beiden aus der Schule gegangen und Adrian ist in ein großes weißes Auto gestiegen und sie sind davongefahren. Adrian hat mir noch fröhlich zugewunken und seine Hand auf den Mund gelegt, also dass ich niemandem davon erzählen darf.”
Marvie blickt verstört in Moritz` Augen und beginnt zu weinen.
“Stimmt was nicht?” fragt Daniel, als er Adrians Mutter weinen sieht.
“Ist schon o.k.”, antwortet die Frau Direktor und deutet dabei ihrem Kollegen, dass er mit Daniel in die Klasse zurückgehen soll.

Marvie kauert sich auf den Boden und weint bitterlich. Moritz stellt sich zu ihr und versucht sie zu beruhigen, was ihm aber nicht gelingt.
“Ich hab’s dir ja gesagt - der weiße Van! Moritz, wenn dem Buben was geschieht, dann...”
“Dann haben wir wirklich ein ernsthaftes Problem!”,

unterbricht Moritz seine Frau, greift zu seinem Handy und ruft seinen Freund Norbert an. Er schildert ihm am Telefon die jüngsten Ereignisse und sagt zu seiner Frau, nachdem er das Telefonat beendet hat:
“Der Norbert hat soeben eine Alarmfahndung nach einem weißen Van an alle Polizeistreifen hinausgegeben. Sämtliche Überwachungskameras der Kreuzungen werden kontrolliert und in ein paar Minuten ist er mit seinen Kollegen bei uns in der Schule.“ Die Direktorin sieht Moritz ungläubig ins Gesicht und fragt verwirrt:
“Sagen Sie mal - was ist hier eigentlich los?”
Moritz klärt in Ruhe die Frau Direktor über die Sachlage auf. Er schildert ihr sämtliche Details, beginnend von Samstag Nacht bis jetzt und versucht nebenbei, seine Frau zu beruhigen. Nachdem die Direktorin alles erfahren hat, setzt sie sich neben Marvie auf den Boden und versucht, sie ebenfalls mit aufmunternden Worten zu beruhigen.

Geschlagene fünfzehn Minuten später erreicht auch Norbert mit seinen Kollegen die Schule. Um nicht noch mehr Unruhe zu verursachen, werden die Blaulichter der Einsatzfahrzeuge kurz vor der Schule ausgeschaltet. Norbert stürmt die Treppen hoch und sieht Marvie bitterlich weinend am Boden vor der Direktion sitzen. Er geht zu ihr, grüßt dabei kurz seinen Freund Moritz und setzt sich ebenfalls zu ihr. Sachlich versucht er, Marvie zu beruhigen. Er erklärt ihr, dass bereits sämtliche Polizeistreifen informiert sind und eine Großfahndung nach dem Fahrzeug läuft. Eine Beamtin bittet, mit Daniel sprechen zu dürfen. Als Daniel wieder aus dem Klassenzimmer geholt wird, läutet die Glocke zur nächsten Schulpause. Die anwesenden Beamten beschließen, in das Konferenzzimmer zu gehen, um nicht unnötig Aufregung zu verursachen. Moritz hilft

seiner Frau auf und sie gehen gemeinsam händehaltend in den Raum. Als sich der Raum mit dem übrigen Lehrpersonal füllt, erklärt die Direktorin dem Kollegium den Sachverhalt. Marvie hat sich in der Zwischenzeit von ihrem ersten Schock erholt und registriert die bestürzten Gesichter der neu eingetroffenen Personen.
Norbert bittet die Lehrkräfte, Ruhe zu bewahren und niemandem davon zu erzählen. Das Letzte, was er jetzt für seine Ermittlungen brauchen kann, sind neugierige Mitarbeiter von der Presse. Die anwesenden Lehrer versprechen natürlich den Beamten, niemandem von diesem Zwischenfall zu berichten und dem Tagesgeschäft wie üblich nachzugehen. Als die Pause zu Ende ist, leert sich allmählich der Konferenzraum und nur die Beamten, die Direktorin, Daniel sowie Marvie und Moritz bleiben im Raum. Daniel wird gebeten, den Ablauf der Pause, in der Daniel abgeholt wurde, nochmals genauestens zu erzählen. Als Daniel mit seinem Bericht geendet hat, wird auch er wieder in die Klasse gebracht. Auch er wird gebeten, niemandem davon zu erzählen. Daniel hebt seine Hand und sagt, bevor er die Klasse betritt: “Indianer-Ehrenwort”.

“Was passiert jetzt?”, fragt Marvie besorgt ihren Freund Norbert.
“Wir müssen jetzt mal abwarten. Wenn es sich um eine Entführung handeln sollte, dann wird sich der Täter in irgendeiner Form mit euch in Verbindung setzen. Moritz, wir werden über dein Handy eine Fangschaltung aktivieren müssen und jedes deiner Gespräche aufzeichnen! Die nötigen Schritte bei deinem Telefonbetreiber sind bereits eingeleitet”, antwortet Norbert sachlich.
“Ich habe sämtliche meiner Spezialisten auf diesen Fall angesetzt. Wir bekommen ihn - das kann ich dir versprechen! Und dem Adrian wird nichts geschehen -

bitte vertrau mir. Hier in der Schule können wir eh nichts mehr machen. Also bitte fahrt nach Hause und wartet dort - ich werde euch natürlich begleiten", fährt er fort. "Übrigens, es ist sicherer, wenn ihr Carlotta auch gleich mit nach Hause nehmt und sie soll in den nächsten Tagen bei euch zu Hause bleiben. Ich stell euch auch noch zwei Mann ab, die unauffällig euer Haus bewachen werden", beendet er seine Ausführungen.
Marvie und Moritz verabschieden sich von der Direktorin und den Beamten. Sie gehen in das Klassenzimmer von Carlotta und holen sie heraus. Vor der Tür erklären sie ihr, was soeben vorgefallen ist. Auch Carlotta beginnt nun bitterlich zu weinen und fällt ihrer Mutter um den Hals. Schweren Schrittes gehen die drei, gefolgt von Norbert, die Treppen hinunter zum Eingang der Schule und steigen in das Auto. Moritz fährt, in düstere Gedanken vertieft, mit Frau und Tochter nach Hause. Marvie, die sich in der Zwischenzeit wieder gefangen hat, versucht, ihre Tochter während dieser endlos scheinenden Fahrt zu beruhigen.
"Scheiße", flucht Moritz, während er die Hauseinfahrt hineinfährt, "womit haben wir das verdient?" Er steigt aus dem Auto und öffnet den beiden Frauen die Tür. Sie gehen hoch zur Eingangstür und als er sie öffnen will, läutet das Handy von Norbert, der ebenfalls gerade am Haus der Lustigs angekommen ist.
"Alles o.k. - dann das übliche Prozedere - Spuren sichern! Ich will, dass ihr jeden noch so kleinen Hinweis erfasst - verstanden?!" Norbert drückt das Gespräch weg und sagt, nachdem er bei den anderen angekommen ist: "Der Wagen - der weiße Van, ein Hyundai H1, wurde soeben an einem Waldrand in der Nähe der Autobahnabfahrt Kalsdorf sichergestellt. Meine Mannschaft ist schon dort - die drehen das Fahrzeug von Kopf bis Fuß um, um jede noch so kleine Spur sicherzustellen. Sollte der Täter etwas hinterlassen

haben, werden wir es finden! Mehr kann ich euch im Moment leider auch nicht sagen", versucht Norbert die Familie Lustig zu beruhigen.
"Was ist mit Adrian? Habt ihr ihn gefunden?" Marvies Gefühle fahren Achterbahn.
"Nein, vom Täter und von deinem Sohn fehlt jede Spur - anscheinend hat er das Fahrzeug gewechselt."
"Was soll das heißen?", schreit Moritz wie aus einer Pistole geschossen seinen Freund an.
"Moritz, wir haben derzeit die Spur verloren. Den Van haben wir - jetzt können wir nur noch abwarten", antwortet Norbert ruhig und sachlich.
"Kommt, lasst uns ins Haus gehen - dann können wir in Ruhe alles besprechen", fährt er fort.
Moritz öffnet die Tür und geht mit seinen Begleitern ins Haus. Carlotta verschwindet in ihr Zimmer und dreht ihre Musikanlage voll auf.
"Lass nur, Moritz", sagt Marvie, als sie das überraschte Gesicht ihres Mannes sieht. "Das ist ihre Art, die Situation zu verdauen. Wenn sie sich wieder beruhigt hat, wird sie schon kommen - ich kenne mein Mädchen", erklärt sie ihrem Mann beruhigend.

Die drei Erwachsenen gehen ins Wohnzimmer und setzen sich auf das Sofa. Immer wieder schüttelt Marvie ihren Kopf und sagt:
"Warum wir, Moritz? Wir haben ja gar kein Geld, wir sind nicht reich. Wenn es dem um Lösegeld geht - was machen wir dann bloß?" Moritz schaut hilflos in Marvies Augen und als er ihr antworten will, sagt Norbert:
"Macht euch keine Sorgen. Wenn es nur um Geld geht, dann besorgen wir das für euch, verstanden? Wir müssen jetzt klaren Kopf bewahren und abwarten."
"Wie soll ich da ruhig bleiben - wenn mein Sohn vielleicht in den Händen eines Wahnsinnigen ist? Du hast ja selbst gesehen, was der uns schon angetan

hat!”, fährt Marvie entrüstet hoch und beginnt wieder zu weinen. Moritz nimmt seine Frau in den Arm und versucht, sie zu beruhigen, als plötzlich sein Handy vibriert. Norbert fährt hoch und sagt:
“Lass es ein bisschen läuten wegen der Ortung. Und sollte es der Täter sein, dann verwickle ihn solange wie möglich in ein Gespräch.“ Er zückt selbst sein Handy, drückt auf eine Taste und sagt:
“Es ist soweit - Fangschaltung aktivieren!”

RRRRRT - RRRRRT - RRRRRT vibriert Moritz` Handy. Nach sechsmaligem Ertönen zeigt Norbert mit seiner Hand, dass Moritz abheben kann und sagt noch leise zu ihm: “Sie haben ihn.” Moritz drückt auf die grüne Annahmetaste und sagt:
“Lustig, hallo!”
“Du Moritz, was ist los mit euch? Ich stehe schon seit einer halben Stunde vor der Schule und warte auf die Kinder! Wenn ich nicht zufällig von der Frau Direktor erfahren hätte, dass ihr bereits da wart, würde ich noch eine Stunde warten!”, knattert Sepp bitterböse Moritz entgegen.
“Hallo Sepp, komm bitte mit der Oma zu uns, so schnell du kannst! Ich erkläre dir alles später, ich kann jetzt nicht”, antwortet Moritz für einen Moment befreit und beendet rasch das Gespräch.
“Kollegen - blinder Alarm! Das war der Großvater”, sagt auch Norbert in sein Handy und beendet ebenfalls das Gespräch.
“Ma, Moritz, wir haben in der Aufregung ganz auf meinen Vater vergessen. Der sollte ja die Kinder von der Schule abholen”, sagt Marvie erschöpft zu ihrem Mann.

Zwei weitere Stunden vergehen, in denen die Anwesenden in bedrückter Stimmung abwarten. Plötzlich läutet es an der Tür: Ding - Dong - Doong!

Moritz springt auf, eilt zur Haustür und öffnet sie.
“Hallo Moritz, was war denn das wieder für eine Aktion von euch - den Sepp eine halbe Stunde vor der Schule warten zu lassen? Und was ist denn so wichtig, dass ihr es uns nicht am Telefon sagen könnt?“, fällt Ingrid leicht vorwurfsvoll und erregt mit der Tür ins Haus, während sie dieses mit ihrem Mann und der Hündin Daisy betritt.
“Eins kann ich dir sagen: Das war das letzte Mal, dass ich für euch eure Kinder abhole!”, schimpft ebenfalls leicht erzürnt der Schwiegervater.
“Kommt rein - die Marvie wartet schon im Wohnzimmer auf euch. Wir haben euch etwas zu sagen”, antwortet Moritz leise und begrüßt seine Schwiegereltern. Als sie das Wohnzimmer betreten, sehen sie Marvie verstört am Sofa sitzen. Neben ihr steht Norbert und die Eltern wissen in diesem Moment nicht, wie sie reagieren sollen.
“Ist etwas passiert?”, fragt Ingrid zu Norbert hin, als sie zu ihrer Tochter geht.
“Herr Lagenstein”, sagt Norbert zu Moritz` Schwiegervater, “ich muss Ihnen leider mitteilen, dass der Adrian in der großen Pause aus der Schule entführt wurde.”
“Was - wer - der Adrian?”, schreit der Großvater erregt auf. Ingrid hat sich in der Zwischenzeit zu ihrer Tochter gesetzt und registriert schön langsam, dass diese schreckliche Aussage Norberts wahr sein muss.
Marvie blickt mit rot unterlaufenen Augen in das entsetzte Gesicht ihrer Mutter und nimmt ihre Hand. Ausführlich schildert Norbert den Schwiegereltern seines Freundes alle Einzelheiten dieses schrecklichen Ereignisses. Als er seine Ausführungen beendet hat, sagt Moritz` Schwiegervater:
“Wenn ich den erwische - dann bringe ich ihn um! Und es ist mir völlig egal, wenn das dein Freund von der Polizei soeben gehört hat! Hast du mich verstanden, Moritz - den bring ich um!”

“Na na, Herr Lagenstein - das habe ich jetzt überhört. Wir schnappen den Mistkerl schon, das verspreche ich Ihnen und dann...“
“Dann kommt der nach ein paar Jahren wieder heraus aus dem Kittchen und macht das Gleiche wieder!”, fällt Sepp erregt Norbert ins Wort.
“Wenn ich was zu reden hätte, dann würde ich den an seinen Eiern aufhängen und verrecken lassen - dieses Schwein!”, schimpft Sepp aufgebracht weiter.
“Mir geht's genauso”, versucht Norbert die Stimmung wieder zu beruhigen. “Ich würde manchem Täter auch den Tod wünschen. Aber wir leben Gott sei Dank in einem Rechtsstaat, in dem Selbstjustiz verboten ist”, spricht Norbert ruhig weiter.
“Ja ja, den Rechtsstaat, den kenn ich schon zur Genüge - da haben die Verbrecher mehr Rechte als die Opfer!”, lässt Sepp sich nicht beruhigen.
“Sepp, hör jetzt einmal auf! Die Polizei wird das schon machen. Nimm jetzt bitte Rücksicht auf deine Tochter - hast du mich verstanden?”, versucht Ingrid sichtbar gereizt, dieses Thema endlich zu beenden.
Sepp sieht in Marvies verheultes Gesicht und sagt: “Entschuldige, aber du kennst mich ja. Wenn ich mich mal aufrege, dann vergesse ich mich halt. Du Moritz”, spricht er weiter und blickt zu seinem Schwiegersohn, “hättest du vielleicht ein Bier und was Scharfes für mich? Weißt eh, wegen der Aufregung könnt ich jetzt was vertragen.” Moritz schaut in die Runde und sagt: “Entschuldigung, was bin ich bloß für ein Gastgeber? Norbert, für dich ein Red Bull, Marvie - Bier? Mama? Gut, dann hol ich euch mal die Getränke.”
Ehe sie antworten können, verschwindet Moritz in der Küche und holt die gewünschten Getränke. Nach einer Minute kommt er mit drei Flaschen Bier und dem Energy Drink zurück ins Wohnzimmer. Er öffnet gekonnt mit dem Stiel eines kleinen Löffels die Flaschen und überreicht

sie den Anwesenden.
Norbert öffnet seinen Energy Drink und sagt:
“Moritz, ich will dich jetzt nicht beunruhigen, aber es kann eine verdammt lange Nacht werden. Wenn du willst, bleib ich bei euch - kann ja auf dem Sofa schlafen?” Moritz blickt fragend in Marvies Gesicht und ehe er antworten kann, sagt sie:
“Ja, Norbert, das wäre sehr nett von dir. Ich fühl mich halt sicherer, wenn du bei uns bleiben würdest. Hoffentlich passiert dem Adrian nichts!” Ihre Stimme versagt und sie beginnt wieder zu schluchzen. Ingrid nimmt ihre Tochter in den Arm und streichelt ihr zärtlich übers Haar.
“Marvie, es wird schon alles gut gehen. Sei froh, dass du so einen guten Freund bei der Polizei hast, die werden das schon machen. Die kriegen den Kerl, das spüre ich!” Doch im tiefsten Inneren verspürt auch sie selbst den Drang zu weinen. Sie kämpft gegen die Tränen an, damit Marvie nicht mitbekommt, dass auch sie bittere Angst um ihr Enkelkind hat. Moritz hat in der Zwischenzeit die Bar im Wohnzimmer geöffnet und holt ein Flasche und vier Cognacschwenker heraus. Sepp sieht die Flasche in Moritz` Hand und sagt:
“Sag Moritz, ist das nicht die Big Bertha - der Supercognac vom Harrer Franz, den ich dir letztens geschenkt habe?” Moritz blickt zu seinem Schwiegervater und antwortet:
“Ja - das ist jetzt zwar kein Moment zum Feiern, aber in diesem Fall können wir doch eine Ausnahme machen.” Er schenkt den edlen Tropfen in die Gläser und überreicht sie den anderen - bis auf Norbert. Doch der sieht Moritz an und sagt:
“Mein Freund, ich bin zwar im Dienst - aber einen kleinen könnte ich jetzt auch vertragen.” Moritz holt ein fünftes Glas, schenkt ein und als alle die Gläser in den Händen halten, sagt er:

“So, auf Adrian! Es wird ihm nichts geschehen!” Er führt das Glas zum Mund und leert es in einem Schluck.
“Ah - ist das gut”, sagt er und stellt das leere Glas auf dem Wohnzimmertisch ab.

Weitere Stunden des endlosen Wartens vergehen. Kein Anruf - keine Lösegeldforderung - es geschieht einfach nichts. Gegen 19 Uhr verlassen Marvies Eltern gemeinsam mit Carlotta das Haus, um in ihre Wohnung zu fahren. Sie verabschieden sich und versprechen, gleich morgen in der Früh wieder herzukommen, um Marvie zu entlasten und um ihr zur Seite zu stehen. Eine halbe Stunde später läutet Norberts Handy und er hebt sofort ab. Er verlässt das Wohnzimmer und führt sein Telefongespräch vor dem Haus. Nach zehn Minuten kommt er wieder zurück und sagt zu Marvie und Moritz, die inzwischen noch immer angespannt auf dem Sofa sitzen:
”So, ich kann euch ein paar neue Facts mitteilen. Ich hab soeben von der Spurensicherung erfahren, dass euer Sohn in dem Fahrzeug war. Sein Handy wurde sichergestellt, es war aber ausgeschalten, daher konnten wir es auch während der Fahndung nicht orten. Dank der Haarprobe eures Sohnes, die ich von euch erhalten habe, konnte ein DNA-Abgleich mit Haaren, welche die Spurensicherung auf der am Beifahrersitz gefundenen Baseball-Kappe sichergestellt hat, durchgeführt werden. Der Vergleich ergab eine 99,99-prozentige Übereinstimmung. Die Spurensicherung hat im Kofferraum des Wagens auch Blutspuren sichergestellt.”
“Was, Blut? Von wem?”, fällt Marvie Norbert erregt ins Wort.
“Warte, Marvie - das Blut stammt nicht von deinem Sohn, sondern es passte mit dem bei euch gefundenen Schweineblut überein, das über die Katzenteile

geschüttet wurde. Außerdem wurden Kühlboxen im Kofferraum sichergestellt, in denen mit 100-prozentiger Sicherheit die gefrorenen Katzenteile transportiert wurden. Also, wir können davon ausgehen, dass es sich bei dem Anschlag auf euch am Samstag in der Nacht und der Entführung eures Sohnes um ein und denselben Täter handelt. Der weiße Van, ein Lieferwagen der Marke Hyundai Typ H1, mit dem der Täter euren Sohn entführt hat, wurde bereits am Freitag vom Autohaus Fritz in Fernitz als gestohlen gemeldet. Die Polizeidienststelle in Hausmannstätten ging von einem Diebstahl aus, der durch Ausländer - möglicherweise Slowenen, wegen der nahen Staatsgrenze - durchgeführt wurde. In Fernitz und Hausmannstätten haben sich in den letzten Monaten solche Diebstähle gehäuft. Es wurden übrigens Fingerabdrücke sichergestellt, die - und jetzt haltet euch fest - mit Abdrücken, welche wir auf eurer Eingangstür gefunden haben, zu 100 Prozent übereinstimmen. Das heißt, der Fahrer des Fahrzeuges war 100-prozentig schon einmal an eurer Tür - er hat auch euer Schloss verklebt. Weiters wurden Reifenabdrücke neben dem gefundenen Fahrzeug sichergestellt - das heißt, der Täter hat mit eurem Sohn mit Sicherheit das Fahrzeug gewechselt. Das Profil ist von einem handelsüblichen Sommerreifen von Michelin, wie es sie zu Tausenden gibt. Aber wir können mit Sicherheit sagen, dass es sich bei dem zweiten Wagen um ein heckgetriebenes Fahrzeug handeln muss. Übrigens hat eine Kamera an der Kreuzung Liebenauer Hauptstraße mit dem Autobahnzubringer das Fahrzeug erfasst. Die Bilder werden gerade ausgewertet. Sobald wir die Fotos haben, kommt ein Kollege vorbei und bringt sie mir. Mehr gibt es im Moment leider nicht zu berichten."

Norbert beendet seinen Bericht über die neuesten Informationen und setzt sich wieder neben die Lustigs

auf das Sofa. Es vergeht wieder eine knappe Stunde, als es plötzlich an der Tür läutet.
DING - DONG - DOONG!

Moritz springt auf und sagt:
“Ich geh schon, ich halt das Sitzen eh nicht mehr aus.” Aber ehe er zur Tür gehen kann, erhebt sich auch sein Freund Norbert und sagt:
“Moment Moritz, ich komme mit!” Gemeinsam gehen sie zu Tür und Moritz öffnet sie.
“Hallo Joe”, sagt Norbert, als er seinen Kollegen vor der Türe stehen sieht.
“Hallo Norbert! Hallo Moritz! Es tut mir so schrecklich leid, was mit eurem Sohn passiert ist, aber so etwas konnten nicht einmal wir ahnen”, sagt Norberts Kollege, während er das Haus betritt.
“Ich bring euch die ausgewerteten Fotos von der Kamera an der Kreuzung”, berichtet er. Die drei gehen ins Wohnzimmer und sie sehen Marvie auf dem Sofa kauernd, mit Tränen in den Augen.
“Hallo Marvie! Es tut mir so leid, dass wir uns unter solch schrecklichen Umständen wiedersehen”, sagt Joe befangen, als er ins Wohnzimmer geht. Er überreicht Norbert ein Kuvert, der öffnet es sofort und nimmt mehrere Schwarz-Weiß-Fotos heraus. Er betrachtet sie für einen Augenblick und bestätigt:
“Ja, am Beifahrersitz - das ist der Adrian!” Er überreicht Moritz ein Foto, der schaut es an und sagt:
“Der Fahrer hat zwar eine Kappe auf und trägt eine Sonnenbrille, doch ich erkenne ihn!”
“Was, du kennst das Schwein?!”, schreit Marvie laut auf und springt auf. Sie eilt zu Moritz, reißt ihm das Foto aus der Hand und sagt:
“Ja, daneben, das ist der Adrian - wer ist aber das verdammte Schwein, das unseren Sohn in seiner Gewalt hat? Sag’s mir Moritz - woher kennst du den?”

Noch bevor Moritz antworten kann, beginnt seine Frau bitterlich zu weinen. Sie schlägt mit ihren Fäusten auf Moritz` Brust und schreit ihn hysterisch an:
“Sag mir verdammt noch einmal, wer das ist! Nur wegen dir - ist mein Sohn in Gefahr - ich halte das nicht mehr aus!” Moritz nimmt seine Frau an den Händen, daraufhin sinkt sie mit Tränen im Gesicht zu Boden. Moritz setzt sich neben sie, wischt ihr die Tränen aus dem Gesicht und sagt:
“Das ist der Jürgen Schwarz - der statt mir die neue SOKO Tirol-Staffel schreiben hätte sollen. Ich bin mir ganz sicher - ich kenne sein Gesicht!” Auf diese Erklärung hin will Norbert sofort wissen:
“Moritz, bist du dir da 100-prozentig sicher?”
“Ja - das ist er! Ja, Norbert - das ist das Schwein!”, antwortet er aufgebracht und beginnt ebenfalls zu weinen.
“Joe - gib sofort eine Alarmfahndung nach einem Jürgen Schwarz hinaus - an alle Streifen! Findet alles heraus, was ihr über ihn finden könnt: Wohnadresse, Kontodaten, Sozialversicherung, eventuelle Handyverträge - das Übliche halt. Holt euch einen Durchsuchungsbefehl für seine Wohnadresse - ich will alles über ihn erfahren, verstanden?” Ohne eine Sekunde zu zögern verlässt Joe mit dem Handy am Ohr das Haus.

“So Moritz, jetzt erzähl mir mal, wie du zu diesem Jürgen Schwarz kommst?”, sagt Norbert beruhigend zu Moritz und setzt sich zu ihm. Moritz beginnt mit seiner Erzählung und schildert Norbert sämtliche Details des damaligen Kennenlernens in der Kapital-Filiale am Griesplatz.
“Was? Den hat der Paul ins Spiel gebracht?”, ist auch Norbert nun sichtlich aufgebracht.
“Ja, der Paul hat dem Hans den Schwarz - dieses

Schwein - als neuen SOKO-Autor vorgeschlagen", bestätigt Moritz.
"Du, wir brauchen sofort den Paul! Der muss uns alle Informationen bezüglich unseres vermeintlichen Täters liefern. Moritz, ruf ihn an - nein, ich ruf ihn an, dienstlich, dann muss er kommen! Sonst lass ich ihn wegen Gefahr in Verzug von einer Streife abholen."
Moritz sagt Norbert Pauls Handynummer an und der beginnt sofort mit dem Eintippen der Nummer in sein Telefon. Am Handy ertönt dreimal das Freizeichen, als Norbert endlich ein
"Ja - Paul Hiden" aus dem Gerät hört.
"Hallo Paul, ich bin's, der Norbert", schießt er gleich los.
"Hallo Norbert! Was verschafft mir die Ehre deines Anrufes um diese Uhrzeit?", fragt Paul ziemlich überrascht.
"Paul, es ist etwas Schreckliches passiert! Mehr kann ich dir noch nicht sagen - aber setz dich bitte sofort in dein Auto und komm zu Moritz! Sonst muss ich dich mit einer Streife abholen lassen, hast du mich verstanden? Das ist keine private Angelegenheit, sondern dienstlich! Also, bis wann bist du hier?", bringt Norbert sachlich seine Anweisung vor.
"O.k., warte, ich fahr gleich los... In 20 Minuten… kann ich bei euch sein", antwortet Paul stotternd.
"O.k. Paul, bis gleich", sagt Norbert und beendet das Gespräch. Moritz blickt in Norberts Gesicht und fragt:
"Sag mal Norbert, was erhoffst du dir davon?"
"Wichtige Informationen, mein Freund! Je mehr wir über unseren Täter erfahren - desto besser können wir ihn einschätzen. Es geht um deinen Sohn - jeder noch so kleine Hinweis kann uns helfen, deinen Sohn wieder zurück zu euch zu bringen!"
Weitere 25 Minuten des angespannten Wartens vergehen, als endlich die Türglocke läutet.
DING - DONG – DOONG!

Norbert springt auf und rennt zur Tür, er reißt sie auf und ehe Paul noch etwas sagen kann, überfällt ihn Norbert mit der Aussage:
“Paul, der Adrian wurde entführt!“, und setzt mit der Frage nach: “Weißt du, von wem?” Paul betritt das Haus und antwortet:
“Was - der Adrian? Du spinnst wohl, willst mich wohl auf den Arm nehmen!”
“Nein, das ist kein schlechter Scherz - das ist bittere Realität! Weißt du wirklich nichts? Lüg mich nicht an!”, unterbricht Norbert Paul erzürnt.
“Was ist los mit dir, Norbert? Verdächtigst du vielleicht mich?”, fragt Paul erregt.
“Ich muss in jede Richtung ermitteln, mein Freund. Aber - hast du was zu verheimlichen, weil du dich als Verdächtigen empfindest?”, fragt Norbert nun sachlich weiter.
“Nein - aber dein Ton gefällt mir nicht, Norbert.” Pauls Stimme wird nun ganz leise.
“Mein Ton gefällt dir nicht - dir wird bald etwas anderes nicht gefallen, mein Freund. Komm jetzt, wir gehen ins Wohnzimmer zu den anderen, dann wirst du alles erfahren”, sagt Norbert, nun schon ziemlich gereizt. Er packt Paul beim Arm und sie gehen gemeinsam ins Wohnzimmer
.
Als Paul den Raum betritt, sieht er Marvie und Moritz am Boden sitzen. Moritz hält seine Frau im Arm, doch als sie Paul erblickt, fängt sie sofort wieder an zu weinen.
“Sag, was ist denn da los?”, fragt Paul besorgt.
“Ich hab’s dir schon gesagt - das ist kein Scherz - der Adrian ist entführt worden! So, und jetzt kann ich es dir ja sagen - von deinem neuen Wunderautor, dem Jürgen Schwarz”, antwortet Norbert und schaut Paul tief in die Augen, um irgendeine Reaktion zu erkennen, die auf eine Mitwisserschaft von Paul schließen lässt. Paul blickt

ungläubig in Norberts Augen, schüttelt kurz den Kopf und sagt:
"Wie kommt ihr auf den Schwarz?"
"Der Moritz hat ihn anhand eines Fotos identifiziert", antwortet Norbert dienstlich. Er überreicht Paul das Foto und nachdem der einen kurzen Blick darauf geworfen hat, sagt er:
"Ja, das ist der Schwarz und daneben, das ist der Adrian. Meine Güte - was ist da passiert?" Paul fährt sich mit der linken Hand über sein schütteres Haar und gibt dem Norbert das Foto zurück.
"Mein Gott - wenn ich das gewusst hätte, dann..."
"Was dann?", fällt Norbert Paul ins Wort.
"Dann hätte ich dem nicht so viel von den Lustigs erzählt", antwortet Paul zerknirscht und setzt sich auf das Sofa. Er schlägt beide Hände vors Gesicht und stöhnt leise auf.
"Ach, hätte ich das geahnt - ich bin so ein Idiot! Moritz - Marvie - es tut mir schrecklich leid!" Paul weiß nicht, wie er mit dieser Situation umgehen soll und blickt in die verstörten Gesichter seiner Freunde.
"Was hast du ihm erzählt?", fragt Norbert und setzt sich zu Paul aufs Sofa. Paul atmet tief durch und beginnt seine Erzählung:
"Der Schwarz hat sich vor Monaten bei mir im Büro gemeldet. Er wollte einen Termin, da er in Erfahrung gebracht hat, dass ich mich auf das Management von Autoren spezialisiert habe. Er wusste, dass ich auch den Moritz Lustig, der für die SOKO-Bücher und die Drehbücher für die gleichnamige Fernsehserie verantwortlich ist, unter Vertrag habe. Er brachte mir ein Skript für eine neue Krimireihe namens SOKO Tirol - die noch viel spannender und cooler sei, als alle SOKOs zusammen. Ich las das Skript und mir gefiel es auf Anhieb. Ich wusste auch schon damals, dass der Moritz nach zehn Jahren SOKO eigentlich keine rechte Freude

mehr hatte, für diese Serie weiterzuschreiben. Zu oft hat er Abgabetermine nicht eingehalten und war ziemlich unzuverlässig geworden. Dann erzählte mir Moritz von seiner neuen Idee einer Reality Thrill Crime-Serie, die er eigentlich lieber schreiben würde. Außerdem konnte er wieder einmal einen Abgabetermin wegen einer Verletzung nicht einhalten. Da kam mir die Idee, dem Hans den Schwarz als neuen SOKO-Autor zu verkaufen und ihm gleichzeitig von Moritz` neuer Idee zu berichten. Hans war wegen der ewigen Unzuverlässigkeit von Moritz nicht gut auf ihn zu sprechen und nahm meinen Vorschlag an, dem Schwarz eine Chance zu geben - natürlich bei geringerer Bezahlung. Zusätzlich überzeugte ich auch den Hans, Moritz auch noch eine Chance zu geben - denn zehn Jahre der erfolgreichen Zusammenarbeit schmeißt man nicht so einfach weg.
Daraufhin willigte Hans ein, dass Moritz den Vorschuss, den er bereits für SOKO erhalten hat, behalten kann, und dass dieser nun als Vorschuss für seine neue Idee gilt. Der Schwarz begann sofort mit dem Schreiben und wir trafen uns öfter, um den Fortschritt des Buches zu besprechen. Bei einem dieser Gespräche fragte mich der Schwarz, ob es nicht ein fairer Zug wäre, dem Sohn von Moritz eine kleine Nebenrolle zu geben. Ich dachte damals, das ist eine gute Idee, denn ich wusste, dass der Adrian am liebsten Schauspieler werden möchte. Natürlich dachte ich da auch ans Geschäft: Ich könnte ja Adrian in Zukunft managen. Während unserer Treffen bat mich der Schwarz auch, ob ich ihm ein paar SOKO-Bücher vom Moritz besorgen kann. Er meinte, nicht zum Abschreiben, sondern zur Inspiration. Außerdem fragte er mich sehr oft über private Dinge der Lustigs aus. Ich dachte mir damals nichts dabei, als ich ihm so ein paar Dinge wie die Schule der Kinder oder die Hobbys der Lustigs und über das Haus erzählte. Er bekam von mir auch sämtliche Bücher, die Moritz in zehn Jahren

geschrieben hat. So, nachdem der Schwarz das Buch zu Ende geschrieben hatte, brachte ich es dem Hans und als er es gelesen hatte, war er bitterböse auf mich. Denn das Buch - wie ihr ja selber wisst - war der volle Schwachsinn. Der Schwarz war ein Fan der CSI-Serien aus Amerika und sein Buch war nur eine billige Kopie von diesen Serien - umgeschrieben auf eine Kleinstadt in Tirol. Nachdem der Hans mich beinahe gefeuert hat, kam ich auf die Idee, den Moritz wieder für SOKO zu gewinnen - denn er ist einfach der Beste! Und so kam es auch zu der Idee, dem Moritz nochmals 50.000 Euro im Voraus zu geben, wenn er zusagt, in 30 Tagen eine SOKO Tirol-Folge zu schreiben und das Drehbuch dazu. Hätte Moritz nicht zugestimmt, säßen wir jetzt in der Scheiße: Kein Buch, kein Drehbuch, keine Produktion, kein Fernsehfilm - der Hans hätte dem ORF sehr viel Geld als Konventionalstrafe zahlen müssen. Der Moritz sagte zu - die Marvie hat das Buch geschrieben - das Drehbuch ist von Moritz und bereits nach zwei Dritteln der Zeit fertig! Der Hans ist happy - und der Schwarz war ziemlich sauer, als ich ihm mitteilen musste, dass er wieder draußen war. Dass sein Buch nicht produziert wird und dass ich auch keinen Verlag für ihn gefunden habe, der sein Buch veröffentlicht.
Der Schwarz nannte mich Geldsau - und auch andere Schimpfwörter musste ich mir anhören. Als ich mich verabschiedete und ging - das war damals, Moritz, als ich dir im Kapital Sportwetten den Jürgen Schwarz vorgestellt habe - schrie er mir nach, das würde mir noch einmal leid tun! Es tut mir leid, Moritz! Ich hab das nicht geahnt, dass man dem so etwas zutrauen kann!“
Paul blickt in Moritz` Gesicht und nachdem er keine Reaktion von ihm erhält, spricht er weiter:
“Weißt du Moritz, ich habe mir in meinem Leben schon oft ähnliche Aussagen von enttäuschten Autoren anhören müssen. Moritz, wie oft hast du mich ‘Arsch‘

genannt? Aber so was habe ich doch niemandem zugetraut! Bitte glaubt mir - ich wollte das nicht." Paul beendet kleinlaut seine Erzählung und Norbert entwickelt seine Schlussfolgerung aus dem Gehörten:
"Jetzt wird mir so einiges klar: Dem Schwarz geht es nicht um Lösegeld, meine Freunde, dem geht es um seine gekränkte Eitelkeit - eines der ältesten Motive in der Geschichte der Kriminalität. Moritz, ich will dich jetzt nicht beunruhigen, aber die Sache ist verdammt ernst! Wir werden alles Menschenmögliche machen, um deinen Sohn aus den Fängen dieses..."
"Psychopathen - Wahnsinnigen - dieses Irren", unterbricht Marvie Norbert erzürnt.
"Nein Marvie, das wollte ich nicht so direkt sagen - aber er ist gefährlich!", fährt Norbert fort. Marvie blickt mit weit geöffneten Augen Moritz an und sagt:
"Ich mach alles, um unseren Sohn wieder zurückzubekommen - und wenn ich mein Leben für ihn opfern müsste!", und sie beginnt hysterisch zu schluchzen. Moritz versucht, mit zärtlichen Umarmungen seine Frau zu beruhigen, doch es gelingt ihm nur schwer. Immer wieder schubst sie ihn weg und schreit:
"Moritz, es ist deine Schuld! Hättest du nicht zugestimmt, die neue SOKO-Serie zu schreiben, dann wäre unser Sohn noch bei uns!"

Nach zehn Minuten gelingt es endlich Moritz und Norbert, Marvie wieder zu beruhigen. Sie sprechen auf sie ein, als plötzlich Norberts Telefon läutet. Er hebt sofort ab und verlässt wieder das Wohnzimmer.
Nach fünf Minuten kommt er zurück und sagt:
"Freunde, das Einsatzkommando war soeben in der Wohnung vom Schwarz - sie haben die ganze Wohnung umgedreht, doch den Schwarz konnten sie nicht finden. Auch keine Spur von eurem Sohn, also er war sicherlich nicht in der Wohnung. Aber sie haben im Schlafzimmer

jede Menge Fotos von euch, Marvie und Moritz, und auch Fotos von euren Kindern gefunden. Der Schwarz muss euch heimlich gefolgt sein und euch fotografiert haben. Außerdem haben sie jede Menge Hieb- und Stichwaffen - also Messer, Äxte, Sägen, Skalpelle und andere Dinge sichergestellt. Auf den Namen Schwarz ist ein alter 190er-Mercedes angemeldet, die Fahndung nach diesem Auto läuft bereits. Mehr kann ich euch im Moment nicht sagen." Norbert setzt sich wieder neben Marvie und Moritz und atmet tief durch. Paul blickt besorgt zu Moritz, doch bevor er noch etwas sagen kann, übernimmt Norbert wieder die Regie:
"Du Paul, danke für deine Hilfe! Das Protokoll dazu musst du mir morgen im Revier unterschreiben. Ich glaub, es ist besser, wenn du jetzt gehst. Also danke nochmals - du findest alleine raus - oder?" Paul steht auf, verabschiedet sich kleinlaut von allen und verlässt mit hängendem Kopf seine Freunde. Während der nächsten Stunden geschieht nichts im Hause Lustig. Gegen 2 Uhr in der Früh gelingt es Moritz, seine Frau so zu beruhigen, dass sie einschläft. Gegen 4 Uhr fallen auch Moritz die Augen zu. Norbert hat es sich im Fernsehsessel gemütlich gemacht und auch er nickt gegen 5 Uhr ein.

Das DING - DONG – DOONG der Türglocke reißt alle drei aus ihrem Schlaf. Norbert springt schlaftrunken aus dem Fernsehsessel und eilt zur Tür. Als er sie öffnet, sieht er einen Mitarbeiter eines Paketdienstes vor dem Eingang stehen.
"Guten Morgen, ich hab ein Paket für Herrn Moritz Lustig", sagt der Bote freundlich. Norbert nimmt das Paket entgegen und unterschreibt das Zustellformular. Mit dem Paket in der Hand geht er zurück zu den anderen und fragt:
"Moritz, erwartest du ein Paket?" Moritz blickt Marvie

fragend in die Augen, die achselzuckend antwortet: “Nein, nicht dass ich wüsste - oder, Moritz?” Moritz verneint ebenfalls, ein Paket zu erwarten. Norbert legt das Paket vorsichtig auf den Boden und sagt:
“Freunde, ich muss die Spurensicherung kontaktieren - vielleicht ist das eine Nachricht von Schwarz.” Er nimmt sein Telefon und ruft seine Kollegen an.
Moritz geht in die Küche und kündigt an: “Kaffee für alle!” Zwei Minuten später erscheint er im Wohnzimmer mit drei Tassen Kaffee in der Hand.
“Moritz, meine Kollegen werden in ein paar Minuten bei uns sein. Hättest du auch für sie eine paar Tassen Kaffee übrig?”, fragt Norbert als fürsorglicher Chef, während er von Moritz das Häferl in die Hand gedrückt bekommt.
“Sicher, mein Freund, ist doch eh klar - Kaffee haben wir zur Genüge”, antwortet Moritz und überreicht seiner Frau ebenfalls eine Tasse des Muntermachers. Sie sieht ihn an und sagt:
“Moritz, ich hab so schlecht geschlafen - wann bin ich denn eigentlich eingenickt?”
“Du Schatz, so gegen zwei, vielleicht halb drei. Ich hab dir noch die Decke gebracht, als du endlich deine Augen zugemacht hast”, antwortet Moritz und nimmt einen Schluck aus seiner Tasse. Doch nun wenden sich alle drei wieder gespannt dem am Boden liegenden Paket zu.
“Sollen wir es nicht schon aufmachen? Wenn es eine Nachricht vom Entführer ist, verwischen wir ja eh keine Spuren mehr - wir wissen ja schon, dass es der Schwarz ist”, sagt Moritz ungeduldig und unterbricht damit die angespannte Ruhe.
“Nein Moritz, so viel Zeit haben wir, auch wenn wir schon wissen, wer der Täter ist. Aber vielleicht finden wir irgendeinen noch so kleinen Hinweis auf den Aufenthaltsort des Täters”, antwortet Norbert und nimmt

einen Schluck Kaffee. Zehn Minuten später läutet es an der Tür.
Norbert steht auf, geht zu Haustür, öffnet sie und begrüßt seine beiden Kollegen von der Spurensicherung. Sie gehen mit silbernen Alukoffern in den Händen ins Wohnzimmer. Im Raum angekommen, stellen die beiden ihre Koffer ab und begrüßen die Lustigs. Noch bevor einer der Spezialisten seinen Koffer öffnet, verschwindet Moritz in der Küche und holt zwei Tassen Kaffee. Als er aus der Küche zurückkommt, sieht er, wie sie sich weiße Einweghandschuhe, wie man sie aus Krankenhäusern kennt, über ihre Hände stülpen. Die Spezialisten sichern zuerst einige Fingerabdrücke mithilfe eines grauen Pulvers, das sie mit Pinseln vorsichtig auf das Paket auftragen. Nachdem sie die Abdrücke sichergestellt haben, öffnen sie vorsichtig das Paket und nehmen den Inhalt heraus. Eine Mini-Kühlbox aus Styropor, die man auch in Eissalons bekommt, um sein Eis sicher nach Hause zu transportieren, und eine CD befinden sich im Paket. Auch auf diesen zwei Sachen finden sie Fingerabdrücke. Danach beleuchten die Techniker mit einer UV-Lampe die Gegenstände, um sie nach möglichen Rückständen von Körperflüssigkeiten zu untersuchen, und werden am Rand des Deckels der Kühlbox fündig. Mithilfe von speziellen Flüssigkeiten und dem Einsatz von Teststreifen-ähnlichen Utensilien sichern sie diese Rückstände und verpacken sie sofort in ihren Sicherungskoffer.
Nachdem sämtliche verwertbaren Spuren gesichert wurden, öffnet Norberts Kollege die Kühlbox. Er wirft einen kleinen Blick hinein und verschließt die Box sofort wieder. Er blickt mit entsetzter Miene zu Norbert und bittet ihn, zu ihm zu kommen.
“Sagt schon, was ist da drinnen?”, sagt Moritz nervös und blickt fragend zu Norberts Kollegen. Norbert antwortet:

“Moritz, wart einen Moment! Mein Kollege und ich sehen uns den Inhalt in Ruhe in eurer Küche an, dann werden wir euch informieren.”
Moritz springt auf, reißt dem Kollegen von Norbert die Box aus der Hand und öffnet sie. Als er den Inhalt erblickt, versteinert sich sein Gesichtsausdruck und ein fürchterlicher Brechreiz überkommt ihn. Er drückt Norbert die Box in die Hand und rennt mit beiden Händen am Mund ins Klosett, um sich nicht vor allen zu übergeben. Von dort hören die übrigen sein Würgen.
“Was ist da drinnen, Moritz!”, schreit Marvie hysterisch und springt ebenfalls vom Sofa auf, um ihrem Mann zu folgen.
“Marvie”, sagt Moritz, der vor der Klomuschel kniet, mit Tränen im Gesicht. “Bitte erspar dir diesen Anblick”, würgt er und übergibt sich ein weiteres Mal. Nach einem weiteren Erbrechen und etlichen Würgereflexen erholt sich Moritz langsam wieder und steht auf. Er wäscht sich das Gesicht und spült seinen Mund aus.
“Marvie, bitte - schau nicht hinein! Erspar dir diesen Anblick!”, schreit er seine Frau mit kippender Stimme an.
“Was darf ich - verdammt noch mal - nicht sehen?!”, antwortet sie erregt.
“Bitte frag mich nicht - bitte Schatz, bitte! Ich kann’s dir nicht sagen!”, schreit er weiter und verlässt die Toilette. Als er im Wohnzimmer ankommt, ist niemand mehr im Raum. Moritz sinkt auf das Sofa und beginnt bitterlich zu weinen. Marvie ist ihrem Mann gefolgt und als sie erkennen kann, dass Norbert und sein Kollege sich nicht im Wohnzimmer befinden, öffnet sie ruckartig die Küchentür und sieht die geöffnete Box auf der Arbeitsplatte der Küche stehen. Obwohl Norberts Kollege die Box im selben Moment hektisch verschließt, kann sie während des Öffnens der Küchentür einen nur für den Bruchteil einer Sekunde andauernden Blick auf den schrecklichen Inhalt erhaschen.

“Nein - das ist nicht wahr! Sagt mir, dass das nicht wahr ist!”, schreit sie laut auf und sinkt zu Boden. Sie konnte nur für einen Moment einen abgetrennten kleinen Finger, eingebettet auf Crash-Eis, erkennen.
“Nein - das ist nicht wahr!”, schreit sie weiter und trommelt mit ihren Fäusten auf den Boden. Norbert setzt sich neben Marvie auf den Boden und versucht, sie mit einer Umarmung zu beruhigen. Er sagt mit ruhiger und besorgter Stimme zu ihr:
“Marvie, ich wollt dir diesen Anblick ersparen. Ja, du hast richtig gesehen - es ist ein abgetrennter kleiner Finger. Doch wir können noch nicht sagen, ob der Finger von eurem Sohn stammt. Dazu müssen wir noch einen DNA-Abgleich im Labor machen, erst dann können wir etwas sagen. Meine Kollegen werden sofort die Box ins Labor auf der Pathologie bringen. In ein paar Stunden wissen wir mehr, und bis dahin, bitte - vertrau mir...”
“Ich soll dir vertrauen? Du hast mir versprochen, dass meinem Sohn nichts geschieht!”, fällt sie Norbert erregt ins Wort und schlägt sich die Hände vors Gesicht. “Adrian - mein Adrian! Ich kann nicht mehr!”, schreit sie laut auf.

In der Zwischenzeit haben Norberts Kollegen das Haus verlassen und begeben sich auf schnellstem Weg ins Labor. Norbert sitzt noch neben Marvie am Boden der Küche und versucht ergebnislos, sie zu beruhigen. Er steht kurz auf, geht ins Wohnzimmer und sagt zu Moritz:
“Wir müssen was unternehmen, bevor deine Frau endgültig einen Nervenzusammbruch bekommt. Ich ruf mal schnell einen Notarzt an - der soll ihr ein Beruhigungsmittel verabreichen.“

Während er spricht, wählt er schon die Notrufnummer. Er schildert der Einsatzzentrale kurz die Vorfälle und sagt, nachdem er das Gespräch beendet hat, zu Moritz:

“Der Notarzt ist in ein paar Minuten bei uns.” Er steht auf, geht in die Küche und sieht Marvie noch immer bitterlich weinend mit angewinkelten Knien am Boden der Küche kauern.
“Marvie, es wird alles wieder gut - das verspreche ich dir”, sagt er tröstend zu Marvie. “Ein Arzt wird in ein paar Minuten hier sein und er wird dir helfen”, spricht er weiter.
“Ich brauch keinen Arzt! Ich bin nicht verrückt - ich will meinen Sohn wieder zurück!”, schreit sie hysterisch, als sie Norberts gut gemeinte Worte vernommen hat. Nur langsam erholt sich Marvie und steht vorsichtig auf. Norbert hilft ihr dabei und stützt sie am Weg zum Wohnzimmer hilfreich ab. Im Wohnzimmer sinkt sie neben Moritz auf das Sofa und blickt mit entsetzten Augen in Moritz` kreidebleiches Gesicht.
“Moritz, ich halt das nicht mehr aus”, schluchzt sie, während Tränen in ihre Augen schießen. Moritz umarmt seine Frau und wischt ihr zärtlich die Tränen aus dem Gesicht.

Norbert zückt sein Handy und ruft seine Kollegen an. Er schildert ihnen die neueste Entwicklung mit dem besorgniserregenden Vorfall.
“Ich will wissen, wann und von wem dieses Paket bei dem Paketdienst zum Versand aufgegeben wurde - habt ihr mich verstanden?”, beschwört er die beiden eindringlich.
Als die Türglocke wieder läutet, eilt Norbert sofort zur Tür. Der Notarzt ist endlich eingetroffen und er bittet ihn, ihm ins Wohnzimmer zu folgen. Der Arzt erkennt sofort die kritische Situation, in der sich Marvie befindet und beginnt mit seinen Untersuchungen. Er misst den Blutdruck und zieht danach eine Spritze mit einem Beruhigungsmittel auf. Nachdem er Marvie das Mittel verabreicht hat, wirft er auch einen Blick auf Moritz`

Zustand. Doch Moritz lehnt jede Hilfe ab, denn er wolle bei vollem, klaren Verstand bleiben. Als der Arzt empfiehlt, dass sich Marvie entspannt hinlegen solle, steht Moritz vom Sofa auf und legt Marvies Füße hoch. Er nimmt die Decke, deckt sie zu und gibt ihr einen zärtlichen Kuss auf die Stirn. Nur wenige Augenblicke später entfaltet sich die volle Wirkung des Beruhigungsmittels und Marvie schließt ihre Augen. Der Arzt überreicht Moritz noch eine Packung mit Beruhigungstabletten und sagt:
"Herr Lustig, Ihre Frau wird jetzt ein paar Stunden schlafen. Wenn sie wieder wach ist, geben Sie ihr eine Tablette davon - bitte maximal drei pro Tag! Am besten in der Früh, zu Mittag und am Abend je eine. Mehr kann ich im Moment leider auch nicht für sie machen." Nachdem er seine Aufgabe hier erledigt hat, packt er seinen Notfallkoffer und verabschiedet sich.

"Moritz, das war das Beste für deine Frau, glaub mir - bitte", sagt Norbert, nachdem er den Arzt zur Haustür begleitet hat und wieder im Wohnzimmer erscheint.
"So, was ist mit der CD?", fragt Moritz leise und deutet mit der Hand auf die am Wohnzimmertisch liegende Disk.
"Habt ihr einen DVD-Player?", fragt Norbert und nimmt die CD in die Hand.
"Ja, Moment, ich hol schnell die PS3 von meinem Sohn, damit können wir sie abspielen. Moritz verschwindet für einen Augenblick und kommt mit der Playstation und den dazugehörigen Kabeln wieder zurück ins Wohnzimmer. Er installiert die Station am Fernseher und legt die CD ein. Dann schaltet er mit der Fernbedienung den Fernseher ein und geht auf AV. Die beiden sehen das Testbild der Playstation.

Er drückt auf Play und sie sehen nichts. Nach ein paar Sekunden können sie einen dunklen Raum erkennen. Nur schemenhaft können sie erfassen, dass sich inmitten des Raumes etwas befindet. Sie hören das stetige, langsame Geräusch eines Wassertropfens, der in regelmäßigen Abständen von der Decke auf etwas tropft. Geschlagene drei Minuten müssen sie sich nur mit diesem Bild und dem aufreibenden Ton zufriedengeben. Moritz will gerade die Vorspultaste drücken, als sich der Raum plötzlich durch gleißend weißes Licht erhellt. Moritz schlägt sich instinktiv die Hände vors Gesicht, als er diese grauenvolle Einstellung erblickt.
In der Mitte des Raumes sieht er seinen Sohn mit nacktem Oberkörper gefesselt auf einem Sessel sitzen. Sein Kopf ist kahlgeschoren - auf die Glatze seines Sohnes tropft aus einem Gartenschlauch unaufhaltsam und stetig ein Wassertropfen von der Decke. Die Tropfen laufen ihm ständig in die Augen und über das ganze Gesicht. Der Kopf von Adrian ist mit einem Metallgestell fixiert, damit er diesen Tropfen nicht ausweichen kann. In seinem Mund befindet sich ein kleiner schwarzer Ball, der mittels eines roten Tuches seinen Mund knebelt. Seine Füße sind mit Lederriemen am Stuhl fixiert. Die rechte Hand ist ebenfalls mit Lederriemen an die Stuhllehne gefesselt. Die linke Hand liegt ausgestreckt auf einem sich neben dem Stuhl befindenden Metalltisch und ist ebenfalls mittels Metallschlaufen am Tisch fixiert. Hier befindet sich eine Laubsäge, ein Fleischerbeil, etliche Messer und Skalpelle und einige leere Gefäße.

Adrian blickt mit weit aufgerissenen, geschockten Augen direkt in die Kamera. Fünf Minuten müssen sich Moritz und Norbert dieses grauenhafte Bild ansehen, als plötzlich von der linken Seite ein Mann mit weißer Kapuze am Kopf, in der sich nur zwei Augenschlitze und ein kleiner Schlitz über dem Mund befindet, ins Bild

kommt. Als der Unbekannte sich neben Adrian stellt, beginnt dieser fürchterlich zu zittern. Panikartig versucht er, sich von seinen Fesseln zu befreien. Moritz hört durch den Knebel gedämpft die Angstschreie seines Sohnes. Norbert blickt in das verstörte Gesicht von Moritz und sagt:
"Moritz, ich glaube, es ist besser, wenn ich das alleine weiter ansehe." Moritz hebt seine Hand und schreit: "Norbert - lass mich - ich weiß schon selbst..." Aber ehe er noch weitersprechen kann, hören sie aus dem Fernseher:
"Na, Moritz Lustig, wie ist das Gefühl, etwas zu verlieren - das man über alles liebt? Hahaha - Lustig - Lustig, nicht wahr? Hahaha!" Der Unbekannte nimmt ein Skalpell und fährt vorsichtig über Adrians Gesicht, der in diesem Moment seine Augen schließt und noch heftiger am ganzen Körper zu zittern beginnt.
"Soll ich deinem geliebten Sohn sein wunderhübsches, zartes Gesicht zerstören?", spricht der Unbekannte weiter und als er mit dem Skalpell an der Nase seines Opfers angekommen ist, verharrt er da für einen Moment. Er führt das Skalpell langsam in Adrians Nase. Mit leichtem Druck führt er das Skalpell in der Nasenöffnung hin und her und zieht es plötzlich mit einer ruckartigen Bewegung heraus. Im selben Moment läuft Blut von der Nase über den Knebel seines Opfers.
Moritz schreit laut auf und schlägt sich die Hände vors Gesicht. "Dieses Schwein - diese Drecksau!", brüllt er dabei laut.

"Hahahaha", hören die beiden den Unbekannten aus dem Fernseher lachen. Moritz blickt in das schmerzverzerrte Gesicht seines geliebten Sohnes. Adrian zittert noch heftiger und versucht, seinen Kopf aus dem Metallgestell, das ihn fixiert, zu befreien. Doch mit jeder noch so kleinen Bewegung seines Kopfes fließt

mehr Blut aus der Schnittwunde an seinem Nasenflügel und rinnt über den Knebel den Hals entlang auf den nackten Oberkörper.
Der Unbekannte reißt sich die Kapuze vom Kopf und schreit:
“Ha - Lustig - mit dem hast du sicherlich nicht gerechnet!“ Moritz blickt in das Gesicht eines Wahnsinnigen.
“Ja, das ist der Schwarz - dieses irre Schwein!”, schreit Moritz laut auf, als er das Gesicht erkennen kann. Der Täter fährt mit seinem Skalpell in Richtung Hals seines Opfers und hält es für einen Augenblick daran. Er öffnet seinen Mund, beugt sein Gesicht zu Adrians Nase und schleckt mit der Zunge über die blutgetränkte Nase seines Opfers. Mit blutüberströmter Zunge schleckt sich der Täter über die Lippen, die sich ebenfalls sofort blutrot färben.
“Hahaha”, lacht der Schwarz. “Das Blut deines Sohnes schmeckt so bitter-süß. Schade, Moritz, dass du davon nicht kosten kannst - hahaha!”
Moritz springt auf, als er das hört und schreit:
“Hör endlich auf, du verdammte Drecksau - lass meinen Sohn in Ruhe!” Als er endlich registriert, dass der Täter ihn ja nicht hören kann, sinkt Moritz vor dem Fernsehgerät zu Boden.
“So, genug der Albernheiten”, klingt es aus dem Fernseher und sie sehen, wie der Schwarz zum Tisch geht, auf der die linke Hand von Adrian durch Metallschlaufen fixiert ist.
Er nimmt die Hand und spreizt die Finger auseinander.
“Na - welchen nehmen wir denn?”, überlegt der Täter, während er das Fleischerbeil in die Hand nimmt. Er führt das Beil zu seinem Mund und schleckt vorsichtig darüber, hebt mit einem Ruck das Beil über seinen Kopf und schlägt zu - kurz bevor er mit dem Beil einen Finger berührt, stoppt er.

Adrian schüttelt fürchterlich seinen Kopf und sein ganzer Körper beginnt wieder heftig zu zittern. Seine Augen sind weit aufgerissen und blicken direkt in die Kamera.
“Nein, so einfach machen wir dir das nicht - hahaha!”, zeigt sich Schwarz in seinem ganzen krankhaften Wahnsinn. Er nimmt die Laubsäge in die rechte Hand, drückt mit der linken Adrians Hand auf den Tisch und beginnt ohne abzuwarten, am linken kleinen Finger seines Opfers zu sägen. Adrians Augen schließen sich und fürchterliche Schmerzensschreie kommen gedämpft aus seinem geknebelten Mund.
“Was - du willst schreien?!”, schreit der Schwarz, während er den Finger langsam am Ansatz der Hand durchsägt. Mit einem Ruck reißt er den Knebel aus Adrians Mund und Moritz kann die schrecklichen Schmerzensschreie seines Sohnes ungefiltert hören.

Als der Finger von der Hand abgetrennt ist, nimmt der Täter den Finger in den Mund, um das Blut abzuschlecken. Genau in diesem Moment schließt Adrian seine Augen und es ist plötzlich totenstill.
“Das, mein lieber Lustig, war nur der Anfang! Hahaha!”, schreit der Schwarz mit kippender Stimme, während er den Finger wie eine Trophäe über den Kopf reißt. Er geht langsam mit dem abgetrennten Finger zur Kamera und als er direkt vor der Linse steht, nimmt er den blutüberströmten Finger und klopft damit auf die Linse. Das Bild im Fernseher trübt sich durch die Blutspuren. Danach geht der Täter zurück zum Tisch, legt den Finger darauf und kommt mit einem Brillenreinigungstuch zurück zur Kamera. Während er die Linse putzt, sagt er: “Ich will dir deinen Blick nicht beeinträchtigen - es gibt noch einiges, das du in voller Schärfe betrachten wirst müssen! Hahahaha!”

Als die Linse wieder gereinigt ist, geht der Täter zurück zu Adrian, er tätschelt ihm vorsichtig das Gesicht und sagt:
“Nicht schlafen, mein Kleiner, zum Schlafen hast du noch genug Zeit. Hahaha!”
Er nimmt einen Eimer mit Wasser und schüttet es Adrian ins Gesicht. Der reißt in diesem Moment die Augen auf und schreit schmerzverzerrt laut auf.
“Na, mein kleiner Freund, sind wir wieder wach geworden?”, sagt der Schwarz höhnisch, während er einen Verband und eine Flasche holt.
“So, das kann ein bisschen weh tun”, sagt er zu Adrian und schüttet ihm den Inhalt der Flasche auf die große klaffende Wunde, die sich anstelle des kleinen Fingers an seiner linken Hand befindet. Adrian schreit laut auf und verliert sofort wieder sein Bewusstsein. Als der Inhalt der Flasche den Metalltisch berührt, sehen Moritz und Norbert heißen Dampf aufsteigen.
“Salzsäure, mein lieber Moritz, ist die beste Medizin gegen Wundstarkrampf - hahaha - hast du das nicht gewusst? Hahaha!”, schreit der Täter mit einem irren Lachen.

Moritz blickt mit entsetztem, schmerzverzerrtem Gesicht in Norberts Augen.
“Ich halt das nicht mehr aus! Norbert, mach was!” Noch ehe Norbert antworten kann, tönt es aus dem Fernseher:
“Moritz - hast du schon genug oder soll ich jetzt weitermachen?” Moritz schreit instinktiv:
“Hör endlich auf damit - ich halte das nicht mehr aus!” Doch nach dem Bruchteil einer Sekunde registriert er, dass ihn ja der Täter nicht hören kann und schlägt sich die Hände wieder vors Gesicht. Der Täter nimmt die Mullbinde und verbindet dem immer noch bewusstlosen Adrian die Wunde an der linken Hand. Danach nimmt er den abgetrennten Finger vom Tisch und legt ihn in eine

mit Eis gefüllte Kühlbox. Er schließt die Box und sagt in die Kamera:
“So mein Freund, das war erst der erste - dein Sohn hat noch neun! Und glaub mir, es wird verdammt lustig für mich, die anderen auch noch zu entfernen - hahaha!”
Nach einer kurzen Pause spricht er weiter:
“Wenn du die übrigen Finger deines Sohnes retten möchtest, dann hör jetzt genau zu, was ich dir zu sagen habe. Du hast mir meine Liebe genommen, meinen Traum zerstört. Ich will den Ruhm, den du schon hast! Ich bin besser als du! Ich habe alle deine Bücher gelesen und ich muss dir sagen, ich habe mich dabei zu Tode gelangweilt. Nein, eines war nicht schlecht - die SOKO Wien-Folge ‘Blutiges Geld‘. Ja, die könnte auch von mir stammen. Was heißt, könnte - die stammt von mir! Du hast mir meine Idee geklaut - das war mein Buch - da sollte eigentlich mein Name als Autor draufstehen! Moritz, du weißt genau, was ich damit meine - du verdammter Dieb! Du hast meine Idee gestohlen - dafür wirst du büßen! Aber damit du siehst, dass ich kein Unmensch bin, gebe ich dir die Chance, diesen Diebstahl wieder gutzumachen. Du wirst heute um Punkt 13:00 Uhr in den ORF-Nachrichten eine Stellungnahme dazu abgeben und zugeben, dass du dieses Buch gestohlen hast. Hast du mich verstanden? Und du wirst den wahren Autor dieses Buches nennen - nämlich Jürgen Schwarz! Weiters wirst du zugeben, dass ich der Beste bin. Ja, ich bin der einzig wahre Krimiautor in diesem Land! Solltest du dir das anders überlegen, wird zu jeder vollen Stunde ab 13:00 Uhr dein Sohn einen Finger weniger haben - und das ist mein voller Ernst!”
Nach dieser grauenvollen Ansprache des Täters verdunkelt sich der Raum wieder und nach einer weiteren Minute ist die DVD zu Ende.

Norbert blickt in das geschockte Gesicht von Moritz und sagt:
“Was meint er, als er gesagt hat, du weißt genau, was er damit meint? Moritz, das musst du mir jetzt erklären!”
Moritz atmet tief durch und sagt:
“Ja - das stimmt. Die Grundidee von der Folge ‘Blutiges Geld‘ war nicht von mir. Der Paul kam eines Tages bei mir vorbei und wollte nachsehen, wie weit ich mit dem Buch zu einer neuen SOKO-Folge bin. Doch ich hatte zu dieser Zeit ein Alkoholproblem - du weißt, Norbert, das war die Zeit, als ich am Pokertisch meinen gesamten Vorschuss verzockt hatte. Nur dank Marvie, die sich immer einen Notgroschen zusammengespart hatte, konnten wir unsere Fixkosten und die notwendigsten Einkäufe finanzieren. Es war eine verdammt harte Zeit für uns alle und vor allem für die Kinder - wir konnten ihnen nichts mehr bieten. Das war auch damals, als ich versucht habe, mir die Pulsadern aufzuschneiden.”
“Ja, Moritz”, unterbricht ihn Norbert. “Ich kann mich noch erinnern - ich dachte, du hättest diese Depression, weil deine Marvie euer drittes Kind im fünften Monat verloren hat.”
“Sie hat das Kind wegen mir verloren - und sie kann dadurch nie mehr ein Kind bekommen. Wir hatten wieder einmal einen heftigen Streit wegen des Alkohols und der Finanzen. Ich liebe meine Frau über alles, das kannst du mir glauben. Aber ich war damals so wütend, dass ich sie geschubst habe. Und sie ist auf das Katzenkistchen unserer damaligen Katze gestürzt. Sie hat sich bei diesem Sturz das Kreuzband und die Seitenbänder am linken Knie gerissen. Nicht nur das, durch den Sturz kam es danach im Krankenhaus zu dieser Fehlgeburt. Ich kann mir das bis heute nicht verzeihen! Es war eine verdammt harte Zeit für uns alle.
Wie gesagt, genau zu diesem Zeitpunkt, als Marvie im Spital war, kam der Paul zu mir. Und als er

mitbekommen hat, dass ich wieder einmal den Abgabetermin für die nächste Folge nicht einhalten kann, drückte er mir eine Vorlage - nur eine Idee, ein paar Blätter, ich glaub, es waren 5 oder 6 Seiten - in die Hand und sagte: ‘Du Moritz, lies das. Vielleicht kannst du daraus was machen.‘ Ich nahm die Seiten, las sie durch und sagte zu ihm: ‘Alter, das ist eine tolle Idee - von wem hast du die?‘ Er antwortete: ‘Von einem Maturanten, der während des Sommers, bevor er mit seinem Studium beginnt, bei mir ein bisschen Geld dazuverdienen möchte. Mir ist klar, dass der junge Bursch das Buch dazu nicht in vier Wochen schreiben kann, darum habe ich ihm die Idee für eine paar hundert Euro abgekauft. Also Moritz, mach was draus!‘ Paul sagte mir außerdem, dass mir der Hans die vier Wochen noch gibt, und dass dies die allerletzte Chance ist, weiter für ihn zu arbeiten. Meine Frau war ja im Krankenhaus und die Kinder bei ihren Eltern, so konnte ich in nur zwei Wochen das Buch schreiben. Übrigens, das war jenes Buch, das acht Wochen lang die Bestsellerlisten angeführt hat. Wenn du willst, also mein erfolgreichstes Buch - und nicht nur das! Die SOKO Wien-Folge ‘Blutiges Geld‘ hatte auch die beste Einschaltquote seit Beginn der SOKO-Reihe.
Ich konnte ja damals nicht ahnen, dass dieses Schwein dahintersteckt. Außerdem hat ja der Paul dem Jungen die Idee abgekauft und damit sind sämtliche Rechte auf mich und den Paul übergegangen. Von Rechts wegen ein ganz offizieller Deal.” Mit diesem Satz beendet Moritz seine Erklärung.
“Moritz, dann ist ja alles klar - auch wenn du der rechtmäßige Autor dieses Buches bist, hat sich der Schwarz übergangen gefühlt. Ihr hättet ja seinen Namen als Ideenbringer anführen können - oder?”, überlegt Norbert sachlich.

“Ja - hätten wir. Aber aufgrund der Bezahlung durch Paul

gehörten uns allein die Rechte. Hätte ich das damals gewusst, dann hätte ich den Schwarz sogar als Co-Autor angegeben", sagt Moritz besorgt zu seinem Freund. "Gut, dann ist dir doch klar, dass du für die Sicherheit deines Sohnes den Forderungen von Schwarz nachkommen wirst. Ich werde sofort den Staatsanwalt benachrichtigen, dass der den ORF bezüglich deines Geständnisses informiert. Du musst das machen - hast du mich verstanden? Sämtliche Leser deiner Bücher werden dir mit Sicherheit verzeihen und dein Ruf wird bestimmt nicht nachträglich zerstört werden. Hoffentlich hat die Presse noch nichts über die Entführung deines Sohnes erfahren - dadurch bekäme der Schwarz seinen so lang ersehnten Ruhm. Zwar nicht als Autor, sondern als bestialischer Entführer."
In diesem Augenblick läutet Norberts Handy. Er hebt ab und erfährt, dass er sofort den Fernseher auf ATV schalten soll.
"Moritz, schalt schnell auf ATV!" Moritz drückt auf die Fernbedienung und als sie den Sender haben, sehen sie:
"Wir unterbrechen unser Programm wegen eines aktuellen Entführungsfalles. Unserem Sender wurde vor kurzem eine DVD übermittelt, in der wir die grauenhafte Erpressung eines Entführers verfolgen konnten. Aus Gründen des Personenschutzes können wir der Öffentlichkeit nur auszugsweise diese Videoaufnahmen zugängig machen. Wie wir ebenfalls von der Staatsanwaltschaft Graz in Erfahrung gebracht haben, handelt es sich bei dem Entführungsopfer um Adrian Lustig, den Sohn des berühmten Kriminalromanautors Moritz Lustig, der für die Fernsehserie SOKO sämtliche Bücher geschrieben hat. Das Opfer wurde gestern während einer Pause direkt vor der Schule gekidnappt. Wir schalten jetzt live zu unserem Reporter Herbert Langthaler, der sich bereits vor der Schule befindet.

Hallo Herbert, was kannst du unseren Zusehern zu dieser schrecklichen Tat berichten?“

„Hallo Antonia - ich befinde mich gerade vor der Hauptschule 2 in der Langegasse in Graz, wo sich diese Tat gestern gegen 10:45 Uhr ereignet hat. Wie ich von der Frau Direktorin Klein erfahren habe, wurde Adrian von einem uns noch unbekannten Täter während der großen Pause entführt. Angeblich hat sich der Täter als Mitglied eines Filmteams ausgegeben und hat Adrian unter dem falschen Vorwand, ihn zu einem Filmset zu bringen, wo er die Rolle eines Opfers spielen solle, in sein Auto gelockt. Adrian sei ohne Verdacht zu schöpfen freiwillig in das Auto gestiegen und habe noch seinem besten Freund, der diese Entführung beobachtet hat, verboten, darüber zu reden.“

„Was weiß man über das Fahrzeug des Täters?“

„Laut Pressesprecher der Grazer Polizei Hubert Krainer handelte es sich um einen weißen Hyundai H1, der bereits seit Freitag von einem Autohaus in Fernitz als gestohlen gemeldet war. Dieses Fahrzeug wurde aber aufgrund einer sofort eingeleiteten Alarmfahndung in einem nahen Waldstück neben der Autobahnabfahrt Kalsdorf sichergestellt. Der Täter muss dort das Auto gewechselt haben, denn als die Polizeistreife am Fundort des Wagens eingetroffen ist, fehlte vom Täter und dem Opfer jede Spur. Aus ermittlungstechnischen Gründen konnte uns Krainer keine näheren Details zu dieser Entführung mitteilen.“

„Danke, Herbert, für deinen Bericht live aus Graz. - Wie ich gerade von der Regie erfahren habe, können wir Ihnen einen kleinen, aber zensurierten Teil der Videobotschaft einspielen.“

Moritz sieht Norbert mit erzürntem Gesicht an und schreit:

“Norbert, du hast selbst gesagt, keine Presse!” Ehe Norbert antworten kann, sehen sie am Bildschirm den

Jürgen Schwarz:
“So mein Freund, das war erst der erste! Dein Sohn hat noch neun! Und glaub mir, es wird verdammt lustig für mich, die anderen auch noch zu entfernen - hahaha!”
Nach einer kurzen Pause hört man ihn weitersprechen:
“Wenn du die übrigen Finger deines Sohnes retten möchtest, dann hör jetzt genau zu, was ich dir zu sagen habe: Du hast mir meine Liebe genommen, meinen Traum zerstört. Ich will den Ruhm, den du schon hast! Ich bin besser als du! Ich habe alle deine Bücher gelesen und ich muss dir sagen, ich habe mich dabei zu Tode gelangweilt. Nein, eines war nicht schlecht - die SOKO Wien-Folge ‘Blutiges Geld‘. Ja, die könnte auch von mir stammen. Was heißt, könnte - die stammt von mir! Du hast mir meine Idee geklaut - das war mein Buch - da sollte eigentlich mein Name als Autor draufstehen! Moritz, du weißt es genau, was ich damit meine - du verdammter Dieb! Du hast meine Idee gestohlen - dafür wirst du büßen! Aber damit du siehst, dass ich kein Unmensch bin, gebe ich dir die Chance, diesen Diebstahl wieder gutzumachen: Du wirst heute um Punkt 13:00 Uhr in den ORF-Nachrichten eine Stellungnahme dazu abgeben und zugeben, dass du dieses Buch gestohlen hast - hast du mich verstanden? Und du wirst den wahren Autor dieses Buches nennen - nämlich Jürgen Schwarz. Weiters wirst du zugeben, dass ich der Beste bin. Ja, ich bin der einzig wahre Krimiautor in diesem Land. Solltest du dir das anders überlegen, wird zu jeder vollen Stunde ab 13:00 Uhr dein Sohn einen Finger weniger haben - und das ist mein voller Ernst!”
„Aufgrund dieser grauenhaften Videobotschaft bittet die Grazer Polizei alle Zuseher um Mithilfe. Wer kennt diesen Mann namens Jürgen Schwarz? Gibt es Zeugen, die diesen mutmaßlichen Täter in den letzten 24 Stunden gesehen haben? Gibt es Zeugen, die den Täter eventuell mit der Geisel gesehen haben? Für etwaige

Hinweise rufen Sie bitte die unten eingeblendete Telefonnummer der Grazer Polizei an. Wir danken für Ihre Aufmerksamkeit und melden uns wieder gegen 13 Uhr mit der nächsten Sondersendung zu diesem schrecklichen Entführungsfall."
Im selben Moment, als die Sondersendung zu Ende gegangen ist, läutet Norberts Handy. Er drückt, ohne auf das Display zu schauen, die Annahmetaste und meldet sich:
"Gruppeninspektor Brandl, hallo!" Moritz blickt fragend zu seinem Freund und hört, wie Norbert ins Telefon spricht:
"Hallo Uli, schön dich zu hören. Ich will jetzt nicht unhöflich sein, aber ich bin dienstlich ziemlich im Stress."
Nach einer kurzen Pause spricht er weiter:
"Aha, gut, warte, ich hol schnell was zum Schreiben."
Norbert verlässt das Wohnzimmer mit dem Handy am Ohr in Richtung Küche. Nach einigen Minuten kommt er wieder zurück ins Wohnzimmer und sieht Moritz` fragenden Blick.
„Du Moritz, die Uli - eine sehr gute Freundin meiner Frau, hat soeben angerufen. Ihr gehört die Apotheke in Kalsdorf.
"Ja, die kenn ich, die ist nicht zu übersehen. Das Haus strahlt ja in einem leuchtenden Rot", fällt Moritz Norbert ins Wort.
"Ja, genau diese. Aber jetzt hör mir mal zu, was ich dir zu sagen habe: Die Uli hat mir erzählt, dass gestern am Nachmittag ein junger Mann bei einer ihrer Angestellten ein Fläschchen Salzsäure gekauft hat. Der Angestellten kam der Mann ziemlich merkwürdig vor, denn er wollte nur eine 250ml-Flasche. Und auf Nachfragen der Apothekenfachkraft, wofür er die Salzsäure benötige, wurde er ziemlich ungehalten und meinte: Zum Reinigen halt. So, und jetzt halt dich fest! Diese Angestellte von der Apotheke hat soeben in ihrer Pause die

Sondersendung auf ATV gesehen und den Käufer der Salzsäure zu hundert Prozent als unseren Tatverdächtigen identifizieren können. Das bedeutet, der Täter muss sich sicherlich im Großraum Kalsdorf aufhalten, denn der Kauf der Salzsäure in der Apotheke erfolgte erst nach der Entführung deines Sohnes. Ich habe bereits die Zentrale informiert, ein Ermittlungsteam befindet sich schon am Weg zur Apotheke, um eine genauere Befragung der Angestellten durchzuführen und etwaige Spuren zu sichern.“

Das Ding - Dong - Doong der Türglocke unterbricht Norberts Erzählung. Er eilt zur Tür und öffnet sie.
“Hallo, Herr Brandl”, begrüßt ihn Moritz` Schwiegermutter.
“Hallo Frau Lagenstein, schön, dass sie schon kommen. Moritz ist im Wohnzimmer und ihre Tochter schläft tief und fest auf dem Sofa. Der Arzt war hier und hat ihr ein Beruhigungsmittel gespritzt. Hallo Herr Lagenstein, hallo Carlotta”, begrüßt er auch Moritz` Schwiegervater und Tochter, als die drei das Haus betreten. Die Hündin Daisy ist natürlich auch dabei und zieht heftig an der Leine. Alle vier betreten das Wohnzimmer und Carlotta wirft sich sofort ihrem Vater um den Hals. Als sie Marvie am Sofa schlafend sieht, sagt sie:
“Gut, dass die Mama jetzt wenigstens schlafen kann. Ich hab bei der Oma kein Auge zugekriegt, ich mach mir solche Sorgen um den Adrian!” Moritz küsst seine Tochter auf die Stirn und gibt auch seiner Schwiegermutter einen Kuss auf die Wange. Nach dem Begrüßungsritual sagt Moritz besorgt zu seinen Schwiegereltern:
“Kommt mal mit nach draußen, ich muss euch etwas erzählen. Carlotta, kannst du dich in der Zwischenzeit um die Daisy kümmern, dass sie nicht zur Mama aufs Sofa springt.”

Als Moritz die Tür öffnet, um nach draußen zu gehen, traut er seinen Augen nicht: In seiner Hauseinfahrt stehen mehrere Fahrzeuge. Zwei Männer mit Kameras auf den Schultern laufen auf ihn zu.
"Herr Lustig, was sagen Sie zu der Entführung Ihres Sohnes? Können Sie schon etwas Genaueres dazu sagen?"
"Hallo Herr Lustig, was sagen Sie dazu?"
"Hallo Herr Lustig, sehen Sie zu mir, bitte!", und als er in die Richtung des letzten Zurufes blickt, erhellen kurze Blitze eines Fotoapparates sein Gesicht. Moritz dreht sich abrupt um und geht ins Haus zurück. Seine Schwiegereltern schauen ihn bestürzt an und sagen gleichzeitig:
"Was ist denn da los?" Bevor Moritz antworten kann, sagt Norbert:
"Moritz, ich geh jetzt raus und rede mit den Leuten von der Presse. Bleib du einstweilen lieber hier herinnen im Haus. Ich sag dir dann, wenn die Luft rein ist." Er tritt vor die Tür und versucht, die Meute der Journalisten von den Fernsehstationen und der Presse zu beruhigen und sagt:
"Leute, ich kann euch im Moment auch nicht mehr zu diesem schrecklichen Fall berichten. Für etwaige Informationen bitte ich Sie, mit unserer Pressestelle Kontakt aufzunehmen."

Als Norbert sich wieder dem Haus zuwenden will, läutet sein Handy. Er hebt ab und hört seinen Chef am anderen Ende. Er erfährt den letzten Stand der Ermittlungen und auch, dass sich bereits Zeugen gemeldet haben, die den Täter heute in der Früh in Kalsdorf gesehen haben. Der Chef des Werkzeugmarktes Aldrian in Deutschlandsberg erkannte den Täter ebenfalls, dieser habe vor einer Woche ein paar Sägen bei ihm gekauft.
Auch ein Paketdienstmitarbeiter bestätigte, dass der Gesuchte das Paket heute in der Früh gegen 6 Uhr bei

der DPD-Zentrale im Industriepark in Kalsdorf aufgegeben hat und eine Expresszustellung veranlasste. Außerdem wurde der Täter von der Chefin des Autohauses Fritz in Fernitz erkannt. Aus ihrem Autohaus wurde ja, wie schon bekannt, das Fahrzeug gestohlen, mit dem Adrian entführt wurde. Der Täter war zwei Tage zuvor in diesem Betrieb gewesen, um sich einen Lieferwagen anzusehen. Desgleichen wurde der Täter vom Chef des American Diner Restaurants Angel & Devil in Kalsdorf erkannt. Der Täter hat nämlich gestern dort zwei Hamburger geholt. Außerdem wurde der Täter auch vom Chef des Autohauses Prügger in Hausmannstätten erkannt. Der hat erzählt, dass der Gesuchte letzte Woche bei ihm war und sich für einen Vito interessiert hat. Er wollte, dass Prügger seinen alten Mercedes eintauscht. Doch Prügger wollte das alte Ding nicht nehmen, da verließ der Täter wutentbrannt das Autohaus. Ebenfalls wurde der Täter von einem Kernölbauern namens Zachenegger in Unterpremstätten erkannt. Er hat gesehen, wie der Täter mit seinem 190er Mercedes in seine Hofeinfahrt gefahren ist und für ein paar Minuten sein Fahrzeug hinter seiner Werbetafel, einem Kürbis angehalten hat. Als Zachenegger nach dem Rechten sehen wollte und auf das Auto zugegangen ist, er dachte es sei vielleicht ein möglicher Kunde, gab der Täter Gas, und verließ den Hof mit quietschenden Reifen in Richtung Dorfzentrum. Das heißt, der Täter muss sich wahrscheinlich in einem Radius von sieben Kilometern um das sichergestellte Fahrzeug im Waldstück neben der Autobahnabfahrt Kalsdorf befinden.
Es wurde bereits eine Sonderkommission eingerichtet, um diese schreckliche Tat so schnell wie möglich aufzuklären. Der Profiler Bacher wurde bereits verständigt und befindet sich auf dem Weg von Wien nach Graz, um das Video zu studieren. Außerdem wird

das Video in Kürze von Spezialisten abgeholt, um es im Labor zu analysieren. Möglicherweise kann man anhand von Nebengeräuschen den Standort des Verstecks eingrenzen. Norbert solle die Stellung bei Moritz Lustig halten und ihn gegen 12 Uhr mit einer Streife zum ORF begleiten. Der ORF ist bereits informiert und hat zugesichert, in den 13:00 Uhr-Nachrichten die Stellungnahme des Herrn Lustig zu senden. Weitere Informationen würde Norbert bei der ORF Steiermark-Landeszentrale in der Marburgerstraße in Graz erhalten. Keine Informationen an die Presse, für die wurde bereits eine Konferenz für 13:30 Uhr einberufen.

Während Norbert noch mit dem Gespräch mit seinem Chef beschäftigt ist, fahren drei Polizeistreifenwagen und zwei Zivilstreifen vor dem Haus der Lustigs vor. Die uniformierten Streifenbeamten springen sofort aus den Fahrzeugen und sperren die Zufahrt zum Haus mit Absperrbändern ab. Sie bitten die anwesenden Reporter, sich hinter der Sperre aufzuhalten. Die Spezialisten der Sonderkommission Lustig eilen zu Norbert und betreten nach einer kurzen Begrüßung das Haus. Sie folgen Norbert ins Wohnzimmer und sehen Moritz vor dem Fernseher am Boden sitzend.
Norbert übergibt einem seiner Kollegen die CD. Der nimmt sie entgegen und verlässt sofort mit der CD im Gepäck das Haus, um sie ins Labor zu bringen. Die zwei anderen Kollegen von Norbert bleiben hier, um ihn zu unterstützen. Sie packen einen Laptop aus und stellen eine Online-Verbindung zur Polizeizentrale her. Auf diesem Weg können sämtliche Ermittlungsergebnisse und neueste Daten ausgetauscht werden. Die Koordination mit den einzelnen Ermittlern und des mobilen Einsatzkommandos wird von Norberts Chef, Major Trummer, übernommen.

Nachdem sämtliche Verbindungen hergestellt wurden, erzählt Norbert Moritz` Schwiegereltern in der Küche von den schrecklichen Ereignissen der letzten Stunden. Die Schwiegereltern werden gebeten, das Haus nicht mehr zu verlassen und die nächsten Stunden hier abzuwarten. Gegen 11:45 Uhr verlässt Norbert mit Moritz das Haus und sie werden mit einem Streifenwagen zur ORF-Landeszentrale Graz gebracht. Die Schwiegereltern von Moritz und die zwei Kollegen von Norbert bleiben im Haus zurück. Um Punkt 12:00 Uhr erreicht der Streifenwagen mit Moritz und Norbert die ORF-Zentrale. Als sie aussteigen, werden sie schon von diversen Reportern erwartet. Während des Spießrutenlaufs vom Fahrzeug zum Eingang wird Moritz von Streifenbeamten gegen diese Meute abgeschirmt. Moritz geht wie in Trance und hört immer wieder Norberts bestimmte Aussagen:
“Kein Kommentar - kein Kommentar - Sie erhalten sämtliche Infos bei der Pressekonferenz.” Als sie endlich den Eingang erreichen, werden sie schon von weiteren Kollegen Norberts in Empfang genommen. Es folgt ein kurzes Briefing in einem Büro des Senders. Moritz wird angehalten, seine Stellungnahme und das vom Entführer geforderte Eingeständnis sachlich zu halten. Auf keinen Fall darf er mit seinen Aussagen den Entführer provozieren. Gegen 12:35 Uhr ist Moritz bereits in der Maske und wird für seine Zuschaltung fernsehtauglich geschminkt.

Um 12:55 Uhr sitzt Moritz im Studio der Landesnachrichten. Franz Neger übernimmt die Funktion des Nachrichtensprechers und des Interviewpartners von Moritz. Sämtliche Mitarbeiter des SOKO Lustig-Teams befinden sich außerhalb des Studios und verfolgen die Liveschaltung via Fernsehmonitore. Moritz sitzt angespannt im Studio, während er noch eine Einweisung bezüglich der Kameras erhält. Er erfährt, dass er immer in die Kamera schauen soll, auf der das rote Sendesignal zu sehen ist. Um Punkt 13.00 Uhr ertönt die ZIB-Signation am Bildschirm und Moritz sieht auf dem Monitor vor ihm Ingrid Thurnher. Er hört:

"Guten Tag, wir begrüßen Sie zu einer Sondersendung des ORF. Gestern gegen 10:45 Uhr wurde Adrian Lustig, der Sohn des berühmten SOKO-Autors Moritz Lustig vor seiner Schule in Graz entführt. Aus gegebenem Anlass schalten wir in Kürze live in das Landesstudio Steiermark." Moritz sitzt regungslos auf seinem Stuhl und verfolgt wie in Trance die Nachrichten zu dem Entführungsfall. Plötzlich hört er 5 - 4 - 3 - 2 - 1- Sendung!

Das Scheinwerferlicht des Studios erhellt die Szene und Moritz blickt zu Franz Neger. Er hört ihn sprechen:

"Hallo Ingrid, sehr geehrte Zuseher!" Apathisch verfolgt Moritz das Gespräch zwischen Ingrid Thurnher und seinem Interview-Partner Franz Neger. Er blickt verzweifelt in die Kamera, als er das rote Sendesignal der Kamera direkt vor sich erkennen kann. Er hört wie aus weiter Ferne:

"Herr Lustig, welche Forderungen hat der Entführer Ihres Sohnes gestellt?"

Moritz blickt mit weit geöffneten Augen in das Gesicht des Fernsehsprechers und registriert erst jetzt, dass er angesprochen wurde. Mit Tränen in den Augen antwortet er:

"Ja, es stimmt - die Idee zu meinem Buch SOKO Wien 'Blutiges Geld' stammt nicht von mir - sondern vom Entführer Jürgen Schwarz."

"Sagen Sie, Herr Lustig, wie kam es zu dem Diebstahl dieser Idee?", hört Moritz seinen Interview-Partner sachlich fragen.

Er schildert in allen Einzelheiten, wie es zu diesem

vermeintlichen Diebstahl gekommen ist. Mit sehr viel Emotion spricht er über seine Krise in der damaligen Zeit. Immer wieder unterbricht er seine Ausführungen, um sich die Tränen vom Gesicht zu wischen. Er fleht in die Kamera, dass der Entführer seinem Sohn nichts Schreckliches mehr antun möge. In allen kleinsten Details spricht er über die grausame Tat des Entführers. Er erzählt über den Fund der zerstückelten und verstümmelten Katzen und auch über den abgetrennten kleinen Finger, den er in Eis gelagert in einer Kühlbox erhalten hat. Ruhig und sachlich beschreibt er auch jedes noch so grauenhafte Detail des Videos, das er erhalten hat.
Die Mitarbeiter des Senders und die Ermittler der SOKO Lustig verfolgen diese schrecklichen Schilderungen an den Monitoren vor dem Studio mit entsetzten Blicken. Niemand hat bis jetzt so etwas Schreckliches gehört.
“Ja, das stimmt - ich bin ein Dieb und ich habe mir das geistige Eigentum des Jürgen Schwarz widerrechtlich angeeignet. Herr Schwarz ist der beste Krimiautor in diesem Land. Ich bitte Sie, Herr Schwarz, lassen Sie meinen Sohn gehen, ich flehe Sie an! Wenn Sie wollen, tausche ich mein Leben gegen das Leben meines Sohnes.”
Mit diesen berührenden Worten beendet Moritz Lustig seine Erklärung. Als sich Franz Neger bei Ingrid Thurnher verabschiedet hat und die Liveschaltung beendet wurde, verdunkelt sich das Studio wieder. Moritz steht apathisch auf und Franz Neger schüttelt kräftig seine Hand. Gemeinsam verlassen sie das Studio und als sie die Tür öffnen, hören sie lautes Klatschen ebenso wie Worte der Bestürzung von den übrigen Anwesenden, die vor dem Studio diese Liveschaltung verfolgt haben. Norbert eilt sofort zu Moritz, der noch immer abwesend wirkt. Er klopft ihm auf die Schulter und sagt:

“Moritz, du hast das Richtige gemacht, ich bin stolz auf dich. Wir bekommen das Schwein, das kannst du mir glauben!” Moritz blickt in das Gesicht seines Freundes und antwortet mit Tränen in den Augen:
“Norbert, bring mir meinen Sohn zurück - bitte! Ich bitte dich darum als meinen Freund.” Moritz wird sofort von den anderen Kollegen Norberts in ein Büro gebracht. Er wird für die bevorstehende Pressekonferenz instruiert und gebeten, seine Ausführungen der wartenden Presse nochmals mitzuteilen - auch wenn es ihm noch so schwerfällt, aber es dient der Ergreifung des Täters und dem Schutz seines Sohnes.

Gegen 13:45 Uhr betritt Moritz mit Norbert und dem Pressesprecher der Polizei Graz, Oberst Krainer, den großen Sendesaal des ORF Steiermark. Die Pressekonferenz wird eröffnet und es wird den wartenden Reportern zugesichert, dass Moritz Lustig sämtliche Fragen, solange sie diesem Fall dienlich sind, zu beantworten. Moritz schlägt sich tapfer und beantwortet alle Fragen der Reporter. Nach 40 Minuten wird die Konferenz beendet und die Presse wird gebeten, objektiv über diesen Vorfall zu berichten. Die Berichte dürfen auf keinen Fall zur Heroisierung des Täters beitragen. Gegen 14:45 Uhr verlässt Moritz mit seinem Freund das Studio und wird mit dem Streifenwagen zurück in sein Haus gebracht, wo er schon von seiner Tochter, seinen Schwiegereltern und seiner inzwischen aufgewachten Frau erwartet wird. Eine Psychologin des Kriseninterventionsteams ist ebenfalls bereits im Hause Lustig und hat mit den übrigen Mitgliedern der Familie die ausgestrahlte Sendung verfolgt. Marvie wirft sofort ihre Arme um den Hals ihres Mannes, als er das Haus betritt, und beginnt fürchterlich zu weinen. Moritz hält sie fest im Arm und sagt leise zu ihr:

“Schatz, wir haben schon so viele Krisen gemeinsam gemeistert - wir werden das hier auch noch überstehen, das verspreche ich dir. Unser Sohn wird bald wieder bei uns sein, vertraue mir, bitte. Ich liebe dich.” Dabei gibt er ihr einen zärtlichen Kuss auf die Stirn. Gemeinsam betreten sie das Wohnzimmer, das mittlerweile einer Ermittlungzentrale der Polizei gleicht.

Zwei neue Beamte werden Moritz vorgestellt, die für die Ortung und Überwachung der möglichen Handygespräche zuständig sind. Gegen 16 Uhr erfahren die Ermittler und die anwesende Familie Lustig das Ergebnis der Laboruntersuchung der Nebengeräusche in der Videoaufzeichnung. Es konnte Fluglärm ausgefiltert werden. Das heißt, der Ort, an dem Adrian gefangen gehalten wird, muss sich in unmittelbarer Nähe des Flughafens Graz befinden. Zusätzlich ergab die Bildauswertung des Raumes, in dem sich das Opfer befindet, dass es sich aufgrund der Raumhöhe um keinen Keller, sondern um eine Lagerhalle handeln muss. Das Ermittlungsteam ist bereits dabei, mögliche Hallen einzugrenzen. Zwei Hubschrauber des Innenministeriums sind bereits dabei, per Luftaufnahmen und Infrarot-Wärmebildkameras das eingegrenzte Gebiet abzufliegen und nach dem Täter zu suchen. Ein fünfzigköpfiges Einsatzteam des mobilen Einsatzkommandos ist ebenfalls bereits in Alarmbereitschaft gestellt worden und befindet sich in diesem Moment auf dem Weg zum Flughafen Graz, um von dort aus zu operieren.

Norbert geht ins Schreibatelier um sich die Zeugenaussagen nochmals durchzulesen, dabei stößt er auf die Aussage des Chefs des Restaurant Kupferdachl in Unterpremstätten. Dieser habe den Täter vor zwei Wochen mit einem Mann, der der Beschreibung nach

eine Ähnlichkeit mit Paul hat, in seinem Lokal bewirtet. Sie haben zu Abend gegessen und sich angeregt zwei Stunden unterhalten. Den Inhalt dieses Gespräches hat er leider nicht mitbekommen. Nach der Durchsicht dieser Zeugenaussagen bittet Norbert Moritz ins Schreibatelier zu kommen, um dort gemeinsam nochmals in Ruhe die Vorgänge der letzten Tage zu besprechen. Während dieses Gesprächs stößt Norbert sehr oft auf den Namen Paul. Immer wieder kommt Paul ins Spiel - sei es als Überbringer der Idee zu der SOKO Wien-Folge ‘Blutiges Geld‘ oder als derjenige, der Jürgen Schwarz, den vermeintlichen Entführer von Adrian, bei Hans von der Green Screen als neuen SOKO-Autoren empfohlen hat, oder als Veranstalter des gemeinsamen Abendessens bei sich zu Hause am letzten Samstag - als der Anschlag auf die Psyche der Lustigs mithilfe der toten Katzen verübt wurde, oder mit seinem besorgten Besuch am Dienstag Mittag bei den Lustigs. Norbert überkommt so ein eigenartiges Gefühl im Bauch, dass Paul irgendwas mit der Sache zu tun haben könnte. Sein Spürsinn hat ihn noch nie in all den Jahren im Stich gelassen, sonst wäre ja sein Team nicht das erfolgreichste in Sachen Aufklärung von Straftaten in diesem Land.
“Moritz, kannst du dir vorstellen, dass dein Freund Paul etwas damit zu tun haben könnte?”, fragt Norbert nach Beendigung des Gespräches. Moritz blickt entsetzt in Norberts Gesicht und sagt:
“Niemals - der Paul ist der Einzige, der immer an mich geglaubt hat. Er hat meinen Kopf schon so oft gerettet, ohne ihn hätte ich schon lange nicht mehr den Job bei der Green Screen. Nein, der Paul steckt sicherlich nicht hinter dieser Sache, das kannst du dir gleich abschminken, mein Freund”, antwortet Moritz sichtbar erregt ob der Vermutungen von Norbert.
“Ja, Moritz - deine Reaktion verstehe ich sehr gut.

Niemand kann sich vorstellen, dass vielleicht sein bester Freund hinter einer Straftat stecken könnte. Aber ich hab so ein ungutes Gefühl in meiner Bauchgegend. Moritz, ich will offen mit dir darüber reden. Wenn du willst, kannst du mir ja helfen, mich vom Gegenteil zu überzeugen. Bitte ruf den Paul an und bitte ihn, zu dir zu kommen - als Freund. Biete ihm ein Getränk an - ich werde dann sein Glas ins Labor bringen, nachdem er das Haus wieder verlassen hat, um anhand seiner Speichelreste einen DNA-Abgleich machen zu lassen und diesen Abgleich mit den bereits sichergestellten DNA-Proben zu vergleichen. Sollte es zu keiner Übereinstimmung kommen, dann wissen wir, dass der Paul nichts mit dieser Sache zu tun hat. O.k.?"
Moritz blickt ungläubig in das Gesicht seines Freundes und sagt:
"O.k., ich mach's, aber nur, um Pauls Unschuld zu bestätigen, mein Freund. Und sollte er nichts damit zu tun haben, wird er nie von dir erfahren, dass wir ihn verdächtigt haben. Hast du mich verstanden, Norbert? Das musst du mir jetzt versprechen - sonst ist meine Freundschaft mit Paul gefährdet! Und ohne Paul als Freund und Manager könnte ich nicht existieren. Versprochen?", redet Moritz besorgt auf Norbert ein.
"O.k. Moritz, versprochen. Von mir wird er nichts erfahren", bestätigt ihm Norbert und deutet Moritz, Paul gleich anzurufen. Moritz drückt auf seinem Handy die eingespeicherte Nummer von Paul und nach dreimaligem Freizeichenton hört er aus dem Handy:
"Hallo Moritz - wie geht's dir? Hab deine Stellungnahme bereits in den Nachrichten gesehen."
"Du Paul", unterbricht ihn Moritz, "könntest du bitte zu mir kommen? Als Freund, ich würde dich jetzt bei mir brauchen - bitte!", ersucht er eindringlich seinen Freund.
"O.k. Moritz, mach ich selbstverständlich. Ich bin in zwanzig Minuten bei dir - bis dann", und im selben

Augenblick ist das Gespräch bereits unterbrochen. “Super Moritz, hast du gut gemacht, und - versprochen!”, sagt Norbert, steht auf und bittet seine Kollegen, ihn nach draußen zu begleiten.

Vor der Tür informiert Norbert seine Kollegen über seine Vermutungen. Nachdem sie das Haus wieder betreten haben, deutet Norbert mit einem Nicken zu Moritz, dass er seine Kollegen bereits instruiert hat. Moritz geht nervös im Wohnzimmer auf und ab und in seine Gedanken vertieft, zweifelt er daran, ob er wohl das Richtige gemacht hat. Nein - sein bester Freund kann nichts mit der Sache zu tun haben!
“Moritz, was ist los mit dir?”, hört er Marvie gestresst fragen.
“Nichts, mein Schatz”, antwortet er. “Ich bin halt so angespannt, weil wir noch keine Nachricht vom Entführer haben. Ich mach mir eben solche Sorgen um unseren Sohn.” Marvie blickt in Moritz` Gesicht und erkennt, dass das nicht der Wahrheit entsprechen kann. Daher schlägt sie vor:
“Du Moritz, ich bräuchte dringend frische Luft. Gehst du mit mir kurz auf die Terrasse?” Moritz blickt in die besorgten Augen seiner geliebten Frau und antwortet zustimmend:
“Ja, frische Luft würde mir jetzt auch gut tun.” Er geht zu seiner Frau, nimmt ihre Hand und geht mit ihr auf die Terrasse vor dem Wohnzimmer. Als er die Terrassentür hinter sich wieder schließt, sagt Marvie eindringlich: “Moritz, ich kenn dich, du hast mich soeben da drinnen belogen. Also raus damit, was geistert gerade in deinem Kopf herum?” Moritz sieht in die Augen seiner Frau, umarmt sie und erzählt ihr leise ins Ohr, was Norbert vermutet, nämlich dass Paul vielleicht mit der Sache etwas zu tun haben könnte. Er erklärt ihr sämtliche Details und als er fertig gesprochen hat, sagt Marvie:

“Du kennst ja Norbert, wie verbissen der arbeitet, lass ihn nur machen. Wirst schon sehen, diesmal verrennt er sich in eine falsche Spur. Das hoffe ich halt für unseren Freund Paul.”
Als es die beiden zu frösteln beginnt, beschließen sie, wieder ins Wohnzimmer zu gehen und zu warten. Zehn Minuten später läutet es an der Tür und Norbert eilt in den Flur, um die Haustür zu öffnen.
“Hallo Norbert!”, begrüßt Paul Norbert freundlich.
“Hallo Paul, schön dass du da bist, um Moritz in dieser schwierigen Zeit zur Seite zu stehen.” Als Paul das Wohnzimmer betritt, bleibt er für eine Sekunde fassungslos stehen.
“Wie sieht's denn da bei euch aus?”, bemerkt er besorgt zu Marvie und Moritz, als er die Kollegen von Norbert und die vielen Utensilien am Wohnzimmertisch sieht. Marvie und Moritz begrüßen Paul und als sich Paul neben Moritz` Frau auf das Sofa setzt, sagt Moritz: “Paul, was darf ich dir zu trinken anbieten?” Paul antwortet:
“Ein Kaffee wär jetzt toll.” Moritz blickt in die Runde und fragt: “Noch jemand Kaffee?” Und als alle Anwesenden ebenfalls einen Kaffee haben wollen, verschwindet Moritz in der Küche. Nach einigen Minuten kommt er mit den gewünschten Tassen auf einem Tablett wieder. Er überreicht zuerst seiner Frau den Kaffee in ihrer Lieblingstasse und drückt danach Paul eine bunte Espressotasse von Ritzenhof in die Hand, weil er ja weiß, dass Paul am liebsten Espresso schwarz mit einem Stück Zucker trinkt. Den anwesenden Kollegen von Norbert überreicht er Caffè Latte-Tassen. Moritz setzt sich zu Paul und als er beobachtet, wie Paul seinen Löffel genüsslich abschleckt, nachdem er seinen Espresso umgerührt hat, überkommt ihn für den Bruchteil einer Sekunde das Gefühl, ein Judas, ein Verräter zu sein. In dieser angespannten Atmosphäre

versuchen Paul und Moritz, sich bei Gesprächen, die nichts mit der momentanen Situation zu tun haben, abzulenken. Marvie lauscht, wegen der noch immer anhaltenden Wirkung ihrer Beruhigungsmittel, regungslos den Gesprächen.

Gegen 19:30 Uhr verlässt Paul ahnungslos bezüglich dieses Täuschungsmanövers, das von Norbert initiiert wurde, das Haus der Lustigs. Zehn Minuten später verlässt auch ein Kollege von Norbert mit der sichergestellten Tasse und dem Löffel von Paul das Haus, um diese Beweismittel so schnell wie möglich ins Labor zu bringen. Als der Beamte das Haus verlassen hat, unterbricht Norbert die Totenstille, die seit dem Verlassen von Paul im Wohnzimmer der Lustigs herrscht, und sagt:
“Moritz, glaub mir, wir haben richtig gehandelt.” Als Moritz` Schwiegervater vom Kinderzimmer seiner Enkelin herunterkommt, berichtet er:
“Moritz, deine Tochter schläft bereits tief und fest. Die Oma hat sich zu ihr ins Bett gelegt und bleibt noch oben bei ihr. Ich müsste mal mit dem Hund nach draußen - ist euch eh recht?”
“Ja Sepp, danke für eure Unterstützung. Wenn du willst, kannst du ja mit der Daisy in den Garten gehen - kein Problem, wenn sie ihr Geschäft da draußen erledigt. Ich räum das morgen schon weg - danke!”, antwortet Moritz seinem Schwiegervater und öffnet ihm die Terrassentür, die in den hinteren Garten des Hauses führt. Als Sepp ins Freie tritt, sagt er zu Moritz:
“Kann ich dann, wenn ich wiederkomme, ein Bier haben?” Moritz hebt seine Hand, fährt sich verlegen durchs Haar und sagt:
“Ma, was bin ich bloß für ein schlechter Gastgeber! Selbstverständlich Sepp, ich hol gleich eine Flasche aus dem Kühlschrank.” Fünf Minuten später kommt der

Schwiegervater mit seiner Hündin zurück ins Wohnzimmer und fragt:
“Gibt es schon was Neues?” Moritz schüttelt den Kopf und überreicht ihm die bereits geöffnete Flasche.

Marvie blickt in das Gesicht ihres Vaters und erzählt ihm alle Details über den Verdacht, den Norbert bezüglich einer möglichen Verwicklung Pauls in diese Tragödie hat.
“Ja, ich hab’s ja immer schon gewusst - der Paul ist mir noch nie ganz astrein vorgekommen”, bejaht Sepp Norberts Verdacht und nickt ihm zu.
“Geh Papa”, antwortet Marvie erregt. “Der Paul ist der einzige Freund von uns, der uns immer zur Seite gestanden ist, auch in unseren schlechten Tagen. Erspar uns einfach deine Kommentare, bitte.” Sepp hebt die Hand, doch bevor er etwas entgegnen kann, unterbricht ihn Norbert:
“Herr Lagenstein, das ist nur eine Vermutung, ein Bauchgefühl, das ich habe. Und solange nicht das Gegenteil bewiesen ist, gilt auch für Paul die Unschuldsvermutung.”
Um 20 Uhr erfahren die Anwesenden durch ein Telefonat von Norbert mit der Einsatzzentrale, dass die Hubschraubersuche ergebnislos geblieben ist und sie wegen der Witterung bereits wieder am Boden sind. Sie konnten auch den Mercedes des Täters bei ihren Aufklärungsflügen leider nicht entdecken. Die Ermittler gehen davon aus, dass der Verdächtige sein Versteck mit Sicherheit in den letzten Stunden nicht verlassen hat. Das Einsatzkommando der Cobra bleibt aber weiterhin in Alarmbereitschaft.

Weitere Stunden des zermürbenden, angespannten Wartens vergehen im Hause Lustig. Gegen 23 Uhr erhält Norbert vom Labor eine für alle unerwartete Nachricht.

Der DNA-Abgleich mit der Speichelprobe, die auf dem abgetrennten Finger von Adrian gefunden wurde, passt mit zu vielen Merkmalen mit der sichergestellten Speichelprobe überein, die sich auf Pauls Löffel befunden hat. Diese Übereinstimmungen des Abgleichs ergeben, dass der Täter mit Paul in einem Verwandtschaftsverhältnis ersten Grades stehen muss. “Also, der Paul ist mit 99,99 % der Vater von unserem Täter”, erläutert Norbert sachlich den anderen, um ihnen diesen Befund des Laborberichtes zu erklären.
“Nein, das glaube ich einfach nicht!”, schreit Moritz laut auf. “Ihr müsst euch irren - das kann nicht sein! Der Paul hat mit seiner Frau keine Kinder. Sie kann ja keine bekommen, nein, ihr irrt euch!” Norbert steht auf, nimmt Moritz` Hand und sagt:
“Es besteht kein Zweifel, der Labortest wurde zweimal durchgeführt. Der Paul hat ein außereheliches Kind mit einer anderen Frau. Sämtliche Fakten sprechen dafür! Moritz, du musst jetzt stark bleiben.”
Moritz springt wie wild geworden im Wohnzimmer hin und her, er nimmt sein Glas und zerschmettert es am Boden.
“Nein - nein! Das glaub ich einfach nicht! Norbert, du suchst bloß wieder einen Sündenbock, um den Fall in irgendeine Richtung zu lenken. Norbert, das glaube ich dir nicht!” Nachdem sich Moritz das alles von der Seele geschrien hat, sinkt er zu Boden und beginnt bitterlich zu weinen. Marvie kann diese Worte ebenfalls nicht glauben und eilt zu ihrem Mann. Sie setzt sich zu ihm auf den Boden und umarmt ihn. Auch sie beginnt herzzerreißend zu weinen.
“Nein Moritz, das kann einfach nicht wahr sein!”, schreit sie laut auf und blickt entsetzt in Moritz` fassungsloses Gesicht.
“Moritz, wie ich soeben gehört habe, hat das Einsatzkommando bereits das Haus von Paul gestürmt

und er hat sich widerstandslos festnehmen lassen. Sie bringen ihn gerade in die Einsatzzentrale, wo er von unseren Spezialisten vernommen wird. Mehr kann ich dir im Augenblick nicht sagen”, informiert Norbert ruhig die Familie, nachdem er sein Telefonat mit der Einsatzzentrale beendet hat. Weitere Stunden des entsetzten Wartens vergehen, nun noch grauenhafter wegen dieser neuen Sachlage.

Gegen 2 Uhr Früh bekommt Norbert die Information, dass Paul aufgrund der Indizien zugegeben hat, der Vater von Jürgen Schwarz zu sein. Gemeinsam hätten sie auch diese grauenvolle Tat geplant. Er wollte nur seinem eigenen Sohn helfen, zu dem Ruhm zu gelangen, zu dem der Moritz Lustig unverdient, wie er sagt, gekommen ist. Nachdem der Hans von der Green Screen nicht mit seinem Sohn zusammenarbeiten wollte, hat dieser aus verletzter Eitelkeit diesen teuflischen Plan ausgeheckt. Sämtliche Informationen bezüglich der Gewohnheiten der Familie Lustig hat er seinem Sohn gegeben. Sein Sohn sprach jedoch immer nur von einem Denkzettel, aber nie von dieser grauenhaften Tat. Er kann es sich nicht erklären, warum sein Sohn zu solch einer Tat in der Lage ist. Nie im Leben hätte er sich so etwas vorstellen können. Eigentlich sollte Adrian nur für ein paar Stunden entführt werden und danach wieder unversehrt auf einem Parkplatz der Autobahn in Richtung Leibnitz freigelassen werden. Sie wollten nur Moritz Angst einflößen. Bis jetzt hat er aber noch keine Angaben zum möglichen Versteck seines Sohnes gemacht. Er habe zu große Angst, dass auch seinem Sohn, also dem Täter, etwas Grauenhaftes geschehen könne.
“Dieses Schwein!”, schreit Moritz laut auf, als er diese Worte aus dem Mund seines Freundes Norbert hört.

“Wenn ich den in die Hände bekomme! Das glaub ich einfach nicht - mein bester Freund!”, schreit er weiter.

Wieder vergehen Stunden des zermürbenden Wartens. Ständig schauen alle angespannt auf ihre Uhren. Marvie ist in der Zwischenzeit in den Armen von Moritz eingeschlafen, als sie abrupt vom Klingelton von Norberts Handy aus ihrem kurzen Schlaf gerissen wird. “O.k., alles klar”, hört sie Norbert ins Telefon antworten. Er dreht sich zu Marvie und Moritz um und sagt:
“Wir haben ihn! Das Einsatzkommando ist bereits auf dem Weg dorthin. Moritz, der Paul hat den Standort verraten, wo sich sein Sohn mit deinem Sohn versteckt hält. Er ist, wie wir bereits herausgefunden hatten, nicht weit vom Flughafen entfernt in der Lagerhalle einer Kühl-Spedition, die sein Sohn vor Monaten unter falschem Namen angemietet hat. Paul besteht darauf, ebenfalls dort hingebracht zu werden, um seinen Sohn zur Aufgabe zu bewegen. Ebenfalls besteht Paul darauf, dass du, Moritz, uns dorthin begleitest - es gehe nämlich um das Leben beider! Hast du mich verstanden, Moritz? Schaffst du das?” Er blickt fragend zu Moritz und als dieser aufsteht und sagt:
“Komm, lass uns keine Zeit verlieren - ich möchte meinen Adrian wieder haben!”, ist Norbert klar, dass sein Freund diese Tortur ertragen wird können.

Moritz verabschiedet sich von seiner Frau mit den Worten:
“Ich hol uns jetzt unseren Sohn zurück. Ich verspreche dir, es kann passieren, was wolle - ich bring ihn jetzt zurück nach Hause! Nachdem er ihr dieses Versprechen gegeben hat, umarmt er nochmals seine geliebte Frau, gibt ihr zärtlich einen Abschiedskuss und verschwindet mit Norbert aus dem Haus. Sie steigen in einen Streifenwagen und verlassen mit eingeschaltetem

Blaulicht die Hauseinfahrt. Marvie blickt mit beiden Händen an den Wangen dem Wagen noch hinterher und sinkt zu Boden, als sie das Fahrzeug mit ihrem Mann aus den Augen verliert. Während der Fahrt zum Versteck seines Sohnes instruiert Norbert Moritz über die Vorgangsweise am Tatort. Norbert erfährt über Funk, dass das Antiterrorkommando bereits Stellung vor dem Lagerhaus bezogen hat.
Als sie endlich das Lagerhaus erreichen, sieht Moritz ein Bild des Schreckens. Etliche Einsatzfahrzeuge sind mit blau blinkenden Lichtern vor der Lagerhalle in Stellung gebracht worden. Von den Dächern der umliegenden Hallen sieht Moritz die roten Lichtspuren von den Laser-Zielfernrohren der Scharfschützen, die auf den Eingang der Halle zielen. Hinter jeder geöffneten Autotür der Einsatzkräfte hockt ein komplett schwarz gekleideter Beamte des Antiterrorkommandos mit der Waffe im Anschlag.
Noch bevor Moritz aus dem Auto, das in sicherer Entfernung abgestellt wird, aussteigen kann, sagt Norbert:
“Keine Alleingänge, du bleibst hier bei mir in sicherer Entfernung! Moritz, hast du mich verstanden? Es geht um deine Sicherheit!” Moritz blickt bejahend in Norberts Gesicht und steigt aus dem Auto. Als Norbert “O.k.!” ins Funkgerät sagt, hört Moritz aus dem Lautsprecher eines Polizeifahrzeuges, das in unmittelbarer Nähe des Eingangs zur Halle steht, die Stimme seines Freundes Paul:
“Hallo Jürgen! Ich bin’s - komm bitte raus - mach jetzt bloß keine Dummheiten! Lass den Adrian frei und es wird dir nichts geschehen, das verspreche ich dir als dein Vater!”
Fünf geschlagene Minuten vergehen, in denen nichts passiert. Plötzlich hört Moritz wieder aus dem Lautsprecher des Fahrzeuges folgende Aufforderung:

“Herr Schwarz, hier spricht Major Trummer. Die Halle, in der Sie sich befinden, ist von Spezialisten des mobilen Einsatzkommandos umringt. Sie haben keine Chance, die Halle ungesehen zu verlassen. Geben Sie auf - damit nicht noch mehr Unheil geschieht. Zurzeit müssen Sie sich nur wegen Entführung eines Minderjährigen und schwerer Körperverletzung verantworten. Wenn Sie jetzt aufgeben, werten wir das als Zeichen Ihrer Kooperation. Das Strafausmaß für Ihre Tat, für die Sie sich verantworten müssen, wird dadurch sicherlich um einiges milder bemessen werden. In drei bis vier Jahren sind Sie dann wieder auf freiem Fuß. Geben Sie auf, Sie haben keine Chance. Lassen Sie den Jungen frei - er hat damit gar nichts zu tun. Machen Sie sich nicht unglücklich - oder wollen Sie das Gefängnis erst als alter Mann wieder verlassen? Sie haben noch fünf Minuten Bedenkzeit - dann muss ich den Befehl zur Stürmung erteilen! Haben Sie mich verstanden?”
Drei weitere Minuten vergehen ohne irgendeine Reaktion aus der Halle. Moritz kann ständig die roten Leuchtspuren der Laserfernrohre sehen, die ständig jedes Fenster des Gebäudes absuchen. Plötzlich öffnet sich die Tür der Lagerhalle einen Spalt. Die Laserpunkte wandern blitzschnell zur Tür. Adrian steckt nur seinen Kopf heraus und schreit:
“Papa, bist du da? Papa, wo bist du?”

Als Moritz seinen Sohn hört, sprintet er wie ein Wettkampfläufer, der das Startsignal gehört hat, los und rennt um sein Leben in Richtung seines Sohnes. Er schreit dabei: “Adrian! Adrian! Hier bin ich - ich komm sofort zu dir!” Er rennt zwischen den in Stellung gebrachten Einsatzwagen durch und wie in Zeitlupe bemerkt er die ergebnislosen Versuche der Exekutivbeamten, ihn aufzuhalten. Kurz bevor Moritz das letzte Einsatzauto vor der Lagerhalle passieren will,

wird er von einem gezielten Sprung seines Freundes Norbert zu Boden gestoßen. Am Boden liegend blickt er in Norberts Gesicht und schreit:
"Lass mich! Ich will zu meinem Sohn!" Zwei weitere Beamte eilen zu Norbert und fixieren Moritz am Boden. Sie knien sich auf ihn und halten ihm die Hände mit einem Sperrgriff am Rücken. Immer wieder schreit Moritz:
"Adrian! Adrian! Ich bin gleich bei dir!" Norbert schlägt Moritz kräftig mit der Hand ins Gesicht und schreit ihn an:
"Bleib jetzt endlich ruhig - wir sind für die Rettung deines Sohnes zuständig! Hast du mich jetzt verstanden - oder soll ich dir noch eine schmieren?" Er hebt seine Hand, um seiner Drohung Nachdruck zu verschaffen. Moritz liegt mit dem Gesicht am Boden und Blut läuft aus seiner Nase. Seine Hände werden noch immer von zwei Beamten am Rücken gehalten und als Moritz seine Lage begreift, sagt er leise:
"Ja, Norbert, verstanden." "Papa, ich kann dich nicht sehen - die Scheinwerfer blenden mich so stark!", schreit Adrian weiter.
Major Trummer erteilt den Befehl, einige Scheinwerfer auszuschalten und teilt per Funk mit, dass sie Moritz ins Blickfeld seines Sohnes bringen sollen. Moritz wird vom Boden aufgehoben und die zwei Beamten, die ihn niedergehalten haben, begleiten Moritz - fest an seinen Armen gepackt, damit er nicht wieder losrennen kann - in das Blickfeld seines Sohnes.
"Papa", schreit Adrian, als er endlich seinen Vater erblickt.
"Papa, der Mann will, dass du zu mir kommst - alleine, ohne Polizei! Bitte Papa!" Noch bevor Moritz antworten kann, ertönt aus dem Lautsprecher des Polizeiwagens neben ihm:
"Herr Schwarz, was bezwecken Sie damit?"

“Moritz, dein Leben gegen das Leben deines Sohnes - das hast du mir versprochen!”, hören alle den Entführer rufen, der sich unsichtbar für alle Anwesenden hinter der Eingangstür befindet.
“Wenn du an der Tür angekommen bist, lass ich deinen Sohn laufen - das verspreche ich dir. Ihm wird nichts mehr geschehen.” Als Moritz das hört, schreit er zurück: “O.k., mein Leben gegen das meines Sohnes - ich bin damit einverstanden. Aber wer garantiert mir, dass du meinen Sohn auch wirklich frei lässt?”
“Du musst mir schon vertrauen, Moritz. Mir kann man ja glauben, ich bin ja kein Dieb, wie du es einer bist!”, schreit der Schwarz hinter der Tür in Richtung Moritz. Norbert steht inzwischen neben Moritz und sagt leise: “Das können wir nicht zulassen, Moritz. Der will euch beide - vertrau mir.” Moritz blickt in das Gesicht seines Freundes und begehrt frustriert auf:
“Ich will verdammt noch mal meinen Sohn zurück!”
“Wie stellen Sie sich das weiter vor, wenn Sie Herrn Lustig gegen seinen Sohn ausgetauscht haben?”, schreit Norbert in Richtung der Hallentür.
“Dann werden wir beide sterben - ich hab ja nichts mehr zu verlieren!”, schreit der Entführer zurück.
“Doch, mein Sohn”, hören alle plötzlich Paul aus dem Lautsprecher rufen.
“Ich verliere dich, mein Sohn! Du bist mein einziges Kind - bitte mach jetzt keine Dummheiten. Komm zu mir - zu deinem Vater!”
“Welchen Vater meinst du? Den, den ich in meiner Jugend nie hatte, weil ja keiner wissen durfte, dass ich dein Sohn bin? Oder den Vater, der mich beschissen hat, als ich ihm meine Idee zu SOKO Wien überlassen habe? Oder meinst du den Vater, der mich hintergangen hat, weil ja der Lustig viel besser schreiben kann als ich - Vater? Meinst du diesen Vater? Auf diesen Vater scheiß ich - du bist nicht mein Vater und du wirst nie mein Vater

sein! Hast du mich jetzt endlich verstanden? Ich hab dich nur ausgenützt, damit ich mein Ziel erreiche. Und jetzt, wo ich so knapp davor stehe, lass ich mich nicht mehr unterkriegen - verstanden? Also Moritz, wenn dir dein Sohn mehr bedeutet, als ich meinem Vater bedeutet habe, dann kommst du jetzt her zu mir und es wird deinem Sohn nichts geschehen. Dein Leben gegen das Leben deines Sohnes - das ist der Deal. Sonst wird dein Sohn den heutigen Tag nicht mehr überleben."

Moritz blickt in Norberts Augen und sagt:

"Du hast gehört: Mein Leben gegen das Leben meines Sohnes, also lass mich jetzt endlich gehen." Norbert spricht leise ein paar verabschiedende Worte zu seinem Freund und nickt danach den Beamten zu, dass sie Moritz loslassen sollen. Moritz geht langsam mit erhobenen Händen in Richtung der Eingangstür. Während seiner Schritte sieht er immer wieder das Aufblitzen der Laserpunkte aus den Zielfernrohren der Scharfschützen. Kurz bevor er die Eingangstür erreicht, sagt er:

"So, ich bin jetzt nah genug - lass jetzt meinen Sohn frei."

"Nicht nah genug, mein Freund, komm noch näher", antwortet der Entführer hinter der Tür. Moritz geht einen Schritt zur Seite, um durch den Spalt der Türe seinem Gegner direkt in die Augen blicken zu können. Er kann erkennen, dass der Entführer hinter Adrian steht und ihn an der Hand festhält. Als Moritz diese Situation erkennt, schreit er laut zu seinem Sohn: "HA SCHI ME!"

Adrian ergreift mit seiner Hand blitzschnell die Hand des Entführers und befördert diesen mit einem gekonnten Schulterwurf, den er ja durch sein jahrelanges Judotraining perfekt beherrscht, aus der Tür ins Freie. Noch bevor Adrian sich von seinem Peiniger lösen kann, fallen zwei Schüsse.

"Nein", schreit Moritz laut auf und fällt zu Boden. Als er

am Boden liegt, sieht er in die Augen des Täters - in dessen Stirn klafft ein roter Punkt, aus dem allmählich Blut fließt.
“Adrian”, schreit Moritz laut auf, als er seinen Sohn regungslos am Boden liegen sieht.
“Adrian, mein Sohn, steh endlich auf!”, schreit er verzweifelt weiter. Er robbt langsam zu seinem Sohn, der unter dem Täter liegt.
“Adrian - was ist los mit dir?”, schreit er laut, doch sein Sohn antwortet nicht. Als Moritz endlich bei seinem Sohn angekommen ist und den leblosen Körper von Schwarz vom Körper seines Sohnes rollt, blickt er in die vermummten Gesichter der am Tatort eingetroffenen Beamten des Einsatzkommandos.
“Gesichert”, sind die letzten Worte, die Moritz hört, ehe er selbst das Bewusstsein verliert.

“Moritz - hallo - Moritz! Ich bin’s!”, hört Moritz aus weiter Ferne, als er vorsichtig die Augen öffnet. Wie durch eine dichte Nebeldecke kann er allmählich die Umrisse eines ihm wohl vertrauten Gesichtes erkennen.
“Moritz - wach auf! Ich bin’s!” Langsam löst sich der Schleier vor seinen Augen und er blickt in das Gesicht seiner geliebten Frau Marvie. Er hebt langsam seinen Arm und greift vorsichtig nach der Hand seiner Frau. “Träum ich - wo bin ich?”, fragt Moritz zaghaft, als er einen zärtlichen Druck an seiner Hand und die Lippen seiner Frau an seiner Stirn spürt. Langsam registriert er, dass er lebt. Er hört den monotonen Klang eines Beatmungsgerätes und allmählich dämmert in ihm ein Gefühl für die Realität.

Er blickt sich vorsichtig um und sieht, dass er auf einem Krankenbett liegt. Als er nach links schaut, sieht er ein zweites Bett, darin liegt jemand regungslos mit einer Sauerstoffmaske am Gesicht - daher kann er diese Person nicht erkennen. Er schaut sich weiter vorsichtig um und kann seine geliebte Frau in voller Größe erkennen. Ein Arzt im grünen OP-Mantel steht neben seiner Marvie, die ebenfalls in einer grünen OP-Kleidung steckt. Er spürt die zärtliche Hand seiner Frau an der Stirn.
“Wo ist Adrian?”, fragt Moritz leise. Er registriert ein Lächeln in ihrem Gesicht, als sie ebenso leise antwortet: “Schatz, unser Sohn ist hier. Er lebt! Er wurde bereits an seiner Hand operiert und wird bald zu sich kommen. Er liegt hier neben dir.” Moritz versucht, sich langsam aus seiner liegenden Position zu erheben, doch bei jedem Versuch sich aufzusetzen fährt ihm eine höllischer Schmerz durch die Schulter.
“Marvie”, sagt er mit schmerzverzerrter Miene, aber glücklich, “was ist passiert?” Sie drückt seine Hand und beruhigt ihn:

“Schatz, es ist alles gut. Adrian ist dank deiner Rettung befreit, der Täter wurde bei dieser Aktion erschossen - er ist tot!” Moritz schließt für eine Sekunde die Augen, atmet erleichtert auf und sagt mit leiser Stimme zu seiner Frau:
“Warum liege ich hier? Ich kann mich an nichts mehr erinnern. Nein, das Letzte, an das ich mich erinnere ist, dass mein Sohn regungslos unter dem Körper des Schwarz gelegen hat - also was ist passiert?” Er hat sichtlich Schmerzen, möchte aber unbedingt von Marvie Klarheit über die Geschehnisse während der Befreiungsaktion bekommen. Sie streichelt mit ihrer Hand zärtlich über seinen Kopf und antwortet:
“Bei der Befreiung wurden zwei Schüsse auf den Täter abgefeuert - ein Schuss traf den Entführer tödlich an seiner Stirn. Der zweite Schuss traf die sich öffnende Eingangstür der Lagerhalle und wurde abgefälscht. Der Querschläger dieses Projektils bohrte sich in deine Schulter.” Als Moritz die Bedeutung dieser Worte realisiert hat, greift er sich instinktiv an seine rechte Schulter und entdeckt, dass sie unter einem dicken Druckverband steckt.
“Die Kugel, Herr Lustig, haben wir bereits bei einer Notoperation entfernt. Es wurde keine Arterie getroffen - in ein paar Tagen können Sie bereits wieder das Spital verlassen”, erklärt der Arzt sachlich, der neben Marvie steht.
“Ihr Sohn wurde ebenfalls bereits an seiner Hand operiert, sein Zustand ist stabil. Leider konnten wir seinen kleinen Finger nicht mehr retten - aber noch viel wichtiger ist: Wir konnten wenigstens den Rest der Hand retten. Wir werden ihn aber noch für ein paar Stunden im künstlichen Tiefschlaf halten müssen, um ihm die Schmerzen zu ersparen”, klärt der Arzt Moritz beruhigend über den Zustand seines Sohnes auf. Moritz blickt sichtbar erleichtert in das Gesicht des Arztes und

sagt leise:
“Danke, danke.” Er schließt wieder die Augen, denn das Schmerzmittel, das langsam, aber unaufhaltsam durch eine Infusionsnadel in seinen Körper fließt, beginnt voll zu wirken.

“Papa, ich bin’s! Wach auf!”, hört Moritz, als er wieder zu sich kommt. Er sieht in das Gesicht seiner Tochter Carlotta.
“Mama, der Papa - er ist wach!”, schreit sie verzückt, als sie in die geöffneten Augen ihres Vaters blickt.
“Hallo Zuckerpuppe”, murmelt Moritz vorsichtig. Er greift an seine Schulter und bemerkt, dass sie wirklich in einem Verband steckt.
“Gott sei Dank”, sagt er, “ich hab schon geglaubt, ich habe das alles nur geträumt. Sag Carlotta, wie geht es Adrian?”
“Dem Adrian geht’s schon wieder besser”, hört Moritz die ihm so vertraute Stimme seiner Frau, die inzwischen auch zu ihm ans Bett gekommen ist.
“Moritz, mein Schatz, Adrian wurde bereits aus seinem künstlichen Tiefschlaf geweckt. Er liegt hier neben dir und er kann es kaum erwarten, dich zu sehen.” Die Krankenschwester, die sich ebenfalls im Zimmer der Intensivstation befindet, geht zu Moritz ans Bett und betätigt vorsichtig einen Knopf. Langsam hebt sich Moritz` Rücken und schon kann er seinen Sohn auf dem Bett an seiner linken Seite sehen.
“Adrian”, ruft er leise. “Adrian, ich bin so glücklich, dich zu sehen”, spricht er leise weiter. Adrian dreht seinen Kopf langsam auf seine rechte Seite und sagt:
“Papa, Papa, ich hab dich so lieb!”
“Ich liebe dich auch, mein Sohn”, antwortet Moritz und streckt seinem Sohn seine an Infusionsflaschen hängende linke Hand entgegen. Adrian beugt sich nach rechts und versucht, die Hand seines Vaters zu

ergreifen. Mühsam gelingt es ihm, mit den Fingerspitzen die Finger seines Vaters zu berühren. Sie lächeln einander an und als Moritz etwas sagen will, unterbricht ihn die Schwester:
“Nicht so schnell! Sie haben noch genug Zeit, Sie müssen sich erholen”. Carlotta hat sich in der Zwischenzeit auf das Bett ihres Bruders gesetzt und sagt:
“Adrian, Papa, ich bin so froh, euch zu haben!” Marvie hat sich ebenfalls auf das Bett von Moritz gesetzt und sagt:
“Ihr seid meine Helden! Ich liebe euch - ich bin so froh, euch zu haben!” Sie blickt dabei in die angestrengt lächelnden Gesichter ihrer beiden Männer.

3 Tage später

Moritz und Adrian wurden inzwischen bereits von der Intensivstation in ein normales Zweibettzimmer der chirurgischen Abteilung des LKH Graz gebracht. Marvie und Carlotta verbringen die gesamte Besuchszeit bei ihren Helden. Es ist 13 Uhr, als es an der Tür klopft. Als sie geöffnet wird, blickt Moritz in das Gesicht seines Freundes Norbert.
“Hallo, meine Helden”, begrüßt er sie fröhlich, als er das Zimmer betritt. Er geht mit einem Bündel Zeitungen in den Händen zum Bett seines Freundes.
“Hallo Norbert”, begrüßt auch Moritz ihn freundlich, während er vorsichtig die Hand seines Freundes schüttelt.
“Moritz - wegen meines Schlages in dein Gesicht...”, doch ehe Norbert weitersprechen kann, fällt Moritz ihm ins Wort:
“Gibt’s noch eine Revanche, mein Freund! Haha!”, und beide beginnen zu lachen.

“Es tut mir leid - aber es musste sein. Es ging um deine Sicherheit!”, erklärt Norbert ihm erleichtert.
“Ist schon o.k., Norbert. Ich hätte es nicht anders gemacht”, antwortet Moritz. Norbert beendet dieses Thema und berichtet:
“Du, ich hab dir ein paar Zeitungen mitgebracht. Überall wirst du als Held tituliert - es kann durchaus sein, dass die Presse demnächst bei dir erscheint. Ich möchte dich nur vorwarnen. Wegen des Querschlägers, das tut uns furchtbar leid. Der Beamte wurde bereits zur Rechenschaft gezogen und es wird ein offizielles Disziplinarverfahren gegen ihn eingeleitet.”
“Der Beamte hat richtig reagiert, Norbert, das war ein Unfall! Er wollte doch bloß unser Leben retten - kann ich ihm irgendwie helfen?”, antwortet Moritz betroffen.
“Ja”, sagt Norbert, “er steht hier draußen vor der Tür. Er will sich bei dir in aller Form entschuldigen - wenn es dir recht ist?”, sagt Norbert.
“Hol ihn rein, Norbert”, fordert Moritz ihn auf und deutet zur Tür. Norbert geht zur Tür, öffnet sie und deutet seinem Kollegen mit einer Handbewegung, dass er das Zimmer betreten darf. Mit einem Strauß Blumen in der Hand betritt der Beamte das Krankenzimmer. Er überreicht die Blumen Moritz` Frau und sagt:
“Herr und Frau Lustig, lieber Adrian, es tut mir schrecklich leid - die Sache mit dem Querschläger! Doch ich musste innerhalb eines Bruchteils einer Sekunde reagieren - wir hatten Schussbefehl, um euch zu retten.”
“Sie brauchen sich keine Sorgen machen, Sie haben nur einen Befehl befolgt. Danke, dass Sie unser Leben gerettet haben”, antwortet Moritz und blickt verständnisvoll in das Gesicht des Beamten.
“Sagen Sie, haben Sie jetzt Probleme dadurch?”, fragt er ihn mitfühlend.
“Na ja, das entscheidet der Disziplinarausschuss in den nächsten Tagen. Es geht um Gefährdung Dritter bei

Schusswaffengebrauch", antwortet der Beamte.
"Wenn ich Ihnen helfen kann, dann werde ich alles dafür Mögliche machen! Nochmals vielen Dank, Sie haben unser Leben gerettet - ich weiß nicht, wie ich Ihnen jemals dafür danken kann", sagt Moritz und blickt kurz nach links in das Gesicht seines Sohnes. Adrian steht vorsichtig von seinem Bett auf und geht zu dem Beamten. Er versucht ihn zu umarmen und sagt: "Danke". Der Beamte ist sichtbar gerührt und antwortet: "Nichts zu danken - das ist mein Job!"

Danach setzt sich Norbert auf das Bett von Moritz und sie beginnen, sich über das Erlebte und die vielen Zeitungsartikel über diesen Entführungsfall zu unterhalten.
"Was ist mit Paul?", fällt Moritz plötzlich ein.
"Der Paul wird sich der Mittäterschaft verantworten müssen. Er bedauert zwar, vom eigentlichen Plan seines Sohnes zu dieser schrecklichen Tat nichts gewusst zu haben, aber er gibt zu, seinem Sohn indirekt geholfen zu haben. Aufgrund seiner Kooperation hat der Staatsanwalt Paul bereits aus der Untersuchungshaft entlassen. Es besteht keine Fluchtgefahr, möglicherweise bekommt er eine geringe Haftstrafe oder eine Strafe, die auf Bewährung ausgesetzt wird. Doch die größte Strafe für ihn wird sein, seinen Sohn verloren zu haben. Aber Moritz, wie kommst du mit Pauls Beteiligung klar?" Moritz blickt nachdenklich in das Gesicht seines Sohnes und antwortet nach ein paar Sekunden: "Kann ich dir im Moment nicht sagen - ich weiß es einfach nicht!"

Eine Woche später

Moritz ist bereits gemeinsam mit seinem Sohn aus dem Krankenhaus entlassen worden. Seine Schulter und sein rechter Arm stecken immer noch in einem Verband. Moritz sitzt am Wohnzimmertisch und sieht sich die aufgezeichneten Fernsehberichte über den Entführungsfall seines Sohnes an, als plötzlich sein Handy läutet. Er hebt ab und hört:
"Hallo Moritz! Ich bin's, der Hans."
"Hallo Hans! Danke für deinen Besuch letztens. Hab mich sehr gefreut, als ich dich im Krankenhaus gesehen habe", antwortet Moritz.
"Nichts zu danken - war ja selbstverständlich, dass ich meinem Starautor meine Aufwartung mache. Du, ich mach's gleich kurz: Der Paul ist natürlich gefeuert, die Verträge mit dir bleiben selbstverständlich bestehen. Wir beginnen nächsten Monat bereits mit dem Drehen. Wie schaut's aus mit deinem Sohn - kann ich ihn für die Rolle des dritten Opfers einsetzen? Oder ist es zu früh - wegen der Reha seiner Hand?"
Moritz blickt ungläubig das Telefon an und antwortet: "Du, keine Ahnung. Aber ich frag gleich den Adrian selbst, warte einen Moment." Moritz dreht sich um und ruft in Richtung Küche:
"Adrian! Hast du einen Moment Zeit?"
"Ja, ich komm schon!", ruft Adrian zurück, während er die Küche verlässt, um nach seinem Vater zu sehen.
"Du Adrian", sagt Moritz, "der Hans ist am Telefon. Er will wissen, ob du noch bei der SOKO Tirol-Folge den dritten Toten spielen möchtest. Er fängt nämlich bereits nächste Woche mit dem Drehen an. Traust du dir das zu?", fragt er seinen Sohn.
"Ja, Papa! Das ist mein größter Traum! Ich will - bitte, bitte, Papa!", ist Adrian sofort begeistert.
"Du Hans, der Adrian will schon. Aber ich muss das noch

mit dem Arzt abklären, ob er das wirklich machen kann. Ich melde mich, sobald ich etwas weiß, o.k.?", antwortet Moritz zurückhaltend, weil er seinen Sohn nicht überfordern will.
"O.k. Moritz, lass dir Zeit. Aber ich muss es bis Mittwoch wissen, also nichts für ungut. Erhol dich bitte - und wegen deinem nächsten Buch sprechen wir nächste Woche. Also bis dann - gute Besserung!", antwortet Hans und unterbricht das Telefongespräch.

Moritz bespricht Hans` Anfrage sofort mit seiner Frau und nach einem längeren Gespräch entscheiden sie, dem Arzt zu überlassen, ob man Adrian diese Anstrengung bereits zutrauen darf. In einem kurzen Telefonat mit dem Arzt stellt dieser fest, dass Adrian, wenn er auf seine verletzte Hand aufpasst und nachdem die Fäden der Naht ja schon entfernt wurden, durchaus in der Lage sei, bei entsprechender Sorgfalt diese kleine Nebenrolle zu übernehmen.
"Papa, Mama, danke! Ihr seid die Besten!", bricht Adrian in Begeisterung aus, als Marvie und Moritz ihm die freudige Nachricht mitteilen. Stundenlang unterhalten sich die drei angeregt über die neue SOKO Tirol-Folge. Die Schmerzen, die Adrian noch manchmal plagen, sind auf einmal vergessen. Auch die seit dieser schrecklichen Erfahrung angeschlagene Psyche des Sohnes, die ihn doch mit Albträumen, Nervosität und gedrückter Stimmung beeinträchtigt , erhellt sich schlagartig. Er lacht und ist fröhlich, als sei nie etwas geschehen, obwohl die Psychologin, die Adrian und die Familie nach dieser Tat betreut, immer davon ausgegangen ist, dass es Monate dauern wird, bis Adrian dieses schreckliche Erlebnis endgültig verkraftet haben wird. Moritz informiert Hans noch am selben Tag und bestätigt ihm, dass Adrian die Rolle übernehmen können wird. Nachdem Moritz mit Hans telefoniert hat, beschließen die Lustigs, wieder

einmal einen heiteren Spieleabend mit ihren Kindern zu veranstalten. Sie einigen sich darauf, ihr Lieblingsspiel 'Activity' zu spielen.

Es ist 21 Uhr und sie befinden sich gerade mitten im eifrigen Raten, als plötzlich Moritz` Handy vibriert. Moritz steht auf und greift nach dem Handy in seiner Hosentasche. Er drückt ohne auf das Display zu schauen auf die Annahmetaste und hört sogleich aus dem Telefon:
"Schatz, ich komm in einer Stunde nach Hause - ich bin bei Freunden in Leibnitz!" Als er diese Worte erkennt, verkrampft sich Moritz` Haltung und er sagt:
"O.k., bleib bitte dran - ich fahr zu meinem Freund nach Kalsdorf", und beendet das Gespräch. Moritz schaut Marvie verunsichert an und sagt leise zu ihr:
"Schatz, komm mal mit in die Küche, ich muss dir etwas sagen." Marvie erwidert besorgt den Blick ihres Mannes, steht auf und sagt zu ihren Kindern:
"Ich komm gleich - macht inzwischen ruhig weiter." Sie gehen in die Küche und als sie die Türe hinter sich geschlossen haben, berichtet Moritz erregt:
"Du Marvie, der Harry hat soeben angerufen. Sie haben in Leibnitz zugeschlagen!"
Marvie schaut Moritz entschlossen an und sagt:
"Nein, mein Schatz, du bleibst schön hier! Du hast in den letzten Wochen schon genug durchgemacht. Ich lass es nicht zu, dass du dich erneut in irgendeine gefährliche Situation begibst - noch einmal mach ich das nicht mehr mit!" Moritz ist verdutzt über die Bestimmtheit seiner Frau und sagt kleinlaut:
"Ich hab's aber dem Harry versprochen."
"Was hast du ihm versprochen? Du hast mir versprochen, bei der Observierung nicht dabei zu sein - für diese Aktion ist ausschließlich der Harry zuständig!", entgegnet Marvie erregt.

“Ja, das stimmt. Aber ich hab gesagt, dass ich bei der nächsten Aktion das Haus von Max Weihnrauch observiere”, antwortet Moritz.
“Was erhoffst du dir davon? Nichts - das kann ich dir schon jetzt beantworten. Nichts wirst du sehen, außer dass der Weihnrauch mit dem zweiten Typen in sein Haus geht. Mehr auch schon nicht - oder glaubst du wirklich, die werden mit dem ergaunerten Geld wie Mafiabosse in der Hand wedeln? Nein - die werden nach dieser Aktion in ihre Garage fahren und erst dann das Geld aus dem Auto holen. Du wirst also nichts beobachten können! Außerdem - was ist, wenn der Max dich erkennt, wenn du irgendwo vor seinem Haus im Auto auf ihn wartest? Der kennt dich - und der wird sich fragen, was du ausgerechnet jetzt in der Nähe seines Hauses zu tun hast! Die werden eins und eins zusammenrechnen, und glaub mir, wenn die nur einen Funken erahnen, wird es ein bitteres Ende mit dir nehmen! Ich lass dich jetzt nicht fort, hast du mich verstanden? Und solltest du es wagen, jetzt das Haus zu verlassen, dann ruf ich sofort den Norbert an - und dann…”
“…dann wissen die alles und ich kann mir meine Recherchen sonst wohin schreiben”, kontert Moritz geknickt.
“O.k. mein Schatz, ich bleib hier. Morgen werde ich mich aber dann mit Harry treffen, um das gespeicherte Video zu holen. O.k., du hast recht - ich habe es dir versprochen. Hoffentlich macht der Harry jetzt keine Dummheiten - ich hoffe es für ihn!”, überlegt Moritz und sieht besorgt in Marvies Gesicht.
“Gut, dann hätten wir das ja jetzt besprochen. So, jetzt gehen wir wieder zu unseren Kindern und spielen weiter. Und kein Wort zu den Kindern, verstanden!?”, bestimmt Marvie wieder die Richtung.

Marvie nimmt Moritz kurz in den Arm, gibt ihm einen Kuss und sie gehen beide wieder ins Wohnzimmer, um mit ihren Kindern zu spielen. Doch bei Moritz will keine rechte Laune mehr aufkommen, ständig denkt er an Harry und die möglichen Ereignisse. Als Moritz gerade dran ist, einen neuen Begriff zu erraten, vibriert erneut sein Handy. Er greift in die Hosentasche und steht auf. Noch bevor er auf die Annahmetaste drückt, verschwindet er mit:
"Spielt nur weiter - bin gleich wieder da" in die Küche. Dort angekommen hebt er ab und hört:
"Du Moritz, bin grade im Auto - die haben heute wieder 50.000 Euro gewonnen. Ich hab alles auf der Kamera! Aber diesmal lass ich sie nicht so einfach davon, sie sind raus und als sie ins Auto eingestiegen sind, bin ich auch rausgegangen. Ich fahr ihnen gerade nach - bin momentan auf der Autobahn in Richtung Graz."
"Du Harry, mach jetzt ja keine Dummheiten! Lass sie fahren, gib die Verfolgung auf, bevor sie dich noch entdecken!", antwortet Moritz hektisch.
"Nein Moritz, ich gebe jetzt nicht auf! Ich weiß, dass du mir wegen deiner Verletzung jetzt nicht helfen kannst, aber ich besteig jetzt meinen Berg alleine. Ich will die jetzt drankriegen - koste es, was es wolle! Warte, der BMW fährt jetzt in Wildon ab, ich folge ihm - bin ca. 200 Meter hinter ihm", lässt sich Harry nicht aufhalten.
"Du Harry, fahr jetzt weiter - bitte! Fahr jetzt nach Hause, morgen hol ich mir dann deine Aufzeichnung - das ist Beweis genug!", schreit Moritz in sein Telefon.
"Nein Moritz, jetzt gebe ich nicht auf. Ich bin so nah dran - du warte, der fährt jetzt von der Autobahn ab. Ja, er fährt in Richtung Deutschlandsberg, ich folge ihm - bin ca. 150 Meter hinter ihm. Bleib kurz dran, ich schalt die Kamera wieder ein - so, Kamera läuft!"
"Harry, vergiss es - mach keine Dummheiten! Fahr nach Hause, ich bitte dich darum!", beschwört Moritz Harry

hektisch, die Verfolgung doch aufzugeben.
“Nein Moritz, das kannst du vergessen. Warte, der biegt jetzt links ab. Ich muss mich jetzt dranhalten, sonst verliere ich ihn noch. So, jetzt sehe ich ihn wieder vor mir. Er fährt auf den Wildoner Berg, wart ich sehe eine Tafel – ja er fährt in Richtung Buschenschank Bockmoar. Moment, er fährt in einen Wald, das wird wohl der Übergabeort der Kohle sein. Also scheiße, ich sehe seine Rücklichter nicht mehr - entweder hat er angehalten, oder er ist irgendwo abgebogen. Moment, ja, ich sehe die Rücklichter wieder, er ist im Wald nochmals links abgebogen. Moment, da steht noch ein Auto, das muss die Übergabe sein. Ich schalt meine Lichter aus - ich kann nicht näher heran. Warte, scheiße - ich bin zu weit weg, ich kann nichts erkennen. Ja, ich sehe den Max, er steigt aus dem Auto. Er geht zum anderen Wagen - warte! Schau, schau, der Typ, der die Kohle gewonnen hat, steigt auch aus. Ja, jetzt kann ich es sehen: Der Typ überreicht dem Max das Geld - er zählt - er zählt noch immer. Scheiße, ich kann nicht erkennen, wie viel der in der Hand hält. Warte, er ist mit dem Zählen fertig - er steckt das Geld ein. Nein, vier Scheine überreicht er dem Gewinner, ja, 2000 Euro. Scheiße, er steigt in sein Auto, der Max steigt auch ins Auto. Scheiße, die Rückfahrscheinwerfer gehen an - die fahren zurück! Moritz, ich muss jetzt in Deckung gehen, die fahren wahrscheinlich an meinem Auto vorbei. Ich kann nichts mehr sehen, ich hör aber die Autos näher kommen. Scheiße - die fahren in meine Richtung! Ich lass jetzt das Handy unter meinen Sitz fallen und stell mich schlafend. Scheiße, der Wagen bleibt stehen! Moritz, die steigen aus - ich kann den Max erkennen, den Beifahrer sehe ich nicht. Der Max kommt zu meiner Tür, verdammt, ich sperr schnell ab. Scheiße, da reißt jemand an der Beifahrertür!” In diesem Moment herrscht Totenstille, gleich darauf hört Moritz plötzlich das

Zerbersten einer Scheibe...
“Max, das ist der Alte von vorhin - der ist uns gefolgt. Was machst du da? Bist du uns nachgefahren, du Schwein?“ Für Sekunden herrscht wieder Totenstille, dann hört Moritz einen lauten Knall - nach einer Sekunde kommt wieder ein lauter Knall. Max, da kommt ein Auto - los! Wir müssen los!” Danach hört Moritz, wie sich zwei Autotüren schließen und ein Auto davonfährt. Moritz sinkt zu Boden und hält sich das Telefon ans Ohr. Sekundenlang hört er nichts mehr, er sagt leise ins Telefon:
“Harry, Harry, bist du noch da?”, doch er hört keine Antwort mehr - Totenstille im Telefon!
“Nein, nicht - Harry!”, schreit Moritz laut auf, als keinerlei Reaktion mehr zurückkommt. Noch mehrmals versucht er vergeblich, eine Antwort von Harry zu bekommen - doch er hört nichts. Er drückt sein Handy weg und beginnt am ganzen Körper zu zittern.
“Nein!”, schreit er nochmals und bemerkt dabei das bestürzte Gesicht seiner Frau, die wegen seiner Schreie in die Küche gekommen ist.
“Moritz, was ist los?”, fragt sie, als sie ihren Mann am Boden sitzen sieht.
“Ich weiß es nicht”, antwortet Moritz verstört.
“Ich habe mit Harry telefoniert. Er hat den Weihnrauch verfolgt, plötzlich gab es zwei laute Knaller - ich weiß nicht, ob es Schüsse waren. Aber seitdem hab ich nichts mehr von Harry gehört.” Er beginnt wiederum am ganzen Körper zu zittern.
“Was soll ich jetzt bloß tun, Marvie? Sag’s mir - was soll ich machen?” Er blickt besorgt in Marvies Gesicht.

Marvie setzt sich neben ihren Mann auf den Küchenboden und umarmt ihn zärtlich. Sie fährt ihm mit der Hand über seinen Kopf und sagt:
“Moritz, wir können jetzt nichts machen. Wir müssen

abwarten, vielleicht meldet sich der Harry eh gleich wieder und die vermeintlichen Schüsse, die du gehört hast, waren nur das laute Zuknallen von den Autotüren. Bitte bleib jetzt ganz ruhig, lass uns keine unüberlegten Dinge tun. Auf keinen Fall rufen wir jetzt den Norbert an - ich will nicht in die Sache hineingezogen werden! Bitte Moritz, lass uns warten. Du wirst schon sehen, der Harry meldet sich in Kürze." Sie gibt ihrem noch immer am ganzen Körper zitternden Mann einen Kuss auf die Stirn und hofft, ihn mit ihren Worten beruhigt zu haben. Eigentlich glaubt sie jedoch selbst nicht daran, dass nichts geschehen ist.

Marvie beschließt wegen dieser neuen Situation, ihre Kinder ins Bett zu bringen. Nur murrend ziehen sich die beiden in ihre Zimmer zurück. Als sie anschließend wieder zu Moritz in die Küche kommt, sieht sie ihren Mann nicht. Instinktiv blickt sie auf das Schlüsselbrett im Vorzimmer, um sich zu vergewissern, dass sich der Autoschlüssel noch an seinem Platz befindet.
"Gott sei Dank", seufzt sie erleichtert, als sie den Schlüssel sieht. Sie geht ins Wohnzimmer und erblickt ihren Mann, der aufgewühlt am Sofa sitzt. Er hält beide Hände vors Gesicht und schüttelt ständig verneinend seinen Kopf. Sie setzt sich zu ihm und sagt:
"So schlimm? Glaub mir - es wird alles gut", und legt die Hand auf seinen Oberschenkel.
"Marvie - was ist, wenn wirklich etwas Schreckliches geschehen ist?", spricht Moritz seine düstere Ahnung aus und blickt kurz auf.
"Ich weiß es nicht, Moritz. Ich weiß es einfach nicht", sagt sie und nimmt ihren Mann in den Arm. Sie sitzen einige Zeit schweigend nebeneinander, als es plötzlich an ihrer Tür klingelt. Ding - Dong - Doong!

Moritz blickt verstört auf und fragt seine Frau:
“Sag, wer kann das jetzt sein, um diese Uhrzeit?” Sie sieht ihn ebenso fragend an und antwortet:
“Warte, ich geh schon.” Sie springt auf und eilt zur Tür. Vorsichtig macht sie die Eingangstür einen Spalt auf und sieht das besorgte Gesicht ihres Freundes Norbert. Noch bevor sie ihn begrüßen kann, fragt er:
“Ist der Moritz bei dir?” Marvie antwortet sofort:
“Ja, er sitzt im Wohnzimmer - was ist los?”
“Ja, das möchte ich jetzt umgehend von deinem Mann erfahren”, sagt er kurz angebunden und offensichtlich dienstlich, während er gemeinsam mit einem Kollegen das Haus betritt.

Er geht ohne zu warten direkt ins Wohnzimmer und sieht seinen Freund Moritz mit überraschtem Gesicht auf dem Sofa sitzen.
“Moritz, ich mach’s kurz: Du brauchst gar nicht so überrascht zu schauen - ich weiß alles!” Moritz` Gesichtsausdruck friert ein und er antwortet verstört: “Was, du weißt alles?”
“So Moritz, du hast jetzt die Möglichkeit, mir alles zu erzählen - ansonsten muss ich dich leider festnehmen und wir besprechen alles im Präsidium! Also raus damit - was hast du damit zu tun?” Norbert ist nun sichtbar erregt und wird sehr dienstlich. Moritz blickt mit weit geöffneten Augen in Norberts Gesicht und fragt:
“Was hab ich mit was zu tun?”
“Hör auf, mich zu verarschen! Hast du mich verstanden? Ich meine es ernst, also raus damit!”, attackiert Norbert Moritz vehement.
“Moritz, wir haben alles auf Band. Die Kollegen haben versehentlich die Fangschaltung deines Handys nach der Entführung deines Sohnes noch nicht deaktiviert. Außerdem haben sie das Telefon deines Gesprächspartners geortet, und als sie vor ein paar

Minuten in einem Waldstück nahe Wildon eintrafen, fanden sie eine männliche Leiche in einem abgestellten Fahrzeug, die mit zwei gezielten Schüssen regelrecht hingerichtet wurde. Ein Schuss traf den Mann mitten in den Kopf, der zweite zerfetzte sein Herz. Dieser Mann hat mit dir die gesamte Zeit telefoniert - und du, mein Freund, wurdest Zeuge dieser Hinrichtung! Also raus damit - was hast du mit dieser Sache zu tun?"
Nachdem er diese Tatsachen knallhart auf den Tisch gelegt hat, setzt er sich neben Moritz und blickt ihn an. Moritz schaut in die Augen seines Freundes und registriert langsam die Bedeutung von Norberts Worten.
"Scheiße, das wollte ich nicht! Ich hab alles versucht, es dem Harry auszureden."
"Ja, das haben wir auf Band. Also du, mein Freund, bist als Verdächtiger raus, aber du bist Zeuge eines Mordes. Und als solcher bist du gezwungen, mir die ganze Geschichte zu erzählen. Wie kommst du zu diesem Harry? Was habt ihr zwei gemeinsam? Ich will jetzt alles wissen, jedes noch so verdammte kleine Detail! Hast du mich verstanden, Moritz? Machen wir es hier bei dir - oder soll ich dich mitnehmen?", sagt Norbert mit dienstlicher Autorität zu Moritz. Der fährt sich mit den Händen durchs Haar und informiert nun seinen Freund:
"Du, der Harry trägt an seinem Körper eine Ansteckkamera. Er hatte sie eingeschaltet - vielleicht könnt ihr den Mörder darauf erkennen."

Nachdem Norbert diese Worte verdaut hat, ruft er sofort seinen Kollegen von der Spurensicherung am Tatort an. Er berichtet ihm von der Kamera und erfährt umgehend, dass sie soeben diese Kamera und das Aufzeichnungsgerät gesichert haben.
"So Moritz, warum trägt der Tote eine Miniknopfkamera? Und was hast du damit zu tun?" Moritz steht auf und sagt zu Norbert:

“Komm mal mit ins Schreibatelier, ich spiele dir ein paar Aufzeichnungen auf dem Laptop vor, die ich und der Harry… - dass dem was geschieht, das wollte ich nicht, das musst du mir glauben! Außerdem möchte ich nicht, dass die Kinder etwas davon mitbekommen. Die haben in den letzten Tagen schon genug durchgemacht.”

Norbert steht ebenfalls auf und gemeinsam verlassen die beiden das Wohnzimmer in Richtung Atelier. Moritz fährt seinen Laptop hoch und beginnt gleichzeitig, Norbert die gesamte Geschichte von Anfang an zu erzählen. Er beginnt seine Erzählung mit dem Tag, als er Harry zufällig in einer Filiale der Kapital Sportwetten kennen gelernt hat, wobei dieser ihm seine Geschichte über den seltsamen Zufall der hohen Gewinne erzählte, bei denen immer der Max Weihnrauch und sein Partner anwesend waren. Er schildert Norbert jedes noch so kleine Detail über ihren gemeinsamen Plan, die beiden zu überführen. Als Norbert das Video sieht, das Moritz vor dem Haus des Verdächtigen aufgezeichnet hat, und die Pistole von Max Weihnrauch erkennt, sagt er bestürzt:
“Moritz, bist du denn wahnsinnig? Ab diesem Zeitpunkt hättest du mich informieren müssen - du Idiot!” Moritz ist bestürzt ob Norberts Aggression, entgegnet aber:
“Damit wären offizielle Ermittlungen gegen die eingeleitet worden, und durch die Kontakte des ehemaligen Innenministers Ernst Strammer hätte der NewWorld-Konzern sofort von diesen Ermittlungen gewusst. Ich hab dir bereits gesagt, dass dieser Konzern gefährlich ist.” Norbert fährt sich mit der rechten Hand übers Haar, macht mit der linken Hand eine Faust und sagt zu Moritz:
“Du hättest mir vertrauen sollen - als Freund! Bei deinen Beweisaufnahmen, allein schon bei der Aufnahme, die du mir aus Harrys Kamera gezeigt hast, wo die beiden

bei diesem hohen Gewinn anwesend waren, hätte ich sofort verdeckte Ermittlungen eingeleitet. Der Strammer hätte nichts erfahren, denn ich hätte diesen Verdacht mit dem Staatsanwalt Bauer besprochen. Bauer wurde nämlich schon als Nachfolger von Strammer als neuer Innenminister gehandelt, aber er wurde im letzten Moment durch den Einfluss von Strammer abgewürgt. Und du weißt, wer dann Innenminister wurde - genau, die Makel-Lotner. Die wiederum hängt in der Seilschaft vom Strammer. Also wurde Bauer hintergangen, und dass der darüber sauer ist, kannst du dir vorstellen. Der konnte Strammer und seine Freunde aus Politik und Wirtschaft nie leiden - der Bauer brennt richtig darauf, dem ehemaligen Innenminister eins auszuwischen. Ich hätte ein Team meines Vertrauens zusammengestellt und dein selbsternannter Feind, die NewWorld AG, hätte von diesen Ermittlungen nichts erfahren. Warum hast du mir nicht vertraut? Warum? Ich bin doch dein Freund - oder?"

Moritz schaut seinen Freund an, steht auf und legt die Hand auf seine Schulter. Er antwortet bedächtig:
"Ich dachte, du bist weisungsgebunden und du würdest sofort offizielle Ermittlungen einleiten. Du bist Polizist - der Innenminister Strammer ist dein ehemaliger Chef - wie sollte ich wissen..."
"Ja Moritz, ich bin dein Freund. Also lass uns jetzt keine Zeit verlieren!", fällt Norbert Moritz ins Wort.
"Du musst jetzt mit mir ins Präsidium kommen, dein Laptop und die Beweisaufnahmen sind hiermit offiziell beschlagnahmt, hast du mich verstanden!? Verabschiede dich von deiner Frau, wir dürfen keine Zeit mehr verlieren, ich habe einen Mord aufzuklären! Du bist nicht verhaftet, aber du musst trotzdem mitkommen - hast du mich verstanden? Also los!", erklärt er Moritz die Sachlage. Er nimmt den Laptop in die Hand und geht in

Richtung Flur. Moritz folgt ihm und als er seine Frau und die inzwischen wieder wach gewordenen Kinder sieht, verabschiedet er sich kurz von seiner Familie mit den Worten:
"Ich komme bald wieder, alles wird gut - vertraut mir."

Sie verlassen das Haus und steigen in den zivilen Streifenwagen. Norbert nimmt das Blaulicht vom Armaturenbrett und befestigt es am Dach. Mit rotierendem Blaulicht brausen sie davon in Richtung Präsidium.
Moritz sitzt im Fond des Wagens und als er sich kurz nach seinem Haus umdreht und durch die Heckscheibe blickt, sieht er seine Frau, die ihm verzweifelt nachschaut. Während der rasanten Fahrt quer durch die nächtliche Stadt Graz informiert Moritz Norbert über sämtliche Details, die er bis jetzt bei seinen Recherchen herausgefunden hat. Als sie in Norberts Büro ankommen, wartet bereits ein Spezialist der Spurensicherung mit der sichergestellten Microkamera des toten Harry. Sie betreten das Büro und die aufgezeichneten Daten werden sofort auf den Computer überspielt. Moritz, Norbert und sein Kollege sehen sich gemeinsam die letzten Aufzeichnungen des Toten an. Sie sehen, wie in der Kapital Spotwetten-Filiale in Leibnitz wieder ein hoher Gewinn von 50.000 Euro von einem Unbekannten erzielt wurde. Auch diesmal stehen der Max Weihnrauch und sein Partner an den Automaten daneben. Die drei Zuseher können auf dem Video verfolgen, wie der Spieler mit dem gewonnenen Geld die Filiale verlässt. Max und sein dunkler Begleiter verlassen ebenfalls das Wettcafé. Es ist zu erkennen, wie der Gewinner mit seinem Auto in Richtung Autobahn den Parkplatz verlässt. Kurz darauf verlassen auch die Verdächtigen mit ihrem schwarzen 5er-BMW den Parkplatz, ebenfalls in Richtung Autobahn. Danach

wurde die Kamera ausgeschaltet. Kurz darauf wurde die Kamera wieder aktiviert und sie sehen, wie der BMW bei der Abfahrt Wildon die Autobahn verlässt. Sie können durch die Augen des nunmehr toten Harry die gesamte Verfolgung der Verdächtigen in den nahen Wald erkennen. Als das Auto anhält und das Scheinwerferlicht ausgeht, sehen sie nichts mehr deutlich. Schemenhaft können sie die Umrisse zweier Wagen erkennen.
“Das muss die Geldübergabe sein!”, schreit Moritz laut auf.
“Scheiße - das war zu weit weg! Man kann nichts deutlich erkennen”, stellt Norbert frustriert fest. Doch dann sehen sie, wie die Rückfahrscheinwerfer beider Wagen aufleuchten.
“Da hat sich Harry in seinem Sitz versteckt - man kann nur noch die dunkle Windschutzscheibe von Harrys Auto sehen.“

Plötzlich dringt Scheinwerferlicht durch diese Scheibe.
“Da - das muss jetzt die Stelle sein, als der Harry zu mir gesagt hat, dass ein Auto bei seinem Wagen anhält!”, schreit Moritz erregt. Die drei sehen angespannt auf den Bildschirm des Computers und sehen plötzlich, wie eine Person an der Seitenscheibe auftaucht.
“Stopp das Bild!”, schreit Norbert, als sie ein Gesicht erkennen können, das in den Wagen blickt.
“Ja, das ist der Max Weihnrauch!”, schreit auch Moritz wieder laut - die Aufregung der drei Zuseher überschlägt sich. Norbert betätigt die Computermaus und das Video läuft weiter.
Angespannt starren sie auf den Bildschirm. Sie können erkennen, wie die Seitenscheibe eingeschlagen wird, sie sehen deutlich das Gesicht des Täters.
“Scheiße!”, schreit Moritz, als er die Pistole in der Hand Weihnrauchs sieht. Sekunden später wird das Bild hell und sie erkennen das Mündungsfeuer aus der Pistole.

Das Videobild macht einen plötzlichen Ruck nach links - danach erhellt sich der Bildschirm ein zweites Mal und noch deutlicher können die drei das Mündungsfeuer des zweiten Schusses erkennen - und sie sehen die eiskalten Augen des Täters und die Pistole in seiner Hand. Danach wird es wieder dunkel. Schemenhaft können sie noch erkennen, wie der Täter in seinen Wagen steigt und sich die Autotüren schließen, danach ist das Bild wieder dunkel.
“Wir haben ihn!”, schreit Norbert auf.
“Moritz - die Adresse! Gib mir sofort die Adresse!”, schreit er aufgeregt weiter. Moritz sagt mit nervöser Stimme die Adresse von Max Weihnrauch an, Norbert notiert sie und gibt sofort eine Alarmfahndung nach dem Täter hinaus. Er informiert das mobile Einsatzkommando der Cobra, instruiert seine Kollegen über den Tatverdächtigen und erteilt den Befehl zum sofortigen Zugriff. Ohne Durchsuchungsbefehl des Staatsanwaltes - es besteht der dringende Tatverdacht eines Tötungsdeliktes!
Danach sagt Norbert zu Moritz:
“Wir fahren sofort zum Haus des Verdächtigen, du fährst mit. Aber du bleibst im Auto - hast du mich verstanden, Moritz!?” Moritz nickt und sie verlassen sofort das Büro. Gemeinsam rennen sie zum Wagen, steigen ein und fahren in Richtung der Wohnadresse des Verdächtigen. Während der gesamten Fahrt hören die beiden über Funk den aktuellen Stand des Zugriffes.
“Wir sind am Zielobjekt - haben das Haus umstellt - warten auf weitere Befehle - in der Hauseinfahrt steht ein Mercedes. Wir haben keine Ahnung, wie viel Personen sich im Haus aufhalten”, hören sie aus dem Lautsprecher des Polizeiwagens. Plötzlich eine lauter Knall - und noch ein lauter Knall!
“Wir werden beschossen - Deckung!” Danach hören sie unzählige Schüsse, die auf einen Schusswechsel

schließen lassen.
“Zugriff - Zugriff!”, hören sie immer wieder aus dem Funk.
“Eingang gesichert!”, danach folgen wieder etliche Schüsse. Norbert fährt mit vollem Risiko die Triesterstraße entlang. Moritz blickt kurz auf den Tacho und sieht die Nadel bei 150 km/h zittern. Norbert überholt immer wieder Fahrzeuge, bei jeder Ampel ertönt das Martinshorn des Wagens. Riskante Manöver folgen, Moritz verkrampft sich mit seinen Händen am Rücksitz des Wagens, um nicht bei Norberts unzähligen Überholmanövern im Auto hin- und hergeschleudert zu werden. Währenddessen hören sie immer wieder Schüsse über den Funk. Als Norbert in der unmittelbaren Nähe des Einsatzortes angekommen ist, hören sie plötzlich:
“Gesichert - Haus gesichert! Wir haben sie - vier Personen festgenommen!“ Norbert schreit in den Funk: “Verletzte? Gibt es Verletzte?”
“Ja, ein Verdächtiger wurde bei dem Schusswechsel verletzt. Die anderen drei haben sich danach widerstandslos festnehmen lassen. Moment - ich höre gerade, dass wir auch einen verletzten Kollegen haben. Streifschuss, nichts Lebensbedrohliches! Rettungskräfte sind bereits verständigt - Ende.”

Zwei Minuten später treffen Norbert und Moritz am Einsatzort ein. Sie sehen vier Spezialfahrzeuge des mobilen Einsatzkommandos vor dem Haus stehen. In der Hauseinfahrt liegen vier Personen mit ausgestreckten Händen auf dem Bauch. Bei einer Person kniet bereits ein Notarzt und versorgt diese. Rundherum stehen vermummte Beamte mit ihren Waffen im Anschlag. Streifenwagen fahren vor und Beamte steigen aus, um den Einsatzort weiträumig abzusperren. Norbert steigt aus seinem Fahrzeug und

sagt zu Moritz:
“Du bleibst hier sitzen - verstanden!?” Moritz nickt und blickt seinem Freund nach. Er kann erkennen, wie er zu einem Beamten des mobilen Einsatzkommandos geht und mit ihm spricht. Daraufhin sieht er seinen Freund in das Haus gehen. Minuten des angespannten Wartens vergehen. Ständig laufen vermummte Beamte an dem Fahrzeug vorbei, in dem er sitzt. Er kann erkennen, wie der Max Weihnrauch auf einer Trage in einen Rettungswagen verfrachtet wird. Zwei Beamte steigen ebenfalls in den Rettungswagen. Die Türen des Fahrzeuges werden geschlossen und die Rettung fährt mit eingeschaltetem Blaulicht davon. Kurze Zeit später trifft ein VW-Bus mit Blaulicht am Tatort ein. Die drei noch immer am Boden liegenden Personen stehen auf und werden von vier vermummten Beamten zu dem Bus begleitet. Er kann erkennen, dass die Personen Handschellen tragen. Als die drei in den Bus einsteigen, kann er die Gesichter erkennen. Er sieht die Freundin von Max Weihnrauch und seinen Partner, den rumänischen Unbekannten. Das Gesicht des dritten Mannes kann er ebenfalls erkennen.
“Das gibt’s ja nicht - das ist der Martin Pointner, der ehemalige Chef vom Max. Was tut der da?”, wundert sich Moritz. Kurze Zeit später verlässt der VW-Bus mit den drei Festgenommenen mit eingeschaltetem Blaulicht das Haus.

Moritz sitzt angespannt im Wagen und kaut nervös auf seinen Nägeln. Plötzlich öffnet sich die Tür an seiner Seite und sein Freund Norbert steht davor.
“Moritz, du kannst jetzt aussteigen, aber bleib bitte hier beim Wagen”, erklärt ihm sein Freund.
“Was ist passiert?”, fragt Moritz, während er aussteigt.
“Ich mach’s kurz: Der Max Weihnrauch wurde bei dem Schusswechsel mit uns am Oberschenkel getroffen, er

ist nicht in Lebensgefahr. Die drei anderen haben sich danach durch unsere Spezialkräfte widerstandslos festnehmen lassen. Wir haben im Haus jede Menge Bargeld und Waffen sichergestellt. In der Garage des Hauses wurden auch unzählige gebrauchte Spielautomaten gefunden. Die werden heute noch von unseren Computerexperten analysiert. Wir kommen sicher dahinter, wie es zu diesen Manipulationen gekommen ist. Ich lass dich jetzt durch einen Streifenwagen nach Hause bringen, morgen musst du aber wieder zu mir ins Büro kommen. Wir brauchen deine Aussagen fürs Protokoll. Mehr darf ich dir im Moment auch nicht sagen, also bis morgen!"
Noch ehe Moritz weiterfragen kann, steht schon ein Streifenbeamter neben ihm und bringt ihn in ein Auto. Während der gesamten Fahrt nach Hause geistert Moritz das soeben Erlebte im Kopf umher. Gegen 2 Uhr morgens kommt er endlich vor seinem Haus an. Er geht die Treppen hoch zur Eingangstür und als er sie öffnen will, wird die Tür von innen aufgerissen und er blickt in das tränenüberströmte Gesicht seiner geliebten Frau. Sie umarmt ihn sofort und sagt:
"Moritz - ich bin so froh, dass du wieder hier bist! Gott sei Dank - du bist wieder da!" Moritz zittert am ganzen Körper, während er mit seiner Frau an der Hand das Haus betritt. Er geht mit ihr ins Wohnzimmer und sinkt auf das Sofa. Die Anspannung der letzten Stunden löst sich allmählich und sein Körper kann sich entspannen. Nur langsam normalisiert sich sein Zustand wieder, das Zittern verschwindet. Er atmet tief durch und beginnt danach mit der Erzählung des Geschehens dieser Nacht. Marvie verfolgt aufmerksam seine Ausführungen und unterbricht hin und wieder seinen Bericht mit entsetzten Gesten. Gegen 5 Uhr in der Früh schläft Moritz langsam mit seiner Frau im Arm auf dem Sofa ein.

“So Moritz, entspricht das gelesene Protokoll deinen Aussagen? Oder hast du noch etwas hinzuzufügen?”, schließt Norbert die Zeugenvernehmung ab, während Moritz das Protokoll liest.
“Nein - genauso war es”, antwortet Moritz, nachdem er fertiggelesen hat.
“So, dann bitte unterschreiben - rechts unten”, weist ihn Norbert an. Moritz unterschreibt und sagt:
“Was passiert nun?”, dabei schaut er seinen Freund fragend an.
“Der Staatsanwalt hat die Anklage wegen Mordes gegen den Max Weihnrauch eingeleitet und es wurde die Untersuchungshaft verhängt. Der Täter ist derzeit noch im Krankenhaus und wird von zwei Beamten bewacht. Sobald er überführungstauglich ist, wird er in das Landesgefangenenhaus überstellt. Gegen die drei anderen wurde ebenfalls die Untersuchungshaft verhängt, wegen Verdunkelungs- und Fluchtgefahr. Die drei werden bereits getrennt durch unsere Spezialisten einvernommen. Der Staatsanwalt Bauer wird gegen dich kein Verfahren einleiten. Du wirst aber als Kronzeuge gegen Max und seine Mittäter vor Gericht aussagen müssen. Deine Beweisaufnahmen bleiben weiterhin beschlagnahmt. Du darfst bis auf Weiteres das Land nicht verlassen und wirst uns weiterhin zur Verfügung stehen müssen.”
Moritz blickt mit weit geöffneten Augen in das Gesicht seines Freundes. Er legt den Kugelschreiber, mit dem er das Protokoll unterschrieben hat, zurück auf den Schreibtisch und sagt:
“O.k., das mache ich selbstverständlich. Ich möchte aber noch mit dem Staatsanwalt reden.” Norbert sieht Moritz fragend an, nimmt seinen Telefonhörer und ruft den Staatsanwalt Bauer an. Zehn Minuten später betritt der Staatsanwalt das Büro. Er begrüßt Moritz, setzt sich auf den bereitgestellten Stuhl und sagt:

“Herr Lustig, Sie wollen mit mir sprechen?” Moritz antwortet:
“Ja, Herr Bauer. Ich habe soeben gehört, dass ich als Zeuge vor Gericht gegen den Täter aussagen muss. Wer garantiert meine Sicherheit und die Sicherheit meiner Familie bis zum Prozessbeginn? Sie wissen - nein, Sie kennen den Einfluss des NewWorld-Konzerns auf die Exekutive und die Politik. Können Sie mir garantieren, dass mir und meiner Familie nichts geschehen wird?”
Der Staatsanwalt blickt in Norberts Augen, dreht sich danach wieder zu Moritz um und antwortet:
“Offiziell ermitteln wir derzeit ja nur gegen den Max Weihnrauch und seine Mittäter wegen Mordverdacht. Die derzeitigen Ermittlungsergebnisse schließen eine Mitwisserschaft des Konzerns aus. Wir müssen noch die Ergebnisse der Computerexperten abwarten, die die im Haus des Verdächtigen sichergestellten Automaten analysieren. Bis dahin haben wir keinen Beweis, dass der NewWorld-Konzern von diesen offensichtlichen Manipulationen etwas gewusst hat. Es gibt auch derzeit keine offiziellen Ermittlungen gegen diesen Konzern. Inoffiziell - das sage ich Ihnen im Vertrauen - wird Kommissar Brandl mit seinem Team verdeckt weiter ermitteln. Der Konzern wird nichts erfahren, Sie brauchen sich also keine Sorgen um Ihre Sicherheit machen.” Als Moritz diese beruhigenden Worte hört, sagt er:
“Wenn es zur Verhandlung gegen Max Weihnrauch und seine Mittäter gekommen ist und das Gericht die Täter schuldig gesprochen hat, möchte ich gleichzeitig diese Story als neues Buch - natürlich erst nach der Verurteilung - veröffentlichen. Geht das in Ordnung?”

Der Staatsanwalt hebt den Kopf und antwortet:
“Herr Lustig, niemand kann Ihnen verbieten, einen Kriminalroman zu diesem Fall zu schreiben und zu

veröffentlichen. Aber warten Sie bitte auf jeden Fall die Verurteilung ab, damit es zu keiner Vorverurteilung durch die Geschworenen vor Beginn des Prozesses kommen kann. Dies wäre ein Grund für den Anwalt des Tatverdächtigen, das daraus resultierende Urteil anzuzweifeln. Haben Sie mich verstanden?" Moritz nickt bejahend dem Staatsanwalt zu.
"Gut, dann hätten wir das besprochen. Auf Wiedersehen!", verabschiedet sich der Staatsanwalt, steht auf und verlässt das Büro.
Als Moritz und Norbert wieder alleine im Raum sind, sagt Moritz:
"Du Norbert, kannst du mich informieren, wenn die Computerspezialisten herausgefunden haben, wie diese Manipulationen zustande gekommen sind?"
"Eigentlich darf ich das nicht, aber wenn du es für dich behältst und erst nach Prozessende darüber berichtest, bekommst du die Informationen. Sonst noch was? Ich muss zum Verhör!"
"Nein danke, wir hören uns", antwortet Moritz und verlässt das Büro. Vor der Tür wird er bereits von seiner Frau erwartet. Gemeinsam verlassen sie das Präsidium und fahren nach Hause. Dort angekommen setzt sich Moritz sofort an seinen Computer, denn sein Laptop befindet sich noch als Beweismittel bei der Polizei, und beginnt sofort mit dem Schreiben seines neuen Buches mit dem Titel "Game Over".

3 Tage später

Moritz sitzt gerade vor seinem Schreibtisch und beschreibt in seinem Buch die Szenen des Mordes, als plötzlich sein Handy vibriert: RRRRRT- RRRRRT- RRRRRT. Er schaut auf das Display und erkennt, dass sein Freund Norbert versucht, ihn zu erreichen. Er drückt

auf die Annahmetaste und sagt:
“Hallo Norbert! Wie geht’s?”
“Gut, und dir?”, antwortet Norbert gut gelaunt.
“Ich bin gerade beim Schreiben meines neuen Buches”, erzählt Moritz gleich.
“Gut, dann kann ich dir ja jetzt ein paar Ermittlungsergebnisse zu diesem Fall mitteilen.”
“Was? Wirklich?”, reagiert Moritz offensichtlich nervös.
“Ja, der Max Weihnrauch hat den Mord aufgrund der erdrückenden Beweislast bereits zugegeben. Weiters wurde sein Partner der Mitwisserschaft zu einem Mordkomplott überführt. Die Freundin wurde bereits aus der Untersuchungshaft entlassen, ihr konnte keine Mitwisserschaft zu all den kriminellen Machenschaften - wie die Manipulationen - nachgewiesen werden. Der Martin Pointner wurde ebenfalls der Mitwisserschaft angeklagt und durch die Aussage von Max Weihnrauch und seinem Partner überführt. Übrigens, du hattest recht, der Mann heißt Dimitri Rastcov und ist rumänischer Staatsbürger. Er war Mitglied der Securitate und der Geschäftspartner des Mordverdächtigen. Also, der Pointner war der Drahtzieher dieser Manipulationen an den Automaten. Die Manipulation wurde über ein verstecktes Trojanisches Pferd - so nennt man diese Computerprogramme - durchgeführt. Wie du weißt, hat jeder Automat einen Geldscheineinzug. Ein Scanner überprüft die Echtheit der Banknoten. So, die haben ein kleines Nebenprogramm installiert, das die Seriennummern der Banknoten lesen kann - und jetzt hör mir genau zu, was ich dir erzähle: Sobald ein Geldschein mit einer entsprechenden Seriennummer, die im Programm hinterlegt wurde, durch den Scanner eingezogen wird, schaltet der Zufallsgenerator, der für die Gewinnausschüttung verantwortlich ist, auf Maximum-Gewinn. Nachdem der Gewinn ausgezahlt wurde, schaltet ein weiteres Programm den Computer

wieder auf Normalbetrieb und löscht das Trojanische Pferd. Also nach der Gewinnausschüttung kann man in dem Automaten keine Manipulationen mehr nachweisen."
"Was - das geht?", fährt Moritz aufgeregt hoch.
"Ja, so einfach geht das, wenn man weiß wie! Unsere Computerexperten trauten selbst ihren Augen nicht, als sie das herausgefunden haben. Wir haben den Pointner mit diesen Indizien und Beweisen konfrontiert, und nach stundenlangen Verhören hat er diese Manipulation zugegeben. Er bestreitet aber, dass der NewWorld-Konzern von diesen Machenschaften etwas weiß. Er allein sei der Drahtzieher dieser Manipulationen, behauptet er. Ich glaube aber, dass dies nur eine Schutzbehauptung ist und habe die stichprobenartige Beschlagnahmung von Automaten in etlichen Grazer Filialen der Kapital Sportwetten veranlasst. Bauer steht voll hinter uns, denn die NewWorld AG hat bereits Beschwerde bei der Oberstaatsanwaltschaft Wien eingereicht. Bei diesen Stichproben konnten wir bei sämtlichen sichergestellten Automaten diese Manipulationen nachweisen."
"Was - wirklich?" Moritz ist nun doch vom Umfang der Betrügereien überrascht.
"Ja, du hast richtig gehört! So, jetzt kommt es aber noch dicker: Der Bauer hat die sofortige Beschlagnahmung und die verübergehende Schließung sämtlicher Filialen der Kapital-Gruppe veranlasst. Sollten wir bei allen Geräten diese Manipulationen nachweisen können, muss der Konzern sämtliche Automaten weltweit zurückrufen! Hast du mich verstanden, Moritz? Du hattest mit deiner Vermutung recht - aber trotzdem musste erst jemand sterben."
"Norbert, der Tod von Harry tut mir furchtbar leid! Ich würde alles darum geben, wenn er noch am Leben wäre, das kannst du mir glauben! Aber der Harry hat selbst

gewusst, in welches gefährliche Spiel er sich einlässt - er hat sich nicht an unsere Abmachung gehalten."
"Ja Moritz, das musst du aber ganz alleine mit deinem Gewissen ausmachen", entgegnet ihm Norbert.
"Moritz, ich muss aufhören, ich bekomme gerade neue Fakten. Ich melde mich - tschüss!" Norbert unterbricht abrupt das Gespräch.
Moritz springt aus seinem Schreibtischsessel und eilt zu Marvie ins Wohnzimmer. Aufgeregt erzählt er ihr von Norberts Bericht. Nachdem er geendet hat, sieht sie ihren Mann mit Tränen in den Augen an und sagt: "Ja - aber Harry musste sterben - und es hätte dich auch treffen können!

2 Tage später

Moritz sitzt angespannt vorm Fernseher und sieht sich die 13:00 Uhr-Nachrichten an.
"Marvie, komm!", schreit er, als er den Vorstand der NewWorld AG Dr. Fritz Herfort bei der Übertragung der Pressekonferenz sieht.

"Mit Bedauern muss ich im Namen der NewWorld AG verkünden, dass sämtliche Glücksspielautomaten unseres Konzerns weltweit außer Betrieb genommen werden. Wir sind dazu aufgrund der Manipulationen verpflichtet, von denen - und das sage ich in aller Deutlichkeit - niemand vom Vorstand der NewWorld AG etwas gewusst hatte. Diese Manipulationen wurden ausschließlich ohne unser Wissen von einigen wenigen Mitarbeitern in unserem Unternehmen, die bereits verhaftet wurden, durchgeführt. Durch diese furchtbaren Manipulationen einzelner Mitarbeiter erleidet unser Konzern einen für uns alle noch nicht abschätzbaren Imageverlust. Der monetäre Verlust geht in Hunderte

Millionen Euro, der nun unserem Konzern durch diese weltweite Rückholaktion der bereits ausgelieferten Automaten entstehen wird. Aufgrund der Tatsache, dass unser internes Sicherheitsnetz versagt hat, sehe ich mich gezwungen, als Vorstand der NewWorld AG mit sofortiger Wirkung mein Amt zurückzulegen."
"Ich hab's gewusst - die Gerechtigkeit wird siegen!", schreit Moritz laut auf, als er diese Worte vernimmt.

2 Monate später

"Herr Lustig, wie sind Sie zu ihrer Vermutung bezüglich dieser Manipulationen gekommen? Antworten Sie sachlich und der Wahrheit entsprechend, ich muss sie nicht noch einmal erinnern, dass Sie vor Gericht der Wahrheit verpflichtet sind", spricht der Richter eindringlich zu Moritz. Moritz erzählt dem Gericht, den Geschworenen und den Zuhörern im überfüllten Gerichtssaal seine Geschichte. Ausführlich berichtet er von den Vermutungen seines ermordeten Helfers und den nachfolgenden Observierungen bis hin zur Ermordung Harrys, die von dem Angeklagten Max Weihnrauch ausgeführt wurde. Nach Beendigung seiner Ausführungen beantwortet er sämtliche Fragen des Staatsanwaltes Bauer und des Verteidigers von Max Weihnrauch. Nachdem Moritz den Zeugenstand verlassen hat, erläutert Norbert den Anwesenden nochmals die schreckliche Tat. Das Video, das der Ermordete von seinem eigenen Tod aufgezeichnet hat, wird als Beweismittel den Geschworenen vorgeführt. Nachdem sich die Geschworenen zur Beratung zurückgezogen haben und zehn Minuten später den Verhandlungssaal wieder betreten, wird das Urteil verkündet.
"Der Verdächtige Max Weihnrauch wird des Mordes an

Harald Mayer für schuldig befunden”, gibt der Richter bekannt.
“Aufgrund der Beweislage wird der Angeklagte zu einer lebenslangen Haftstrafe verurteilt”, beendet kurz darauf der Richter seine Urteilsbegründung. Ein erleichtertes Raunen geht durch den Gerichtssaal. Der Partner von Max Weihnrauch, Dimitri Rastcov wird ebenfalls verurteilt, und zwar aufgrund seiner Mittäterschaft zu einer Haftstrafe von zehn Jahren. Martin Pointner konnte keine Mittäterschaft zu diesem Mord nachgewiesen werden und er wird in diesem Fall freigesprochen. Aufgrund der Manipulationen an den Geldspielautomaten bleibt er aber weiterhin in Untersuchungshaft, bis ihm der Prozess wegen schweren Betruges und Anstiftung zu schwerem, gewerbsmäßigem Betrug gemacht wird. Als Max Weihnrauch in Handschellen aus dem Gerichtssaal geführt wird, schreit er Moritz laut zu:
“Du wirst dafür noch büßen - das verspreche ich dir!”

2 Monate später

“Moritz, schau in die Zeitung - schnell! Dein Buch ‘Game Over‘ führt seit heute die Bestsellerliste an!”, ruft Marvie verzückt aus dem Wohnzimmer in Richtung Schreibatelier, wo Moritz gerade vor seinem Computer sitzt, um das Drehbuch für dieses Buch zu schreiben. Er springt aus dem Sessel hoch, eilt zu seiner Frau und nimmt die Zeitung entgegen.
“Tatsächlich - ‘Game Over‘ ist die Nummer eins. Ich hab’s dir ja gesagt - das Buch schlägt ein!” Er nimmt sein Handy und ruft sofort Hans von der Green Screen an. “Du Hans, hast du schon gelesen - ‘Game Over‘ ist auf Nummer eins!”
“Ja, Moritz, hab ich schon. Du wirst sehen, der Kinofilm

zu diesem Buch wird ebenfalls einschlagen! Wie weit bist du mit deinem Drehbuch?", antwortet Hans. "Nächste Woche bin ich fertig, Hans. Versprochen!" Sie unterhalten sich noch einige Zeit über SOKO Tirol und im Lauf dieses Gesprächs erfährt Moritz, dass der ORF die erste Folge in zwei Wochen ausstrahlen wird. Nach Beendigung seines Telefonats erzählt er seiner geliebten Frau diese Neuigkeit.

Moritz beschließt ob dieser erfreulichen Nachricht, es mit dem Schreiben des Drehbuches für heute sein zu lassen.
"Was hältst du davon, wenn wir mit unseren Kindern und deinen Eltern den Nachmittag bei uns zu Hause verbringen?", schlägt Moritz seiner Frau vor und gibt ihr zärtlich einen Kuss. Sie erwidert den Kuss und antwortet:
"Moritz - hast du vergessen, welcher Tag heute ist?" Moritz blickt fragend in die Augen seiner Frau und sagt: "Ja, eines weiß ich mit Sicherheit - heute ist nicht unser Hochzeitstag."
"Geh Moritz, tu jetzt nicht so! Auf den heutigen Tag freut sich dein Sohn schon so lange!", unterbricht sie ihn aufgeregt.
"Ach ja, jetzt fällt es mir wieder ein! Der Adrian hat ja heute seine Judo-Vereinsmeisterschaft. Wie konnte ich darauf nur vergessen?"
"Glaubst, wird er heuer wieder gewinnen? Du weißt ja, wegen seines Handicaps", sagt Marvie besorgt zu ihrem Mann und versteckt dabei ihren linken kleinen Finger in ihrer Hand.
"Geh, der Trainer hat gemeint, seit diesem Schulterwurf, den er bei seiner Entführung gemacht hat, haben alle seine möglichen Kontrahenten riesigen Respekt vor ihm. Kannst du dich noch erinnern, wie wir ihn vor drei Wochen wieder zum Training gebracht haben? Als wir

mit ihm den Trainigssaal betreten haben, da haben alle laut geklatscht. Der Adrian hat sich so sehr gefreut darüber. Und weißt du noch, wie er gesagt hat: 'Mir fehlt zwar ein kleiner Finger an der linken Hand - aber dafür ist meine Rechte doppelt so stark geworden! Keiner von euch braucht deswegen Rücksicht auf mich nehmen - ich schlag euch alle, sogar den Trainer - hahaha!' Dann ist er zu seinem Trainer, dem Herrn Freidl, gerannt und hat ihn mit einem gekonnten Schulterwurf zu Boden gebracht."
"Ja, Moritz, das ist halt unser Adrian - wie der Papa: Immer einen Scherz auf den Lippen!", antwortet Marvie und beginnt laut zu lachen.

Gegen 16 Uhr fahren die Lustigs gemeinsam in Richtung Trainingssaal des Judovereins. Adrian hat sich bereits seinen Kampfanzug angezogen und blickt verträumt aus dem Autofenster. Moritz schaut kurz in den inneren Rückspiegel des Autos und sieht seinen Sohn mit einem Lächeln im Gesicht.
"Na Adrian, einen Cent für deine Gedanken!", sagt er fröhlich zu seinem Sohn. Dieser schreckt kurz hoch, als er merkt, dass er angesprochen wurde und antwortet keck:
"Na, Papa, ich stell mir gerade vor, wie ich die Urkunde in der Hand halte. Doch heuer wird es etwas schwieriger, denn ein Gegner in meiner Gewichtsklasse ist einen Kopf größer als ich. Aber kein Problem, ich hab schon größere und schwerere Gegner besiegt."
"Na, dann machen wir uns ja keine Sorgen um dich, mein Sohn", sagt Marvie, während sie sich umdreht, um nach ihrem Sohn zu sehen.
"Du Papa, weißt, was ich mir vor jedem Kampf einfach vorstelle?", will Adrian von seinem Vater wissen.
"Nein - aber du wirst es uns sicher gleich sagen", meint Moritz, während er die Spur wechselt.

“Nein, das sage ich euch erst nach dem Kampf - versprochen”, antwortet Adrian und versinkt wieder in einen Tagtraum. Nach zwanzig Minuten erreichen sie die Vereinshalle. Moritz sucht einen Parkplatz und stellt das Auto ab. Noch bevor der Wagen richtig hält, springt Adrian aus dem Auto und sagt:
“Bis später, ich lauf mal schnell zu meinem Freund - also bis gleich!”
“Bis später, mein Schatz und viel Erfolg! Du wirst schon gewinnen, das spüre ich!”, ruft Marvie ihrem Sohn noch hinterher. Die übrigen drei Lustigs steigen aus dem Auto und gehen gemeinsam in den Turnsaal. Moritz bringt noch schnell das ärztliche Attest, das Adrian die Kampffähigkeit bestätigt, zu seinem Trainer Herrn Freidl. Als er ihm das Attest überreicht, sagt dieser:
”Hallo Herr Lustig! Danke für das Attest - wie ich sehe, ist Adrian voll einsatzfähig.”
“Ja, was denken denn Sie, Herr Freidl - natürlich will Adrian kämpfen”, antwortet Moritz, während sie sich kräftig die Hand schütteln.
“Er besteht sogar darauf, er hat ja ein ganzes Jahr darauf hintrainiert”, erklärt Moritz und blickt sich kurz in der Halle um.
Als er bemerkt, dass die Halle mit Besuchern zum Bersten voll ist, sagt er erstaunt:
“Sagen Sie, Herr Freidl - warum sind denn heuer so viele Besucher hier?” Der Trainer blickt kurz in Moritz` Gesicht und antwortet:
“Können Sie sich das nicht vorstellen?”
“Nein”, sagt Moritz nichtsahnend.
“Seit der Berichterstattung der Medien über die Befreiung von Adrian aus den Händen des Geiselnehmers - und dem Interview, das Adrian gegeben hat, in dem er gesagt hat, dass er nur durch sein jahrelanges Judo-Training den Schulterwurf machen konnte, der schließlich zu seiner Befreiung führte, haben

wir so viele Neuanmeldungen wie noch nie zuvor. Und die Besucher wollen alle nur Ihren Sohn kämpfen sehen. Ja, er ist für uns alle ein kleiner Held, wir sind sehr stolz auf Ihren Sohn, Herr Lustig! Das wollte ich Ihnen schon immer mal sagen", erzählt Herr Freidl und klopft Moritz auf die Schulter. Moritz bedankt sich für diese Worte und geht zu seiner Frau und seiner Tochter. Er führt sie zu den Plätzen in der ersten Reihe, die vom Verein extra für sie reserviert wurden. Moritz blickt mit stolzgeschwellter Brust zu seiner Frau, während er sich neben sie setzt und ihr erzählt, was er soeben von Herrn Freidl gehört hat. Kurz darauf ertönt das Signal für die Kämpfer, sich zur Matte zu begeben und sich für die bevorstehenden Kämpfe aufzustellen. Die Lustigs verfolgen die Kämpfer der unteren Gewichtsklassen und klatschen vor Begeisterung. Nachdem die Sieger dieser Gewichtsklassen feststehen, wird Adrians Klasse gebeten, sich zu den Matten zu begeben.

Als Adrian den Saal betritt, stehen sämtliche Besucher auf und applaudieren lautstark. Immer wieder hören die Lustigs die Rufe diverser Zuseher:
"Adrian!" "Adrian - du bist der Beste!"
Den Kampfrichtern gelingt es nur sehr schwer, die Ruhe im Saal wieder herzustellen. Plötzlich wird Adrian aufgerufen, die Kampfmatte zu betreten. Sein Gegner betritt ebenfalls die Matte. Nach einer kurzen Verbeugung ertönt das Startsignal. Adrian zieht seine Augen zu kleinen Sehschlitzen zusammen. Er sieht seinen Gegner furchteinflößend an, presst seine Lippen zusammen. Blitzschnell greift er mit seiner linken Hand an den linken Ärmel seines Gegners, dreht sich kurz ein und greift mit der rechten Hand über, und - "Matte!", schreit der Kampfrichter, als er Adrians Gegner mit der Schulter am Boden liegen sieht. Adrian hat gekonnt seinen Gegner in nur zehn Sekunden Kampfzeit mit

einem Hüftwurf auf den Boden gebracht und diesen Kampf für sich entschieden. Das Publikum klatscht und Adrian verbeugt sich vor seinem Gegner und vor dem Publikum. Moritz springt auf und schreit:
"Super, Adrian! Super!"
Drei weitere Kämpfe muss Adrian bestreiten, die er ebenfalls alle für sich entscheiden kann - danach steht es fest: Adrian ist auch diesmal wieder Vereinsmeister in seiner Gewichtsklasse.

Bei der anschließenden Siegerehrung strahlt Adrian über sein ganzes Gesicht, als er auf das Podest mit der Nummer 1 steigt. Vor Freude reißt er die Urkunde und die Medaille, die er vom Vereinsvorstand erhalten hat, wie ein Olympiasieger über seinen Kopf und springt vom Podest direkt in die Arme von Moritz.
"Ich bin so stolz auf dich, meine Sohn", sagt Moritz und trägt Adrian durch den ganzen Saal. Alle Anwesenden applaudieren und als plötzlich ein kleines Mädchen vor Adrian steht und ihn um ein Autogramm bittet, schießen seinem Vater Freudentränen in die Augen. Während der gesamten Fahrt nach Hause herrscht Freudenstimmung im Auto.
"Ja, so lustig wie heute war es schon lange nicht mehr bei uns", stellt Carlotta fest, als sie am Abend ins Bett geht.

6 Monate später

“Moritz, hast du deine Bücher wirklich in die von mir beschrifteten Kartons gepackt? Damit die Burschen von der Übersiedlungsfirma sie auch gleich in dein neues Büro tragen können!”
Moritz blickt kurz auf die unzähligen Kartons, die sich auf der Ladefläche des Transporters befinden, und sagt: “Eigentlich schon - aber ich bin mir halt nicht so sicher.”
Moritz kann es noch nicht glauben: Endlich steht er vor der Erfüllung seines Traums - vor seinem Haus, genau so wie er es sich vorgestellt hat. Nachdem sein Buch ‘Game Over‘ im gesamten deutschsprachigen Raum wochenlang die Bestsellerlisten angeführt hat und sein Buch auch als Kinofilm verfilmt wird, konnte sich Moritz endlich leisten, seinen Traum vom eigenen Haus zu verwirklichen. Er betritt sein Haus, geht ins Wohnzimmer und setzt sich auf seine neue weiße Lederwohnlandschaft. Nach und nach füllt sich das Haus mit den unzähligen Übersiedlungskartons.

Nachdem die Mitarbeiter der Firma den letzten Karton hereingebracht und sich verabschiedet haben, sagt Marvie, die neben ihrem Mann im Wohnzimmer sitzt: “Moritz, das ist unser erster Tag im neuen Haus. Die Kinder sind ja bis morgen noch bei meinen Eltern. Was hältst du davon, wenn ich uns heute etwas Gutes koche - und wir zwei bei einem romantischen Candle-Light-Dinner den ersten Abend hier im Haus verbringen? Die Kartons haben ja Zeit bis morgen, meine Eltern haben doch versprochen, uns beim Auspacken zu helfen. Also Schatz, was sagst du dazu?” Sie blickt ihren Mann mit einem Schmollmund an. Moritz sieht die wohlgeformten roten Lippen seiner Frau und antwortet:
“Wer kann dir schon nein sagen, mein Schatz, wenn du mich schon wieder so ansiehst? Ja, das ist eine gute

Idee!” Er legt seinen Arm um Marvies Schulter und gibt ihr zärtlich einen Kuss. Marvie steht auf, geht zu ihrer offenen, strahlend weißen italienischen Designerküche und sagt, hinter der Kochinsel stehend:
„Na, war doch eine gute Idee, dass wir unsere Küche vom Italiano in Seiersberg machen haben lassen. Ahhh, ich bin so stolz auf meine Küche, so was wollte ich eigentlich, ah ja! Moritz, geh du mal nach oben ins Bad und mach dich frisch. Ich kümmere mich inzwischen um das Essen. Wenn ich fertig bin, dann ruf ich dich, o.k.?”
Moritz steht auf, geht zu seiner Frau, gibt ihr zärtlich einen Kuss auf die Stirn und fragt:
“Brauchst du wirklich keine Hilfe?”
“Nein, mein Schatz - lass mich nur machen. Du kannst ruhig nach oben gehen, ich will dich überraschen”, fährt sie geheimnisvoll flüsternd fort.
“O.k. Schatz, auf diese Überraschung bin ich schon gespannt. Also, ich geh mal kurz nach oben”, antwortet er seiner Frau, während er sich auf den Weg über die freiliegende Treppe nach oben ins Badezimmer macht.

Oben angekommen bleibt er kurz stehen und blickt nach unten zu seiner Frau. Er wirft ihr noch einen Kuss zu und geht weiter in das Schlafzimmer. Dort entkleidet er sich und öffnet nackt die Tür zum Bad. Bedächtig geht er ins Badezimmer und als er die Tür hinter sich schließen möchte, verspürt er einen heftigen Schlag auf seinen Kopf. Langsam öffnet er die Augen, sein Kopf schmerzt höllisch und als er sich an den Kopf greifen möchte, bemerkt er, dass er seine Hand nicht bewegen kann. Er merkt erst jetzt, dass er in der Badewanne liegt.
“Meine Hand - warum kann ich sie nicht bewegen?”, denkt er sich und blickt in Richtung seiner linken Hand. Er reißt die Augen weit auf und will laut um Hilfe schreien, doch es geht nicht. Ein Knebel steckt in seinem Mund. Ruckartig versucht er, sich aus dieser

misslichen Lage zu befreien - doch im selben Moment spürt er den Aufprall einer Faust in seinem Gesicht. Er schließt instinktiv die Augen und als er sie wieder öffnet, sieht er zwei vermummte Gestalten neben der Badewanne stehen. Sie haben schwarze Hauben über das Gesicht gezogen, in denen sich nur kleine Sehschlitze befinden. Er kann erkennen, dass einer der beiden ihn am Kopf hält, und als er wieder anfangen will zu schreien, hebt die andere vermummte Gestalt ihre Hand und zeigt mit dem Finger in Richtung ihres nicht zu erkennenden Mundes. Sie deutet Moritz, ruhig zu bleiben, sonst…
"So Lustig, das war's mit dir! Hast du wirklich geglaubt, wir lassen uns das alles so einfach gefallen?" Als Moritz diese Worte hört, schießen ihm die Bilder der Gerichtsverhandlung durch den Kopf - und die Worte von Max Weihnrauch, als er sagte: "Du wirst dafür noch büßen - das verspreche ich dir!", während er nach seiner Verurteilung den Gerichtssaal in Handschellen verließ. Nein - oder ist es vielleicht der Paul, der den Tod seines Sohnes rächen möchte? Moritz beginnt sich heftig zu wehren, um sich aus dieser Lage zu befreien. Doch die zwei Angreifer halten Moritz in der Badewanne fest. Immer wieder drückt einer der beiden Moritz mit dem Gesicht unter das Wasser. Jedes Mal, wenn Moritz wieder aus dem Wasser auftaucht, hat er kaum Zeit, Luft zu holen, denn es folgt sofort der nächste Druck unter die Wasseroberfläche.

Nach etlichen Wiederholungen dieser Tortur zieht ihn einer der Vermummten aus dem Wasser und sagt:
"So einfach machen wir dir das aber nicht! Nein - wir machen ganz was anderes." Nach dieser Ankündigung zückt er ein Rasiermesser und schneidet mit einem gezielten Schnitt Moritz` linken Unterarm an der Stelle der Pulsader auf. Blut schießt sofort stoßweise aus der

Schnittwunde. Moritz` Blick wird vollkommen starr und sein Gesicht verfärbt sich kreidebleich, als er sein Blut spritzen sieht.
“Haha - jeder wird glauben, du hättest dich selbst umgebracht - hahaha! Bitter, so ein Ende, nicht wahr?”, hört Moritz aus weiter Ferne, dann wird es plötzlich ruhig. Moritz kann nichts mehr erkennen - Dunkelheit macht sich breit und plötzlich ist alles schwarz.

“Moritz, du kannst schon kommen, das Essen ist bald fertig!”, ruft Marvie mit ihrer zuckersüßen Stimme und schaltet dabei die Herdplatte auf Stufe 1 zurück. Sie nimmt die bereits geöffnete Flasche MACHRIMA, ihren Lieblingsrotwein vom Weingut Söll, in die linke Hand und geht damit von ihrer offenen, strahlend weiß glänzenden Designerküche zum gläsernen Esstisch. Der Tisch ist bereits wunderschön romantisch für ein Candle-Light-Dinner zu zweit gedeckt. Marvie zündet die Kerzen am Tisch an und dreht das Licht ab. Im offenen Kamin knistert das brennende Holz. “Ach - ist das romantisch”, flüstert Marvie vor sich hin, während sie den Wein in zwei Gläser einschenkt. “Moritz, kommst du bitte!”, ruft sie nochmals mit den beiden Rotweingläsern in den Händen in Richtung der offenen Treppe nach oben in den 1. Stock. Sie geht dabei langsam die freien Stufen hoch und hört von oben leise Musik.

“Ah, Moritz ist sicher noch im Bad und wird mich nicht gehört haben”, überlegt sie. Oben angekommen wirft sie noch einen Blick nach unten auf den perfekt gedeckten Tisch und macht einen kleinen Knicks.

“Super hast du das gemacht”, lobt sie sich und geht den Flur entlang in Richtung der halb geöffneten Schlafzimmertür.

Die Musik wird merkbar lauter. Sie schleicht sich vorsichtig Schritt für Schritt durchs Schlafzimmer in Richtung Badezimmertür. An der Tür angekommen, verharrt sie einen Augenblick und drückt ihr Ohr daran. Nun hört sie ihren Lieblingssong durch das Türblatt, nur das gurgelnde Plätschern des Wassers, welches vom Wasserhahn in die Badewanne fließt, übertönt teilweise das Lied. Vorsichtig öffnet sie mit dem Ellbogen des linken Arms die Badezimmertür. Heißer Dunst strömt ihr entgegen, als sie zaghaft ins Badezimmer späht. Der Dunst steht so dicht im Raum, dass sie die Wanne nicht sehen kann. Marvie beschließt, Moritz etwas mehr zu überraschen und kniet sich nieder. Langsam und sehr bedacht robbt sie mit beiden Rotweingläsern in einer Hand von der Tür in Richtung Wanne. In der Mitte angekommen, kippt sie ein Glas um…

“Scheiße”, flucht sie leise, da sieht sie etwas Rotes, vergleichbar mit ihrem verschütteten Rotwein, von der Wanne in ihre Richtung fließen. Marvie steht langsam auf und lässt dabei das zweite Glas Rotwein fallen. Ihr Blick wird starr, ein eiskalter Schauer läuft ihr über den Rücken. Aus der Badewanne hängt ein Arm, Blut fließt aus einer Schnittwunde am inneren Handgelenk. Langsam senkt sich ihr Blick vom Arm in die Wanne und sie sieht - nichts, außer eine Badewanne voller Blut. Marvie schlägt beide Hände vors Gesicht, atmet tief durch - und geht langsam zur Wanne.
“Nein! Nein!”, schreit sie laut, als sie die Umrisse des Gesichtes in der trüben Wanne erkennen kann. “Moritz!”, schreit sie nochmals laut und verliert gleichzeitig selbst das Bewusstsein.

“Moritz, grundsätzlich gefällt mir ja deine Idee zu diesem Buch - auch der Schluss, sehr löblich - einmal kein Happy End! Du lässt deinen Autor sterben, ja, diese Idee hat auch meinem Lektor sehr gut gefallen. Literarisch ist dein Buch zwar keine Meisterleistung”, stellt Hans hinter seinem großen gläsernen Schreibtisch fest und blickt kurz wie ein Oberlehrer über seine rote seeoo Zwickelbrille zu Moritz, um seine Reaktion zu erkennen. Moritz verzieht sein Gesicht und sagt zu Hans:
“Du kennst meinen Schreibstil schon sehr lange, lieber Hans. Ich hab nie von mir behauptet, in einem großartigen literarischen Stil zu schreiben. Für mich war immer die Story und die Message wichtig, nie die Wahl der Worte. Also, was soll deine Aussage: ‘Grundsätzlich eine gute Idee‘? Sag gleich, dass dir mein Buch nicht gefällt, dann können wir uns das ganze Geplänkel gleich ersparen.”
Nach dieser Entgegnung steht er auf und geht in Richtung des halb geöffneten Fensters. Er blickt kurz auf den Parkplatz, dreht sich um und als er weitersprechen will, fällt Hans Moritz ins Wort und sagt:
“Nein. Nein, du verstehst mich ganz falsch. Ich sage ja, dass mir dein Buch gefällt und ich mir selbstverständlich einen Film dazu vorstellen kann. Ich sehe schon die Szene mit der toten Katze vor meinen Augen, auch die Befreiung des Sohnes des Autors. Übrigens, Moritz, warum nennst du deinen fiktiven Autor in deinem Buch auch Moritz?”
Moritz geht langsam zu seinem Sessel, setzt sich nieder und blickt tief in die Augen seines Gegenübers.
“Ja, warum heißt der Autor Moritz, das ist eine gute Frage, lieber Hans. Aber eigentlich solltest du dich fragen, warum der Produzent im Buch genauso heißt wie du - Hans”, sagt Moritz mit zynischem Unterton und beißt lässig auf seinen Bleistift, den er in der linken Hand hält.

“Ja, Moritz, das wäre meine nächste Frage an dich gewesen - also warum Hans?”, bestätigt Hans und öffnet die rote Mappe, die vor ihm am Schreibtisch liegt. Er wirft einen kurzen Blick hinein und schließt sie wieder. Moritz beginnt zu lächeln und sagt:
“Ja Hans, das ist halt unsere Story - und du kannst jetzt entscheiden, wie diese Geschichte ausgehen wird. Also Hans, warum sperrst du dich so? Geht es um die Kohle, oder willst du dein Spiegelbild in diesem Buch nicht wahrhaben? Hans, nur du und ich wissen, um wen es geht.”
“Ja”, antwortet Hans aufgebracht.
“Ja, es geht um dich und mich! Warum... warum kannst du deinen Personen im Buch keine anderen Namen geben? Moritz - Paul - Hans - was soll diese Nummer? Hab ich dich nicht jahrelang unterstützt? Ohne mich wärst du ein Niemand - glaubst du wirklich, deine Krimistorys sind lesbar? Nein, aber sie passen eben in mein Konzept und fürs Fernsehen als Serie sind sie halt brauchbar.”
“Was heißt brauchbar?”, unterbricht Moritz Hans und steht auf.
“Eines sage ich dir, Hans - die Quote hast du nur durch mich! Weil ich halt das Gespür hab, das dir fehlt. Ich darf dich nur an die zwei Folgen erinnern, die nicht ich, sondern so ein Möchte-mal-gern-Autor geschrieben hat. Was - war - das - Ergebnis? Der ORF - hat dir die Rute ins Fenster gestellt! Sollte die Quote nicht besser werden, würden sie die Serie absetzen. Du bist auf Knien zu mir gerutscht - was heißt, du hast uns alle verrückt gemacht, dass ich wieder für dich und deine Sendereihe die Bücher schreibe! Und jetzt willst du... ich kenne dich schon lange genug - dieses neue Buch willst du also nicht! Warum, Hans? Sag mir jetzt die Wahrheit, warum willst du mein neues Buch nicht?”
“Was heißt, nicht wollen? Du hast ja keine Ahnung, die

Wirtschaftskrise hat auch mich erwischt: Ich habe etliche Co-Finanziers verloren, auch das Land hat mir die Zuschüsse gekürzt, mein Freund! Willkommen in der Realität! So einfach, wie du es dir vorstellst, ist das Leben eben nicht!", erklärt Hans sichtbar erregt Moritz die Lage. Er nimmt ein Blatt Papier aus seiner roten Mappe und legt es auf den Tisch, blickt kurz zu Moritz und spricht weiter:
"Moritz - unter uns, ich habe nach langen und schweren Verhandlungen einen neuen Partner zur Co-Finanzierung unserer neuen Projekte gefunden.
Dieses Unternehmen macht auch in Zeiten wie diesen wirklich tolle Gewinne - was soll ich dir erzählen - am besten wird sein, ich stelle dir diesen Partner vor und wir klären dann alles gemeinsam."
"Da bin ich jetzt aber gespannt, wen du gefunden hast, der unsere Filme mitfinanziert", antwortet Moritz und legt seinen Bleistift auf den Schreibtisch. Hans hebt den Hörer seines Telefons ab, drückt auf eine Taste und sagt:
"Du kannst ihn hereinschicken - danke. Übrigens, drei Kaffee, danke." Er legt den Hörer ab und blickt in Richtung seiner Bürotür. Sekunden später öffnet sich die Tür und ein Mann, Mitte 40, gekleidet in einen Anzug, betritt das Büro. Er geht auf direktem Weg zu Hans und begrüßt ihn:
"Hallo Hans!" Er schüttelt Hans, der bereits aufgestanden ist, kräftig die Hand.
"Hallo Wolfgang! Schön, dass du doch noch deine Termine verschieben konntest, um zu uns zu kommen", antwortet Hans.
"So, darf ich dir gleich vorstellen: Das ist der Moritz, der Autor, der für dieses neue Buch verantwortlich ist", spricht er weiter und zeigt mit seiner Hand zu Moritz, der ebenfalls der Höflichkeit halber aufgestanden ist, um dem Unbekannten die Hand zu geben.
"Hallo Moritz! Ich darf doch Moritz zu Ihnen sagen?",

begrüßt er Moritz freundlich. Dieser blickt erstaunt zu dem neuen Partner von Hans und antwortet:
“Sehr erfreut, Herr Herfurt. Natürlich dürfen Sie zu mir Moritz sagen.” Der Neue setzt sich neben Moritz auf den Stuhl, nimmt seine Aktentasche und legt eine schwarze Mappe auf den Schreibtisch.
“Was - Moritz, du kennst bereits Dr. Wolfgang Herfurt?”, fragt Hans erstaunt, als auch er sich wieder hinter seinen Schreibtisch gesetzt hat.

Moritz huscht ein kurzes Lächeln über das Gesicht und er schaut zu Hans:
“Ja, wer kennt dieses Gesicht nicht? Also Sie, Herr Herfurt, sind mit Ihrem Unternehmen, der NeoWorld AG, der neue unbekannte Finanzier von der Styrian Screen-Filmproduktionsfirma von Hans? Sagen Sie... Entschuldigung, wenn ich gleich so mit der Tür ins Haus falle - warum engagiert sich Ihr Unternehmen, das die Nummer eins in der Produktion von Glücksspielgeräten in Österreich ist, plötzlich im Buch- und Filmgeschäft?”, fragt Moritz ganz naiv und sieht in das Gesicht von Dr. Herfurt. Dieser hebt seinen Kopf, dreht sich leicht nach rechts und antwortet mit nasalem Ton:
“Tja, das ist eine lange Geschichte, die ich aber hier mit Ihnen nicht besprechen möchte. Aber wir, die NeoWorld AG, engagieren uns schon seit Bestehen des Unternehmens in etlichen Projekten - und Film passt ganz gut in unser Portfolio.”
“Bei den Gewinnen, die Ihr Unternehmen jährlich erwirtschaftet, sind ein paar Millionen für den Film sicher eine Kleinigkeit - nehme ich halt an”, sagt Moritz mit zynischem Unterton und steht auf.
“Jetzt ist mir alles klar, Hans, warum du mein neues Buch ablehnst. Tja - Hans...”, wendet sich Moritz wieder an Hans.

“Moment, Moritz - so ist das auch wieder nicht”, unterbricht Hans Moritz sichtbar erregt.
“Dein Buch - wie gesagt, die Story ist sehr gut - die Entführung und die Befreiung des Sohnes des Autors gefällt uns auch! Aber die Sache mit deinem fiktiven Glücksspielunternehmen... wie heißt diese Firma noch in deinem Buch? Ach ja - NewWorld AG - die gefällt uns leider nicht”, erläutert Hans nun seine Bedenken.
“Herr Moritz, Sie schreiben zwar, dass jede Ähnlichkeit mit Unternehmen sowie lebenden und toten Personen in Ihrem Buch nicht beabsichtigt sind, aber die Ähnlichkeit Ihres fiktiven Unternehmens - der NewWorld AG - mit unserem Unternehmen - der NeoWorld AG - und vor allem mit den Unternehmensdaten und sogar die Stimmigkeit des ehemaligen Innenministers in Ihrer Geschichte lassen leider den Schluss für die Leser zu, dass Sie unser Unternehmen, die NeoWorld AG, damit meinen.”
“Ja, haben Sie ein Problem damit, dass Ihr Unternehmen eine gewisse Ähnlichkeit mit meiner frei erfundenen Story hat? Ach so, jetzt verstehe ich also...”, fällt Moritz Dr. Herfurt ins Wort.
“Sie verstehen gar nichts! Wir brauchen keine Angst zu haben, wir manipulieren unsere Glücksspielgeräte nicht! Aber der Verdacht alleine in Ihrer sogenannten frei erfundenen Geschichte könnte einige Kunden unseres Unternehmens, die sich mit unseren Glücksspielgeräten ihre Freizeit vertreiben, möglicherweise auf diese Gedanken bringen - und das wollen wir nicht! Nein, diese abstruse Idee können wir nicht zulassen!”, erklärt Dr. Herfurt deutlich und bestimmt seine Motive und öffnet seine schwarze Mappe. Er nimmt ein paar Blätter heraus, blickt kurz darauf und spricht weiter:
“Herr Moritz, um es auf den Punkt zu bringen: Ich will ganz offen mit Ihnen sprechen - unser Konzern steht kurz davor, mit einigen europäischen Nachbarländern

den Zuschlag zum Betrieb von privaten Spielcasinos zu erhalten. Wir stehen gerade mitten in den Vertragsverhandlungen mit den jeweiligen Regierungen, wir können es uns momentan nicht leisten, in Misskredit zum Beispiel durch die Veröffentlichung Ihres Buches zu geraten. Das Glücksspiel ist eine heikle Angelegenheit, die Ähnlichkeit des von Ihnen frei erfundenen Namens Ihres fiktiven Unternehmens NewWorld AG mit unserem, der NeoWorld AG, kann den Leser durchaus mögliche Rückschlüsse ziehen lassen. Dies werden wir nicht zulassen - daher unterbreite ich Ihnen folgendes Angebot."

"Was, Sie wollen mir ein Angebot machen? Also haben Sie doch etwas zu verheimlichen - oder wie soll ich das verstehen?", unterbricht Moritz die Ausführungen des Dr. Herfurt.

"Nein. Noch einmal, wir haben keine Geheimnisse! Wir manipulieren nicht, unsere Geräte sind einwandfrei! Aber die Idee, dass die Geräte doch manipulierbar sein könnten, reicht durchaus. Außerdem wurden bereits in Wien die kleinen Spielsalons in denen unsere Glückspielgeräte zum Einsatz kamen, verboten. Unsere Kunden sind deswegen schon sehr nervös, es könnten ja plötzlich anderer Gemeinden auch auf diese, für uns geschäftsschädigende Idee kommen. Also mein Angebot: Erstens, Sie ändern den Namen Ihres fiktiven Unternehmens. Zweitens, das Buch wird erst veröffentlicht, nachdem wir unsere Verträge mit den Regierungen abgeschlossen haben."

"Moment! Sie wollen mich also kurzzeitig zum Schweigen bringen?", kontert Moritz.

"Nein, wir wollen nicht in die Schlagzeilen diverser Zeitungen geraten! Und wir wollen auch nicht, dass Leser Ihres Buches vielleicht den Verdacht schöpfen - nachdem sie selber bei ihrem Spiel Geld verloren haben, dass an diesen Anschuldigungen doch etwas dran sein könnte. Also für die Verzögerung der Veröffentlichung - die noch zirka sechs bis acht Monate dauern könnte - sind wir bereit, Ihnen einen Scheck in der Höhe von 50.000 Euro auszustellen. Sie nehmen das Geld, schreiben ein neues Buch - und wir vergessen unser Gespräch. Also Herr Moritz, was sagen Sie dazu?”

Moritz lehnt sich lässig in seinem Sessel zurück, schlägt das rechte Bein über das linke, nimmt seinen Bleistift vom Tisch und führt ihn zum Mund. Er blickt nachdenklich zu Hans, der bereits angespannt und sichtbar nervös auf seine Antwort wartet.
“Was ist, Moritz? Was gibt es da noch zu überlegen? Schau mich nicht so an - also Moritz?”, wird Hans ungeduldig und nimmt ebenfalls ein neues beschriftetes Blatt Papier aus seiner roten Mappe, die vor ihm auf dem Tisch liegt.
“Du Hans, kannst du mir garantieren, dass du dieses Buch dann wirklich in sechs bis acht Monaten veröffentlichst und verfilmst?”, fragt Moritz zögernd. Hans blickt zu seinem Partner und antwortet:
“Na ja, garantieren kann ich dir nichts, aber du bekommst ja dein Geld. Nimm die 50.000 Euro und schreib ein neues Buch, passend für unsere Krimisendereihe. Du hast ja eh noch genug Zeit dafür - wir drehen ja heuer noch zwei deiner letzten Folgen, die du bereits geschrieben hast. Also ein guter Rat von Freund zu Freund: Nimm das großzügige Angebot von Dr. Herfurt an. Ich weiß ja, dass du das Geld dringend benötigst. Also hier habe ich den Vertrag, du übergibst mir mit der Unterschrift sämtliche Rechte dieses Buches und du bekommst als Gegenleistung die genannte Summe - also, was gibt es da noch zu überlegen, Moritz?”
Moritz nimmt den Vertrag in die Hand und liest ihn kurz durch, dann schaut er Dr. Herfurt an und sagt:

„So wie Sie mich kaufen wollen, haben Sie sicherlich auch Politiker für ihr Unternehmen gewinnen können, damit sie Gesetzesänderungen zu ihren Gunsten durchführen – ah wie heißt das schnell. Lobbing oder?"
„Herr Moritz! Ich bitte Sie", kontert Herfurt.
„Das Anfüttern von Politikern ist vollkommen legal. Ja, was ich Ihnen jetzt sage, habe ich nie gesagt", spricht er weiter und blickt zu Hans. Dieser schüttelt den Kopf um sein Nichtwissen kund zu tun.
„Schauen Sie, ich brauche keinen Niederegger, der mit seinen Firmen Lobbing betreibt, um der Telekom, der Buwok oder anderen zu helfen. Sie sehen selbst, was dabei herauskommt, wenn zu viele Personen zu viel wissen. Parteispenden, offizielle Rechnungen, Scheinrechnungen, solche Dinge können nicht gut gehen. Wenn ich so etwas machen würde, dann würden ich den Personen, deren Hilfe ich benötige, bei einem Geschäftsessen ein Kuvert, gefüllt mit violetten Scheinen überreichen. Niemand würde es erfahren."
„Ah ha, so machen sie das also. Jetzt wird mir klar woher der Krassnig die Millionen in Lichtenstein besitzt. Ja, wenn es mich nicht täuscht, hat es ja in seiner Amtszeit einige Änderungen im Glückspielgesetz zu ihren Gunsten gegeben. Ich sage nur die Erhöhung des Maximaleinsatzes von 50 Cent auf 10 Euro und wenn es mich nicht täuscht, wurde 1997 als Krassnig Landeshauptmann-Stellvertreter wurde, auch das Glücksspielgesetz in Kärnten zu Ihren Gunsten geändert, sodass ihr Unternehmen die ersten Automaten-Casinos in diesem Land errichten konnten", kommt es forsch aus Moritz Mund.
„Herr Moritz, wie Sie das interpretieren, ist Ihre Sache, ich habe nie gesagt, dass ich das so mache – oder?" antwortet Herfurt ruhig.
"Was geschieht, wenn ich Ihr großzügiges Angebot nicht annehme? Denn, wie Sie ja wissen, bei meiner

Bekanntheit gibt es genug Verlagshäuser, die dieses Buch veröffentlichen würden und wenn ich keinen Verlag finden würde, dann werde ich das Buch mit Hilfe von Sponsoren realisieren."
Dr. Herfurt sieht in Moritz` lächelndes Gesicht, steht auf und sagt mit ruhiger Stimme zu ihm:
"Ach so, Sie wollen verhandeln - reichen Ihnen die 50.000 Euro nicht? Gut, dann sagen Sie, Herr Moritz, eine Summe."
Moritz steht ebenfalls auf, geht zum Fenster und blickt kurz hinaus. Er sieht am Parkplatz einen schwarzen 7er-BMW und antwortet:
"Der schwarze BMW gehört sicher Ihnen - oder?" Dr. Herfurt geht ebenfalls zum Fenster, stellt sich neben Moritz und antwortet:
"Ja, das ist mein Firmenwagen - privat fahre ich noch einen 911er. Was hat das mit uns zu tun?" Moritz dreht sich langsam zu Hans und sagt:
"Ja, einen 911er wollte ich auch mal fahren - was kostet so ein Porsche?"
"Ab 120.000 Euro ist man dabei", antwortet Hans` neuer Partner.
"Gut", fährt Moritz fort, "120.000 fürs Auto und 50.000 fürs Leben - damit komm ich schon bis zum nächsten Buch durch. Was sagen Sie dazu?"
Als Hans diese Worte von Moritz gehört hat, steht er ebenfalls auf und sagt etwas gereizt:
"Du Moritz, ich glaub, du überspannst gerade den Bogen. Bleib am Boden, mein Freund - bleib am Boden!"
"Lass nur, Hans", unterbricht ihn Dr. Herfurt und spricht nach einer kurzen Pause weiter:
"O.k. Herr Moritz, also 170.000 Euro. Gut, dann hätten wir das ja besprochen."
Er geht zu seinem Sessel beim Schreibtisch und setzt sich nieder. Er nimmt seine Aktentasche und holt ein Scheckheft heraus. Er beginnt, den Scheck auszufüllen

und trägt die genannte Summe von 170.000 Euro ein. Danach legt er den Scheck auf Moritz` Platz und sagt: "Gut, also 170.000 Euro. Dann können wir ja mit Ihrer Unterschrift auf dem Vertrag das Geschäft besiegeln." Moritz dreht sich ebenfalls um, geht zu seinem Platz, setzt sich nieder, nimmt den Scheck in die Hand und liest die Summe.

"Tatsächlich - 170.000 Euro! So viel Geld hatte ich noch nie in meiner Hand - verdammt gutes Gefühl", murmelt er vor sich hin, während er den Scheck betrachtet. Nach einer kurzen Atempause überlegt er jedoch weiter:

"Was geschieht, wenn ich dieses verlockende Angebot doch nicht annehme?", und blickt in die Runde.

"Das kann ich dir beantworten, mein Freund", zischt Hans nun mit gereiztem Unterton.

"Dann werde ich mir in Zukunft die Zusammenarbeit mit dir überlegen. Was heißt, überlegen - dann wirst du dir in Zukunft einen neuen Verlag und einen neuen Produzenten suchen müssen, mein Freund. Hast du mich verstanden? Lass jetzt deine Kindereien - unterschreib den verdammten Vertrag und nimm das großzügige Angebot von Dr. Herfurt an! Hast du mich verstanden!?"

"Um es abzukürzen, Herr Moritz", wird Hans von Dr. Herfurt unterbrochen.

"Sollten Sie mein Angebot jetzt nicht annehmen, dann werde ich mit allen nur denkbaren Mitteln verhindern, dass Ihr Buch veröffentlicht wird! Auch wenn Sie einen Verlag finden würden, der Ihr Buch veröffentlicht, würde ich per Einstweiliger Verfügung die Veröffentlichung gerichtlich verhindern - noch bevor eines der Bücher im Regal steht! Und das können Sie mir glauben, bei meinen Beziehungen wäre das kein Problem für mich!"

"Sie drohen mir also? Dann ist also an den Vorwürfen, die ich in meiner fiktiven Story beschreibe, doch etwas dran - oder wie sehen Sie das?", kontert Moritz wie aus der Pistole geschossen. Dr. Herfurt blickt erzürnt in Moritz` Gesicht und antwortet:

“Nein, Ihre Vorwürfe sind haltlos - und reine Fiktion! Wir haben nichts zu verheimlichen, aber ich hab es Ihnen schon erklärt: Wir können es uns in unserer momentanen Lage nicht leisten, möglicherweise negative Schlagzeilen in der Presse zu bekommen - in welcher Form auch immer! Also 170.000 Euro - nehmen oder sterben!?” Moritz nimmt den Scheck in die Hand, nachdem er diese Worte vernommen hat, wirft noch einmal einen Blick darauf, steht auf und ...

Fragen?
Wir haben auf fast
alle Fragen eine Antwort
APOTHEKE KALSDORF
APOTHEKE
KALSDORF
DIE MIT HERZ
Hauptstraße 102, 8401 Kalsdorf
office@apotheke-kalsdorf.at, www.apotheke-kalsdorf.at
Tel.: 03135 523 60 und 03135 523 60 6

HARTLIEB
Ölmühle
www.hartlieb.at
Symbol für Qualität & Tradition
A-8451 Heimschuh 107
Tel.: 0043 3452 82551 0

Söll Söll
www.weingut-soell.at
Wein in Symbiose mit der Natur
authentisch - natürlich - anders
Steinbach 63a
A-8462 Gamlitz / Sernau
Tel. +43 (0) 3454 6667
E-Mail: familie@weingut-soell.at
falstaff: „Einer der besten Winzer österreichs.“

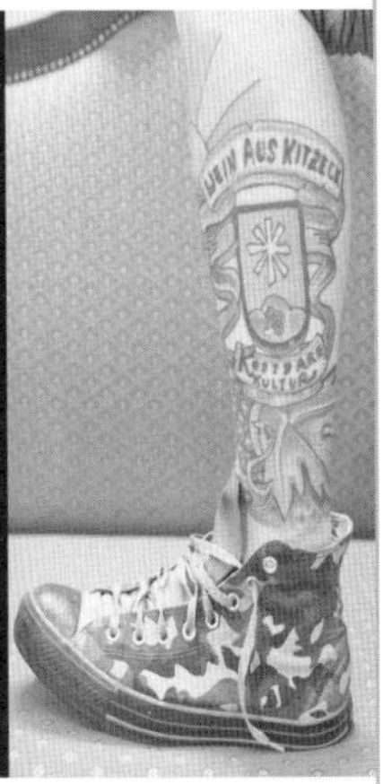

Klöckl

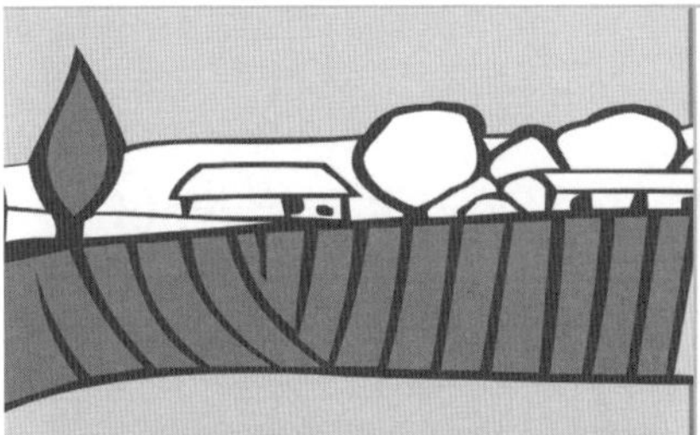

Die Maturaball-Band
aus der Steiermark
HIGH FIVE
high-five.at

die scherbe

Cafe, Restaurant, Bar, Club
und noch vieles mehr

Stockergasse 2, 8020 Graz
0 316 / 760654
www.diescherbe.com

Café Rosenhain

Panoramagasse 75-77, 8010 Graz
Telefon 0 316/322988
Öffnungszeiten
täglich 10:00-20:00
Sonn- u. Feiertags: 10:00-20:00

LORENSER

Fenster, Haustüren & Sonnenschutz
Beratung, Verkauf, Montage und Service

Actual Lorenser - Top Partner
Triesterstraße 195
A-8073 Feldkirchen bei Graz
Tel: 0316 / 29 61 93

S'trawanza

restaurant-pizzeria

A-8075 Hart bei Graz
Pachern Hauptstraße 88

Tel.: 0316/22 80 63
Mail: office@strawanza.at
www.strawanza.at

Wohlfühloase

Roswitha Zenz

Heilmassage, Channoine-Cosmetic
Young Living-Essenzen

Mozartgasse 12
8073 Feldkirchen/Graz
Tel. 0316/29 67 54
www.wohlfuehloase.co.at

GUTBÜRGERLICHE KÜCHE
KOMFORTZIMMER

A-8073 Feldkirchen
Flughafenstrasse 3
Tel.: +43 (0) 316 / 29 16 92
Fax: +43 (0) 316 / 24 30 81
Mobil:+43 (0) 664 / 26 08 157

GASTHOF ZUM FLUGHAFEN

Familie Puhan

www.puhan.at E-mail: service@puhan.at

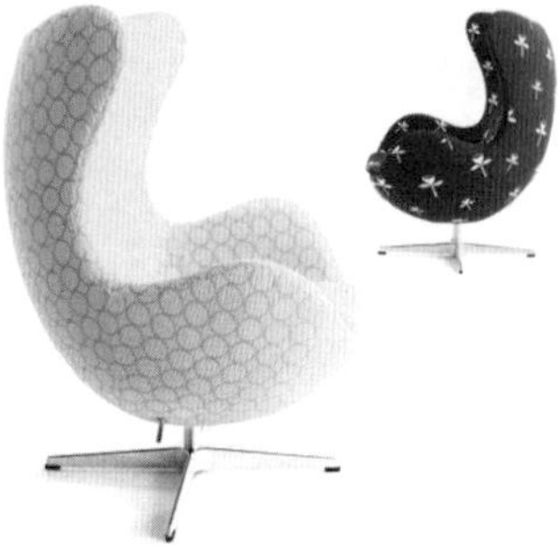

Schau vorbei!
AUTO PAIER
Deutschlandsberg - www.autopaier.at
TOP
Jeep
CHRYSLER
SEAT
SUBARU

foto studio
design werkstatt
PURKART
Gleinstätten Tel. /03457/ 21 10
www.foto-purkart.at
e-mail: info@foto-purkart.at

OPEL
Hermann
Suzuki. Jung, trendig und sparsam! Das ist Fahrspaß in Vollendung.
SWIFT
Opel rent. Autos mieten, wo man Autos kauft.
Opel. Die besten Modelle aller Zeiten. Neuwagen und Jungwagen mit bis zu 40% Nachlass. Wir leben Autos.
OPEL
SUZUKI
AUTOMEISTER
IVECO
SPEZIALWERKSTÄTTE
Hermann
Deutschlandsberg, Dr.-Viktor-Verdross Straße 1
T 03462/35 96, www.autohaus-hermann.at

KulturVision®
Das Brettspiel rund um Strategie, Kultur und Aufbau
Alam
alam.at
www.kulturvision.com
mit famosem
Beibuch

Mit viel Begeisterung,
Engagement
und
Professionalität
halte ich seit mehr als 30 Jahren
das Besondere
meiner KundInnen in Bildern fest.
Als Meisterin meines Faches
stehe ich Ihnen
in allen Lebensabschnitten
als einfühlsame Fotografin
zur Verfügung.

Italiano
ARCHITEKTUR & BADEKULTUR
Badekultur
Feinsteinzeug
Epoxidharzböden
Natursteine
Küchen
Designtrends
Architektenberatung
Italiano Schauraum
Graz / Seiersberg
Feldkirchner Straße 11-15
A-8054 Seiersberg / Austria
T +43 (0) 316 / 225 911 | F DW - 15
office@italiano-austria.at
www.italiano-austria.at
A9
Gradnerstr.
Shoppingcity Seiersberg
Feldkirchner Str.
Kärntner Str.
Hornbach
Premstätter Str.
A2
Design: Werbeagentur Bucher // Fotos: ITG Handels GmbH

Biographie

M.C. Lachmann wurde 1970 in Graz geboren und lebt seit einigen Jahren mit seiner Familie in der Schilcherhauptstadt Deutschlandsberg.
Seine Leidenschaft zum Schreiben wurde ihm von seinem Vater Prof. Fritz Lachmann in die Wiege gelegt, dieser publizierte selbst zahlreiche Kurzgeschichten.

Der Autor schrieb schon sehr früh für diverse Schüler- und Jugendzeitschriften und war in Folge selbst Herausgeber eines Jugendmagazins.

Von Beginn an begeistert von Kriminalromanen war eine Veröffentlichung in diesem Genre, das er selbst als „fiktiven Realismus" definiert, nur eine Frage der Zeit.